Schaafshammer

Edgar Schaafs dritter Fall

Pit Ferman

Die Geschäftsführerinnen zweier Spielcasinos werden tot aufgefunden. Eine junge Frau wird missbraucht und liegt im Koma. Für Kriminaloberkommissar Kai Schuster kommt es knüppeldick. Angesichts gravierenden Personalmangels bei der Polizeidirektion Offenburg sieht er sich alleinverantwortlich dreier komplexer Fälle gegenüber.

Als sein früherer Hauptkommissar und Mentor Edgar Schaaf von der ehemalige Stiefmutter der jungen Frau gebeten wird, Licht in das Dunkel der Emittlungen zu bringen, beschließen die beiden einen Deal. Das führt endlich dazu, einen Täter dingfest machen zu können. Doch der kann fliehen und bringt Edgar Schaafs Frau Melanie Köninger in Gefahr. Weil Edgar Schaaf das nicht zulassen kann, fordert er den Gegner ultimativ heraus.

Für meine Frau,
die Elsa

Impressum

TWENTYSIX – der Self-Publishing-Verlag

Eine Kooperartion zwischen der Verlagsgruppe **Random House** und

BoD – Books on Demand

© 2017 Pit Ferman

Herausgeber und Verlag
BoD – Books on Demand, Norderstedt

ISBN 9783740731533

Teil I

Kapitel 1

Der Typ mit dem komischen Hut auf dem Kopf und dem blö-
den Grinsen in der Visage hatte ein Irrsinnsglück. Oder wo-
ran mochte es liegen? Konnte er es einfach?

Er sah exakt so aus wie Stan Laurel. *Der mit* Oliver Hardy.
Dick und Doof. Aber der Kerl war gar nicht doof. Er tat nur
so. Dabei zockte er alle ab. Er konnte es einfach besser. Bes-
ser als die anderen. Das war nun bereits das siebte Spiel,
das er gewinnen würde. Das siebte Spiel von zehn, an denen
er teilnahm. War er auch besser als **er***?*

Es war die zwölfte Spielrunde dieses Abends, beziehungs-
weise dieser Nacht, und danach würde nur noch eine Runde
folgen. Die Runde, wegen der hauptsächlich alle kamen. Die
zwölf Runden vorher waren immer nur ein Vorgeplänkel,
zum Warmlaufen sozusagen, obwohl es auch dabei ums Ein-
gemachte ging. Es war kurz vor vier Uhr morgens. Sonntag-
morgens.

Die fünf Männer hatten die Spielberechtigung im Internet
ersteigert. Das Mindestgebot lag bei dreitausend Euro. In
fünf separaten Versteigerungen bekam jeweils der Meistbie-
tende den Zuschlag. Anders wäre es gar nicht zu verwalten
gewesen, denn der Zuspruch war enorm. Es gab ja auch
mächtig was zu gewinnen. Zu verlieren natürlich auch, aber
wer dachte schon daran. Alle wollten gewinnen, alle wollten
den fetten Pott des jeweils dreizehnten Spiels. Dabei übersah
manch einer gern, dass er vorher noch zwölf andere Runden
bestreiten musste.

Er *war immer der sechste Spieler, denn* **er** *war auch der*
Veranstalter und Organisator der Pokerrunden. Über **seine**
Computerzentrale liefen die Versteigerungen, und **er** *sorgte*
für die Termine und das Umfeld. Zudem buchte **er** *im Voraus*

stets die Hotelzimmer für die Spieler, die entweder für eine anschließende Heimreise zu weit weg wohnten, oder die während des Pokerabends dem Alkohol zusprechen wollten, wofür **er** *selbstverständlich ebenfalls sorgte. Whisky, Kognak, Zigaretten, Zigarren, Sandwiches – alles nur vom Feinsten. Die Leute sollten sich bei* **ihm** *schließlich wohl fühlen und unter Umständen wiederkommen.*

Gespielt wurde ein einfaches Poker. Die Regeln waren vorher allen Teilnehmern bekannt, und es gab keine Abweichungen oder Änderungen. Der Dealer *teilte die Karten aus und spielte in der Runde, in der er der* Dealer *war, nicht mit. Der* Dealer *wechselte im Uhrzeigersinn von Spiel zu Spiel. So war gesichert, dass keiner der Spieler mehr als zweimal der* Dealer *war, also jeder Spieler die gleiche Anzahl an Spielen absolvieren konnte. Nur beim dreizehnten Spiel durfte auch der* Dealer *am Spiel teilnehmen. Zu diesem Zweck wurden dem Kartenspiel zwei Joker beigemischt, um jedem Spieler, nachdem ihm fünf Karten zugeteilt waren, die theoretische Möglichkeit zu garantieren, maximal vier Karten ablegen und maximal vier neue Karten kaufen zu können. Bei den Spielen eins bis zwölf wurde also mit einem Kartenspiel von zweiundfünfzig Karten gespielt, beim dreizehnten mit vierundfünfzig Karten.* **Er***, der Veranstalter, war der einzige Spieler der Runde, der dreimal als* Dealer *in Erscheinung trat. Nämlich beim ersten Spiel, beim siebten Spiel, und beim dreizehnten Spiel. Dahinter steckte* **sein** *Kalkül, denn hallo, beim letzten Spiel um den fetten Pott gab* **er sich** *die Karten* **selber***. Ein ungemeiner Vorteil, wenn man etwas damit anzufangen wusste.*

Der Dealer *gab jedem Spieler zuerst zwei Karten. Nun begann die Setzrunde, das heißt mit Zuteilung der dritten Karte konnte der erste Spieler links neben dem* Dealer *mit dem Setzen beginnen. Gesetzt wurden bei den Spielen eins bis zwölf fünfzig Euro. Wer im Spiel bleiben wollte, musste* mitsetzen oder aussteigen. Sein Einsatz blieb jedoch im Pott. Dieser Modus des Setzens wiederholte sich bei Zuteilung der vierten und fünften Karte.

Nach Erhalt der fünften Karte begann die Phase des Kartenkaufs. Pro gekaufter Karte bezahlte der Spieler fünfzig Euro in die Kasse des Veranstalters. Wer also vier Karten ablegte, weil er sie nicht brauchte oder er sich von ihnen keinen Erfolg versprach, musste zwangsläufig wieder vier Karten erwerben, um die Hand mit fünf Karten vollzählig spielen zu können. Fünf Karten zu kaufen war nicht erlaubt. War der Kauf abgeschlossen, setzten die Spieler nach Belieben in Fünfzig-Euro-Schritten, also fünfzig Euro, oder hundert Euro, oder hundertfünfzig und so weiter. Zwischensummen waren nicht erlaubt, doch es gab kein Limit nach oben. Wer im Spiel bleiben wollte, musste entweder die vorgelegte Summe mitgehen, oder diese Summe erhöhen. Wer aus dem Spiel aussteigen wollte, verlor seine bisher getätigten Einsätze. Waren nur noch zwei Spieler übrig und ein Spieler wollte nicht weiter steigern, musste er die vorher gebotene Summe bestätigen und das Aufdecken der Karten verlangen. Der Spieler mit dem höchsten Blatt gewann den Pott.

Man kannte sich untereinander nicht. Möglich war, dass einzelne Spieler sich bei anderen Pokerabenden von anderen Veranstaltern zufällig wiedertrafen oder sich dort bereits begegnet waren, aber das geschah eher selten. Nur er sah den einen oder anderen Spieler zum wiederholten Male. Den Stan Laurel hatte er bisher jedoch noch nie zu Gast gehabt, und der Typ spielte verdammt gut. Er trank Whisky in kleinen Mengen und rauchte dafür Zigaretten, dass die Schwarte krachte. Jetzt war er wieder unter den letzten drei Spielern, über achthundert Euro lagen im Pott, und er selber hatte nur ein Paar von Siebenern auf der Hand, ohne hohe Beikarte. Besser, er stieg zum jetzigen Zeitpunkt aus. Er warf die Karten verdeckt vor sich *auf den Tisch, hatte zwei-hundert Euro im Pott gelassen und für hundertfünfzig Euro Karten gekauft, was soll's. Also nur noch zwei, und da wollte der vorletzte die Karten von* Stan Laurel *sehen – und verlor. Zwei Paare sind nun mal weniger als ein Drilling von Achten.*

Dreizehntes Spiel. Jeder nahm sich ein Getränk. Jeder machte eine kurze Konzentrationspause, vertrat sich die Beine. Die Aufregung war mit Händen zu greifen. Einer erzählte einen lahmen Witz. Nervöses Gelächter machte die Runde. Keiner traute dem anderen. Alle belauerten sich. Feuchte Hände wurden unauffällig an den Hosenbeinen abgewischt. **Er** *entpackte ein neues Kartenspiel und schob vor aller Augen zwei Joker hinein. Vierundfünfzig Karten.* **Er** *war der* Dealer. **Er** *war beim dreizehnten Spiel immer der* Dealer.

Alle nahmen ihre Plätze ein. Links von **ihm** *saß der hagere Kerl mit den schmalen Händen und den langen Fingern. Daneben ein Mann, der aussah wie ein Postschalterbeamter, doch er hatte kleine Knopfaugen, die wieselflink hin und her huschten, und einen dünnen Schnauzer unter der Nase. Neben dem saß* Stan Laurel, *den komischen Hut auf dem Kopf, war das eine Melone?, grinsend; dann folgte ein vierschrötiger Typ mit roter Haut wie eine gebrühte Languste. Der Letzte war so ein Buchhaltertyp mit Ärmelhaltern und Nickelbrille. Alle schauten gespannt auf* **ihn**, *verfolgten argwöhnisch die Bewegungen* **seiner** *Finger,* **seiner** *Hände.* **Er** *mischte ausgiebig. Abheben? Nein.*

Zwei Karten für jeden, sechsmal zwei. **Er** *schaute seine beiden Karten an: Kreuz König und eine Pik Neun. Die dritte Karte. Sechsmal eine Karte. Nun begann das Setzen.* **Er** *hatte eine Pik Fünf erhalten. Der Spieler links von* **ihm** *legte fünfhundert Euro in den Pott. Fünfhundert Euro! Deswegen kamen sie alle. Wegen der großen Summe. Fünfhundert pro Spieler pro Setzrunde. Der Wahnsinn. Alle an-*

deren fünf Spieler gingen mit. Bei diesem Spiel stieg keiner nach der ersten Runde aus. Vielleicht bekam man ja noch den Royal Flush auf die Hand, nicht wahr? Die vierte Karte. Eine Pik Drei für **ihn**. Wieder fünfhundert Euro pro Spieler. Keiner stieg aus. Die fünfte Karte. **Er** bekam die Kreuz Zwei. Jeder zahlte fünfhundert Euro. Jetzt lagen neuntausend Euro im Pott. Die Augen begannen zu glänzen.

Der hagere Kerl mit den schmalen Händen und den langen Fingern legte zwei Karten ab, kaufte zwei neue Karten. Pro Karte einhundert Euro in die Kasse des Veranstalters. Der Postschalterbeamte mit den Knopfaugen legte vier Karten ab. Armes Schwein. Naja, die Hoffnung stirbt zuletzt. Er kaufte vier neue Karten aus dem Spiel. Vierhundert Euro in die Kasse. Stan Laurel *legte grinsend zwei Karten ab, kaufte zwei neue. Die gebrühte Languste, tut* **mir** *leid, aber irgendwie muss* **ich** *euch auseinanderhalten, legte nur eine Karte ab. Oha, was hat der denn auf der Hand? Er kriegte eine neue Karte. Der Mann mit Nickelbrille und Ärmelhaltern bezahlte dreihundert Euro für drei neue Karten. Und* **er** **selber**? *Was hatte* **er** *auf der Hand? Kreuz König, Pik Neun, Pik fünf, Pik Drei, Kreuz Zwei.* **Er** *legte Kreuz König und Kreuz Zwei ab. Kaufte zwei neue Karten. Pik Bube und Joker. Damit ließe sich doch was anfangen, der weiß, dass* **er** *immer einen Joker bekommt.*

„Hast vergessen dir die Hände zu waschen", *sagte der Postschalterbeamte. Gingen da einem schon die Nerven durch? Solch ein Statement abzulassen bedeutet beim Pokern sozusagen den Bankrott mit Ansage. Dummkopf, du.*

Der Mann links neben **ihm**, *der Langfinger, setzt tausend Euro. Wahnsinn, was hat der denn auf der Hand? Steigt der gleich so dick ein? Will der allen den Schneid abkaufen? Der Postschalterbeamte schmeißt hin, steigt aus. Der kocht vor Wut. Zuviel für ihn.* Stan Laurel *grinst mit beiden Mundwinkeln bis zu den Ohren, geht mit, legt tausend Euro* *in die Mitte. Auch die orangerote Languste setzt mit. Tausend Euro. Und auch Nickelbrille geht mit. Tausend Euro. Aber oh je, seine Nickelbrille beschlägt. Schlechtes Zeichen. Hat sich nicht im Griff.* **Er** *selber geht auch mit. Klarer Fall. Vierzehntausend Euro liegen im Pott. Man lauert. Zigaretten qualmen, Zigarren dampfen. In den Gläsern klirren die Eiswürfel. Wer war das? Wer hat hier zittrige Finger? Wahrscheinlich Languste. Languste mutiert zum roten Hummer. „Kann man denn hier mal frische Luft reinlassen? Es ist ja kaum zum Aushalten hier", stöhnt Nickelbrille und wischt den Schweiß von der Stirn. Langfinger dreht auf, erhöht auf tausendfünfhundert. Bastard, du langfingriger. Bluffst du, oder hast du eine Oma auf der Hand? Was macht* Stan Laurel? *Grinst und zahlt. Die Languste, die zum roten Hummer wurde, schenkt sich einen Whisky ein, stürzt ihn in einem Schluck den Hals hinunter, flucht. Was ist? Sind wir hier auf dem Bahnhof und warten auf den nächsten Zug? Der Hummer schiebt das Geld in die Mitte. Nickelbrille geht mit.* **Er** *checkt sein Blatt. Soll* **er** *es riskieren? Kann* **er** *damit punkten? Die anderen warten auf* **seinen** *Einsatz.* **Er** *geht mit. Einundzwanzigtausendfünfhundert im Pott. Was macht Langfinger? Er schnauft. Er schnauft lange. Hat er noch Geld? Er hat. Nochmal Tausendfünfhundert. Mehr wird er nicht mehr haben. Er schwitzt.* Stan Laurel *grinst, schiebt das Geld in die Mitte. Der rote Hummer, der als Languste begann, ist jetzt violett wie eine – wie heißt das Gemüse?- Aubergine? Er knallt die Karten auf den Tisch. Fertig. Hoffentlich muss* **ich** *nicht den Notarzt rufen, so wie der aussieht. Nickelbrille wirft auch hin.* **Er** *bedient die Forderung. Nochmal viertausendfünfhundert mehr im Pott. Jetzt wirft auch Langfinger das Handtuch. Nur noch* Stan Laurel *und* **er** *spielen um den Pott.* Stan Laurel *ist an der Reihe zu setzen. Er bietet zweitausend Euro an, grinst* **ihm** *herausfordernd ins Gesicht. Donnerwetter. Was hat der Kasperle* gegenüber wohl zu bieten? Mal sehen, ob er das frisst. Wollen dem Sportsfreund mal den Zahn ziehen. Deine Zweitausend, und **meine** Zweitausend, und **ich** erhöhe um weitere zweitausend Euro. Gell, da guckst du. Sein Grinsen wirkt ein bisschen wie aufgesetzt. **Er** bemerkt, wie Stan Laurels Fundament bröckelt. Aber er entschließt sich. Zweitausend, sagt er, und ich will deine Karten sehen. Bei vierunddreißigtausend Euro. Jetzt ist die Stunde der Wahrheit. Runter mit den Hosen. **Ich** decke auf. Vier Karten in einer Farbe plus Joker. Flush. Was hat er? Vier Karten in einer Farbe plus Joker. Flush. Aber Stan Laurel hat Herz, und **er** hat Pik und zudem die höheren Kartenwerte. Her mit dem Pott. Vierunddreißigtausend Euro. Steuerfrei. Danke, meine Herren, es hat **mich** sehr gefreut, mit Ihnen zu spielen. Chchch.

Offenburg, 18. September 2021

Die Musik hatte genau die richtige Lautstärke und sie hatte das Gefühl, dass der Lärmpegel sich mit ihrem Alkoholpegel stets die Waage hielt. Als sie abends um elf Uhr hergekommen war, hätte man sich untereinander noch verständigen können, sofern man Lust auf ein Gespräch oder Small-Talk gehabt hätte, was bei ihr nicht zutraf. Jetzt war es fünf Stunden später, an Unterhaltung war längst nicht mehr zu denken, und sie dachte sowieso nicht daran, denn nun gab es ordentlich auf die Ohren, weswegen sie hauptsächlich hergekommen war. Es passte für sie, denn nirgendwo auf der ganzen Welt konnte sie besser abschalten als in diesem Ambiente, einem huckepackevollen Keller-Club mit reichlich Alk und lauter Musik an einem Samstagabend. Nirgendwo sonst konnte sie sich einsamer und zurückgezogener fühlen als unter zweihundertfünfzig zappelnden Leuten, flackernden Laserstrahlen, hundertfünf Dezibel aus den Boxen, auf einem Hocker an der Bar. Es war beinahe wie Schlafen und Träumen. Der Kopf war ausgeschaltet. Die Musik wurde mit Pressluft in ihren Schädel gehämmert, erstickte alles Denken, machte es zunichte, noch bevor es nur ansatzweise beginnen wollte, zerbröselte es einfach zu Staub und verwehte es rückstandslos. Sie hatte keinen Einfluss mehr darauf, und diesen Zustand fand sie euphorisch. Der Alkohol diente dazu, das Hirn gefügig zu machen, geschmeidig und willenlos, die Aufnahmekapazität zu erhöhen, je lauter es wurde, denn das wurde es, den Körper in Apathie zu versetzen und das Blut rauschen, strömen zu lassen, durch die Schluchten und Kanäle ihrer Adern, schneller, atemberaubender als je zuvor, bis der Schwindel kam, alles sich drehte, drehte um sie, sie der Mittelpunkt von allem war. Von allem. Jeden Samstag das Gleiche, jeden Samstag mehr, jeden Samstag lauter und schneller.

Wenn der perfekte Zeitpunkt gekommen war, sie spürte ihn intuitiv, konnte sich darauf verlassen, dass er kam, einmal früher, ein anderes Mal später, stieg sie vom Hocker, eine Flasche Wodka-Mix in der Hand, rangelte sich durch den ekligen Haufen schwitzender und stinkender Würmer auf die Tanzfläche, wo es am lautesten war, wo allein die Lautstärke ausreichte, um eine gepflegte Konfusion zu erreichen. Alles Rhythmus, alles Bass, sie bewegte sich nicht, sie wurde bewegt, geschüttelt, gezerrt, sie war allein, unheimlich allein, und da war diese Musik,

Transporter und Transformator, die sie entführte und in einen Zustand der Trance versetzte, ohne Sinn, ohne Halt, abgehoben, was paradoxerweise wieder Sinn machte. Für sie.

Anfangs bemerkte sie ihn noch. Abends um elf Uhr. Vielleicht auch noch um zwölf. Danach nicht mehr. Dann war sie in der Regel weg. Einsam. Dann war es laut und schnell genug. Das ging jetzt schon seit drei oder vier Wochen so.

Auch heute hatte sie ihn bemerkt. Um elf. Und um zwölf. Sie wusste, dass er sie beobachtete. Nur beobachtete, nichts weiter. Anstarrte. Sie wusste nicht, woher er kam oder wer er war, ob er neu im Keller-Club war oder schon länger zu den Besuchern zählte. Vorher hatte sie ihn jedenfalls nie bemerkt. Wie gesagt, erst seit drei oder vier Wochen.

Er saß immer an der schmalen Seite der Bar, auf dem letzten Hocker an der Wand. Immer trank er Bier, wie ordinär, immerhin keinen Wein, Wein wäre sowas von spießig.

Einmal hatte er sich verkleidet, nein, nicht verkleidet, er sah anders aus und sie kam lange nicht drauf, was es war, dass er anders aussah, aber dann war es ihr wie Schuppen von den Augen gefallen, dass es die Haare waren, die er trug, eine hässliche Frisur mit Seitenscheitel und dicken Strähnen wie aus Knetmasse, eine künstliche Farbe, total unpassend, wie aufgesetzt. Aber er war es, sie hatte sich nicht ins Bockshorn jagen lassen, hatte ihn erkannt, entlarvt, weil er sie so anstarrte. Das Starren kann man halt nicht verkleiden, dem kann man keine Perücke aufsetzen, wovon sie schließlich überzeugt war, dass es eine war, eine Perücke, die Augen bleiben nämlich immer gleich, waren die Fenster zur Wahrheit, zur Offensichtlichkeit, zum Verlangen, zum Begehren. Heute war er wie immer gewesen, ohne Verkleidung, ohne Perücke, seine Glatze ungesund grau, oder ungepflegt, doch das Starren war wie immer. Viele Männer rannten mit einer Glatze herum, junge wie alte, eine Modeerscheinung, von hinten alle gleich, ohne Unterschied, keine Merkmale, keine Charakteristika, langweilig, anonym, war das Absicht?

Wenn es gut war, wenn es genug war, war sie bereit nach Hause zu gehen. Ihr Ritual blieb stets das gleiche: An der Bar einen letzten Hochprozentigen, quasi der Heimatschuss, mit dem sich so butterweich gehen ließ, mit dem die Gedanken so herrlich gleiten konnten, geschmiert und sediert, Spinnweben gleich durch die frühe Luft schwebten, wie nach einem intensiven Schlaf mit intensiven Träumen, im Reinen mit sich und der Welt, in der Hand den flüssigen Pegelhalter für unterwegs, der Schnuller für das brave Kind.

Bei schönem Wetter genoss sie den etwas weiteren Fußweg aus dem Industriegebiet, wo der Keller-Club lag, in die Stadt. Er führte zuerst an den Bahngleisen entlang, umrundete eine Kleingartenanlage, bevor es über die Fußgängerbrücke einer Schnellstraße in die ersten Außenbezirke ging. Von dort war sie flexibel, konnte entweder weiter zu Fuß gehen oder an einer Haltestelle einen Bus abwarten.

War das Wetter schlecht, durchquerte sie die Kleingartenanlage. Sie kannte sich dort aus, war als Kind oft auf einer der Parzellen gewesen. Der Pfad war zwar schmutzig, was sie nicht störte, und sie sparte durch den kürzeren Weg fünfzehn Minuten.

Bei Sturm oder starkem Regen, ein Schirm kam für sie nie in Betracht, war uncool, ja unmöglich, für was sonst trug sie eine Kapuzenjacke, nutzte sie ihre Erinnerung an Kindertage: Sie wusste, wo bei einer der Gartenhütten der Schlüssel versteckt lag, immer an derselben Stelle, und sie brauchte ihn nur zu nehmen und die Tür aufzuschließen, und befand sich im Nu in einem gemütlichen und trockenen Raum. Sie hatte schon des Öfteren dort auf besseres Wetter gewartet und sogar auf einem einfachen Sofa geschlafen. Niemand ahnte etwas davon. Ihrem Vater tischte sie irgendeine Geschichte auf, von wegen einer Freundin, bei der sie übernachten konnte, was ihn ohnehin nicht interessierte und nicht zu kümmern brauchte, denn sie war einundzwanzig und damit volljährig, also was soll der Geiz?

Sie hatte nichts gelernt, hatte Gymnasium und Lehre abgebrochen, nicht nur eine Lehre, sondern alle, weil sie zu spät oder gar nicht gekommen war, die Berufsschule geschwänzt und sich nichts hatte sagen lassen, stur geblieben war, uneinsichtig, arrogant dazu und deshalb ohne Job. Sie wollte ihr eigenes Ding. Eine eigene Kurbel drehen, den großen Wurf landen, als Modedesignerin, als Sängerin, als Musikerin, Schriftstellerin, wartete auf die zündende Idee, sah sich auf dem Weg zur Startrampe, doch mit leeren Händen, hatte nichts vorzuweisen als ihre Träume, nicht mal Visionen. Sie probierte dies, versuchte das, sang bei einer Band vor, die eine Sängerin suchte, doch zufällig war ihre Stimme gerade out off order, was als Ausrede nicht für einen zweiten Versuch reichte; sandte Texte an Verlage ein, von denen sie nie eine Antwort erhielt, und deswegen waren sowieso alle total verseuchte Banausen, die einen kommenden Stern am Himmel einfach ignorierten.

Ihr Vater gab ihr hundert Euro in der Woche, also vierhundert im Monat, was viel war für jemanden, der keiner Arbeit nachging, sich nicht mal um einen Aushilfsjob bemühte, und zu wenig für all die Tage, an denen sie mittel- und antriebslos daheim in ihrem Zimmer herumhing. Was sie an Kleidung und Kosmetika brauchte, klaute sie in der Regel mit Unterstützung gleichgesinnter Leidensgenossinnen zusammen, was in ausgeklügelter Teamarbeit recht gut funktionierte, etwas, worin sie es zu einer gewissen Anerkennung gebracht hatte, Momentaufnahmen jedoch nur, die ihren Hang nach Höherem nicht befriedigen konnten. Dass zu ihrem Hang nach Höherem auch ein Mindestmaß an Drang passen würde, war in ihrem Konzept so nicht vorgesehen, entsprach nicht ihrer Philosophie vom Weg zum Erfolg.

Als sie am Sonntagmorgen die Treppe vom Keller-Club nach oben auf das Parkplatzniveau stieg, war es bereits hell. Über den Bahngleisen leuchtete der Himmel rosarot. Sie drehte die Verschlusskappe der Wodka-Mix-Flasche auf, nahm einen kleinen Schluck, nicht zu viel, damit es für den weiteren Weg um die Kleingartenanlage ausreichte. Braves Mädchen. Oh, schau nur, wie sie davonfliegen, die Träume.

Lahr (Schw.) 27. September 2021

Die große Hitze des Jahrhundertsommers war vorbei.

Seit Ende August waren die Temperaturen auf erträgliche Maße gesunken. Sanfte, langanhaltende Landregen hatten Abkühlung gebracht und ließen die geschundene Erde, mit allem, was darauf existierte, langsam aufatmen.

Kai Schuster stand, eine Tasse Kaffee in der Hand, nur mit einem um die Hüfte geschlungenen Badetuch bekleidet, auf dem kleinen Balkon seiner Mietwohnung am westlichen Stadtrand von Lahr und genoss die späten Morgenstunden des Montags. Nach einem heftigen Gewitterguss in der Nacht war die Luft gereinigt und duftete vertraut nach nassem Asphalt. Er hatte sich für die ersten beiden Tage der Woche frei genommen, weil er sich gestern Abend mit einigen Klassenkameraden des Gymnasiums getroffen hatte, um das Klassentreffen zum Fünfunddreißigjährigen für den nächsten Frühling zu organisieren. Er hatte vorausgeahnt, dass er bei diesem Anlass nicht vor Mitternacht ins Bett kommen würde, und so war es auch gekommen. Im Prinzip war das Treffen positiv verlaufen und gegen zehn Uhr abends war die Traktandenliste auch soweit abgearbeitet, dass man sich für konkrete Beschlüsse auf einen nächsten Termin abgesprochen hatte, und der Abend wäre zumindest für ihn gelaufen gewesen, wenn nicht Nicole aus seiner alten Klasse noch auf ein Bier bei den anderen hocken geblieben wäre. Jene Nicole, für die er in der Schule so geschwärmt hatte und die von seinem Schmachten nicht die Bohne ahnte oder nur so tat, als bemerke sie es nicht, weil er sich nicht an sie herangetraut hatte, wie andere Jungs es taten, allerdings genauso wenig erfolgreich wie er. Jetzt diese Nicole, die, wie er unverheiratet, munter und frisch im Kreis der Schulkollegen saß und begeistert den alten Geschichten und Streichen aus der Schule zuhörte und so herzhaft lachen konnte. Ob sie an jemanden gebunden war? Sie hatte darüber nichts verlauten lassen. Er sah ihr Bild vor sich, das sich gestern Abend am stärksten in sein Gedächtnis eingebrannt hatte: Nicole mit Bierschaum auf der Oberlippe. Er hatte sich neu in sie verliebt. Und sie hatte ihm ihre Telefonnummer gegeben.

Zwei Tage frei.

Ben von der Diensteinteilung hatte gesagt, dass die Personaldecke sehr dünn sei und dass Kai die freien Tage eher als eine Art Bereitschaftsdienst betrachten sollte.

Zwei Tage frei und dazu diese herrliche Luft, und die Gedanken an Nicole. Er würde sich heute in Unkosten stürzen und bei *Lederer*, seinem geschätzten Antiquariat in der Stadt, einen Gedichtband von *Rainer Maria Rilke* kaufen. Ihm war heute so sentimental zumute und was sprach eigentlich gegen Romantik?

Das Telefon klingelte, als er sich den zweiten Kaffee einschenkte. Mist, dachte er.

„Ben, sag´, dass das nicht wahr ist." Kai Schuster sah die freien Tage sich in Luft auflösen.

„Sieh´s mal von der praktischen Seite, Kai." Ben, übergewichtig und deshalb immer in Atemnot, schnaufte, als hätte er einen Hundertmetersprint in sein Büro zurückgelegt.

„Von deiner Wohnung aus ist es am nächsten nach Mattenheim. Man hat eine Leiche gefunden. In einem Straßengraben in der Nähe von Mattenheim. Du weißt ja, wo das ist, oder? Bist schließlich hier aufgewachsen. Du kannst es nicht verfehlen. Schau nach, was dort los ist, ob es ein Fall für uns ist oder ein Unfall für die Verkehrsabteilung. Die Leute von der Straßenmeisterei warten dort. Der Doc und die Techniker wissen Bescheid und sind unterwegs. Tut mir leid für dich, Kai. Ein anderes Mal klappt´s bestimmt. Bis dann."

Auf der Fahrt von Lahr nach Mattenheim hingen seine Gedanken wieder beim gestrigen Abend, und damit auch bei Nicole. Sie waren acht Leute gewesen. Lukas I, der Lehrer geworden war; Kevin, der Apotheker; Lukas II, Abfallmanager des Ortenaukreises; Lars, von dem er nicht wusste, womit er sein Geld verdiente; und er selber. Von den Girls waren Hannah anwesend, die Managerin einer kleinen Spirituosenbrennerei war; Laura, Kindergartenleiterin; und Nicole, Ärztin einer privaten Kurklinik in Baden-Baden.

Er war vor dem Lokal ihres Treffens angekommen, einer Pizzeria namens *Laurenzi*, als Lars gerade aus einem quietschegelben *Ferrari* ausstieg.

„Mein lieber Schwan, Lars", hatte er staunend zum Ausdruck gebracht, „da hast du ja eine echte Knallrakete." Er war gespannt, ob Lars immer noch in der hohen Stimmlage sprach, als hätte er nie einen Stimmbruch gehabt.

„Jaaa, das ist mein Zweitwagen", hatte der gespielt herablassend retour geflötet, obwohl man ihm ansah, dass ihm diese Anerkennung wie Öl runterging. „*488 GTB*, sechshundertsiebzig PS, zweihunderttausend Euro. Nicht das neueste Modell, aber ungeheuer beeindruckend, gell?" Lars setzte sich hastig eine rote *Ferrari*-Baseballkappe auf den haarlosen Schädel und verdeckte eine fast wachteleigroße Beule, auf der ein Heftpflaster klebte, über der Stirn. So ging Lars auch großspurig vor ihm her zum Eingang des Lokals. Alles passte klischeehaft zu ihm: Die polierte Glatze; Kappe; der fette Stiernacken; die Designer-Sonnenbrille auf dem Kappenschild; der Hals dicker als der Kopf und auf dem Rumpf sitzend wie ein geometrisches Trapez; der typisch wiegende Gang des Bodybuilders. Er hätte schwören können, dass Lars auch eine dicke Goldkette um den Hals trug, was sich bewahrheitete, als er ihn im Lokal richtig von vorne zu sehen bekam. Eine schwere Goldkette mit einem goldenen Anhänger, der das *Ferrari*-Emblem des steigenden Pferdes darstellte. Er scannte verstohlen Lars´ Hände ab: Richtig, da war er ja, der fette Goldring, ebenfalls mit einem Sujet versehen. Er schätzte, dass es gleichfalls das *Ferrari*-Sujet vom steigenden Pferd war, konnte es aber nicht genau erkennen. War ja auch nicht so wichtig, weswegen er es bald vergessen hatte.

Die Fixpunkte zu dem Klassentreffen waren abgearbeitet und die Aufgaben verteilt und man saß noch in vergnügter Runde zusammen. Jeder steuerte irgendein Erlebnis oder eine Geschichte zur Unterhaltung bei, außer Lars, der nervös schien und angeberisch ständig auf seine teuer aussehende Armbanduhr schaute.

Es war gegen zweiundzwanzig Uhr fünfundvierzig. Nicole war vor wenigen Minuten auf die Toilette gegangen. Kurz nach ihr war auch Lars aufgestanden und in Richtung Toiletten verschwunden. Aus einem unbestimmten Impuls heraus entschuldigte sich Kai mit „… auch mal für kleine Jungs", und Lukas II rief noch hinterher „Treffen wir uns jetzt alle auf dem Klo oder was?" Als er in den Flur vor den Toiletten kam, sah er, wie Lars vor Nicole stand und ihr mit ausgestrecktem Arm an die Wand den Weg zurück in den Gastraum versperrte. Was er zu ihr gesagt hatte, war für ihn nicht zu verstehen gewesen, aber als Lars bemerkte, dass hinter ihm jemand in den Flur gekommen war, nahm er seinen Arm herunter und ließ Nicole schmierig grinsend passieren. Die stürmte mit wütendem Blick an Lars und ihm vorbei. Lars und er trafen sich gemeinsam im Pissoir. Lars summte leise vor sich hin und meinte, während er seinen Strahl im Urinal tanzen ließ:

„Jaja, unsere schöne stolze Nicole. Immer noch so unnahbar wie früher. Jaja. Chchch." Und dann: „Na Kai, regelst du noch den Verkehr oder fängst du mittlerweile schon Verbrecher?" Wieder röchelte er sein Eunuchenkichern.

Kai hatte Lars´ Frage unbeantwortet gelassen. Es war so ziemlich alles, was ihm an Lars missfiel. Das war in der Schule schon so gewesen, und durch das heutige Wiedersehen fühlte er sich darin bestätigt. Lars musste zudem über einen eigentümlichen Geschmack verfügen, denn wer in aller Welt legte sich einen gelben *Ferrari* zu? Das war schon kein Stilbruch oder eine Geschmacksverirrung mehr, das kam weit eher einem Sakrileg gleich. Ein *Ferrari* war rot. Basta. In Ausnahmefällen schwarz. Aber niemals gelb.

„Und du, Lars? Was machst du so?" Lars zeigte ihm sein breitestes Lächeln, als wolle er dem Papst ein Doppelbett verkaufen.

„Finanzbranche." Lars war fertig mit seinem Geschäft und zog den Reißverschluss seiner Hose hoch.

„Also, Kai", piepste er, „immer schön dem Recht Geltung verschaffen. Man sieht sich."

„Und du, immer schön fünfzig innerhalb der Ortschaft fahren. Bleib sauber."

Als er in den Gastraum zurückgekommen war, sah er Lars an der Theke stehen und seine Rechnung bezahlen. Es war elf Uhr abends, als vor dem Lokal der Motor des *Ferrari* aufbrüllte und man Lars davonfahren hörte. Am Tisch der anderen zurück, suchte er Augenkontakt mit Nicole. Sie jedoch unterhielt sich gerade angeregt mit Hannah. Erst als der gesellige Teil des Abends sich dem Ende neigte und alle aufgestanden waren, hatte ihm Nicole ohne Worte einen Zettel in die Hand gedrückt. Ihre Telefonnummer.

Es war eine Nebenstraße kurz vor Mattenheim. Er sah das Blaulicht von weitem schon. Ein Kollege in Uniform winkte ihn bis vor die Absperrung. Er stieg aus und schlüpfte unter dem Kunststoffband hindurch. Er erkannte Doktor Brenneis vom gerichtsmedizinischen Institut Offenburg. Hinter ihm stand wartend Kollege Allgöwer von der Spurensicherungsabteilung der Polizei.

Allgöwer war mit achtundfünfzig Jahren der älteste Polizist des Präsidiums und war der letzte Saurier einer alten Garde, die sich samt und sonders in die Pension verabschiedet hatte. Er hieß mit Vornamen Gotthelf, verbat sich aber, damit angesprochen zu werden, weshalb ihn alle nur Allgöwer nannten, was ihm vollauf genügte. Der brasilianische Wunderfußballer *Edson Arantes do Nascimento* wurde ja schließlich auch nur *Pelé* gerufen. Trotz seines Alters war er fit wie ein Turnschuh und schlank wie eine Mumie. Alles an ihm wirkte drahtig, von den stoppelkurzen grauen Haaren angefangen bis zu seinem Gang. Er bevorzugte legere Kleidung in gedeckten Farben, und wäre er eine Jeans-Hose, würde er neben dem Label den Zusatz *stonewashed* tragen, und hätte ihn inklusive der Augenfarbe recht treffend beschrieben. Er nahm im Präsidium eine Sonderstellung ein. Normalerweise zuständig und verantwortlich für die technische Beschaffung, Sicherung und Auswertung von Spuren im Zusammenhang mit Polizeiermittlungen, delegierte er die Auswertung oft an sein technisches Personal und hielt sich bevorzugt in den Büros der zuständigen Ermittler auf, um direkt am Puls des Geschehens sein zu können. Es hatte sich im Laufe der Jahre gezeigt, dass Allgöwer ein ausgezeichneter Kriminalist war und er mit seiner Sichtweise und seinen Ansätzen nicht nur eine Bereicherung, sondern angesichts der dünnen Personaldecke eine willkommene Unterstützung darstellte. Grund für alle, vom Chef bis zum Assistenten, sein Engagement zu dulden oder zu begrüßen.

Allgöwer begann ohne Begrüßungsformalität und ohne Aufforderung zu sprechen. „Die Tote steckte mit dem ganzen Körper in dem Rohr des Entwässerungsgrabens entlang der Straße, über das die Bauern auf ihre Felder hier nebenan fahren. Sie hat praktisch das Rohr verstopft, und als es Ende

August endlich zu regnen begonnen hat, staute sich das Wasser auf der einen Seite des Rohres dort drüben. Als die Männer vom Straßenbauamt Lahr den Durchfluss wieder herstellen wollten, sind sie auf die Leiche gestoßen. Heute Morgen um halb elf."

„Und? Hast du schon was gefunden?"

„Nein", sagte Allgöwer behäbig. „Muss warten, bis der Doc die Leiche freigibt. Es gibt Spuren von Fahrzeugen zwischen dem Gebüsch und dem Acker, aber das sind Reifenabdrücke von schweren Traktoren. Lutz ist gerade dabei, den Randstreifen zwischen Straße und Acker, den Graben und das Gebüsch jenseits des Grabens auf etwa hundert Meter Länge abzusuchen. Bis jetzt hat er nix. Hey, Doc, wie weit bist du?"

Schuster betrachtete die örtlichen Verhältnisse. Straße; Grabenüberführung, unter der die Leiche steckte; das Gebüsch, das parallel zum Graben wuchs und für die Durchfahrt von Traktoren oder anderen landwirtschaftlichen Fahrzeugen eine Lücke offen ließ. Blickdicht, dachte er. Von der Fundstelle bis zu den ersten Häusern von Mattenheim schätzte Schuster zwei- bis dreihundert Meter.

Lutz, uniformierter Streifenpolizist, kam von seiner Suche nach Spuren hinter dem Gebüsch hervor. „Nichts", beteuerte er. „Kein Fussel", und zeigte seine leeren Handflächen.

„Gar nichts?", fragte Schuster ungläubig. „Keine Pommestüte von *McDonalds*, kein Kaffeebecher, keine Bierflasche, keine *Red Bull*-Dose, auf zweihundert Meter Länge nichts?"

„Bin ich denn bei der Müllabfuhr?", motzte Lutz. „Ich kann doch nicht den ganzen Graben leerräumen und hier anschleppen, oder?"

Allgöwer brauchte bloß die Fäuste empört in die Hüften zu stemmen und Lutz missbilligend anzuschauen.

„Jaja, ich geh´ ja nochmal", beeilte sich Lutz zu beschwichtigen, und drehte sich maulend um. „Man wird ja wohl mal einen Scherz machen dürfen."

„Doc", versuchte sich Allgöwer bei Dr. Brenneis in Erinnerung zu bringen.

Brenneis ließ sich nicht drängen. Er blickte auch nicht auf, als er antwortete. „Das ist schwierig hier. Die Tote liegt schon seit einiger Zeit im Rohr. Wochen, Monate vielleicht, wie´s scheint. Sieht ziemlich mitgenommen aus. Teilverwest. Dann wieder in überraschend gutem Zustand. Hat möglicherweise mit der Zugluft im Rohr und der kühlen Schattenlage zu tun, trotz der immensen Hitze im Sommer. Todesursache: mindestens Genickbruch. Mehr kann ich hier vor Ort nicht sagen. Sie ist ja vollständig bekleidet. Warten wir, bis ich die Tote auf meinem Seziertisch habe. Ach ja, hier", sagte er, und streckte ohne sich umzusehen einen Arm nach hinten. „Das steckte in ihrer Hose. Nimm´s mir mal ab, ist ohnehin für dich."

In der Hand hielt er etwas, das aussah wie ein Stück Pappe oder Papier. Allgöwer nahm es mit Gummihandschuh entgegen und drehte es hin und her. „Das ist eine Spielkarte", meinte er. „Herz Zwei."

Offenburg, 25. September 2021

Heute war sie gut drauf. Am Nachmittag hatten sie sich in der Stadt getroffen, am Platz mit dem Brunnen. Die Clique und sie. Tausend und mehr Menschen in der Fußgängerzone, aber sie waren im Zentrum an exponierter Stelle, hatten sie sich erobert, im Auge des Sturmes sozusagen. Sie beherrschten die Burg, vertrieben jeden, der nur in ihre Nähe kam, mit Beleidigungen, Zoten, Obszönitäten, hemmungslos, rigoros. Rufe nach der Polizei waren laut geworden, halbherzig nur, weil keiner sich wirklich traute. Weicheier alle. *I know where you are living*, verstehst du? *I know the car you are driving*, kapiert? *I know where your kids are going to school*, du Penner.

Roxanne, ausgerechnet Roxanne, die beste Schlampe unter ihnen, war auf die Idee gekommen. Hey, wir gründen eine Girls-Group. Was die Mädels von *Honeyland* können, können wir doch auch. Sie fing an zu singen, einen angesagten Titel von besagtem Mädchen-Quartett, der bei Youtube der Superhit des Jahres zu werden versprach. Die anderen vier stimmten mit ein, und plötzlich hörte es sich gar nicht schlecht an, weil sie begriff, dass es besser klang, wenn eine zweite Stimme dem Song mehr Volumen gab, was sie tat, und sie wurde vom Gefühl ergriffen, noch nie schöner gesungen zu haben, es blieben sogar Leute stehen, um zuzuhören. Als Beifall ertönte, kriegten sich die Fünf vor Vergnügen kaum noch ein, kreischten vor Lachen und bespritzten sich mit Brunnenwasser. So krass.

Aber für sie war es ein Zeichen. Jetzt wusste sie, wie es funktionierte und dass sie es konnten. Sie mussten nur alle bei der Stange bleiben, oder wenn nicht, für adäquaten Ersatz sorgen. Sie würde auf jeden Fall dabei sein, denn singen konnte sie ja, wie sie unter Beweis gestellt hatte, und naja, gut aussehen musste man natürlich auch, das war nicht bei jeder der Fall, zum Beispiel sahen Malle und Lorca, die Zwillinge, schlichtweg zu bieder aus, langweilig und blass, da würde auch eine Tonne Schminke nichts retten, und Titten hatten sie auch nicht. Also da musste Ersatz her, so hart es für die beiden auch klingen mag, so ist nun mal das Business.

Sie war danach nach Hause gegangen, um sich für den Abend umzuziehen. Komischerweise gingen die anderen Girls nie mit in den Keller-Club, einmal war Roxanne mit dabei, aber der war es definitiv zu laut, und hallo, hundertfünf Dezibel, haha, das musste man erstmal vertragen, und die Zwillinge durften von daheim aus nicht. Die Fünfte? Litta? *Forget her*.

Um die Stimmung anzuheizen war sie in eine Kneipe unterwegs zum Vorglühen gegangen, denn heute sollte der Diesel anspringen. Selbstzündung durch komprimierte Lautstärke im Kopf und in der Brust hieß das Ziel, das beste was es gab, und wenn es dann noch im Magen und weiter unten zu kribbeln begann, oioioi, verlangte man nach nichts mehr, aber ehrlich.

Sie war etwas früher im Keller-Club angekommen als sonst, und natürlich war er wieder da, sah noch, wie er mit dem Typ hinter dem Tresen redete, sich aber auf seinen Stammplatz zurückzog, als er sie bemerkte. Heute wieder mit der blöden Frisur, oder war das doch ein anderer? Nein, nein, er glotzte sie an, als sie auf ihren Stammplatz kletterte, und diesmal hob er sogar sein Bierglas und prostete ihr zu. Sie schaute demonstrativ weg, zog ihren rechten Mundwinkel verächtlich hoch, sodass er es sehen musste. Der Barkeeper stellte ein Glas vor sie hin, eine Daumenbreite braune Flüssigkeit drin, mit Eiswürfeln, und raunte ihr zu, es sei von dem Herrn in der Ecke. Sie schaute hinüber, wieder hob er sein Bierglas, sie stand auf, ging auf die Toilette und war wütend.

Ihre Superstimmung floss mit dem Spülwasser das Klo hinunter. Ach, komm, ärgere dich nicht, es ist halt einer, der´s versucht, und wenn sie bald ein Star werden wollte, musste sie sicher auch manchmal mit den Wölfen heulen, denn irgendwer sollte schließlich ihre Musik kaufen, oder etwa nicht, und wer, wenn nicht alle Idioten dieser Welt?

Sie kam zu ihrem Platz zurück, jetzt standen zwei Gläser dort, und trotzig nahm sie das erste, stürzte es hinunter, eindeutig Whisky, dann das zweite, trank es aus, hob´ das leere Glas und zeigte es ihm. Er lächelte zurück, obwohl, unter Lächeln verstand sie etwas völlig anderes als das Fletschen mit den Zähnen. Hoffentlich fällt es ihm nicht ein, herüberzukommen, dachte sie. Dann aber setzte die Musik ein, die zwei Whiskys zeigten ihre Wirkung, noch war es nicht laut genug, aber die Zeit schritt voran, es wurde ein Uhr, und ihr Diesel sprang an, stotterte erst, aber dann donnerte die erste Selbstzündung durch den Kopf, dass sie meinte, Funken müssten aus ihren Augen und Ohren sprühen. Sie nahm die Wodka-Mix-Flasche mit auf die Tanzfläche. Sie war bereit und für alles, was kam, zugänglich.

Das Wetter hatte umgeschlagen. Als sie aus der Tür des Keller-Clubs trat und die Treppe hinaufging, goss es in Strömen. Aber heute würde ihr nichts mehr gegen den Strich gehen, zu einmalig war diese Nacht, zu perfekt gelaufen, als sich um so´n Scheiß wie Regenwetter zu kümmern. Sie zog die Kapuze ihrer Jacke über den Kopf und schwebte im Traum davon.

Sie bog in den Pfad durch die Gartenanlage ein. Sie würde die Option mit der Gartenhütte wahrnehmen, freute sich sogar drauf. Sie hatte ja noch ihren Schnuller dabei, die letzte Wodka-Mixtur. So wie es war, war es gut.

Sie fand den Schlüssel auf Anhieb, mühte sich mit dem Schlüsselloch ab, verflixt, doch dann war die Tür offen und sie betrat die Hütte.

Offenburg, 28. September 2021

Aus dem freien Dienstag war für Kai Schuster nichts geworden, und wann es die nächste Gelegenheit auf ein paar zusammenhängende freie Tage geben würde, war nicht abzusehen. Er fragte sich, wie es die Kollegen, er eingeschlossen, psychisch fertigbrachten, im Zustand der Dauerbelastung nicht mit Messern aufeinander loszugehen. Ihm fiel das Vöglein auf der Spitze des Eisberges ein, das, um die Ewigkeit zu bekämpfen, jährlich einen Millimeter davon abpickte, doch im Jahr darauf zwei Millimeter neues Eis vorfand. Irgendwann, dachte er, wird das Vöglein sterben, und das Vöglein sind wir. Und dann? Dann haben wir die Anarchie.

Es war halb zwölf Uhr, als er von Dr. Brenneis in die Räume der Gerichtsmedizin zitiert wurde, die sich im Keller des Gebäudes der Polizeidirektion Offenburg befanden. Er fand den Doc, ein belegtes Wurstbrötchen in der Hand, mit vollen Backen mampfend, am Fensterbrett eines der Kellerfenster vor. Der Mann musste über einen wahren Saumagen verfügen, denn auf einem der hüfthohen Seziertische im Raum lag bäuchlings der Körper der halbverwesten Frau, die gestern aus dem Rohr eines Entwässerunggrabens bei Mattenheim geborgen worden war.

„Mhm, Koi, sch´u d´r m´l n, w´s v´n d´r Fr´u übr´´ g´bl´´b´n is´.“ Brenneis hatte Mühe, dass ihm keine Krümel aus dem Maul fielen. Er wickelte das Brötchen in ein Stück Papier und wischte sich ausgiebig den Mund. „´´´schuldigung“, schnaufte er, „aber irgendwann muss der Mensch mal was essen.“ Er trat neben Schuster an den Tisch mit der Leiche.

Wenn er jetzt noch mit einem Zahnstocher in seinem Maul herumstochert, kotz´ ich ihm vor die Füße, dachte Schuster.

Dr. Brenneis stellte für Kai Schuster den Prototyp eines Metzgers dar: Rundes, fettglänzendes, glattrasiertes Gesicht; kleine Schweinsäuglein hinter dicken, wimpernlosen Lidern; rote, nach hinten gekämmte dünne Haare; Doppelkinn; enormer Leibesumfang; kurze Beine und Wurstfinger. Er sah ihn im Geiste hinter einer Fleischtheke stehen. *Darf´s ein bisschen mehr sein*?

Brenneis fingerte einen Zahnstocher aus der Brusttasche seines Kittels und steckte ihn zwischen die Lippen. „Was du hier siehst“, quetschte er zwischen den Zähnen hervor, „sind die leiblichen Überreste der Frau. Der vordere Teil des Körpers ist mehr oder weniger nicht mehr vorhanden. Die Rückenpartie befindet sich in einem besseren Zustand. Da sind die Haut und das Muskelfleisch teilweise richtig ausgetrocknet, wie man sieht. Entschuldige den Ausdruck, aber *Dörrfleisch* kommt der Sache ziemlich nahe. Das hat vermutlich mit der Lage des Körpers in dem Rohr zu tun. Sie lag bekanntlich auf dem Bauch, und durch den Luftzug in dem Rohr, also einer Belüftung, konnte sich der Rücken besser erhalten, quasi konservieren, während sich an der Unterseite, sprich Bauchseite, ein feuchtes, verwesungsförderndes Kleinklima entwickelt hat, verstehst du?“

Schuster antwortete nicht auf diese Frage; sowas musste man nicht verstehen und er wollte es sich auch nicht vorstellen. Er hatte schon einige Tote gesehen. Was sich hier allerdings seinen Augen und seiner Nase bot, überstieg alles bisher Dagewesene. Der Gestank war furchtbar und er fragte sich, wie Brenneis in dieser Umgebung überhaupt an Essen denken konnte. Schuster, darauf bedacht, so wenig wie möglich von der verpesteten Luft in die Lunge zu kriegen, atmete hoch und flach ausschließlich durch den Mund, weswegen seine Stimme etwas gepresst klang.

„Was weißt du denn über die Todesursache? Könnte es eventuell ein Verkehrsunfall gewesen sein?" Es gelang ihm nicht, eine Betonung einzubauen, die nach Hoffnung klingen mochte. Er schaute sich im Fernsehen kaum Kriminalfilme an, doch wenn, dann konnte er oft nicht verstehen, dass sich die Fernsehkollegen des Öfteren um die Zuständigkeit für einen Mordfall stritten. Er für seinen Teil war froh über jede Leiche, die er nicht bearbeiten musste.

„Gestorben ist sie auf jeden Fall am Genickbruch, wie ich gestern schon sagte. Andere Verletzungen am Körper hab ich nicht feststellen können. Du meinst, ob sie vom Fahrrad gestürzt sein könnte und sich den Hals gebrochen hat? Oder ob sie als Fußgängerin von einem Auto angefahren worden ist?"

„Ja, sowas in der Art", hechelte Schuster, immer noch mit aufkeimender Restsehnsucht das kümmerliche Pflänzchen gießend, den Fall glücklich an die Kollegen der Verkehrspolizei abtreten zu können. Auch wenn es hier völlig deplatziert schien, meinte er, geheime Wünsche selbst in der schmuddeligsten alle Ecken denken zu dürfen. Oder verstieß das gegen den Berufsethos der Kriminaler? Blöder Chorpsgeist, blöder.

„Möglich ist alles", meinte Brenneis lapidar, „aber in die Röhre ist sie sicher nicht von allein gekrochen. Da muss schon jemand nachgeholfen haben, und das riecht mir doch allzu arg nach einem vorsätzlichen Verbrechen. Soweit mir bekannt ist, ist auch Fahrerflucht ein Verbrechen, oder irre ich mich da? Und was sollte dann die Spielkarte, die ich bei ihr gefunden habe?"

Schuster sah seine Hoffnung, das lausige Mistvieh, sich um die Ecke schleichen. Der Doc hatte einfach die handfesteren Argumente „Wo bei ihr hast du die Karte überhaupt gefunden?"

„Nun, sie steckte im Hosenbund zwischen Hose und Rücken. Da steckt man sich üblicherweise keine Spielkarten hin, wenn du mich fragst."

„Verstehe. Und wann, meinst du, ist sie gestorben?"

Brenneis kramte ein kariertes Taschentuch aus seiner Hosentasche, setzte seine dicke Hornbrille ab und putzte die Gläser. „Das ist schwierig. In dem Rohr, in dem sie lag, herrschte ein Klima, das wir nicht einfach nachvollziehen können. Der Sommer war, wie du weißt, sehr heiß und trocken. Und doch gibt es in solchen Gräben und vor der Sonne verborgenen Orten ein eigenes Feuchtigkeits- und Belüftungssystem. Anhand der fortgeschrittenen Verwesung des Brust- und Bauchraumes wie auch des Gesichts und der Schenkelvorderseite, eingedenk der Fliegenlarven und der Madenentwicklung, liegt der Todeszeitpunkt einige Monate zurück. Ich wage mich, Mai zu sagen. Lass mir noch Zeit, die Haare zu untersuchen. Vielleicht finden sich dort Spuren von irgendwelchen Giften. Dann kann ich die Schätzung möglicherweise präzisieren. Ich muss mich diesbezüglich auch erst mal schlau machen, ob es sowas wie eine Halbwertzeit bei eingelagerten Substanzen gibt, wenn du verstehst, was ich meine. Ich denke da an Rauschgift und solche Sachen. Ähnlich wie beim Zerfall radioaktiver Stoffe. Hm. Man hat ja so einen Fall nicht jeden Tag oder jede Woche. Aber mich auf einen Tag festlegen, Kai, das kann ich beim besten Willen nicht."

„Ich verstehe. Wie alt ist die Frau ungefähr gewesen?"

„Auch schwierig zu sagen. Zwischen dreißig und fünfzig ungefähr. Nicht jünger und nicht älter."

„Vergewaltigung?"

„Kai, pass mal auf." Brenneis schnaufte genervt. Wie sag ich's meinem Kinde? „Wie ich schon sagte: Anhand der fortgeschrittenen Verwesung des Brust- und Bauchraumes …"

„Jaja", beeilte sich Schuster zu beschwichtigen, „kannst du nichts sagen, weil nichts mehr zu gucken da ist. Zudem war die Frau bekleidet."

„Du sagst es."

Schuster wanderte einmal um den Tisch herum und blieb an der anderen Breitseite stehen, wobei es dort nicht angenehmer roch.

„Sieht aus wie eine Tätowierung hier am Nacken. Hast du das gesehen?"

„'türlich, was denkst du denn. Am linken Oberarm hat sie auch eine." Brenneis zog den Körper leicht an der Schulter etwas um die Längsachse und deutete auf ein buntes Bildchen am Oberarm. „Sieht aus wie eine Rose. Ich hab Fotos davon und von der anderen gemacht. Sie liegen dort drüben auf dem Schreibtisch. Du kannst sie nachher mitnehmen."

Schuster war beeindruckt. Nicht immer war Brenneis dazu bereit, den Ermittlern selbstständig zuzuarbeiten. Oft lieferte er Ergebnisse oder Berichte erst auf Nachfrage oder gar auf Geheiß. Nicht, dass er Befunde verschweigen würde, nein, das nicht. Aber man musste ihm manchmal schon die Würmer aus der Nase ziehen oder ihn bauchpinseln, um an seine Einschätzungen oder Schlussfolgerungen zu geraten, die für die Arbeit der Polizisten von unabdingbarer Wichtigkeit waren. Dabei hatte Schuster das Gefühl, dass sein Draht zu dem Doc noch einer der besseren war als der anderer Kollegen.

„Danke, Doc. Echt vielen Dank", beeilte sich Schuster deswegen gleich zu kommunizieren. „Ist die Haarfarbe eigentlich die natürliche oder ist es gefärbt?"

„Schau dir den Haaransatz an." Brenneis griff mit beiden Händen auf den Kopf der Toten und drückte die blonden Haare auseinander. „Bis zur Wurzel blond. Die ist nicht gefärbt."

„Okay, das wär's vorerst für mich." Schuster streckte Brenneis die Hand hin. „Mach mir noch ein paar Abdrücke vom Gebiss der Toten, sei so gut, und schick mir das Zeug und deinen Bericht hoch ins Büro. Danke nochmal für die Fotos. Schönen Mittag noch."

Als Schuster draußen auf dem Flur vor Brenneis' Räumen stand, schnappte er tief nach Luft. Er konnte sich einfach nicht an den Anblick von Toten gewöhnen, noch weniger, nachdem sie Dr. Brenneis auf dem Tisch gehabt hatte. Ob das für die Ausübung seines Jobs nun ein Hindernis war oder nicht, wollte er gar nicht wissen.

Auf dem Weg durch den Flur zu seinem Büro kamen ihm Kollegen entgegen, die in Richtung Kantine zum Mittagessen gingen. Auf ihre Frage, ob er mitkommen wolle, würgte es ihn plötzlich im Hals, sodass er es gerade noch in die nächstgelegene Toilette schaffte, wo er sich übergab. Doch, es war ein Hindernis, und er fragte sich, ob seine älteren Kollegen abgebrühter waren als er. Er würde bei Gelegenheit mal einen daraufhin ansprechen. Unbedingt. Er betrachtete sein Spiegelbild über dem Handwaschbecken. Du bist keine vierunddreißig, murmelte er, du bist kurz vor dem Pensionsalter. Wenn Nicole mich so gesehen hätte, würde sie mir zwar eine Telefonnummer gegeben haben, aber bestimmt die vom Altersheim.

Er legte die beiden Fotos von den Tätowierungen auf seinen Schreibtisch im Büro und rief im Computer die Seite mit den vermisst gemeldeten Personen auf. Er beschränkte die Suche zunächst auf die Region Baden und für einen Zeitraum ab April des aktuellen Jahres. Er war überrascht, wie viele Personen in einem so relativ kurzen Zeitraum als abgängig verzeichnet worden waren. Die meisten waren junge Menschen, um nicht zu sagen Jugendliche. Mädchen und Jungen gleichermaßen, die mit all ihren Problemen, wie vielfältig gelagert sie auch immer sein mochten, sich der bekannten Welt durch Flucht entziehen wollten. Aber auch viele Ältere, jenseits der siebzig, die enttäuscht, entkräftet, entmündigt, entsorgt und beschämt sich vor dem Unausweichlichen zu verstecken versuchten. Dramatisch, tragisch und schlimm in jedem einzelnen Fall. Einmal auf dieser Vermisstenliste gelandet, wusste Schuster, war es in der Regel bloß dem Zufall zu verdanken, dass man einen Gesuchten wieder ins soziale Gefüge rückführen konnte. Punktuell und gezielt gefahndet wurde nach vermissten Menschen schon lange nicht mehr, wenn nicht unmittelbare Gefahr für Leib und Leben bestand. Die Ausnahme bildeten natürlich Kinder.

Schuster grenzte die Alterseingabe und die Region ein. Frau, blond, zwischen dreißig und fünfzig, tätowiert, Region Mittelbaden. Der Computer spuckte innerhalb von drei Sekunden ein Bild und die bekannte Vita einer Frau aus, die am 12. Mai 2021, einem Mittwoch, in Kehl von einem Herrn Jakob Fuhrmann, gemeldet und wohnhaft in Kehl, als vermisst gemeldet worden war. Schuster ließ die Unterlagen sofort ausdrucken. Das Foto zeigte eine dürftig mit einem Tanga bekleidete Frau, die lasziv und mit verschleiertem Blick an einer deckenhohen, metallisch glänzenden Stange lehnte. Eine Striptänzerin? Schuster zoomte das Bild näher heran. Am linken Oberarm der Tänzerin war eine Rose zu sehen. Schuster las den Namen der Frau: Sarah Kemper. Alter: fünfundvierzig Jahre. Zuletzt gemeldet in der Colmarer Straße in Kehl; Geschäftsführerin; keine Angehörigen.

Auf einem separaten Anhang zu dem Vermisstendossier berichtete das Polizeirevier Kehl, dass bei Inansichtnahme der Wohnung der vermissten Frau keine Anzeichen von Gewaltanwendung festgestellt worden waren, wie im Übrigen auch keine Andeutungen für eine geplante längere Abwesenheit. Es wurde zwar kein Pass oder Ausweis gefunden, dafür war jedoch der Kühlschrank mit Frischware gut gefüllt, und im Flur wurde neben dem Hausschlüssel auch der Fahrzeugschlüssel für einen Kleinwagen registriert. Das Auto, ein Opel *Eve* neuerer Baureihe, stand unter einer Laterne in der Colmarer Straße vor dem Haus. Jakob Fuhrmann, Arbeitgeber von Frau Kemper, war gleichzeitig und praktischerweise Besitzer und Vermieter der betreffenden Wohnung und hatte den aufnehmenden Polizeibeamten die Wohnung mit einem Zweitschlüssel geöffnet.

Schusters Mobiltelefon klingelte. Er meldete sich, ohne auf das Display geschaut zu haben.

„Allgöwer hier. Kai, sattle das Pferd und schwing die Hufe, die Pflicht ruft. Scheint ein arbeitsträchtiger Monat zu sein, was unsere Profession betrifft."

„Ja Sakra, bin ich denn der einzige Polizist, der Dienst schiebt?", meckerte er.

„Mach keinen Lärm und freu´ dich, an die frische Luft zu kommen. Schau´ dir das herrliche Herbstwetter an", kicherte Allgöwer, „du *bist* der Einzige. Aber du hast immerhin noch mich."

Feuchtigkeit hing in der Luft. Was hatte Allgöwer da von Frische gefaselt? Herrliches Herbstwetter? Tonnenschwere Wolkenungetüme kreuzten wie U-Boote durch die pappige Atmosphäre. Wer sich jetzt draußen aufhielt, würde absolut keinen Durst bekommen.

Sie fuhren aus der Innerstadt Richtung Industriegebiet-Nord an den Bahngleisen entlang. Allgöwers SpuSi-Team folgte in einem eigenen Wagen. Als sie den Streifenwagen mit blinkenden Blaulichtern im Gartengelände sahen, bogen sie ab. Der Wagen von Dr. Brenneis war ebenfalls schon da. Wie schnell ist der denn, dachte Schuster und hielt dahinter an. Der Weg zwischen den Gartenparzellen war vom Regen aufgeweicht und so schmal, dass beide über die Fahrertür aussteigen mussten. Allgöwer fluchte, weil Schuster auch anders hätte parken können, nämlich so, dass beide über die Beifahrertür … immerhin war er der Ältere. Scheiß was drauf.

„Ist das ein Kleingartenverein?", fragte Schuster sich umblickend.

„Keine Ahnung", antwortete Allgöwer. „Da muss man halt fragen."

„Ich mein´ ja bloß, weil das Gelände nicht eingefriedet ist. Das ist doch sonst bei Vereinsanlagen so."

Ist das so?, dachte Allgöwer, aber er sagte nichts.

Sie gingen auf den Polizisten zu, der neben dem Gartentor zu einer Parzelle stand.

„Na Lutz, du kannst wohl auch nicht ohne sein, was?"

Lutz grinste und hob entschuldigend die Schultern.

„Ich hab´ jetzt sicherheitshalber immer ein Passfoto meiner Frau dabei, damit ich noch weiß, wie sie ausgesehen hat, als ich zum Dienst gefahren bin. Man kann ja nie wissen, wann ich sie wiedersehen werde."

Vierzig Meter weiter war ein Krankentransporter zu sehen, der für den Gartenweg zu breit sein musste. Zwei Sanitäter eilten mit einer rollbaren Trage auf sie zu, quetschten sich an einem Notarztwagen durch, der mitten auf dem Weg parkierte. Um die Parzelle flatterte weißrotes Absperrband aus Plastik.

Schuster ging vom Gartentor über Waschbetonplatten zum Eingang der Hütte. Die Tür zur Hütte stand weit offen. Dr. Brenneis und ein andere Mann, wahrscheinlich der Notarzt, arbeiteten konzentriert an einem Körper, der auf dem Boden der Hütte lag. Als Brenneis Schuster bemerkte, der in der Tür stehen geblieben war, schnaufte er unwillig durch die Nase.

„Du schon wieder. Komm´ rein oder bleib draußen, aber bleib´ nicht unter der Tür stehen und nimm´ uns das Licht weg. Ich weiß, was du willst, Kai", sagte er, ohne diesen anzusehen. „Du willst wieder einen Mord aufklären. Hast wohl noch nicht genug zu tun, was? Aber ich muss dich enttäuschen. Noch ist es kein Mord. Die Frau lebt. Und jetzt mach Platz, damit wir sie aufladen und abtransportieren können."

Tatsächlich warteten die zwei Sanitäter hinter ihm darauf, dass sie durch die Tür gelassen wurden. Allgöwer schaute ihm über die Schulter.

„Lassen wir erstmal die Doktoren ihren Job machen", meinte er. Schuster wollte sich umdrehen und die Tür für die Sanitäter freigeben, rammte dabei aber mit dem Kopf gegen den oberen Türrahmen.

„Autsch, verdammt", fluchte er und rieb die Stelle am Kopf, „wie niedrig ist das denn?"

Dr. Brenneis lachte auf. „Willkommen im Club", fügte er hinzu, „ist mir auch passiert. Wahrscheinlich gehört die Hütte einem Zwerg."

Schuster ging zu dem Polizisten an der Gartentür zurück. „Wer hat die Frau gefunden, Lutz?"

„Er sitzt im Streifenwagen. Du bist vorhin an ihm vorbeigelaufen."

Er schaute zum Streifenwagen hin. „Und wer ist die zweite Person, die drin sitzt?"

Lutz guckte dumm. „Wieso zweite Person?"

Beide gingen nebeneinander auf den Streifenwagen zu. Die hintere Tür öffnete sich, ein Mann kletterte heraus, wollte sich gerade verkrümeln. „Halt, hiergeblieben", rief Lutz. Der Mann blieb stehen.

„Ach, wen haben wir denn da? Unser Freund Gieringer von der Presse. Was hast du hier zu suchen, Lothar, hm?"

Lothar Gieringer von der *Badischen Zeitung* stellte sich doof. „Ich wollte nur Herrn Oberle besuchen, das ist alles. Er ist ein Freund unseres Hauses."

„Ein Freund eurer Zeitung? Dass ich nicht lache." Lutz wandte sich an Schuster. „Was machen wir mit ihm?"

„Wenn nur eine von uns nicht autorisierte Zeile in der Zeitung auftaucht, ist er seinen Job los", sagte Schuster.

„Du hast es gehört, Lothar. Komm´ zieh´ Leine. Warte auf die Pressemitteilung wie andere auch." Lutz wies ihn hinter die Absperrung.

„Wie konnte dir das passieren, Lutz. Meinst du, der hält sich an so ´nen Witz wie Pressemitteilung?" Schuster war sauer.

Er bückte sich zuerst und schaute in den Streifenwagen, bevor er sich neben den Mann auf die Rückbank setzte. Ein Mann um die siebzig Jahre, in der für Männer dieses Alters typischen legeren Kleidung: Hellbraune Hose, olivgrünes Poloshirt, beige ärmellose Jacke mit aufgesetzten Brust- und Seitentaschen, grauer Schiebermütze. Schuster brauchte den Mann gar nicht zu fragen, was der Presseheini gewollt hatte. Er stellte sich vor.

„Sie haben die Frau gefunden, Herr Oberle? Hab´ ich den Namen richtig verstanden, den der Pressefritze genannt hat?"

„Oberle, Reinhold Oberle. Ja, vor einer halben Stunde ungefähr."

„Erzählen Sie. Wie muss ich mir das vorstellen?"

„Mir gehört das Nachbargrundstück dort. Sie sehen es auch von hier aus. Das mit der roten Hütte. Ich ... äh ... Normalerweise bin ich jeden Tag im Garten. Jeden Tag, außer Sonntag, das gehört zu meinem Tagesablauf. Gestern aber war ich krank, bin daheim geblieben. Na gut, als ich heute gekommen bin, ist mir sofort aufgefallen, dass die Tür von der Laube da ein Stück offenstand. Eigentlich geht es mich ja nichts an, kann ja jeder halten wie er will, nicht wahr, aber ich kenne die Besitzerin und die … die… also die ist ordentlich und würde die Tür nicht offenstehen lassen. Das kam mir nicht geheuer vor, und deshalb hab´ ich nachgeschaut, ob was passiert ist, was ja auch der Fall war.“

„Haben Sie etwas angefasst, als Sie nachgesehen haben?“

„Kann sein, dass ich die Tür angefasst hab´, eine Bewegung, wie man sie halt macht, und vielleicht den Türrahmen, man sieht sowas ja nicht alle Tage.“

„Und dann haben Sie die 112 gewählt?“

„Jawohl, die 112 und die 110. Alles wie es sein muss.“

„Ist Ihnen etwas aufgefallen, als Sie nachgeschaut haben? Zum Beispiel Leute, die hier nicht her gehören, oder Autos, irgendwas?“

Oberle schüttelte den Kopf. „Nein. Hier war niemand.“

„Gehört das Gartengelände einem Verein oder …“

„Nein, das sind alles Gärten in privatem Besitz. Mit den Vorschriften eines Vereins könnte ich nicht klarkommen. Das ist alles privat. Deswegen ist das Gelände auch nicht umzäunt.“

„Ach ja, nicht dass ich´s vergess´. Sie sagten, Sie kennen die Besitzerin des Gartens hier. Dann bräuchten wir deren Namen.“

Oberle schniefte die Nase, fischte ein Taschentuch aus der Hosentasche und wischte einen Tropfen von der Nasenspitze ab. „Das ist Frau Baumeister. Ruth Baumeister. Ein feiner Mensch. Sie wohnt in St. Paulsberg, soweit ich mich erinnere.“

„Herr Oberle“, Schuster öffnete die Autotür, „vielen Dank für die Informationen. Ich schicke Ihnen den Streifenpolizisten vorbei. Er wird Fingerabdrücke von Ihnen nehmen sowie Ihre Aussage, Namen und Adresse aufnehmen. Vielleicht brauchen wir Ihre Hilfe nochmal. Auf Wiedersehen. Sollen wir Sie dann nach Hause fahren?"

„Danke, das nehme ich gern an. Das war halt doch viel Aufregung für mich."

Schuster winkte den Streifenpolizisten Lutz herbei und räumte für ihn den Platz. Die Sanitäter brachten gerade die Verletzte aus dem Garten und schoben sie Richtung Krankenwagen. Als Schuster nun die Gartenhütte betreten durfte, waren Allgöwer und seine Leute bereits in Aktion. Dr. Brenneis sortierte den Inhalt seiner Tasche und besprach sich kurz mit dem Notarzt, der seinen Not-Rucksack auf den Rücken wuchtete. Schuster trat hinzu. „Bitte, meine Herrn, in aller Kürze das, was ihr verantworten könnt." Schuster hatte jetzt den Notarzt erkannt. Dr. Gratwohl vom *Ortenau Klinikum*, einem verwaltungstechnischen und effizienzsteigernden Zusammenschluss mehrerer Krankenhäuser zu einem Konzern. Er war auch mit ihm per du.

„Sie lebt, das ist das Wichtigste", sagte Gratwohl. „Allerdings ist sie nicht bei Bewusstsein. Mehr als eine Infusion anhängen konnte ich hier nicht, deswegen muss sie so rasch wie möglich auf die Intensiv."

„Habt ihr ...?"

„Nein, Kai, haben wir nicht", würgte Dr. Brenneis seinen Frageversuch ab.

„Du weißt doch gar nicht, was ich fragen wollte, Mensch", reklamierte Schuster.

„Wir haben nichts bei ihr gefunden, Kai", sagte der. „Keinen Ausweis, kein Handy, keine Tasche, keinen Schmuck. Wir wissen nicht, wer die Frau ist."

„Es sieht nach Vergewaltigung aus", schaltete sich Gratwohl dazwischen. „Die Unterwäsche war zerrissen. Und sie hat Würgemale am Hals. Ihr Alter? Irgendwo zwischen achtzehn und dreißig, würde ich tippen."

„Wie lange lag sie schon da? Kann man das feststellen?"

„Leider nein", meinte Gratwohl. „Sie dürfte zwar etwas unterkühlt sein, aber da sie noch lebt? Fragt alle Gartenbesitzer, ob sie und wann sie Veränderungen bemerkt haben."

„Habt ihr …?"

„Was ist, warum redest du nicht weiter?", wunderte sich Brenneis.

„Ach so, ich dachte halt, du unterbrichst mich grundsätzlich nach diesem Frageansatz", grinste Schuster. „Habt ihr ein Foto von der Frau gemacht?"

Allgöwer, der im Raum nach Spuren suchte, rief: „Hab´ ich, Kai."

„Okay. Und sonst? Andere Spuren? Kratzer, Hämatome, Abwehrverletzungen, Sperma?" Schuster blickte die Docs an. Doch beide schüttelten den Kopf, weil sie aus Erfahrung wussten, dass die Polizei am liebsten auch den Täter von ihnen genannt bekäme. „Hämatome rund um den Hals. Mehr kann ich nicht sagen. Ruf´ mich morgen nochmal an", meinte Dr. Gratwohl, „dann kann ich dir vielleicht mehr sagen. Jetzt ist zuerst das Überleben wichtig." Sprach´s, und ging mit gesenktem Kopf durch die Tür nach draußen.

Die Hütte, oder auch Laube, wie Reinhold Oberle dazu sagen würde, war komplett aus Holz, mit echten Ziegeln auf dem Dach. Den Innenraum schätzte Schuster auf ungefähr drei mal vier Meter. Er war mit einem kleinen Küchenblock ausgerüstet, Kochherd mit zwei Kochplatten, Spüle, daneben ein altmodischer Küchenschrank, der neben Geschirr, Besteck und einigen Töpfen einen geringen Vorrat an haltbaren Lebensmitteln enthielt, aber auch hinter einer der unteren Schranktüren Wolldecken beinhaltete, vielleicht für ein Nickerchen, wie Schuster annahm. An der Längsseite gegenüber dem Eingang stand nämlich ein dreisitziges älteres Sofa. Unter dem einzigen Fenster an der rechten Längsseite, vis-à-vis des Küchenblocks, stand ein einfacher Holztisch mit drei Stühlen. Im Grunde genau das, was man für einen Tagesaufenthalt oder vielleicht auch für eine Übernachtung brauchte.

Allgöwer hatte eine Flasche mit dem Rest eines Wodka-Mix-Getränks auf den Tisch gestellt, eine Reihe von Fingerabdrücken abgepinselt und auf Folie gebannt.

„Hast du hier irgendwelches Gartenwerkzeug gefunden?" Schuster hatte vergeblich im Raum danach gesucht.

„Draußen, an der Rückseite der Hütte. Hab´s schon durchgesehen."

„Fußspuren im Garten?"

„Vergiss es. Nach dem Regen ist nichts zu wollen. Aber danke, dass du dran gedacht hast."

„Kannst du mit Lutz zurückfahren, nachdem er Herrn Oberle nach Hause gefahren hat? Ich würde sonst jetzt verschwinden."

„Ich fahr´ mit meinem Team. Hau ab, Kai", murmelte Allgöwer.

Kapitel 2

Ruth war das, was man landläufig eine Waldhexe nannte. Dabei glich sie, von der äußeren Erscheinung her, überhaupt nicht einer solchen, wie immer man sich eine Waldhexe auch vorstellen mochte. Sie hatte weder einen Buckel auf dem Rücken noch eine Warze auf der Nase. Sie war eins vierundsechzig groß und hatte eine ansprechende schlanke Figur mit all den weiblichen Attributen, die einen Mann zum Hinschauen verleiten konnten. Ihr Gesicht strahlte Güte, Herzlichkeit und Freundlichkeit aus, und wenn sie lachte, was oft geschah, erblühte sie in einer Schönheit, die man jeder Frau gönnen mochte. Ihr honigfarbenes langes Haar war dick und schwer und meistens trug sie es in einem lockeren, nachlässig geflochtenen Zopf. Sie wusste, dass man im Dorf, hinter vorgehaltener Hand freilich, über sie, ihren Laden und ihre Tätigkeit tratschte, nichts Schlechtes notabene, doch insgeheim erfüllte sie das Prädikat „Waldhexe" sogar etwas mit Stolz, bedeutete es doch, dass man ihr auf ihrem Fachgebiet einiges zutraute. Und schließlich: Konnte es eine bessere Werbung für sie geben?

Sie war seit der Scheidung von ihrem Mann Ulf Graumann im Jahr 2014 alleinstehend und fühlte sich nach dem schmutzigen Streit um Haben und Nichthaben in der Position als *freie* Frau sehr wohl.

Es war um *seine* Apotheke gegangen und um die gemeinsame Wohnung, beide in Offenburg gelegen. Als sie sich kennengelernt hatten, war er studierter Apotheker ohne Apotheke, dafür aber mit unehelicher achtjähriger Tochter gewesen. Es hatte vor ziemlich genau dreizehn Jahren begonnen.

Sie musste zugeben, dass sie seinem Charme erlegen war und hinter seiner Unbekümmertheit nicht den Luftikus erkannt hatte, als der er sich später herausstellte. Nach ihrer Heirat im Jahr 2009 hatte sie für ihn in Offenburgs zentraler Lage ein Ladengeschäft erworben, in dem er *seine* Apotheke hatte einrichten können. Es war auch hauptsächlich ihr Geld gewesen, mit dem sie die Wohnung gekauft hatten in der sie zusammen lebten, und auf ihren Namen war sie auch auf dem Grundbuchamt in Offenburg eingetragen. Sie hatte damals als Redakteurin in einem großen Offenburger Zeitschriftenverlag gutes Geld verdient. Ihr Mann hatte nach einigen Jahren Ehe gemeint, sie würde es tolerieren, dass er mit seinem Samen auch andere Frauen beglückte, aber damit war er falsch gelegen. Nachdem er ein Ultimatum ums andere leichtsinnig vervögelt hatte, hatte sie ihn vor die Tür gesetzt und darum vor Gericht dafür gekämpft zu behalten, was ihrer Meinung nach ihr gehörte. Leider, oder sollte sie sagen, gottseidank, war mit ihm auch seine Tochter Carmen ausgezogen, eine uneheliche Produktion mit einer Studentin während seines Studiums. Carmen, wie das Mädchen hieß, hatte Ruth nie als Mutterersatz akzeptiert. So hatte sie ihren Vater und Ruth gegeneinander ausgespielt, ein raffiniertes Biest, das die Scheidung förmlich herbeigesehnt hatte, weil sie wusste, dass sie bei ihrem Vater an einer sehr langen Leine geführt werden würde. Seit der Scheidung waren sich Ruth und Carmen nur noch einmal zufällig in der Offenburger Innenstadt begegnet, und Carmen war schnippisch gewesen wie immer, mit einer aufgesetzten überbordenden und genauso falschen Herzlichkeit, von der Ruth regelrecht schlecht geworden war. Seither hatte sie von dem Mädchen nichts mehr gehört.

Ruth hatte eine ungemein gerechte Richterin gefunden, mit der sie noch heute befreundet war. Die Wohnung hatte sie nach der Scheidung wieder verkauft, weil sie darin nicht an ihn und an ihre Fehleinschätzung erinnert werden wollte. Ebenso die Apotheke, für die ihr Ex nun Miete an den neuen Besitzer bezahlen musste. Einzig den kleinen Schrebergarten mit einer Hütte am Stadtrand Offenburgs, der einst mit der Wohnung in Offenburg in ihren Besitz übergegangen war, wollte sie behalten. Nicht der Sentimentalität wegen, sondern aus praktischen Gründen. Ihren Beruf als Redakteurin hatte sie gekündigt und sich selbstständig gemacht. War sie bei der Zeitschrift für die Ressorts *Natur und Garten* zuständig gewesen, legte sie ihr theoretisches Wissen nun ganz in die Praxis um. Vom frühen Frühling bis zu den ersten Herbstfrösten verbrachte sie ihre Zeit überwiegend entweder in der freien Natur oder in ihrem Garten. Bald war es ihr gelungen, sich in St. Paulsberg und Umgebung als Kräuterfrau einen Namen zu machen. Leute kamen von überall her, um sie um ihren Rat zu fragen oder eine Expertise von ihr zu bekommen. Idealerweise war etwa gleichzeitig mit ihrem Umzug nach St. Paulsberg ein Ladengeschäft im Ort zum Kauf angeboten worden, das zu ihren Plänen für die Zukunft passte und sie sofort zum Kauf bereit war, glücklich über diese Fügung.

Wer Ruths kleinen Laden in einer Seitenstraße St. Paulsbergs betrat, sah sich in kürzester Zeit einem konzentrierten Angebotsspektrum der heimischen Wälder gegenüber, wobei auf handgeschriebenen kleinen Zettelchen jeweils kurze Hinweise auf ausreichende oder knappe Ressourcen vermittelt wurden. Darüber hinaus entpuppte sich der Laden als Fundgrube für alles, was man in einem Wald oder in der freien Natur finden und entdecken konnte. Neben Edelsteinen oder Halbedelsteinen, zum Beispiel Achaten, lagerten in Regalen vielerlei Sorten von Gestein, sortiert nach Art und Farbe. Getrennt von den Steinen lagen knorrige Hölzer aller vorkommenden Bäume, ob Wurzeln oder seltsam gewachsene Äste. Eine weitere Abteilung befasste sich mit

Moosen und Flechten auf Baumrinden in den unterschiedlichsten Strukturen. Hauptsächlich jedoch sah man sich Kräutern gegenüber. Kräuter komplett in getrockneten Sträußen oder in geschlossenen Porzellangefäßen. Kräuter in Öl und dem Licht ausgesetzt, und verarbeitete Kräuter in Salben und Seifen. Der kleinste Bereich im Laden galt den Früchten des Waldes, wie Bucheckern, Esskastanien, getrockneten Beeren und Pilzen. Saisonal wurden die Waldfrüchte auch frisch angeboten; dann musste man mit Ruth allerdings auf gutem Fuß stehen und zu den ersten Interessenten überhaupt gehören, denn sonst bekam man nichts.

Ruth selbst wohnte jetzt in einem kleinen Holzhaus am Rande St. Paulsbergs nahe eines Waldes. Sie hatte es vom Erlös der verkauften Wohnung günstig erworben. Um das Haus herum hatte sie einen Garten angelegt, in dem sie mit einigem Aufwand viele Kräuter anpflanzte, aber bewusst auch Ecken und Zonen duldete, in denen die Natur frei wuchern durfte. Sie teilte das Haus mit zwei Katzen, die ihr beide zugelaufen waren, weshalb sie das genaue Alter der Katzen nicht kannte. Dr. Steiner, der Tierarzt von St. Paulsberg, hatte sie auf sechs bis sieben Jahre geschätzt. Das war nun aber auch schon drei Jahre her und seine Meinung hatte sich zu den jeweiligen Routineuntersuchungen, bei denen die Tiere gleich die erforderlichen Impfungen erhielten, nicht geändert. Den Kater nannte sie *Hänsel*, das Weibchen *Gretel*.

Vom Ort her erreichte man ihr Haus über einen unbefestigten Kiesweg, der zweihundert Meter vor ihrem Haus das Flüsschen Rothbach überquerte.

Als sie an diesem Mittwochmorgen das Telefon abnahm und sich meldete, konnte sie natürlich nicht wissen, wie sehr von diesem Moment an ihr Leben sich ändern würde.

Es war die Polizei in Offenburg, Kriminalpolizei, um genau zu sein, und ein Kommissar fragte sie, ob sie die Ruth Baumeister sei, der in Offenburg ein Schrebergarten gehörte. Sie bestätigte die Frage, und als nächstes hatte der Kommissar gesagt: „Ich komme zu Ihnen. Wann passt es für Sie?"

Vielleicht, dachte Kai Schuster, ist an der Geschichte doch was dran. Man sagte sich, dass in St. Paulsberg immer ein anderes Klima herrsche als anderswo. Zum Beispiel, und damit betrieb man sogar Werbung, lockte man Kurgäste und Touristen mit der Behauptung, St. Paulsberg sei die einzig nebelfreie Schwarzwaldgemeinde. Das konnte man glauben oder nicht, wie zum Beispiel die Geschichte von den angeblichen Schneehöhen in Hohenterzen. Witzbolde der dortigen Kurverwaltung hätten damit geprahlt, den Schnee nicht in der Höhe, sondern in der Breite gemessen und veröffentlicht zu haben.

Nun, als er in Offenburg losgefahren war, hatte ihm das Urwaldklima die Kleidung mit klebriger Feuchtigkeit durchtränkt. Eine gute halbe Stunde später in St. Paulsberg aus dem Auto gestiegen, fühlte sich die Luft so trocken an, dass sie auf der Haut wie Schmirgelpapier zu reizen schien.

Er war pünktlich, was heutzutage eine Seltenheit war. Halb elf Uhr am Morgen. Kai Schuster, sagte er, Oberkommissar Kai Schuster. Ruth bat ihn ins Haus, nachdem sie sich den Dienstausweis hatte zeigen lassen. „Pardon", hatte sie gesagt, „reine Vorsichtsmaßnahme. Sie wissen schon."

Schuster wusste. „Schön wohnen Sie", nickte er anerkennend, „wirklich schön. So ein Anwesen mit Haus ist einfach ein Traum, nicht wahr? Ist es Ihr Eigentum?"

„Danke und ja, es gehört mir", hatte Ruth geantwortet. „Kaffee? Tee? Wasser?"

„Oh, Kaffee klingt gut."

Ruth ließ ihn allein im Wohnzimmer und bereitete in der Küche den Kaffee zu.

„Wohnen Sie allein hier?", hörte sie ihn aus dem Wohnzimmer rufen. Da sie absolut dagegen war, in ihrem Haus herumzubrüllen, antwortete sie auf die Frage erst, als sie mit dem Kaffee wieder das Wohnzimmer betrat.

„Nein, zwei Katzen wohnen hier mit mir. Kein Mann, wenn das die Absicht Ihrer Frage war."

Schuster lächelte, bedankte sich für den Kaffee. „Der Schrebergarten in Offenburg, sagen Sie, ist also Ihr Eigentum, richtig?"

„Ja, das stimmt", erwiderte sie, „ich habe mal in Offenburg gearbeitet und gewohnt. Der Schrebergarten gehörte zu der Wohnung, die ich gekauft hatte, und nach dem Umzug habe ich den Garten behalten. Ich …"

„Gestern ist in Ihrer Hütte eine Frau schwer verletzt aufgefunden worden. Eine junge Frau. Fremdeinwirkung. Ein Verbrechen. Also *in* der Hütte. Der Türschlüssel hat im Schloss gesteckt. Haben Sie der Frau den Schlüssel gegeben, oder ..?" Schuster ließ die Frage offen, trank einen Schluck Kaffee. „Hm, sehr guter Kaffee", lobte er anerkennend.

„Der Schlüssel liegt immer unter einem Ziegel neben der Tür, und …"

„Wer weiß davon, beziehungsweise wer kann davon wissen?"

„Nun, ich denke dass alle Gartenbesitzer das wissen", antwortete sie nach einem Augenblick der Überlegung. „Man kennt sich untereinander, verstehen Sie? Mein Gartennachbar, Herr Oberle, wird es auf jeden Fall wissen. Ich meine, es gibt nichts in der Hütte, für das sich ein Einbruch lohnen würde."

„Herr Oberle war es, der die Frau gefunden hat. Von ihm habe ich auch Ihren Namen erfahren. Laden Sie Freunde in den Garten ein, oder Verwandte, zu Grillpartys oder ähnlichem?"

Frau Baumeister winkte ab. „Nein, nicht mehr", sagte sie. „Früher, als ich noch Redakteurin mit Fachgebiet *Garten* war, da war öfter mal Besuch da. Wenn man über Gärten im Allgemeinen und Gartenpflege im Besonderen schreibt, sollte man mindestens ein bisschen praktische Erfahrung besitzen. Dafür war der Garten ganz gut. Natürlich hatte ich ihn auch zum Anbauen von Gemüse und Kräutern benutzt und tue das heute noch. Das mit den Besuchen ist aber Jahre her."

„Wann waren Sie denn zuletzt dort?"

Sie überlegte kurz. „Vergangene Woche. Ich bin etwa einmal pro Woche dort. Nicht immer am gleichen Tag. Ich meine, es war Donnerstag."

Schuster zog ein Foto aus der Jackentasche und legte es vor Ruth auf den Tisch. „Kennen Sie die Frau? Haben Sie sie schon mal gesehen."

Ruth entfuhr ein „Oh mein Gott".

Schuster fragte: „Sie kennen sie?"

Ruth nickte. „Ich kenne sie. Das ist Carmen, meine Ex-Stieftochter."

Ruth war noch lange danach entsetzt. Schuster hatte gemeint, dass anhand der Vielzahl der von der Verletzten stammenden Fingerabdrücke in der Hütte es nicht anders sein kann, als dass diese die Hütte des Öfteren als Unterschlupf benutzt haben musste. Als Unterschlupf. Ob sie, Ruth, denn nie eine Veränderung oder Anzeichen für einen Aufenthalt Fremder in der Hütte bemerkt hätte. Ruth hatte die Unwissende, die Überraschte gespielt. Nein, hatte sie behauptet, niemals wäre ihr etwas aufgefallen.

War ihr doch. Konnte gar nicht anders sein. So ein Schussel von Gör wie Carmen es war, hinterließ immer eine Spur, da mochte sie noch so vorsichtig sein. Und Ruth hatte irgendwie geahnt, dass es nur Carmen sein konnte. Carmen. Wer sonst. Sie war als Kind häufig mit ihr im Garten gewesen. Nicht dass Carmen eine Hilfe dargestellt hätte, beileibe nicht, dafür war sie schließlich ein Kind, nicht wahr, und sie nahm das Mädchen ja auch nicht mit, um Hilfe zu haben. Wenn sie gewollt hätte, wäre es für Ruth ein Einfaches gewesen, diese Besuche abzustellen. Ein dickes Sicherheitsschloss an die Tür, das Fenster verrammelt, und aus und vorbei mit dem Unterschlupf. Vielleicht aber hätte das Mädchen dann die Hütte aus Enttäuschung oder aus Wut angezündet oder beschädigt oder was auch immer. So aber hatte sie es geschehen lassen, hatte den Zugang gewährt, stillschweigend, hatte nie zu erkennen gegeben, dass sie über Carmens Besuche im Bilde war, wie zum Beispiel einen Willkommensgruß geschrieben oder kleine Geschenke wie Schokolade deponiert. Sie hatte auch nie kontrolliert, hm, das hätte gerade noch gefehlt. Doch bemerkt hatte sie es, natürlich. Da lag mal der Schlüssel unter dem Ziegel verkehrt herum; die Decken im Küchenschrank lagen anders; eine Tüte mit Kartoffelchips war aufgerissen; Kleinigkeiten. Schau mal einer an, hatte Ruth gedacht, das Kind hat sich den Garten und den Schlüssel eingeprägt. Liegt nicht so eine Keller-Bar im Industriegebiet, wo die Jungen immer abhängen? Carmen wird dazugehören. Und jetzt? Jetzt liegt sie schwerverletzt im Krankenhaus? Überfallen in ihrer Gartenhütte? Was wird ihr Vater wohl dazu sagen?

Offenburg, 29. September 2021

Also verfügten sie nun über einen Namen. Carmen Graumann, einundzwanzig Jahre jung, einziges Kind von Ulf Graumann, Apotheker in Offenburg.

Es war nicht weit vom Polizeipräsidium in die Fußgängerzone der Stadt. Das Polizeipräsidium lag praktisch an deren Rand hinter dem Bahnhof oder vor dem Bahnhof, je nachdem, ob man es von Westen oder von Osten sah, in der Prinz-Eugen-Straße. Man überquerte die Gleise der Bahn und befand sich in der Hauptstraße. Schuster kannte die Apotheke, hatte sogar schon Medikamente darin gekauft. Kopfschmerztabletten, wenn er sich richtig erinnerte. Er wurde von einer Kriminalassistentin begleitet. Rita Böhringer.

„Ben", hatte er seinen Diensteinteiler überfallen, „ich habe jetzt zwei Fälle am Hals. Verdammt viel für einen alleine. Ich weiß ja, dass für eine Sonderkommission kein Personal vorhanden ist. Aber kannst du mir nicht trotzdem eine Hilfe zuteilen?"

„Du hast Nerven, Kai. Soll ich sie mir aus den Rippen schneiden?"

„Wär´ nicht das erste Mal in der Menschheitsgeschichte", frozzelte Kai. „Mach´s noch einmal, Ben."

Der stöhnte. „Hol´ dir die Böhringer."

„Und wo finde ich diese Böhringer?"

„Sie muss im Archiv sein. Digitalisierung aller Archivbestände. Aber der Chef muss …"

Mehr hatte Schuster nicht mehr gehört, weil er schon unterwegs in den Keller war.

„Danke, dass du mich hier rausgeholt hast. Es kommt mir wie eine Erlösung vor", war sie ihm beinahe um den Hals gefallen. Rita Böhringer war fünfundzwanzig Jahre alt und seit einem halben Jahr im Präsidium. Kai Schuster erinnerte sich, sie bei der Vorstellung durch den Chef damals gesehen zu haben, aber seitdem war sie wie vom Erdboden verschluckt. Man kann doch nicht ein so hübsches Mädel den Blicken der Kollegen entziehen, dachte er, als sie nebeneinander durch die Fußgängerzone schritten. Sie war schlank, eins siebzig groß, trug die braunen Haare in einem frechen Pagenschnitt, und ihre grünen Augen schauten keck in die Welt. Im Gegensatz zu ihm schien ihr die hohe Luftfeuchtigkeit nicht zuzusetzen. Ihm lief nach nur wenigen Metern der Schweiß den Rücken hinunter.

Die Apotheke lag in einem Eckgebäude, Pseudo-Jugendstil, vermutete Schuster, vier Treppenstufen aus abgetretenem Sandstein über Straßenniveau. Zwei Frauen in weißen Kittelschürzen bedienten hinter einer halbkreisförmigen Theke. Von einem Mann war nichts zu sehen. Schuster und die Böhringer warteten, bis sie an die Reihe kamen. Er zückte seinen Dienstausweis, als es soweit war.

„Kriminalpolizei", sagte er. „Können wir Herrn Ulf Graumann sprechen?"

„Moment bitte", sagte die Angestellte zögerlich und versenkte ihren Blick in seine Augen, als könnte sie so den Grund ihres Hierseins ergründen, und begab sich in ein Zimmer im Hintergrund. Kurz darauf erschien ein stattlich aussehender Mann, ebenfalls im weißen Kittel. Er schob eine Brille auf die sonnengebräunte Stirn, stellte sich mit „Graumann, was kann ich für Sie tun?" vor. Schuster schätzte den Mann um die fünfundvierzig Jahre. Frauentyp, fügte er im Geiste hinzu, angenehme Stimme, gepflegte Hände, ich werde ihn nicht mögen können.

„Schuster, Kriminalpolizei. Assistentin Böhringer. Können wir Sie ungestört sprechen?"

Graumann hob die Augenbrauen, musterte sie Polizisten und bat sie dann in den Raum, aus dem er gekommen war. In einer Ecke stand ein kleiner Tisch mit vier Stühlen.

„Setzen wir uns. Was kann ich für Sie tun?", wiederholte er.

Schuster schob ihm das Foto über den Tisch zu. „Wir kommen wegen Ihrer Tochter, Herr Graumann."

„Carmen? Hat sie wieder was …" Erst jetzt fasste er das Bild ins Auge, nahm es in die Hand und erschrak sichtlich. Es war das Foto, das Allgöwer in der Gartenhütte von ihr geschossen hatte, Carmen mit geschlossenen Augen, alabasterner Gesichtshaut, strähnige Haare.

„Ist das Carmen, Ihre Tochter?"

„Ja, aber …", Graumann stierte auf die Fotografie. „Was ist denn das für ein Bild? Ist meiner Tochter was passiert? Wieso Kriminalpolizei?"

„Wenn es Ihre Tochter ist, dann ist ihr tatsächlich was passiert. Sie wurde gestern in einer Gartenhütte bewusstlos aufgefunden. Wir müssen von einem Verbrechen ausgehen. Im Augenblick liegt sie auf der Intensivstation im Krankenhaus."

„Gestern?", rief Graumann mit sich fast überschlagender Stimme. „Gestern? Und Sie kommen erst heute?"

„Ja gestern." Schuster ließ sich nicht aus der Ruhe bringen. „Sie hatte keine Ausweispapiere oder Telefon bei sich. Wir haben zudem erst heute Morgen erfahren, wer die junge Frau sein könnte. Darum können wir auch erst heute bei Ihnen erscheinen."

„Ich verstehe nicht, wie Sie das meinen, dass Sie erst heute Morgen erfahren haben, wer die junge Frau sein *könnte*. *Könnte*, als wäre meine Tochter ein Konjunktiv."

„Tja, es verhält sich so. Carmen, Ihre Tochter, wurde gestern Nachmittag in der Gartenhütte einer bestimmten Gartenanlage gefunden. Die Gartenhütte gehört Frau Ruth Baumeister …"

„Was hat denn diese dumme Gans mit der ganzen Sache zu tun?", platzte Graumann grob dazwischen.

„ …und nur durch Frau Baumeister haben wir heute Morgen erfahren, dass es sich bei der verletzten Frau um ihre Tochter handeln *könnte*. Juristisch eindeutig identifizieren konnte und durfte Frau Baumeister die Frau anhand der Fotografie nicht. Sie ist ja weder verwandt noch gehört sie zur Familie. Aber sie hat die Möglichkeit, dass es sich um Ihre Tochter handelt, nicht ausgeschlossen. So viel dazu. Von Ihnen, Herr Graumann, lag um diese Zeit weder eine Vermisstenanzeige noch sonst eine Anfrage Ihre Tochter betreffend vor. Wie ich weiß, ist Carmen bei Ihnen zu Hause gemeldet. Wundert es Sie nicht, wenn Ihre Tochter nicht zu Hause übernachtet oder …“

„Nun hören Sie mal zu“, begann Graumann mit erhobenem Zeigefinger zu dozieren, „meine Tochter ist volljährig, ein erwachsener Mensch, gesund und in keinster Weise irgendwie beeinträchtigt. Sie kann tun und lassen was sie will, hingehen wohin sie will, kommen wann sie will, ich lege ihr da keine Steine in den Weg, und Sie drehen mir aus meiner liberalen Einstellung keinen Strick. Habe ich mich deutlich genug ausgedrückt?“

„Vortrefflich“, atmete Schuster erleichtert auf, „dann können wir ja jetzt gehen. Danke, Herr Graumann, dass Sie uns als nächster Angehöriger bestätigt haben, dass es sich bei der verletzten Frau um Ihre Tochter handelt. Irgendwem muss das Krankenhaus schließlich die Rechnung schicken. Auf Wiedersehen. Wir finden alleine hinaus.“

„Moment, Moment“, sprang Graumann vom Stuhl. „Was ist denn überhaupt mit Carmen passiert?“

Schuster gab sich überrascht. „Was? Wie jetzt? Ich dachte, das interessiert Sie gar nicht. Ich meine, immerhin ist Ihre Tochter volljährig und kann sich somit umbringen lassen von wem sie will und wann sie will und wo sie will.“

Graumann mutierte zuerst zu Rotmann, dann zum Rottweiler: „Sie … Sie …impertinenter …arroganter …“

Assistentin Böhringer rettete die Situation. Sie schob Schuster aus dem Raum und hieß ihn vor der Apotheke warten. Zu Graumann sagte sie: „Sie können uns bei der Suche nach dem Täter unterstützen. Würden Sie mir bitte jetzt einige Fragen beantworten? Oder möchten Sie uns lieber im Präsidium besuchen?"

Sie waren in ein Café auf der gegenüberliegenden Straßenseite gegangen. Durch das Fenster zur Straße hin hatten sie einen guten Blick auf die Apotheke. Keine fünf Minuten, nachdem sie das Café betreten hatten, war Graumann aus der Apotheke gestürmt und in der Seitenstraße verschwunden.

„Er wird jetzt wahrscheinlich ins Krankenhaus fahren", meinte Rita.

„Jetzt erzähl´ mal. Was hat er denn über seine Tochter gesagt." Schuster biss herzhaft in eine Zimtschnecke.

Rita Böhringer räusperte sich. „Es ist wohl so, wie er hat durchblicken lassen. Im Prinzip lässt er seine Tochter machen, was sie will. Er kontrolliert sie nicht und gängelt sie nicht. Sie erhält wöchentlich einhundert Euro von ihm, und was sie damit macht, ist ihm egal. Sie geht keinem Beruf nach, keiner Schule, keiner Lehre, lebt, wie es ihr gefällt. Sie sei jung, erklärte er, und das sei die schönste Zeit im Leben. Irgendwann wird sie schon die Kurve kriegen. Sollte das einmal der Fall sein, wäre er natürlich der Erste, der sie unterstützen würde.

Am Samstagabend hat er sie zuletzt gesehen. Er hatte die Sportschau im Fernsehen angeguckt, und sie wäre nach Hause gekommen, um sich umzuziehen, und dann wieder auf die Piste gegangen. Er hat wirklich Piste gesagt.

Es sei absolut nichts Außergewöhnliches, dass Carmen nicht daheim geschlafen hat. Das ist schon oft vorgekommen, wie er sagte. Sie sei in einer festen Clique, die gemeinsam in der Stadt rumhängt. Als ich ihn nach Namen gefragt habe, hat er lediglich den Kopf geschüttelt."

„Hast du ihn nach der Mutter gefragt? Carmens Mutter?"

„Angeblich wohnt sie in England." Rita blätterte in einem Notizbuch. „Xenia Hoffmann. In Birmingham. Sie hat das Kind während ihres Studiums bekommen und sich, wie er sagt, nach sechs Jahren abgesetzt. Hat ihm das Kind und die Erziehung überlassen."

„Lebt Graumann allein, oder hat er eine Frau oder Freundin?"

„Er lebt in keiner festen Beziehung, wenn ich ihn richtig verstanden habe", sagte Rita.

Schuster überlegte. „Wir müssen wissen", begann er, „mit wem Carmen befreundet ist. Graumann wollte vorhin nämlich fragen, *ob Carmen wieder* ... War dir das auch aufgefallen? Er wollte fragen, ob Carmen wieder was ausgefressen oder angestellt hat. Ich denke, dass sie wegen irgendwelcher Delikte aktenkundig geworden ist. Kleinigkeiten wahrscheinlich. Ladendiebstahl, Sachbeschädigung und so weiter. Kümmerst du dich bitte darum? Und achte bitte auf beteiligte Personen. Das könnten Freundinnen oder Freunde sein, mit denen sie sich öfter getroffen hat. Wenn das nichts bringt, dann nimm´ das Foto von Carmen und gehe damit in der Fußgängerzone hausieren. Frag´, wenn jemand sie kennt, wo sie zum Beispiel samstagabends hingegangen ist. Wenn sie sich umgezogen hat, wie Graumann erwähnte, wollte sie vielleicht in eine Disco oder so. Im Industriegebiet existiert zum Beispiel ein Keller-Club, der recht angesagt zu sein scheint. Der wäre auch in der Nähe des Gartengeländes, wo sie gefunden wurde. Lass´ dir, wenn du´s für erforderlich hältst, einen Dienstwagen geben. Okay?"

„Wow und hey, ich leite ganz allein eine Ermittlung. Wie hipp ist das denn?", jubelte Rita. „Und was machst du den lieben langen Rest vom Tag?"

„Ach, ich werde mich ins Büro setzen und Zeitung lesen. Nein, Quatsch. Wir haben ja noch einen zweiten Fall. Mordsache Sarah Kemper."

Kehl (Rhein), 30. September 2021

Wenn der Nachmittag halten würde, was der Morgen versprach, dann würde es ein wunderschöner letzter Septembertag werden. Die Sonne schien schräg über die Dächer der Stadt und die Temperatur kündigte den Herbst an.

Ein Polizist vom Revier in Kehl (Rhein) hatte Kai Schuster den Schlüssel für die Wohnung von Sarah Kemper übergeben. Es war Donnerstag, acht Uhr dreißig.

Der erste Besuch der Polizei in dieser Wohnung war nach der Vermisstenanzeige des Eigentümers Jakob Fuhrmann im Mai ja keine staatsanwaltlich angesetzte Hausdurchsuchung gewesen, sondern eher eine informelle Beschau. Die vermisste Person hätte zum Beispiel hilflos in der Wohnung liegen oder alle Anzeichen dafür sprechen können, dass sie offensichtlich verreist wäre, wohingegen es diesmal eine Anordnung aufgrund eines Verbrechens war. Kai Schuster würde nach der kriminaltechnischen Untersuchung die Wohnung nun so lange versiegeln, bis die Ermittlungen zu dem Mordfall abgeschlossen sein würden.

Schuster hatte Herrn Fuhrmann vorab telefonisch von der Aktion in Kenntnis gesetzt und die Übergabe des Schlüssels an den Polizeibeamten initiiert. Nicht gerade begeistert hatte Fuhrmann die Notwendigkeit der Maßnahme schließlich einsehen müssen und seine Kooperation zugesagt.

Die Wohnung hatte zwei Zimmer, eine kleine Küche und ein noch winzigeres Bad. Sie war billigst eingerichtet. Selbst

IKEA-Produkte würden im Vergleich noch als Luxusware durchgehen. Aber sie war sauber. Der Kühlschrank war im Gegensatz zum ersten Termin leer. Schuster fragte telefonisch bei Fuhrmann nach, ob die Wohnung in der Zwischenzeit gereinigt worden wäre, was dieser allerdings verneinte. Er persönlich habe lediglich den Kühlschrank geleert, um ihn nicht versiffen zu lassen, wie er sich ausdrückte.

Allgöwer stellte nach einem ersten Rundgang fest, dass weder ein Handy noch ein Computer in der Wohnung seien.

„Du kannst", schlug er an Schuster gewandt vor, „wenn du willst, gleich zu diesem Fuhrmann fahren und mit ihm reden. Das hast du doch sowieso vor, oder nicht? Wir machen hier noch weiter. Fingerabdrücke, Haare, Tagebücher, das volle Programm. Wir sehen uns dann in der Direktion."

„Okay, aber schließ´ ab und nimm den Schlüssel mit. Bis später."

„Was glaubst du eigentlich, was ich bin?"

Fuhrmanns Adresse lag in einer Seitengasse zur Hauptstraße. Ein einstöckiges Gebäude mit Flachdach. Das war nicht Fuhrmanns Wohnadresse. Es war eine Nachtbar mit roten Markisen vor den zugeklebten Fenstern. Eine Reklametafel neben dem Eingang versprach *„Jeden Samstag Ü-40-Strip"*.

Schuster klingelte an der Glocke neben der Eingangstür. Es dauerte eine Minute, bis ihm geöffnet wurde. Eine junge Frau mit blauschwarz gefärbtem Haar in einem bordeauxroten Bademantel mit Drachenmotiv hieß ihn eintreten. Gleich links des Eingangs befand sich der Bartresen, hinter dem sich der Raum zu einer Art Theater öffnete. Ins Auge stach eine Bühne mit der für diese Art von Bars typischen senkrechten Metallstange in der Mitte. Vor der Bühne erkannte er die Bestuhlung, die sich im Halbkreis um die Bühne zog. Weiter hinten im Raum waren mit Vorhängen verhangene Nischen zu erahnen. Die junge Frau stolzierte ihm auf gefährlich hohen Highheels durch die schummrige Bar voraus bis zu einer Tür im hinteren Bereich des Gebäudes. Dort klopfte sie an, öffnete die Tür und ließ ihn wortlos, jedoch mit einem breiten Lächeln, als würde sie Reklame für einen Zahnarzt betreiben, in den Raum. Ein Büro mit einem protzigen Schreibtisch vor dem einzigen Fenster, und anstatt Regalen mit Ordnern hingen jede Menge Plakate mit mehr oder weniger leicht bekleideten Damen an den Wänden, in denen der Gestank von Millionen gerauchter Zigaretten klebte.

Vor dem Fenster stand ein Mann, wie ihn sich Schuster immer als Zuhälter vorgestellt hatte, und der seiner Meinung nach Fuhrmann sein musste. Halblanges, mit Gel nach hinten gekämmtes gefärbtes schwarzes Haar, einen affigen dünnen Schnauzbart auf der Oberlippe, gelbe Augen vom Saufen und Rauchen, eine dunkelblaue Satinjacke über einem schwarzen Satinshirt zu weißen Hosen und Schlangenlederimitatcowboystiefeln, Diamant im Ohr und Gold um den Hals, und, als er sich vorstellte, auch Gold am Handgelenk und in den Zähnen. Wie alt mochte der Dandy sein? Fünfzig? Sechzig? Er würde das rauskriegen.

„Herr Schuster von der Polizei, nehme ich an." Er bat Schuster Platz zu nehmen, fläzte sich hinter den Schreibtisch, pflanzte seine Füße auf die Tischecke und fragte, ob er ihm einen Kaffee, einen Kognak oder einen Champagner oder was auch immer anbieten dürfe, was Schuster aber verneinte.

„Nein", sagte Schuster, „ich bin bloß hier, um Ihnen einige Fragen zu Frau Kemper zu stellen. Wir haben sie, wie Sie inzwischen sicher wissen werden, am Montag tot in einem Straßengraben bei Mattenheim gefunden."

„Ja, tragische Sache. Weiß man inzwischen, an was sie gestorben ist? War es ein Unfall?"

„Wir müssen aufgrund der Situation leider von einem Tötungsdelikt ausgehen", sagte Schuster und beobachtete, ob er im Gesicht von Fuhrmann eine Reaktion bemerken würde, aber der zündete sich eine Zigarette an und seine Mimik ließ keine Schlüsse zu. „In welchem Arbeitsverhältnis stand Frau Kemper denn bei Ihnen?"

„Oh, Sarah war Geschäftsführerin meiner Spielothek *Herz Dame* in Kork."

„Spielothek?", fragte Schuster. „Sie meinen ein Geschäft mit Glücksspielautomaten?"

„Exakt", erwiderte Fuhrmann. „Die sind mein zweites Standbein, sozusagen, neben meinem Laden hier."

„Hatte Frau Kemper Familie oder Freunde? Gab es Schwierigkeiten bei ihrer Arbeit mit Kunden?"

„Soviel ich weiß, hatte sie keine Familie. Von Verwandtschaften habe ich natürlich keine Ahnung, darüber haben wir nie gesprochen. Ob sie Freunde hatte? Möglich, aber dann hat sie das für sich behalten."

„Und Probleme beim Job?", hakte Schuster nach.

„Natürlich gibt es immer wieder mal die eine oder andere Sache in so einem Geschäft. Es geht immerhin um Geld. Da rastet schon mal einer aus, weil er der Ansicht ist, er wurde vom Daddelautomat betrogen. Aber die Automaten arbeiten alle astrein, die werden ständig durchgecheckt, was anderes kann ich mir als Geschäftsmann in der Branche gar nicht leisten. Aber doch, ja, hin und wieder gibt es Zoff mit Kunden. Dann muss man halt ein Hausverbot aussprechen, dazu sind die Geschäftsführer ausdrücklich befugt."

Vor Schusters Augen blinkte es sofort grellneonrot auf: *Motiv, Motiv, Motiv.*

„Hausverbot klingt interessant", hakte er nach. „Führen Sie eine Liste über diese Verbote? Ich meine, woher soll man auf Dauer wissen, wem der Zutritt zu Ihren Casinos gestattet ist und wem nicht? Und wer überwacht diese Hausverbote? Rufen Sie zur Durchsetzung auch schon mal die Polizei? Wenn ja, dann müssten bei uns ja entsprechende Berichte vorliegen."

Fuhrmann hatte schon längst den Kopf geschüttelt, indes sein Gesicht den *Mein-armer-kleiner-Junge*-Ausdruck produzierte.

„Herr Kommissar", sagte er milde und nachsichtig, „wir führen keine Listen. Es kommt ja nun wirklich äußerst selten vor, und wenn, dann lösen wir das Problem, ach, was red´ ich, das Missverständnis, auf unsere Weise in eigener Regie."

„Verstehe", nickte Schuster beflissen, und nahm sich doch vor, im Präsidium nach genau solchen Berichten suchen zu lassen. Möglicherweise lagen sogar Anzeigen von Spielern vor, die sich in einem dieser Spielcasinos geprellt oder übervorteilt gefühlt hatten. „Gibt es auch internen Zoff, mit Kollegen oder mit Ihnen, zum Beispiel?"

„Nein", lächelte Fuhrmann. „Wir sind alle eine große Familie. Da gibt es keinen Zoff."

Du mit deinem Gesülze von der großen Familie kannst mich mal kreuzweise, dachte Schuster. Diese Familien kenn´ ich. Manchmal liegen die Familienmitglieder mit einer Kugel im Rücken in einem Rattenloch, oder mit einem Paar Betonschuhen am Grunde des Rheins.

„Aber in jeder Familie kracht es doch manchmal. Auch in der besten." Schuster stocherte weiter.

Fuhrmann blinzelte. Rauch war ihm in die Augen gestiegen. „Herr Schuster, Sie brauchen nicht etwas erfinden, was es nicht gibt. Die Antwort ist nein."

Gegen dich, mein lieber Fuhrmann, ist ein Aal ein ganz ein strubbliger Fisch, dachte Schuster, doch er schlug eine andere Richtung ein. „Frau Kemper wurde in der Nähe von Mattenheim gefunden. Möglicherweise befand sie sich auf dem

Weg dorthin oder von dort. Haben Sie eine Ahnung, was sie dort gewollt haben könnte?"

„Das weiß ich selbstverständlich nicht", sagte Fuhrmann ruhig. „Die Geschäftsführerin von *Karo Dame*, Frau Wörlin, wohnt dort. Vielleicht wollten die beiden sich treffen, warum nicht, sie waren immerhin Kolleginnen, aber darüber kann ich keine Auskunft geben. Fragen Sie am besten Frau Wörlin selbst."

„Das werd´ ich machen. Wie ist ihr vollständiger Name?"

„Petra. Sie heißt Petra Wörlin."

„Sie haben alle Namen im Kopf?" Dumme Frage, fuhr es ihm durch den Kopf, rein rhetorisch, völlig überflüssig. Und Fuhrmann lächelte über diese Frage auch nur milde, fühlte sich zu einer Antwort nicht verpflichtet.

„Ist die Spielothek von Frau Kemper seit ihrem Verschwinden denn geschlossen?"

„Nein, wo denken Sie hin, das kann ich mir nicht leisten", sagte Fuhrmann und nahm eine etwas weniger legere Haltung ein, indem er die Füße vom Tisch nahm. „Ich muss ja meine Leute bezahlen und meine Stammkunden würden sich schnell einen anderen Betrieb zur Befriedigung ihrer Sucht suchen. Es gibt ja jede Menge davon, ich meine von den Spielcasinos. Es kommen übrigens auch sehr viele Franzosen über die Grenze hier. Seit einigen Tagen allerdings werden die Räumlichkeiten des *Herz Dame* umgebaut. Neues Konzept."

„Wie viele Spielotheken, oder Spielcasinos, wie Sie sie auch nennen, haben Sie denn, wenn ich fragen darf?"

„Dürfen Sie", lächelte Fuhrmann, „ist ja kein Geheimnis und verboten sind sie ja auch nicht. Insgesamt habe ich vier Stück, und alle laufen ganz legal, sind angemeldet, werden überprüft und kontrolliert, und ich zahle jede Menge Steuern dafür."

„Das heißt, Sie haben für jede Spielbude einen Geschäftsführer oder eine Geschäftsführerin?"

„So ist es, exakt", grinste er und legte die Fingerspitzen
beider Hände aneinander.

„Wer beaufsichtigt seit Frau Kempers Verschwinden jetzt
das *Herz Dame*? So heißt der Betrieb doch?"

„Bis zum Beginn der Umbauten hat das vorrübergehend
Lars Weniger gemacht. Er …"

„Moment", unterbrach Schuster. „Lars Weniger, sagten
Sie? Der arbeitet für Sie? Mir hat er erst vor vier Tagen gesagt, er wäre in der Finanzbranche."

„Ach, Sie kennen sich?"

„Wir waren in der gleichen Klasse, wenn es der Lars ist,
den ich meine."

„Nun, im weitesten Sinne gehört das Glücksspiel doch
auch zur Finanzbranche, meinen Sie nicht? Lars ist im Übrigen der Springer, oder der Vertreter, der Ablöser und der
Manager, wenn Sie so wollen, und darüber hinaus so etwas
wie meine rechte Hand. Im Großen und Ganzen managt er
die Spielcasinos in Eigenregie. Meine Leute kriegen nämlich
ihren Urlaub, wie es vom Gesetzgeber verlangt wird. Und er
ist als Feuerwehrmann für die Fälle da, wenn man einem
Kunden etwas nachdrücklicher beibringen muss, dass bei
uns alles mit rechten Dingen zugeht, und zum Schutz unserer Leute." Fuhrmann schlug sich beim letzten Satz mit der
rechten Faust in die linke hohle Hand, was man durchaus als
Bekräftigung interpretieren durfte.

„Naja, also etwas anderes stelle ich mir unter Finanzbranche schon vor. Aber das ist nicht so wichtig. Wie heißen die
anderen Spielotheken denn und wo stehen sie?"

„Wissen Sie was? Ich gebe Ihnen eine Liste mit den
Adressen mit, dann haben Sie das auf einen Blick."

„Fein", sagte Schuster und erhob sich. „Eine Frage habe ich noch. Wenn es eine *Herz Dame* gibt, dann gibt es vielleicht eine *Pik Dame*?"

„Nein", lehnte sich Fuhrmann selbstsicher und lässig zurück. „Es gibt keine *Pik Dame*. Aber es gibt einen *Pik Buben*. Das finden Sie jedoch alles in der Liste, die ich Ihnen gebe, mit den zugehörigen Namen der Geschäftsführer und – innen." Fuhrmann zog auf dem Schreibtisch einen Laptop zu sich heran, klapperte kurze Zeit auf den Tasten herum, und zwei Minuten später hatte Schuster ein Blatt Papier mit vier Adressen in der Hand. „Wär's das?" Fuhrmann war seinerseits aufgestanden und schob Schuster praktisch mit einer Hand auf dessen Rücken aus dem Büro.

„Noch eine Frage", blieb Schuster unter der Tür stehen. „Was darf ich mir unter *Ü-40-Strip* vorstellen?" Er deutete auf das Reklameschild vor dem Eingang.

Fuhrmann lachte auf. „Ganz einfach, Herr Kommissar. Meine Mädels werden natürlich wie alle anderen Menschen auch älter. Soll ich sie, nur weil sie nicht mehr so knackfrisch sind wie die jungen Hüpfer, vor die Tür setzen und verhungern lassen? Nein, ich halte es für meine soziale Pflicht, ihnen eine Perspektive zu geben. Der Laden ist samstags immer bumsvoll, wenn die reifen Ladies tanzen, kann ich Ihnen sagen. Sie wissen halt, wie's geht. Kommen Sie doch mal vorbei und schauen sich die Damen an. Sie sind herzlich eingeladen. Wann kann ich eigentlich wieder über meine Wohnung verfügen? Ich meine die Wohnung, in der Frau Kemper gewohnt hat. Mir entgehen da etliche hundert Euro an Mieteinnahmen."

„Ich sag' Ihnen Bescheid, wann die Ermittlungen abgeschlossen sind, Herr Fuhrmann. Es dürfte nicht mehr allzu lange dauern. Da fällt mir ein: Gehört zu Frau Kempers Wohnung ein Speicher- oder Kellerabteil?"

„Sie denken wirklich an alles, Herr Kommissar, Respekt", schleimte Fuhrmann süß. „Am Schlüsselbund, den ihr uniformierter Kollege heute früh abgeholt hat, hängt auch ein Kellerschlüssel. Sie werden das Abteil bestimmt finden. Sonst noch was? Ich hätte noch zu tun."

Mittlerweile war die junge Frau im bordeauxroten Bademantel hinzugetreten und sie geleitete Schuster wieder zur Ausgangstür. Er informierte Allgöwer umgehend über das Kellerabteil. Als Schuster den Dienstwagen aufschloss, wusste er nicht so recht, ob er Fuhrmann jetzt für besonders gerissen oder außergewöhnlich zynisch halten sollte.

Das Kantinen-Mittagessen lag ihm schwer im Magen. Frikadelle mit Karotten und Kartoffelbrei, Einheitssoße aus den ewigen Beständen im Kantinenkeller. Aller Wahrscheinlichkeit nach, dachte er, haben sie dort so etwas wie einen Bakterienstamm, dessen Ausscheidungen täglich abgeschöpft und mit Wasser zu einer der Soßen verdünnt werden. Er war kein Freund der Kantine, aber oft blieb ihm mangels Zeit und bohrenden Hungers keine andere Wahl, und das Essen war verhältnismäßig preisgünstig. Bestimmt hatte er sich heute, nach der Geschirrrückgabe, keine zusätzlichen Freunde geschaffen, als er in die Küche rief *Die Fleischküchle haben heute besser geschmeckt als früher, habt ihr den Bäcker gewechselt?*.

Nach dem Besuch bei Fuhrmann in Kehl hatte er, zurück im Präsidium, per Computer nach Anzeigen wegen Automatenbetrugs innerhalb der letzten zwei Jahre gesucht – und war zu seinem Erstaunen fündig geworden. Drei Anzeigen waren auf dem Polizeirevier in der Hauptstraße aufgenommen worden. Zwei im Jahr 2020 und eine im Frühjahr 2021. Alle drei Anzeigen betrafen das Spielcasino *Karo Dame* in Friesenheim, alle drei Anzeiger waren männlichen Geschlechts, was ihn nicht verwunderte, aber – und dann kam´s

– alle drei Anzeigen waren nur wenige Tage später wieder zurückgezogen worden.

Mit drei Adressen in der Hand war er losgefahren, zuerst nach Ettenheim, wo er den ersten der drei Männer zu erreichen suchte. Im Kreuzerweg, wie die Anschrift lautete, hatte ihm eine ungepflegte korpulente Frau die Tür geöffnet. Sie hielt eine Zigarette in der Hand, und als sie ihn fragte, was er wolle, sah er, dass ihr die unteren Vorderzähne fehlten.

„Ich suche nach Heiko Bühler. Er wohnt doch hier?"

Sie schaute links und rechts die Straße runter. „Sind Sie von der Polizei?"

Unaufgefordert zeigte er ihr den Dienstausweis. „Er wohnt doch hier? Sind Sie mit ihm verwandt?"

„Ich bin seine Mutter", nuschelte sie, als hätte sie einen Wurm im Mund oder gleich mehrere. „Er haust zurzeit in seinem alten Wohnwagen. Hier kommt er mir nicht mehr rein."

Schuster war nicht daran interessiert, weshalb der Gesuchte *hier nicht mehr rein* durfte. Er würde hier auch nicht reinwollen. „Und wo finde ich diesen alten Wohnwagen?"

„Industriestraße draußen, ziemlich am Ende."

Laut *Galileo-Ortungssystem* lag die Straße wirklich draußen, über der Bundesstraße 3. Er fuhr auf der Orschweierer Straße Richtung Westen und bog dann nach rechts ab in die Industriestraße. Hier war früher ein Rockcafé, erinnerte er sich. Ob das noch existierte? Ja, doch, dort stand ein Hinweisschild. *Rockcafé Altdorf.* Er war einmal drin gewesen, Jahre her. Schuster entdeckte den Wohnwagen erst bei der zweiten Durchfahrt. Er stand etwas zurückgesetzt zwischen zwei Industrie-Grundstücken auf einem schmalen Streifen Brachland hinter einem Stapel Euro-Paletten, kaum zu sehen. Dahinter liegt der Ural und dann beginnt gleich Sibirien, dachte er. Das war keine Wohngegend, obwohl einige Häuser in der Nähe der Industriehallen standen. Häuser der

Fabrikbesitzer. Er parkte vor den Paletten und ging die wenigen Meter zum Wohnwagen, klopfte mit der Faust an die Wohnwagentür und rief den Namen: „Heiko Bühler?"

Nach einer halben Minute wiederholte er das Klopfen.

„Heiko Bühler? Polizei."

Die Tür wurde aufgerissen. Ein abgezehrter Mann mit langem fettigem Haar quälte sich heraus. Er trug dunkelblaue Trainingshosen und ein ehemals weißes Unterhemd. Seine nackten Füße steckten in Flip-Flops. Die Augen waren gelb und die rechte Hand hielt er, typisch für einen Säufer im Endstadium, in Höhe der Leber auf den Leib gepresst. Aus den Unterlagen wusste Schuster, dass der Kerl zwei Jahre jünger als er selber war.

„Pollzei?", fragte der Mann, dem das Sprechen schwer fiel. Ihm schienen die zuständigen Synapsen vom Denkerstamm zur Sprachmotorik schon lange gekappt zu sein.

„Sie haben vergangenes Jahr eine Anzeige wegen Automatenbetrugs erstattet und dann wieder zurückgezogen. Was war der Grund für die Rücknahme der Anzeige?"

Der Angesprochene versuchte, so etwas wie Haltung anzunehmen. Es geschah nicht mehr oft, dass er mit *Sie* betitelt wurde. In seinen Kreisen sowieso nicht. Doch die Körperstraffung hielt nicht lange vor, es fehlte einfach an der nötigen Kondition.

„Ich hatte fas´ mein ganzes Vermög´n in ein´n dieser Automat´n geworf´n, und er hat einfach alles geschluck´. Kein Pfennig Gewinn, verstehs´ ´u? Und dann kam einer nach mir, wirf´ zehn Pfennig in den Kast´n und, klingelingeling, muss er sich ´n Eimer geb´n lass´n, um den ganz´n satt´n Gewinn einsack´n zu könn´n. Über tausend Mark. Zuerst hab´ ich natürlich Rabatz gemach´, und dann hat die Tussi hinter der Theke gesach´, dass sie die Pollzei ruf´n tut. Die hab´n meine Anzeige aufgenomm´n. Betrug, verstehs´ u? Über tausend Mark, verstehs´ ´u?"

Schuster verstand. „Das ist schlimm", pflichtete er bei, „und warum haben Sie dann die Anzeige zurückgezogen?"

Wieder etwas mehr an Haltung. „Oh, ich kann dir sag'n, du. Am nächst'n Tag steht dieser Typ vor meiner Tür. Da hab' ich noch bei Muttern gewohn'. Hey, groß wie 'n Gorilla oder dieser Godzilla, sag' ich dir. Kam mit 'nem Panzer vor das Haus gefahr'n. Hat mir mit seiner Glatze 'nen Stoß auf die Nase verpass', dass der Saft nur so gelauf'n is, und mir mit einer Hand den Arm verdreh', dass ich gemein' hab' gleich isser am Arsch, verstehs' 'u? Und er hat gesag', dass ich soll die Anzeige zurücknehm', sons' …"

„Sonst?"

Heiko Bühler rotzte neben Schuster auf den Boden. „Ja nix und sons'. Er hat 'n Bes'n genomm'n, der neb'n der Tür immer steht, von meiner Mutter, und hat den Bes'n einfach kaputt gemach', verstehs' 'u? Einfach in der Mitte gebroch'n. Knack, hat's gemach'. Verstehs' 'u jetz'?"

Arme Sau, dachte Schuster, nachdem er sich von Heiko Bühler verabschiedet hatte. Sucht sich der Mensch seinen Weg wirklich selber aus? Wie viele falsche Entscheidungen brauchte es im zurückliegenden Leben, um dorthin zu kommen, wo Heiko Bühler jetzt vegetierte? Ab wo gab es keinen Weg mehr zurück? Hätte ihn selber das gleiche Schicksal treffen können?

Sein nächster Adressat hieß Luc Lacroix und war Abkömmling eines frankokanadischen Soldaten der früheren militärischen *Air-Base Lahr,* die nach dem Mauerfall aufgelöst wurde, und einer deutschen Frau. Sein Wohnort war Friesenheim, der Ort also, wo auch das *Karo Dame* lag, und seine Geschichte, die zur Rücknahme der Anzeige wegen Automatenbetrugs führte, ähnelte in den Grundzügen der Schilderung von Heiko Bühler. Auch bei ihm war von einem Glatzkopf die Rede, der ihn durch massives Auftreten und durch unverhohlene Androhung von nicht näher definierter Gewalt nachhaltig eingeschüchtert hatte.

Weil die dritte Anlaufstelle in Lahr zu finden war, hatte Schuster sie an den Schluss seiner kleinen Rundreise gestellt, um danach den Feierabend einzuläuten. Im Prinzip erwartete er die gleiche Vorgehensweise wie bei den beiden vorangegangenen Fällen. Das kurze Gespräch mit Henning Holbein, wie der Mann hieß, bestätigte seine Vermutungen. Henning Holbein war Student für Geschichte und vom Intellekt her mit den anderen Männern überhaupt nicht zu vergleichen. Er spielte hauptsächlich nur an den Wochenenden, wenn er bei seinen Eltern zu Hause war, und er war auch erst vierzehn Tage nach seiner Anzeige dem Glatzkopf im Spielcasino Friesenheim *Karo Dame* begegnet. Was Schuster nicht verstehen konnte, war, dass einer, der offensichtlich nicht auf den Kopf gefallen war, denn wie könnte er sonst studieren, beim Spielen nicht verlieren konnte, beziehungsweise sich durch eine Anzeige gegen einen Spielautomaten oder dessen Betreiber einen wie auch immer aussehenden Erfolg versprach. Wenn einer mit Absicht einen Liter Milch in den Abguss schüttet, kann er hinterher von den Betreibern der Kläranlage auch nicht auf Wiederherstellung oder Rückgabe des Liters Milch pochen. Was denken sich solche Leute eigentlich, fragte er sich.

Auch Henning Holbein hatte seine Anzeige zurückgezogen. Die kurze Unterhaltung mit dem Glatzkopf vor dem Spielcasino *Karo Dame* hatte seine Wirkung nicht verfehlt. Kleiner Nebeneffekt: Seither war er seine Spielleidenschaft los.

Diese Spuren bringen uns nicht weiter, dachte Schuster zu Hause. Immer noch Magengrimmen und Rumoren in den Därmen, wartete er auf die lösende Wirkung des Schnapses, den er als erstes getrunken hatte, nachdem er seine Wohnung betreten hatte. Nie wieder Frikadelle in der Kantine, schwor er sich.

Aus seinen Lautsprecherboxen klang Maurice Ravels *Bolero*.

Er sah ein Motiv, allein sein Glaube daran war zu schwach. Aber sollte er es deswegen ganz unter den Tisch fallen lassen? War es vertane Zeit, die Männer weiter zu durchleuchten? Gegen die drei Männer lagen, bis auf Heiko Bühler, keine weiteren Einträge in den Polizeidateien vor. Heiko Bühler war vor fünf Jahren wegen Ladendiebstahls (eine Flasche Kognak) zuletzt auffällig geworden. Also das konnte er vergessen.

Lars Weniger? Sein Schulkamerad? Konnte dessen Auftreten für ein so starkes Motiv sorgen, dass man einen Mord begehen würde? Bedrohung? Demütigung? Angst? Denn dass Lars der Glatzkopf war, den alle drei Männer geschildert hatten, stand für Schuster außer Frage. Lars, der Manager, der Springer, der Ablöser, die rechte Hand Fuhrmanns. Der Gedanke hatte nur einen Pferdefuß: Nicht Lars Weniger hieß die Tote, sondern Sarah Kemper, und Sarah Kemper war nicht die Geschäftsführerin vom *Karo Dame*, sondern vom *Herz Dame*. Von ihr wusste man praktisch nichts.

Sollte er noch um den Block ziehen? Maurice Ravel hin oder her, die Konserve konnte er sich jederzeit reinziehen. Aber ein kühles Bier an einer gemütlichen Bar, ein paar andere Gedanken, vielleicht sogar an Nicole, das klang doch recht verlockend. Schuster warf sich die Jacke über die Schultern und verließ die Wohnung.

Offenburg, 01. Oktober 2021

Der Oktober hatte mit feinem Nieselregen begonnen und die Temperatur war um beinahe zehn Grad gefallen. Kopfwehwetter.

Dienstbesprechung im Polizeipräsidium am Freitag neun Uhr. Bei so wenig Anwesenden hätten sie die Besprechung auch in einer Klokabine abhalten können. Rita Böhringer hatte quasi als Einstand eine Runde Zimtschnecken spendiert, was allgemein als gute Idee und hervorragender Start in den Tag aufgefasst wurde. Die Allgemeinheit beschränkte sich in diesem Falle auf Kai Schuster, seines Zeichen Kriminaloberkommissar, Allgöwer von der SpuSi, Rita Böhringer als Kriminalassistentin, Lutz von der uniformierten Truppe und Dr. Brenneis.

Mitten auf dem Tisch lag die Zeitung von heute. Dicke Überschrift: *Verbrechen in Gartenhütte. Frau ringt mit dem Tode.* Daneben ein Foto der Gartenparzelle und ein kleines Porträtbild von Reinhold Oberle.

„So eine Schweinerei", geiferte Lutz. „Dem Gieringer schraub´ ich den Kopf ab."

„Lass´ das unseren Chef machen, Lutz. Der hat die besseren Drähte. Jetzt können wir sowieso nichts mehr dran ändern. Wahrscheinlich hat Oberle dem Geld nicht widerstehen können." Allgöwer sprach aus langjähriger Erfahrung.

„Guten Morgen, Leute", eröffnete Schuster die Zusammenkunft. Er guckte aus kleinen Augen in die Runde. Er hatte gestern Abend doch intensiver an Nicole gedacht als beabsichtigt.

„Wie wir wissen, haben wir zwei Fälle. Den Fall Sarah Kemper, Geschäftsführerin der Spielothek *Herz Dame* in Kork, und den Fall Carmen Graumann, Tochter des Apothekers Ulf Graumann hier in der Stadt. Wer fängt an? Allgöwer, machst du´s?"

„Wen zuerst? Kemper oder Graumann?"

„Fang mit der Kemper an, bitte."

Allgöwer sortierte Blätter. „Also. Gestern waren wir in der Wohnung Sarah Kemper in Kehl. Vermieter der Wohnung ist ihr Arbeitgeber Jakob Fuhrmann. Wir haben in der Wohnung weder einen Computer noch ein Telefon gefunden. Ob sie diese Geräte besaß, wissen wir nicht, müssten wir noch ermitteln, aber wir sollten davon ausgehen. Wer in der heutigen Zeit besitzt nicht mindestens eines dieser Smart-Phones? Das könnte bedeuten, dass jemand anderer die Dinge besitzt. Dafür gab es viele Fingerabdrücke. Dr. Brenneis, hast du von der Toten Fingerabdrücke nehmen können, oder …" Dr. Brenneis schüttelte den Kopf … „aha, war nicht möglich wegen der fortgeschrittenen Verwesung, nehme ich an. Dann müssen wir die passenden Abdrücke eben durch ausschließende Vergleiche bestimmen. Kai, wir brauchen sowieso von allen Beschäftigten Jakob Fuhrmanns die Fingerabdrücke, auch von ihm selbst. Er hat dort ja im Sommer den Kühlschrank ausgeräumt, wie er angegeben hatte. Etwas Interessantes haben wir in der Küchentischschublade der Wohnung gefunden, unter den Bestecksätzen. Zwei Taschenkalender." Allgöwer schob sie Schuster zu. „Komischerweise steht nichts drin, außer jeden Samstag die Worte *Strip, Fuhrmann*. Und jeden zweiten Samstag sind die beiden Wörter mit einem Stern markiert, nirgendwo aber, was der Stern bedeutet. Im Auto der Frau Kemper, einem Opel *Eve*, haben wir keine Spuren außer wahrscheinlich ihre eigenen Fingerabdrücke, womit wir eine Vergleichsmöglichkeit hätten. Im Kellerabteil waren nur zwei alte Regale, gebündelte Illustrierte und leere Kartons. So viel zu Frau Kemper."

„Danke dir, Allgöwer, die Notizbücher sind sehr interessant und könnten auf eine Spur hindeuten", sagte Schuster.

„Was hast du über die Spielkarte rausbekommen? Herz Zwei? Sind Fingerabdrücke drauf?"

„Schön wär's. Ich hab recherchiert. Die Karte stammt aus einem Spiel amerikanischer Spielkarten *DIAMOND BACK CLUB SPECIAL* von der Firma *THE U.S. PLAYING CARD CO. CINCINNATI OHIO,* in Deutschland relativ selten verkauft und benutzt. Wenn wir zufälligerweise den kompletten Satz finden ..."

„... haben wir den Täter. Dein Optimismus steht dir echt gut zu Gesicht. Trotzdem: Gute Arbeit, Allgöwer. Doc, was kannst du noch zu Frau Kemper hinzufügen?"

„Bis auf den Genickbruch", wiegelte der Doktor ab, „ist noch nichts weiter gesichert. Toxikologische Untersuchungen dauern länger, da müssen wir uns leider noch in Geduld üben. Die Frage ist, ob es für den Täter Sinn macht, einer Frau Gift zu verabreichen, um ihr nachher das Genick zu brechen? Für mich ist das ein Widerspruch. Nun gut, das Material ist unterwegs, warten wir ab."

Allgöwer sortierte wieder seine Unterlagen. „Zu Carmen Graumann, beziehungsweise der Gartenhütte von Frau Baumeister. Hier haben wir das Glück, dass vom Opfer reichlich Fingerabdrücke vorhanden sind. Wir fanden welche an der Getränkeflasche, einem Wodka-Mixgetränk, am Küchenschrank, und an der Tür. Alle anderen sind vermutlich Frau Baumeister zuzuordnen. Kai, auch von der Frau Baumeister müssen wir die Fingerabdrücke noch haben. Fahr' halt noch mal hin, gell? An der Kleidung von Carmen fanden wir keine verdächtigen Hinterlassenschaften was Fremdblut oder Sperma oder andere Körperflüssigkeiten angeht. Verschiedene Gewebefasern, die der Kleidung anhaften, vergleichen wir zuvorderst mit ihrem Kleiderschrankinhalt, ehe wir an andere Kontakte denken. Wenn sie zum Beispiel beim Tanz war, wäre es möglich, auch durch Körperberührungen kontaminiert worden zu sein."

„Gut, Allgöwer, der Staatsanwalt soll uns dann einen Durchsuchungsbeschluss für Ulf Graumanns Wohnung ausstellen. Da freu´ ich mich persönlich schon drauf.

Ich hab´ gestern von Herrn Fuhrmann in Kehl eine Liste mit Namen und Adressen seiner Geschäftsführer und Geschäftsführerinnen und die der Spielcasinos erhalten. Diese Leute möchte ich alle zum Interview bitten. Ich selber fahre heute Mittag zu Petra Wörlin nach Mattenheim, Geschäftsführerin des *Karo Dame* in Friesenheim. Es ist möglich, dass Sarah Kemper an ihrem Todestag zu ihr hat fahren wollen. Warum sie dazu jedoch nicht ihren kleinen Opel *Eve* benutzte, will mir nicht so recht behagen. Anschließend spreche ich noch mit Ruth Baumeister, auch wegen ihrer Fingerabdrücke. Rita“, Schuster schaute die Assistentin direkt an, „du kümmerst dich um die beiden anderen Geschäftsführer. Es sind Männer. Ob du sie hierher bestellst oder selber in die Spielotheken fährst, bleibt dir überlassen. Hier hast du die Namen, Adressen und Telefonnummern. Und den Lars Weniger möchte ich morgen hier im Präsidium sehen. Ruf´ ihn an und bestell´ ihn ein. Nein, lass´, das mach´ ich selber von unterwegs.“ Schuster reichte ihr eine Kopie des Computerausdrucks von Fuhrmann. „Hast du was über Carmen recherchieren können? Freunde? Freundinnen? Dann bist du jetzt an der Reihe.“

Rita Böhringers Gesicht war leicht gerötet. „Es ist tatsächlich so, wie wir schon vermutet hatten. Sie ist wegen Kleinkriminalität aktenkundig. Ladendiebstahl, Entreißdiebstahl, Komasaufen, und zwar seit ihrem vierzehnten Lebensjahr mit schöner Regelmäßigkeit. Und es tauchen auch immer wieder dieselben Namen mit auf. Roxanne Schuler, Melitta Denzlinger, Litta gerufen, Martina und Ilona Schmied, Zwillinge, genannt Malle und Lorca. Von denen hab´ ich jedoch noch keine erreicht, aber ich bleib dran.“

„Rita, versuch´s doch zuerst mal in diesem Keller-Club im Industriegebiet. Mensch, weiß denn keiner, wie der heißt?"

„Der Club heißt *Noise Voice*, und rühmt sich damit, die lauteste Musik in Europa zu spielen", sagte Lutz.

„Hoppla, Lutz, woher kennst ausgerechnet du so einen Schuppen? Führst du eventuell ein geheimes Privatleben?"

„Privatleben?", platzte Lutz heraus. „Frag´ mal meine Frau, wie sehr sie mit meinem *geheimen* Privatleben zufrieden ist. Wahr ist, dass wir dort öfters auf Streife vorbeifahren."

Schuster grinste: „Danke, Lutz. Dann fang´ im *Noise Voice* an, Rita. Gleich." Dann wandte er sich an den Mediziner.

„Dr. Brenneis, was weißt du über Carmen."

„Carmen lebt", lächelte Brenneis. „Aber sie liegt nach wie vor ohne Bewusstsein, ist absolut nicht ansprechbar. Ich habe vorhin noch mit der Intensivstation gesprochen. Carmen ist vom Hals abwärts querschnittsgelähmt, entweder in Folge der brutalen Gewalteinwirkung auf den Hals durch Würgen, oder eventuell sogar absichtlich durch den Versuch herbeigeführt, ihr das Genick zu brechen, was man dann als versuchten Mord bezeichnen müsste."

„Das ist ja der pure Wahnsinn", entfuhr es Schuster.

„Das kannst du laut sagen, Kai. Sie reagiert kaum auf Reflexe oder Reize, atmet jedoch selbstständig."

„Entschuldige, wenn ich unterbreche", hob Schuster die Hand, „was für Reize oder Reflexe meinst du?"

„Mechanische Reflexe, also die Sache mit dem Hämmerchen auf dem Knie zum Beispiel, Lichtreize in die Augen. Man wird sie heute in ein künstliches Koma versetzen, weil man nicht weiß, ob und welchen Schmerzen sie im Kopf ausgesetzt ist. Man will dadurch die Möglichkeit einer permanenten Schmerzempfindung unterbinden. Stell´ dir vor, dir sägt einer bei vollem Bewusstsein ein Bein ab, und du kannst nichts dagegen machen. Die Verletzungen am Hals sind jedenfalls so stark, dass man mit allem rechnen muss. Vom Kraftaufwand her muss es ein Mann gewesen sein, oder eine kräftige Frau. Sie weist auch Verletzungen im Vagina-Bereich auf. Sie wurde penetriert, aber entweder hat der Täter ein Kondom benutzt, oder einen Gegenstand. Keine Abwehrspuren oder Abwehrverletzungen."

„Um jemandem das Genick zu brechen, braucht es dafür nicht Übung oder Wissen? Ich denke, das kann nicht jeder, oder? Ich, um es mal so zu auszudrücken, könnte es nicht." Schuster sah sich in der Runde um.

„Interessanter Gedanke, Kai. Wer kommt schon auf die Idee, jemandem das Genick zu brechen, wenn er nicht weiß, wie er das bewerkstelligen kann? Damit muss jemand Umgang gehabt haben. Wo lernt man sowas? Militär? Kampfschulen? Das müsst ihr herausfinden."

„Sie wurde erst am Dienstagnachmittag gefunden. Wie lange mag sie dort gelegen haben?"

„Schwierigste aller Fragen, Kai. Wenn sie tot wäre, wär´s einfacher zu beantworten. Aber so? Unterkühlung, Regen in der Nacht, offene Tür, Lage am Boden, eventuell viel Alkohol, das Herz schlägt, schwer verletzt, halb entblößt – mindestens einen Tag, eher zwei Tage. Aber ich leg´ mich da nicht fest."

„Vielen Dank, Doc", sagte Schuster. „Lutz, bitte fahr´ du doch nochmal zu Jakob Fuhrmann und bring von ihm die Fingerabdrücke mit. Oder ruf´ die Kollegen vom Revier Kehl an, die das machen sollen, wenn du keine Zeit hast. Okay? Dann wollen wir mal anfangen. Wir treffen uns morgen um die gleiche Zeit hier. Doc, dir überlasse ich es natürlich, ob du kommen willst oder nicht. Es sei denn, du hast Neuigkeiten. Danke allerseits."

„Moment mal", Lutz hatte die Hand erhoben, „morgen ist Samstag, Kai. Wochenende."

„Nix Wochenende, Leute. Bis morgen."

„Erzähl' das mal meiner Frau."

„Mach' ich."

Kai Schuster wählte die Telefonnummer von Petra Wörlin. Nach dem dritten Klingelton wurde der Anruf angenommen. „Spielcasino *Karo Dame*, Wörlin?"

Kai Schuster stellte sich vor und erklärte, um was es ging und dass er Frau Wörlin sprechen wolle. „So wie Sie sich gemeldet haben, sind Sie nicht in Ihrer Wohnung?"

„Das ist richtig", sagte Frau Wörlin, „ich bin bei der Arbeit. Wieso wollen Sie ausgerechnet mit mir sprechen?"

„Wir sprechen mit allen Geschäftsführern von Fuhrmanns Spielcasinos", erwiderte Schuster, „also auch mit Ihnen. Wann ist es Ihnen recht?"

„Recht ist es mir eigentlich gar nicht", meinte sie, „aber nach der Mittagspause um zwei Uhr?"

Schuster überlegte kurz, ob er, gerade weil es ihr unrecht ist, jetzt sofort nach Friesenheim fahren sollte, um ihr so wenig wie möglich Zeit zum Überlegen zu geben, entschied sich aber doch anders. „Gut, Frau Wörlin, dann komm' ich um zwei Uhr."

Warum nicht auch mal an mich denken, sagte er sich, dann kommt es gerade günstig, wenn ich zuerst zu Frau Baumeister nach St. Paulsberg fahre und danach nach Friesenheim anstatt umgekehrt, denn von Friesenheim ist es für mich näher nach Hause als von St. Paulsberg aus, und somit ist auch eher Feierabend.

Er erreichte Frau Baumeister telefonisch in ihrem Geschäft und kündigte sein Kommen an. Es war halb zwölf Uhr, als er den Dienstwagen vor ihrem Laden abstellte. Erst als er ausstieg bemerkte er, dass es in St. Paulsberg weder nieselte noch dass es einen Temperatursturz gegeben hätte.

„Ich hab' frischen Tee gebrüht", begrüßte ihn Frau Baumeister. „Mit Kräutern aus meinem Garten. Darf ich Ihnen eine Tasse einschenken?" Sie bat ihn in ein Nebenzimmer des Ladens.

„Danke, da sag´ ich nicht nein", sagte er. „Aus ihrem Garten in Offenburg?"

„Nein. Aus dem Garten bei meinem Haus. Sie wollen also meine Fingerabdrücke?"

Sie goss ihm eine Tasse bernsteinfarbenen Tees ein. „Hm, heiß und gut", schlürfte er und stellte die Tasse auf ein Tischchen. „Ja, Fingerabdrücke, Frau Baumeister. Es ist wichtig für uns, dass wir ausscheiden können, verstehen Sie? Und ich hätte noch die eine oder andere Frage."

„Das hab´ ich mir schon gedacht", lächelte sie, und Schuster erschrak beinahe darüber, wie ihre Ausstrahlung ihn berührte. „Wie geht es denn Carmen wirklich?"

„Sie legen die Betonung auf *wirklich*", merkte er auf. „Hat das einen Grund?"

Ihr Lächeln verdunkelte sich eine Nuance. „Mein Ex-Mann hat mich angerufen. Ulf Graumann. Donnerstagabend. Sie haben ihn ja kennengelernt."

„Darüber wollte ich mit Ihnen sprechen", sagte er. „Wann war Ihre Scheidung? Hatten Sie mir das schon …"

„Zweitausendvierzehn. Nach nur fünf Jahren Ehe. Carmen war damals vierzehn Jahre alt. Kein gutes Alter für eine Scheidung."

„Wie war damals Ihr Verhältnis zu der Tochter?"

„Sie war acht, als ich Ulf kennenlernte. Ihre Mutter war schon seit zwei Jahren nach England gezogen. Carmen ließ sich von mir nichts sagen. Ich war nicht ihre leiblich Mutter, und das ließ sie mich ständig spüren. Wenn ich ihr etwas nicht erlaubte oder nicht kaufte, richtete sie sich an ihren Vater, und der gewährte ihr alles. Wir, also Ulf und ich, hatten deswegen immer öfter Differenzen. Zum Schluss bestand ich für Carmen nur noch aus Luft."

„Aber das war nicht der Grund für Ihre Trennung, nehme ich an. Äh, haben Sie bitte noch etwas Tee? Er ist wunderbar."

„Nein, ich meine, doch, ich hab´ noch Tee. Entschuldigen Sie." Sie schenkte ihm nochmal die Tasse ein. „Nein, das war nicht der eigentliche Grund für die Trennung. Ulf hielt es nicht so sehr mit der ehelichen Treue."

„?"

„Ja", Frau Baumeister schaute innerlich zurück, „er ging fremd. Mehrfach. Das … das … verletzte mich sehr, und als er nicht damit aufhören konnte, musste er die Konsequenzen tragen."

„Konsequenzen? Pardon, dass ich so sehr in Ihr Intimleben … Sie müssen darauf nicht antworten."

„Ich hab´ ihn vor die Tür gesetzt. Und seine Tochter hielt natürlich zu ihm. Was hätte sie mit mir auch anfangen können? Ich verkaufte *seine* Apotheke an einen privaten Interessenten, der sie ihm, Ulf, hernach zur Miete anbot. Das hat ihm nicht geschmeckt, dem Herrn Graumann, und seither herrscht zwischen uns Funkstille. Bis gestern Abend."

„Die Apotheke war Ihr Eigentum?", fragte Schuster mehr bestätigend als erstaunt.

„Ja, da steckte mein Geld drin. Und in der Wohnung, in der wir in Offenburg gelebt haben, zu der das Gartengrundstück gehörte, in dem Carmen … ja. Wie geht es ihr nun, oder ist das zu vertraulich?"

Schuster dachte kurz nach, bevor er Antwort gab.

„Schlecht. Sie wurde ins künstliche Koma versetzt. Halswirbelbruch. Sie wird gelähmt bleiben, wenn nicht ein Wunder geschieht."

„Ulf hat gestern Abend angerufen. Ich war schon zu Hause. Er hat mir quasi die Schuld an Carmens Unglück gegeben. Er hat gesagt, ich hätte von Carmens nächtlichen Besuchen in der Gartenhütte gewusst. Er ist der Überzeugung, dass ich es ihr erlaubt hätte. Was natürlich Quatsch ist."

„Ist es das?"

„Sagen wir mal so, Herr Schuster. Ich hatte lediglich eine leise Ahnung, dass gelegentlich jemand in der Hütte war. Von Wissen kann da keine Rede sein. Ich habe das nie nachkontrolliert. Wenn es ein Obdachloser gewesen wäre, hätte ich es geduldet. Es war zu keiner Zeit unordentlich oder verschmutzt. Es sah immer so aus, als hätte sich jemand Mühe gegeben, es so zu hinterlassen wie er es vorgefunden hatte. Und wenn es Carmen war, hätte ich nichts dagegen gehabt."

„Carmen kannte die Hütte wahrscheinlich von früher her, als die Familie noch zusammen war", stellte Schuster fest.

Frau Baumeister zuckte mit den Schultern. „Wahrscheinlich."

„Können Sie sich vorstellen, wer als Täter in Frage kommen könnte?"

„Absolut nicht."

Eine melodische Glocke ertönte von der Ladentür. Kundschaft war gekommen.

Das *Karo Dame* in Friesenheim war nicht zu verfehlen, denn er war schon oft auf dem Heimweg über die Bundesstraße von Offenburg nach Lahr daran vorbeigefahren, ohne sich allerdings Gedanken darüber zu machen. Ein Spielsalon, na und? Er parkte das Auto vor dem Geschäft mit den verklebten Schaufenstern. Ein beleuchtetes Reklameschild über dem Eingang zeigte eine Karo-Dame-Spielkarte.

Unterwegs von St. Paulsberg nach Friesenheim hatte er die Telefonnummer von Lars Weniger angewählt. Das Gespräch wurde angenommen: „Ja?" Schuster hörte im Hintergrund ein lautes Brummen.

„Kai Schuster hier", rief er ins Handy. „Lars, bist du es?"

„Ach, der Herr Wachtmeister", tönte es aus dem Hörer. „Willst du mir einen Strafzettel verpassen?"

„Warum sollte ich?"

„Na hör´ mal hin." Es dauerte eine Sekunde, bis das Brummen zu einem lauten Brüllen wurde. „Und? Hörst du es?"

„Du bist unterwegs, nehme ich an, mit deinem kleinen Spielzeug?"

„Moment, ich mach´ das Fenster wieder zu." Wieder verging eine Sekunde. „Autobahn, zweihundertfünfzig Sachen, linke Spur. Normales Reisetempo. Was willst du?"

„Ich will dich", schrie Schuster.

„Wieso das denn?"

„Sarah Kemper! *Herz Dame*! Morgen! Zehn Uhr! Polizeipräsidium! Bring´ deine Finger mit! Verstanden?"

„Sonst?"

„Sonst fährst du anstatt im *Ferrari* im Streifenwagen durch die Stadt." Sagte Schuster in normaler Lautstärke und beendete das Gespräch. Während des kurzen Anrufs hatte es zu nieseln begonnen und die Temperaturanzeige im Auto war um zehn Grad gefallen. Komische Sache.

Petra Wörlin stand hinter einer Art Theke aus Glas. Verschiedene Computerspiele standen darin zum Verkauf. Schuster wusste, dass Frau Wörlin dreiundvierzig Jahre alt war, doch sie sah mindestens zehn Jahre älter aus. Das übermäßige Make-up machte es nicht besser. Die blonden Haare waren zu sportlich geschnitten, die Ohrringe zu falsch, um Gold zu sein. Sie trug eine weite weiße Bluse über einem mächtigen Busen. Als Petra Wörlin hinter der Theke hervorkam, passten auch die wassergeschädigten Füße nicht zu den zierlichen Pumps.

„Guten Tag, Frau Wörlin", begrüßte Schuster die Frau, „danke, dass Sie Zeit für mich haben. Sind diese Dinger nicht geschäftsschädigend?", zeigte er mit einem Finger auf die Computerspiele hinter Glas.

Sie rümpfte gleichgültig die Nase. „Fuhrmann will das so, also steh´n sie da rum."

Aus dem Spielsalon selbst flackerte buntes Licht in den Eingangsbereich. Ein Automat dudelte eine sich immer wiederholende Melodie. Schuster konnte einen Mann entdecken, der sich an einem der Glücksautomaten betätigte.

„Es ist lange her, Frau Wörlin, seit Frau Kemper vermisst gemeldet worden ist. Aber noch nicht so lange, seit ihr Leichnam gefunden wurde. Wir sind natürlich bemüht, ihren Tod aufzuklären und sind auf Unterstützung von Menschen wie Ihnen angewiesen. Wie gut kannten Sie Frau Kemper?"

„Wir waren Kolleginnen. Können wir nach draußen vor die Tür gehen? Dann kann ich eine Zigarette rauchen."

„Ja, klar", war Schuster einverstanden. „Warum nicht?"

Sie stöckelte hinter die Theke, schloss eine Schublade ab und nahm aus einer Tasche dahinter eine Schachtel Zigaretten und ein Feuerzeug an sich. „Kasse", meinte sie und vollführte eine drehende Bewegung mit der Hand.

„Gab es in jüngerer Vergangenheit mal Probleme mit Kunden? Kunden, die sich betrogen fühlten?", fragte er auf dem Weg nach draußen.

„Ein Automat kann nicht betrügen", paffte sie mit einer Rauchwolke.

„Ich meine, haben Sie nicht mal die Polizei gerufen wegen diverser …"

„Ach das", fiel es ihr ein. „Das war so ein Junkie. Hat immer von tausend Mark gesprochen. Müssen Sie sich mal vorstellen. Zwanzig Jahre nach Einführung des Euro faselt der noch von Mark. Total von der Rolle, der Kerl. Muss letztes Jahr gewesen sein. War nicht wichtig, wurde auch irgendwie geregelt. Wie weiß ich nicht."

„Und die anderen beiden Male? Letztes Jahr und dieses Jahr? Erinnern Sie sich?"

„Hören Sie, ich kann mich nicht an alles erinnern. Zudem wurden alle Versuche außergerichtlich geklärt. Was wollen Sie denn noch? Unzufriedene Verlierer gibt es immer, aber die Anzahl liegt irgendwo im Promillebereich, und auch davon rennen die Allerwenigsten zur Polizei. Zum Mörder wird wegen solcher Lappalien bestimmt keiner. Wo kämen wir dahin?"

Schuster sah ein, dass es besser war, dieses Thema vorerst zu beenden.

„Also Sie waren Kolleginnen", fing Schuster neu an. „Wie muss ich mir das vorstellen? Sie war *Herz Dame*, Sie sind *Karo Dame*, was verbindet einen da miteinander?"

„Man unterhält sich über die Kunden und so, wenn es das ist, was Sie meinen."

„Ja, das mein´ ich", log Schuster. „Haben Sie sich nur geschäftlich getroffen, in Fuhrmanns Bar zum Beispiel, er ist ja Ihr Arbeitgeber, oder hatten Sie auch privaten Kontakt."

Frau Wörlin kämpfte mit sich. Entweder verstand sie die Richtung der Frage nicht, oder sie wollte nicht zu viel preisgeben, oder etwas war ihr peinlich.

„Frau Kemper wurde in einem Straßengraben in der Nähe von Mattenheim gefunden. Sie wohnte jedoch in Kehl. Sie, Frau Wörlin, wohnen in Mattenheim. Hatte Frau Kemper vorgehabt, Sie zu besuchen, oder war sie bereits bei Ihnen gewesen?"

Sie zog heftig an der Zigarette. Ihre Schultern spannten sich, sie streckte das Kinn, hob den Kopf, als wolle sie Haltung einnehmen, Würde vermitteln. „Sie …sie …Sarah wollte nicht mehr. Sie wollte mit mir darüber reden und mich ebenfalls zum Aufhören umstimmen. Darum wollte sie zu mir kommen, um mit mir zu reden, verstehen Sie?"

„Was wollte Frau Kemper nicht mehr?", fragte Schuster einfühlend. „Wollte sie das *Herz Dame* nicht mehr führen?"

„Nein", fuhr ihn Frau Wörlin fast barsch an. „Sie wollte den *Ü-40-Strip* nicht mehr machen."

„Aha." Schuster war sprachlos.

„Sie wollte, dass ich mitmache."

„Beim *Ü-40-Strip*?"

„Nein", warf sie wütend die Kippe auf die Straße, „Sie verdrehen ja alles. Ich mache beim *Ü-40-Strip* ja mit. Sarah wollte mich dafür gewinnen, zusammen mit ihr mit dem Strippen aufzuhören. Haben Sie´s jetzt kapiert?"

„Ganz ruhig, Frau Wörlin", beschwichtigte Schuster. „Wissen Sie noch, wann das war? Ich meine, dass Frau Kemper Sie besuchen wollte?"

„Das muss im Mai gewesen. Den Tag weiß ich nicht mehr."

„Warum ich Sie das frage: Wir haben bei Sarah Kemper zwei Kalender gefunden, worin sie die Daten ihrer Strip-Auftritte notiert hatte, von Anfang 2020 bis Mai diesen Jahres. Alle zwei Wochen hat sie ein Sternchen dazu gemalt. Haben Sie eine Ahnung, was das Sternchen bedeuten könnte?"

„Alle vierzehn Tage? Tut mir leid, über sowas hat sie mit mir nicht gesprochen."

„Und Sie meinen, weil Frau Kemper nicht mehr strippen wollte, wurde sie umgebracht?"

„Ich sag´ nichts mehr. Bin ja nicht lebensmüde."

Lahr (Schw.), 01. Oktober 2021

Kai Schuster war nicht der Mann, der die Arbeit im Präsidium lassen oder abschalten konnte. Der nach der Arbeit sein Büro zuschließen, ins Auto steigen und nach Hause fahren konnte, um seine Kinder zu zählen oder Rosen zu schneiden. Noch war er zwar nicht so weit, dass er abends Akten mit nach Hause nahm, aber er fürchtete, dass es irgendwann unvermeidlich werden würde. Ihre Personaldecke war viel zu dünn, darüber klagten alle, doch nichts wurde dagegen unternommen, und so lange sie sich mit Durchwurschteln immer noch über Wasser halten konnten, würde sich daran auch nichts ändern. Im Prinzip waren sie selber schuld, schoben Überstunde um Überstunde, und der Kommentar der Vorgesetzten lautete stets gleich: Ich weiß überhaupt nicht was ihr wollt, es funktioniert doch.

Die alten Hasen, die alten Kommissare, hatten alle die Zeichen der Zeit erkannt, hatten rechtzeitig den Löffel geschmissen, waren in Altersteilzeit gegangen und hatten Lücken hinterlassen, die nun nicht mehr zu schließen waren. Einer der letzten war sein alter Hauptkommissar Edgar Schaaf gewesen, bei dem er als Assistent begonnen und schließlich Kommissar geworden war. Mit Edgar Schaafs Verabschiedung in den Ruhestand war er zum Oberkommissar ernannt worden. Das war aber das wenigste, was er dem alten Denker und Schweiger zu verdanken hatte. Solch ein Charakter wie Schaaf fehlte heute eindeutig auf dem Präsidium. Einer, der die fachliche Autorität besaß und der sich auch von den Chefs nicht vom eingeschlagenen Weg abbringen ließ. Und heute löste der Ex-Hauptkommissar die kompliziertesten Kriminalfälle von daheim aus, wie er aus den Zeitungen und sogar vom Fernsehen her mitbekam. Den Fall Bodo Schneider zum Beispiel, der vier Menschen auf dem Gewissen hatte. Den Fall Margarete von Drach zum Beispiel, deren Mörder er in Rovinj in Kroatien gestellt hatte. Bis aus den jungen Karnickeln, wozu er sich zählte, selber alte Hasen wurden, musste manche Landesregierung neu gewählt werden, und von dort konnte die Polizei im Allgemeinen keine Wunder erwarten. Eher behalf man sich, im äußersten Notfall, noch mit der Bundeswehr, anstatt für eine schlagkräftige und effizient arbeitende Polizei zu sorgen. Mehr und mehr wurden Leute zur Bekämpfung der Cyber-Kriminalität ausgebildet, also Computerfreaks herangezogen, die in klimatisierten Räumen stundenlang auf die Bildschirme glotzten, aber von der Vernehmung eines Verdächtigen oder dem Abnehmen eines Fingerabdrucks keine Ahnung hatten. Milliarden wurden vom Staat in den Ausbau von Daten-Autobahnen und Schnelles Internet gepumpt, doch wenn er ein neues Telefon brauchte oder einen neuen Dienstwagen, war kein Geld vorhanden.

Es war nicht immer korrekt, was die alten Haudegen der Polizei an Netzwerken untereinander und Verbindungen zur Halb- und Unterwelt unterhielten und pflegten. Der Spruch, man verhaftet die *üblichen Verdächtigen*, wenn man keine gesicherten Spuren vorzuweisen hatte, kam nicht von ungefähr. Jedoch mussten die *üblichen Verdächtigen* polizeibekannt sein, und die Alten kannten ihre Pappnasen halt noch persönlich, und tranken nicht selten ein Bier mit ihnen. Irgendwie hatte man sich geschätzt, und man hatte leider aus lauter gegenseitigem Respekt sein Wissen mit in die Pension oder ins Grab genommen. Heute wusste keiner mehr was von keinem. Er, Kai, konnte nicht einen Ganoven vorweisen, der ihm persönlich bekannt war. Ein Trauerspiel. Und so knappsten sie Tag für Tag mit einzelnen Mosaiksteinchen herum, ohne am Gesamtbild wirklich vorwärts zu kommen. Wahrheiten wurden dadurch immer später entdeckt, Lügen immer seltener entlarvt, Zusammenhänge immer undurchsichtiger, weil die Zeit unaufhaltsam in ihrem Lauf die Lupe der Ermittler immer weiter vom Objekt entfernte. Dennoch war Kai ein Polizist aus Überzeugung. Eine Überzeugung, die seinem Verständnis von den Menschen mit ihren Stärken und Schwächen entsprach. Dabei ging es ihm nicht darum, mit dem Gesetzbuch hinter jedem und allem herzurennen, der oder das mit dem Gesetz nicht konform ging, sondern um mit seinen Möglichkeiten zu verhindern, dass das Böse über das Gute siegte. Denn das Böse sah er für das Grundübel an, das wie ein Krankheitsherd, wie ein Krebsgeschwür in-mitten der Gesellschaft wucherte.

Er hatte sich in einer Pfanne Rühreier zubereitet und aß sie mit Weißbrot, trank dazu ein Bier. Die beiden Fälle gingen ihm nicht aus dem Kopf. Was Frau Wörlin gesagt hatte, dass Sarah Kemper aus der *Ü-40-Strip*-Show hatte aussteigen wollen, mochte ihm so unglaubwürdig nicht erscheinen. Deswegen aber einen Mord in Auftrag geben? Da überkamen ihn doch starke Zweifel. Nun gut, er würde mit Jakob Fuhrmann darüber sprechen müssen, ob er zum Beispiel über die Pläne der Kemper informiert gewesen war. Aber was sollte er, Kai, damit anfangen können? Selbst wenn Fuhrmann davon gewusst hätte, was dann? Das Motiv schien ihm zu sehr konstruiert und an den Haaren herbeigezogen. Das würde keinen Staatsanwalt vom Hocker reißen. Oder lief es in die Richtung hinaus, dass Sarah Kemper die Einnahmen aus dem Spielcasino falsch abgerechnet hatte? Hatte sie Geld unterschlagen? Wie sollte das gehen? Die Automaten wurden mit Münzen gefüttert, und somit verwalteten die Maschinen Gewinne und Verluste. Eben, automatisch, deswegen hießen sie ja so. Die Geschäftsführer, ob männlich oder weiblich, überwachten doch eher, dass kein Schindluder mit den Geräten getrieben wurde, also mutwillige Sachbeschädigung durch verärgerte Kunden, und sie bedienten die Wechselkasse für Kunden, die kein Münzgeld zur Verfügung hatten. Er musste Fuhrmann fragen, ob Kassenbücher geführt wurden. Doch auch in diesem Fall war das in den Augen Kais kein so schwerwiegendes Motiv, um als Exempel einen Mord zu begehen. Es gab keine Verwandte von Frau Kemper, ihr Bekanntenkreis schien im Dunstkreis ihres Arbeitgebers zu liegen. In den Polizeiakten tauchte sie nicht auf, es lagen keine Drogendelikte vor, sie war nie als Prostituierte registriert, - war überhaupt eine von Fuhrmanns Damen registrierte Prostituierte? – nachfragen, Kai, - gab es diese Sarah Kemper in echt? War es nicht so, dass sie über sie nur das wussten, was Fuhrmann über sie erzählt hatte? Kein Ausweis, kein Führerschein, Vermisstenanzeige, und das war Sarah Kemper, mag sie in Frieden ruhen? Vielleicht war es eine ganz andere?

Nun werd′ mal nicht gleich kirre, schalt er sich selber. Warum sollte Frau Kemper eine andere Person sein? Da gehen die Pferde grade mit dir durch, Kai. Nur weil kein Ausweis und kein Computer und kein Telefon nachweisbar sind, ist man noch lange nicht nicht existent. Oder definiert man sich heute so? Du telefonierst, also lebst du? Wer einen Computer besitzt, ist berechtigt, am Leben teilzunehmen. Bockmist, Kai Schuster. Der Opel *Eve* ist auf Sarah Kemper zugelassen. Allgöwer hat Versicherungsunterlagen auf ihren Namen aus der Wohnung mitgebracht, Autoversicherung, Haftpflichtversicherung, sie muss einen Führerschein gehabt haben, denn sie war sogar mit Verkehrssünderpunkten in Flensburg belastet, also Kai Schuster, führ′ die Pferde wieder in den Stall. Wegen einer einfachen Geschäftsführerin und Stripperin macht sich niemand den Aufwand, jemanden mit einer falschen Identität auszustatten. Basta.

Carmen Graumann. Sie lebt. Das ist das einzige, was wir über sie wissen. Abgesehen von ihrer Lebenssituation: keine Arbeit, keine Schule. Dieses Verbrechen geschah nicht im Affekt. Das war kein Zufall. Wenn es kein Zufall war, dann steckte ein Plan dahinter, und zwar der Plan, genau das mit ihr zu tun, was ihr widerfahren ist. Und nicht irgendwo, sondern genau dort, wo es geschehen ist. Das heißt, derjenige oder diejenige, falls eine kräftige Frau in Betracht kommt, musste über Carmens Verhalten Bescheid gewusst haben. Er muss gewusst haben, wo sie war, bevor sie in die Gartenhütte ging. Warum war sie in die Gartenhütte gegangen? Ist sie gelockt worden? Nein. Ist sie verfolgt worden? Ja und nein. Vielleicht. Warum ist sie in die Gartenhütte gegangen? Sie hat Schutz gesucht. Gut. Schutz ist gut. Vor einem Verfolger? Vielleicht. Vor dem Wetter? Möglich. Wenn sie Schutz vor einem Verfolger gesucht hätte, dann würde sie sich wahrscheinlich gegen ihn, gegen seinen Angriff, gewehrt haben. Hat sie aber nicht. Keine Abwehrspuren oder typische Abwehrverletzungen. Wenn sie Schutz vor dem Wetter gesucht hat, dann konnte auch ein Täter, der vorausgeplant hat, wissen, dass Carmen bei Regenwetter Schutz in der Hütte sucht. Wenn es also regnet, muss er zwangsläufig nicht Verfolger sein, sondern – sondern er kann auf sie gewartet haben. Wo hat er gewartet? In der Hütte. Hinter der Hütte. Gut. Wir haben ein Szenario. Wann hat es in Offenburg geregnet? Wann hat es in der Zeit von Freitag, grob geschätzt, bis Dienstag letzte Woche, grob geschätzt, geregnet? Das müssen wir wissen. Müssen wir wissen. Wir. Und zwar sofort. Sofort, hörst du? Nein, nicht sofort. Doch, sofort. Nein. Doch. Du hast einen Computer hier stehen. Das Geschirr kannst du später spülen, morgen zum Beispiel, aber du kannst *jetzt* noch ein Bier trinken. Angebot? Hm? Angebot? Überredet, du Mistkerl.

Offenburg. 02. Oktober 2021

Polizeipräsidium. Samstagmorgen.

Kai Schuster winkte, sobald er das Büro betreten hatte, strahlend mit dem Wetterbericht. „Es hat geregnet", rief er, als hätte er die Dampfmaschine erfunden. „Es hat in den Nächten von Samstag auf Sonntag und Sonntag auf Montag geregnet."

„Heute regnet es auch, falls dir das noch nicht aufgefallen sein sollte. Und kalt ist es geworden, nur um es fürs Protokoll festzuhalten. Du wirst uns hoffentlich gleich an deinen märchenhaften Erkenntnissen teilhaben lassen, was daran für uns zum Beispiel wichtig ist. Guten Morgen übri-gens. Darf ich vorstellen? Frau Böhringer, Lutz und meine Wenigkeit bei der Dienstbesprechung", sagte Allgöwer.

„Ja, guten Morgen", wünschte auch Schuster. „Warum das wichtig ist? Gehen wir mal davon aus, dass Carmen Grau-mann die Gartenhütte in der Regel nur bei Regenwetter benutzt hat. Wenn es jemand auf sie abgesehen hatte, war er somit nicht unbedingt darauf angewiesen, ihr vom Keller-Club aus zu folgen. Er hätte, bei Regenwetter, ihr auch in oder außerhalb der Gartenhütte auflauern können. Vorausgesetzt, er wusste von der Gartenhütte. Könnt ihr mir folgen?"

„Das grenzt unseren Täterkreis ja ungemein ein, Kai", meinte Lutz.

„Finde ich auch." Schuster wirkte sehr überzeugt. „Was ist eigentlich mit Rita?"

Rita Böhringer hing in den Seilen, als hätte sie die Nacht durchgefeiert.

„Rita, hast du die Nacht durchgemacht?" Seit wann konnte Schuster neckisch sein?

„Das hat man nun davon", gähnte sie, „wenn man seine Nacht dem Staat opfert, um in einem blöden Keller-Club nach Verbrechern zu suchen."

„Sag´, dass das nicht wahr ist. Du bist tatsächlich im *Noise Voice* gewesen?"

„Nachmittags war blöderweise geschlossen. Die machen erst abends um zehn die Türen auf. Und ich sag´ dir, der Name ist weit untertrieben. Ich hab´ gemeint, mir bluten gleich die Ohren. Dass die Leute das aushalten wollen? Das ist so laut, so laut, dass … da verliert man echt die Kontrolle. Du weißt nicht mehr, was du denkst. Ich glaube, das ist voll beabsichtigt."

„Wie lange warst du dort?"

„Immerhin hab´ ich´s vier Stunden ausgehalten. Dafür möcht´ ich eine Sonderbelobigung in die Akte."

Schuster grinste. „Nur, wenn du ein Ergebnis mitgebracht hast."

„Tatatataaaaa!! Carmen war heute vor einer Woche im *Noise Voice*. Samstagnacht auf Sonntag. Übrigens so gut wie jeden Samstagabend. Zuerst hat sie sich an der Bar meistens einige Drinks genehmigt und ist später auf die Tanzfläche und hat ausgebrannt, wie der Barkeeper sagte."

„Ausgebrannt?"

„Hat er gesagt."

„Sagt man heute so? Ausgebrannt?"

„Bei dem Radau kannst du wahrscheinlich nichts anderes mehr machen. Hab´ ich auch probiert. Tut echt gut. Hinterher hast du nämlich nur noch Asche im Kopf, ehrlich."

„War sie alleine dort? Oder waren von ihrer Clique Mädels mit dabei? Oder Männer?"

„Sie war allein, sagte der Barkeeper. Er konnte sich gut an sie erinnern."

„Also wissen wir das", hielt Schuster für sich und die anderen fest, die mit Ausnahme von Dr. Brenneis wie gestern um den Tisch saßen. Rita Böhringer, Allgöwer und Lutz. „Und wir können den Zeitpunkt des Überfalls auf Carmen Graumann präzisieren. Wenn wir wissen, wann sie das *Noise*

Voice an jenem Sonntag in der Früh verlassen hat, kommen wir der Tat ziemlich nahe. Oder was meint ihr?"

„Es ist möglich", meinte Allgöwer, „dass der Täter unter den Gästen des *Noise Voice* zu finden ist. Wenn nicht sogar wahrscheinlich. Hatte Carmen dort Männerbekanntschaften geschlossen? Falls ja, müssen wir die Mädchen aus der Clique ausquetschen. Die erzählen sich für gewöhnlich doch solche Sachen."

„Keine Bekanntschaften, sagt der ..."

„Barkeeper?"

„Barkeeper, genau Lutz." Rita trank einen Schluck Kaffee, um wach zu werden. „Am Samstagabend hat ihr ein Typ zwei Whiskys spendiert, aber sie hat ihn, den Mann, nicht den Whisky, links liegen lassen und ist auf die Tanzfläche."

„Wiederhol´ das nochmal!" Plötzlich war Schuster sehr hellhörig.

„Also. Der Barkeeper hat gesagt, dass ein Mann ihr zwei Whiskys bezahlt hat. Ein Mann, der samstags immer auf dem gleichen Hocker an der Theke sitzt und Bier trinkt, nichts anderes, und offensichtlich nur Augen für Carmen hat. Er würde sie anstarren, hat der Barkeeper gesagt. Mal hat er eine Glatze, mal hat er braune Haare, vermutlich eine Perücke."

„Der Barkeeper?", fragte Lutz scheinheilig.

„Du Simpel, Lutz."

„Späßle, Rita, Späßle", grinste Lutz schelmisch.

„Das ist unser Mann", knallte Allgöwer die flache Hand auf den Tisch.

„Das ist unser Mann", sagte Schuster.

„Den holen wir uns", bestimmte Allgöwer.

„Heute Abend", präzisierte Schuster.

„Und wenn er nicht da ist?", zweifelte Rita.

„Warum sollte er nicht da sein?"

„Warum sollte er? Weil er sein Opfer schon hatte, vielleicht?" Rita als Spaßbremse.

„Vielleicht sucht er sich ein neues Opfer?" Allgöwer gab nicht klein bei.

„Heute Abend", entschied Schuster die Diskussion. „Allgöwer, Rita, Lutz, alle in Zivil. Treffpunkt um halb elf Uhr hier."

Gleichzeitig wurde das Zimmer von einem brachialen Lärm durchdrungen. Auf dem Parkplatz vor dem Präsidium brüllte ein Rudel Löwen seinen Hunger in die Welt. Schuster blickte auf die Uhr. Kurz vor zehn Uhr. Lars Weniger war vorgefahren.

Er wartete auf dem Flur. Schuster begrüßte ihn mit einem Blick auf die Armbanduhr.

„Pünktlich, pünktlich, mein Lieber. Komm´ mit in mein Büro."

„Wie das klingt. *Mein Büro*. Du hörst dich an wie Graf Kox. Chchchch." Lars fand das lustig.

„Na, dann eben nicht", zuckte Schuster die Schultern, „nehmen wir halt den Vernehmungsraum. Mich juckt das nicht."

Schuster setzte sich an den Tisch im Vernehmungsraum, Lars ihm gegenüber drapierte sich halb liegend schräg über die Lehne. Von einer Beule über seiner Stirn war nichts mehr zu sehen, dafür Wundschorf in der Größe eines Cent-Stücks.

„Was hast du denn mit der Stirn gemacht?" Schuster deutete mit einem Finger auf ihn. „War das Ross etwa zu hoch, auf dem du gesessen bist?"

Lars Weniger grinste feist. „*Ferrari* zu flach."

„Wir nehmen das Gespräch auf, wenn du nichts dagegen hast." Schuster drückte auf eine Taste zum Starten der Videoaufnahme.

„Ich bin klein, mein Herz ist rein." Das Grinsen in Lars Gesicht schien zementiert.

Schuster schob ihm den Fingerabdruckscanner über den Tisch. „Schön einen Finger nach dem anderen auf die gekennzeichnete Fläche legen."

Lars folgte der Aufforderung mit stoischer Theatralik.

„Wir haben in Frau Kempers Wohnung verschiedene Fingerabdrücke gefunden, die wir noch zuordnen müssen", erklärte Schuster.

„Hab´ kein Problem damit", lächelte Lars.

„Willst du damit sagen, dass wir deine Abdrücke in Kempers Wohnung finden?"

Lars verdrehte die Augen. „Dort und in Frau Wörlins Wohnung und in den Wohnungen der beiden anderen Geschäftsführer der Spielcasinos. Wir waren eine Familie, verstehst du?"

„Das kommt mir bekannt vor", sagte Schuster. „Fuhrmann redet das gleiche Blech daher."

„Wenn Gottvater das sagt, wird es stimmen, Chchch."

„Dann bist du so etwas wie Gottsohn?"

„Bescheidenheit ist meine Zier, Kai. Komm´ zur Sache." Lars setzte sich aufrecht hin.

„Sarah Kemper. Sie wollte mit dem Strippen aufhören. Ich schlage vor, du erzählst mir was darüber, schließlich behauptet Fuhrmann, du wärst sowas ähnliches wie seine rechte Hand."

„Alles geht einmal zu Ende, Kai."

„Bevor du anfängst zu philosophieren – es könnte zu einem Interessenkonflikt wegen dieser Sache gekommen sein, zu einem Streit, wenn du so willst, und ich habe schon schwächere Tatmotive erlebt."

Lars schien sich zu amüsieren. „Es ist einfach herrlich zuzusehen, wie ihr im Nebel herumstochert. Wegen solch einem Pipifax versaust du mir den Samstag? Von unseren

Mädels kann jede jederzeit aufhören. Die Kunden würden das sofort bemerken, wenn sich eine gegen ihren Willen die Klamotten auszieht. Das wäre nachhaltig nicht gut für das Geschäft."

„Ein Genickbruch ist kein Pipifax, und Sarah Kemper ist nicht aus freien Stücken in ein Entwässerungsrohr gekrochen." Schuster legte die zwei Taschenkalender auf den Tisch, die sie in Sarah Kempers Küchentischschublade gefunden hatten. „Frau Kemper hat ihre Einsätze als Stripperin fein säuberlich im Kalender vermerkt. Immer samstags ab dreiundzwanzig Uhr. Die ganzen Monate über, von Januar 2020 bis April 2021. Danach hören die Einträge auf, weil sie ermordet wurde. Jede zweite Woche ist der Eintrag mit einem Sternchen versehen. Hast du eine Ahnung, was das Sternchen für eine Bedeutung haben könnte?"

Er lehnte sich weit im Stuhl zurück, verschränkte die Arme vor der Brust. „Kannst du die Weiber verstehen? Sag´ du´s mir. Vielleicht war jede zweite Woche ein besonderer Gast im Striplokal? Ein Verehrer? Oder wollte sie vielleicht jede zweite Woche Lotto spielen? Such´ dir was aus, Kai."

War dieser Lars in der Schule eigentlich auch schon so ein Arschloch?, fragte sich Schuster. Ja, war er, bestätigte er sich seine eigenen Gedanken. Wenn ich mir´s recht überlege, hab´ ich ihn noch nie leiden können. „Ich hab´ mir noch was Schönes ausgesucht. Heiko Bühler, Luc Lacroix, Henning Holbein, sagen dir die Namen etwas?"

Lars verzog keine Miene. „Ersatzspieler interessieren mich nicht. Wer sollen die sein?"

Bist du echt so abgebrüht, du Hund? „Die drei hatten Anzeigen wegen Automatenbetrugs gestellt und die Anzeigen wieder zurückgezogen. In allen drei Fällen war von einem Glatzkopf und von Bedrohung die Rede. Wenn ich dich so anschaue …Na, fällt der Groschen?"

„Weißt du, man muss mit den Leuten reden. Durch unüberlegtes Handeln wird mancher unglücklich. Man muss die Leute manchmal vor sich selber schützen. Ich glaube, ich erinnere mich. Die drei haben etwas behauptet, was überhaupt nicht sein kann. Das muss man denen erst mal erklären. Schau, die deutsche Justiz wird überschwemmt von Bagatellfällen, durch die wirklich große Entscheidungen regelrecht blockiert werden. Ich habe den Richtern lediglich einen Dienst erwiesen und auch der Polizei lächerliche Kleinarbeit erspart. Sieh´s einfach positiv, Kai. Oder gibt es irgendwelche Reklamationen?“

„Warst du eigentlich beim Bund?“

„Luftlandebrigade, Seedorf. Kann ich jetzt gehen?“

Kai Schuster verfolgte den Start des *Ferraris* von seinem Büro aus. Das Röhren des Sportwagens ließ seinen Magen vibrieren. Ein Gefühl sagte ihm, dass er mit Lars Weniger noch nicht fertig war.

Er nahm das Telefon zur Hand und wählte eine Nummer. Als sich der Teilnehmer meldete, sagte er: „Herr Fuhrmann, wo sind Sie im Augenblick? Ich muss Sie heute noch sprechen.“

Diesmal war es eine andere Dame, die ihm die Tür des Etablissements öffnete. Rothaarig, jung, aber der bordeauxrote Bademantel mit dem Drachenmotiv war zumindest der gleiche. Fuhrmann erwartete ihn bereits in der Tür zu seinem Büro.

„Sie kommen etwas früh für den *Ü-40-Strip*, Herr Kommissar. Das Programm beginnt erst um dreiundzwanzig Uhr.“

Schuster lächelte nachsichtig. Solche Scherze war er gewohnt und sie gehörten zum Alltag eines Ermittlers. Leute wie Fuhrmann bedienten sich gerne der gespielten Jovialität.

„Auch wenn ich zu früh bin", antwortete Schuster, „komme ich genau deswegen. *Ü-40-Strip*. Frau Kemper wollte damit aufhören. Das kann Ihnen doch nicht recht gewesen sein?"

„Bier, Cognac?" Fuhrmann bediente sich selbst. Schuster lehnte dankend ab.

„Wissen Sie, Herr Schuster, wie viele Frauen nur darauf warten, bei mir in der Show auftreten zu dürfen? Das sind Dutzende. Alles Damen über vierzig. Sie melden sich ungeniert bei mir an. Telefonisch, per App mit freizügigen Fotos, schriftlich mit beigelegten Fotos. Ich kann Ihnen gern einige Bewerbungen zeigen. Ich habe praktisch die Qual der Wahl und die unschöne Aufgabe, auch Absagen zu erteilen. Ich könnte *Ü-50-Strip*, *Ü-60-Strip* veranstalten, *Gammelfleisch-Strip*, verstehen Sie, aber man ist ja auch ein bisschen der Ästhetik verpflichtet, nicht wahr? Wenn also eine meiner Angestellten für sich entscheiden will, dass sie für diesen Job nicht mehr geeignet ist …hinter ihr stehen sie Schlange."

„Sie meinen also nicht, dass man da ein Mordmotiv …"

„Herr Kommissar, hören Sie mir mit derartigen Konstrukten auf. Solche Praktiken sind …sie entsprechen ganz und gar nicht meiner Geschäftsphilosophie."

„Frau Kemper hat sich nicht von selbst das Genick gebrochen, so viel steht fest. Wie sind eigentlich die Geschäftszeiten Ihrer Spielcasinos?"

„Wir haben Montag bis Freitag von zehn Uhr bis achtzehn Uhr dreißig geöffnet. Zwei Stunden Mittagspause. Samstags nur bis vierzehn Uhr ohne Mittagspause."

„Und was arbeitet Herr Weniger in den Zeiten, in denen die Casinos geschlossen haben?"

„Er macht die Abrechnungen, wartet die Automaten, soweit man sie warten muss, versorgt die Gewinnspeicher, entleert die Automatenkassen und so weiter."

„Und samstagabends? Arbeitet er hier im Club? An der Bar? Oder als Türsteher?"

„Sie haben vielleicht romantische Vorstellungen. Wir sind hier doch nicht auf St. Pauli. Normalerweise hat er frei, aber natürlich kann er als Mitglied …"

„ …der Familie jederzeit in Papas Haus ein- und ausgehen."

„Sie sagen es, Herr Kommissar."

„Eine letzte Frage noch. Frau Kemper hat ihre Einsätze als Stripperin fein säuberlich notiert. Manche Einträge, genauer gesagt jede zweite Woche, hat sie mit einem Stern versehen. Haben Sie eine Idee, für was der Stern stehen könnte?"

Kai Schuster kannte die Antwort, bevor Fuhrmann sie ausgesprochen hatte. „Einen schönen Samstag wünsche ich noch", sagte er, und ließ sich von der Rothaarigen wieder aus der Bar geleiten. Fuhrmann rief ihm hinterher. Schuster und seine Begleitung blieben im Eingang der Bar stehen.

„Das ist übrigens unsere neue Geschäftsführerin für das *Herz Dame*. Melissa heißt das hübsche Kind." Fuhrmann kam ihnen nachgegangen, umfasste die Hüfte der rothaarigen Frau. „Nicht wahr. Mein Schatz? Montag fängt sie an. Sie passt doch zu der Kartenfarbe, oder? Ich möchte Sie bei der Gelegenheit gerne herzlich zur Eröffnungsfeier am achtzehnten Oktober des neuen *Herz Dame* einladen. Neue Öffnungszeiten übrigens, von abends acht bis morgens um vier Uhr. Bar mit Spielmöglichkeiten. Melissa würde sich bestimmt freuen, Sie höchstpersönlich verwöhnen zu dürfen. Finden Sie nicht, Herr Schuster, dass Melissa einen Besuch wert wäre?"

„Absolut", bestätigte Schuster. „Und für den *Ü-40-Strip* ist sie noch viel zu jung."

„Wenn Sie nicht schon bei der Polizei wären, Herr Schuster, würde ich Sie tatsächlich bei mir einstellen. Schönes Wochenende."

Die Musik war infernalisch. Rita Böhringer, Allgöwer und Kai Schuster hatten kurz nach elf Uhr das *Noise Voice* betreten – und waren sofort aufgefallen. Lutz blieb als Abfangjäger vor der Tür, falls es ihrer Zielperson einfallen würde zu türmen. Die beiden Herren jedenfalls entsprachen so überhaupt nicht der Klientel, die den Keller-Club normalerweise frequentierte. Sie hätten sich genauso gut lange Bärte ankleben können. Rita Böhringer passte schon eher ins Bild der üblichen Gäste. Sie war es auch, die sich leger an die Bar setzte und ein Bier bestellte, während ihre Kollegen wie Salzsäulen stehengeblieben waren und so auffällig wie unnötig suchend ihre Hälse reckten.

„Hey, ihr zwei", schrie Rita gegen den Lärm an, „steht nicht rum wie die Ölgötzen. Immer schön locker bleiben. Setzt euch endlich her."

Was die beiden auch mit steifem Rücken endlich taten.

„Frag´ mal den Barkeeper, wo Carmen in der Regel gesessen hatte", forderte Schuster die Kollegin auf.

„Ich sitz schon drauf", brüllte sie ihm direkt ins Ohr. „Das war für die ersten Stunden ihr Stammplatz."

„Wie kann man das bloß stundenlang aushalten? Ist mir ein Rätsel", meinte Allgöwer.

Je später es wurde, desto mehr Leute strömten in den Club. Eine Übersicht zu behalten war unmöglich.

„Jetzt ist es halb zwölf Uhr. Der kommt heute nicht", rief Schuster.

„Hat Lunte gerochen", brüllte Allgöwer.

Fünf Minuten später kam der Barkeeper heran. „In der Ecke zur Wand sitzt der Typ, der Carmen die Whiskys spendiert hat."

Alle drei lenkten ihre Blicke dorthin. Dort saß ein Mann vor einem frisch gezapften Bier, lehnte mit der Schulter an der Wand und starrte zurück. Seine Haare sahen irgendwie künstlich aus. Schuster und Allgöwer rutschten von den

Hockern und quetschten sich durch die Masse der Besucher zu ihm durch.

„Guten Abend", sprach ihm Schuster von hinten direkt ins Ohr, „sie kommt heute nicht."

Der Mann erschrak, drehte sich um. Schuster hielt ihm seinen Dienstausweis vor die Nase.

„Stehen Sie auf und kommen Sie mit."

„Wie bitte?", fragte der Mann erstaunt. „Was ist denn jetzt los?"

Allgöwer legte ihm die Hand auf die Schulter. „Mitkommen", sagte er, „freiwillig, oder sollen wir Sie tragen?"

Eingeschüchtert stieg der Mann von seinem Sitzplatz. Er maß keine eins siebzig. Als er vor ihnen stand, fielen Allgöwer beinahe die Augen aus dem Gesicht. Damit hatte er nun gar nicht gerechnet. Er schubste Schuster an. Auch der guckte konsterniert.

„Und jetzt, Kai?"

Schuster murmelte etwas, das keiner verstehen konnte. Er griff in seine Jackentasche und holte Notizbuch und Kugelschreiber hervor. „Entschuldigen Sie bitte unseren Überfall, aber wir führen Ermittlungen zu einem Verbrechen durch. Sie haben vor einer Woche einer jungen Frau, die dort drüben gesessen hatte, wo jetzt unsere nette Kollegin sitzt, zwei Whiskys spendiert. Warum haben Sie das gemacht?"

Der Mann schaute zu Rita Böhringer hinüber, als könnte er allein durch Kraft seines Blickes sie in jemand anderen verwandeln. „Ich habe nicht gewusst, dass das neuerdings verboten ist." Trotz der etwas engagierten Antwort zitterte der Mann. Aufregung? Stress? „Sie hat mir halt gefallen. Ich hatte gehofft, dass sie mit mir ein paar Worte wechseln würde, aber …ist ihr was passiert? Also …"

„Wie gesagt", unterbrach Schuster den Mann, „wir ermitteln und versuchen die Aufenthalte und Wege der Frau zu rekonstruieren. Dabei können Sie uns helfen."

„Es ist ihr also was passiert, nicht wahr?"

„Kommen Sie bitte mit nach draußen vor die Tür. Hier kann man sich ja nicht unterhalten. Sie können Ihr Bier stehen lassen. Dauert nicht lange."

Sie verließen den Club, und auch Rita folgte ihnen nach draußen vor den Club. Dutzende Leute hielten sich draußen an der frischen Luft auf, Getränke in den Händen, rauchend.

„So, hier ist es ruhiger. Wann haben Sie vor einer Woche den Club verlassen?"

„Ich geh´ immer so um die halb zwei Uhr. Danach wird es mir selber zu laut."

„Kann jemand bestätigen, wo Sie nach halb zwei Uhr gewesen sind?"

„Mit Gewissheit kann ich es nicht sagen, aber meine Mutter hat einen leichten Schlaf. Sie weiß morgens meistens, wann ich nach Hause gekommen bin."

„Okay, dann nennen Sie uns bitte Ihren Namen und Adresse. Wir werden das überprüfen."

Der Mann reichte den drei Polizisten seinen Ausweis. Schuster schrieb die Daten in sein Notizbuch. „Danke, Herr Mühlhaupt, das war´s. Nichts für ungut und einen schönen Morgen noch."

Der Mann, der Alexander Mühlhaupt hieß, machte auf dem Absatz kehrt und ging wieder in den Keller-Club zurück.

„Außer Spesen nichts gewesen", meinte Allgöwer lakonisch, als sie wieder allein vor dem Club standen. „Der war´s mit Sicherheit nicht."

„Nein, das ist nicht unser Täter", schüttelte Schuster den Kopf. „Wie sollte er auch mit nur einem Arm jemandem das Genick brechen?"

Kapitel 3

Sie hatte die Frühschicht gehabt. Von sechs Uhr bis dreizehn Uhr. Montags war die Frühschicht immer am intensivsten. Die Kurgäste hatten ein langes Wochenende Zeit gehabt, sich neue Zipperlein zu überlegen, denen die Frau Doktor umgehendst mit Gegenmaßnahmen zu Leibe rücken sollte. Neue Medikamentenpläne mussten erstellt werden, genauso wie Therapien geändert und Diäten verordnet, natürlich passgenau für jeden einzelnen der Patienten. Zudem warteten in der Erstaufnahme frisch eingetroffene Kurgäste auf die Aufnahmeuntersuchung mit Anamnese und der folgenden Entscheidung, welche Heilungspläne und welche Anwendungen für die Neuen am sinnvollsten sein würden.

Die Klientel, die das am Rande des Baden-Badener Ortsteils Lichtental, Richtung Geroldsau gelegene Haus zur Kur ausgewählt oder zugewiesen bekommen hatten, war zu siebzig Prozent älter als fünfundsechzig Jahre. Zwanzig Prozent teilten sich die Jahre zwischen vierzig und fünfundsechzig auf. Zehn Prozent fielen auf die Jüngeren. Behandelt wurden Menschen mit allerlei Hautkrankheiten wie Schuppenflechte und Gürtelrose, aber auch Rekonvaleszenten nach Hautkrebsbehandlungen in Spezialkliniken. Ein weiteres Standbein der Kurklinik war die chirurgische und kosmetische Behandlung von Verletzungen der Haut durch Unfälle, ob durch Straßenverkehr verursacht oder durch Betriebsunfälle oder zu Hause geschehen, als dabei Narben oder Verätzungen oder Verbrennungen entstanden sind. Nicht zu vergessen die psychologische Betreuung von durch solche Verletzungen traumatisierten Menschen.

Um sich die Müdigkeit aus Knochen und Kopf zu vertreiben, war sie nach der Frühschicht auf dem Nachhauseweg mit dem Bus zum Bertholdbad in der Stadt gefahren und war einige Bahnen intensiv geschwommen. Anschließend hatte sie sich auf den Heimweg gemacht und in einem Supermarkt unterwegs eingekauft. Ihre Wohnung lag in Baden-Oos. Sie bewohnte allein eine Zwei-Zimmer-Wohnung mit einem kleinen Balkon im vierten Stock an der Straße, an der die Bushaltestelle lag, nur einen Steinwurf von dem Flüsschen Oos entfernt, das die Stadt Baden-Baden durchquerte. Als sie die Treppe vom dritten in den vierten Stock in Angriff nahm, sie benutzte Aufzüge grundsätzlich nur im Notfall, sah sie vor ihrer Wohnungstür etwas stehen. Oben angekommen, stellte sie fest, dass es ein Blumenstrauß war, der an der Wohnungstür lehnte.

Nachdem sie die Wohnungstür geschlossen, ihre Einkäufe und die Umhängetasche auf dem Küchentisch abgestellt hatte, riss sie das Papier von dem Gebinde. Es war ein Strauß dunkelroter Rosen. Sie suchte nach einem Etikett und fand einen kleinen Umschlag. Sie nahm eine Karte daraus hervor. *Ich sehe dich* stand in gedruckten Buchstaben darauf, und darunter war ein Hampelmann aufgedruckt. War das ein Stempel? Vermutlich, vielleicht, sie konnte es nicht genau sagen. Was soll das denn?

Sie legte den Strauß in die Spüle, als ihr Handy klingelte. Rufnummer unterdrückt.

„Ja, hallo, wer ist da?", fragte sie unschuldig.

„Und?", hörte sie eine männliche Stimme im Falsett, „angekommen?"

„Was ist los?", fragte sie perplex.

„Viel Spaß, meine Schöne. Chchch." Sie vernahm ein Lachen wie ein Keuchhusten, dann war die Leitung tot.

Sie öffnete den Kühlschrank und goss sich ein Glas Weißwein ein, der seit mindestens drei Monaten auf Wiedereröffnung wartete, dann sank sie auf einen ihrer zwei Küchenstühle und blieb konsterniert sitzen. Sie nahm die Karte noch einmal in die Hand. *Ich sehe dich.* Hampelmann. Sie versuchte das asthmatische Lachen nachzuahmen: *Chchch.* So ein Schwachsinn.

Sie stand auf, nahm den Rosenstrauß und warf ihn in den Mülleimer. Sie ging ins Schlafzimmer, wusste nicht, was sie dort sollte, ging zurück in die Küche, ins Wohnzimmer, wieder ins Schlafzimmer – setzte sich wieder an den Küchentisch. *Chchch.*

Sie nahm ihr Handy, wählte eine Nummer.

„Hallo, Kai", sagte sie nervös, als das Gespräch angenommen wurde. „Ich bin´s. Nicole."

*

Ich werde mich benehmen, ich werde mich zusammenreißen, betete er auf der Straße nach Baden-Baden vor sich her. Ich werde nicht aus der Rolle fallen oder mich dämlich danebenverhalten. Aber wie stelle ich das an? Sind nicht schon meine feuchten Hände Beweis genug für meine Befangenheit? Meine Füße kochen in den Schuhen und gären wie ein vergessener Stinkkäse. Ich habe nie Probleme mit Achselschweiß, doch ausgerechnet jetzt müssen mir zwei mineralische Quellen entspringen? Warum bin ich bloß so nervös, es ist doch nur Nicole.

Nur Nicole? Eins-mit-Sternchen-Abitur-Nicole! Ohne-Pubertätsprobleme-Nicole! Nie-in-Schwierigkeiten-steckende-Nicole! Während sich ihre gleichaltrigen Geschlechtsgenossinnen an Blödheit, Peinlichkeit und Überspanntheit gegenseitig übertrafen, nur um irgendwie auf sich aufmerksam zu machen, genügte Nicole ein minimales Lächeln, um ihre Umgebung in Aufruhr zu versetzen. Warfen sich andere in nabelfreieste abenteuerlichste Garderoben, bemalten sich mit pink und schwarz und grün, frisierten sich in lila mit Glitzer und Spray, brauchte Nicole ungeschminkt nur einmal ihre braune Mähne zu schütteln, um alle Blicke auf sich zu ziehen. Wenn, ja, wenn sie denn die Absicht dazu gehabt hätte. Doch die hatte sie nicht. Sie war nie eine Effekthascherin gewesen. Es lag nicht in ihrer Natur. Es war ihr so gut wie egal, welche Tänze die Jungs um sie herum aufführten, welchen Neidfaktor sie für die Mädchen darstellte. Man konnte natürlich behaupten, dass für den, der alles hat, es leichter ist, sich nonchalant zu geben, als für den, der um das kleinste Ding kämpfen muss. Nicole hatte jedoch nie eine Wissenschaft daraus gemacht und Arroganz war ihr absolut fremd.

Freilich eckte sie mit ihrer überlegenen Art auch an. Hohlköpfe, die mit ihren dreisten Herausforderungen bei ihr abblitzten, nannten sie alsbald frigide, und die wandelnden Farbkästen erzählten gehässige Lügen über sie. Doch es existierten durchaus auch Leute, die blendend mit Nicole auskamen, weil sie einfach akzeptierten und tolerierten wie sie war. Zu jenen hatte auch er gehört, Kai Schuster, der sie zwar heimlich verehrte, aber seine stille Bewunderung für sich behielt.

Was ist nun? Soll ich sie an mich ziehen und umarmen und küssen? Hätte ich ihr ein kleines Geschenk mitbringen sollen? Blumen? Pralinen? Verdammt, wieso weiß ich nicht die Bohne darüber, was sich gehört? Hoffentlich quatsche ich nicht irgendwelchen Schwachsinn zusammen, der mich gleich als hoffnungslos verliebten Verehrer outet. Oder hat sie mich längst durchschaut? Man weiß bei Frauen ja nie so recht, woran man ist. Oder ist das wieder mal eines dieser nicht ausrottbaren Vorurteile? Gewiss, denn gerade er sollte wissen, woran er mit Nicole war, hatte er doch immerhin einige Jahre die Schulbank mit ihr geteilt.

Kai Schuster schnaufte, als er endlich im vierten Stock angekommen war. Er drückte einmal auf den Klingelknopf. Er bemerkte, dass die Wohnungstür keinen Spion besaß, sodass man von innen einen Besuch hätte in Augenschein fassen können. Als die Tür geöffnet wurde, klirrte eine Absperrkette und spannte zwischen Türblatt und Rahmen. Im schmalen Spalt erschien Nicoles Gesicht.

„War denn keine Wohnung im Erdgeschoss oder im Souterrain frei gewesen?", fragte er vorwurfsvoll als Begrüßung.

Nicole löste die Kette und öffnete die Tür. „Eigentlich", konterte sie, „hatte ich wegen der besseren Aussicht und besserer Luft noch weiter nach oben gewollt, war aber nix frei." Sie begrüßten sich wie Freunde mit gehauchten Küsschen auf die Wangen.

Sie ging ihm ins Wohnzimmer voraus. Schuster schaute sich nicht allzu auffällig um. Die Vorhänge waren noch geöffnet. Draußen setzte allmählich die Dämmerung ein. Die Wohnung war unkonventionell, aber gemütlich eingerichtet.

„Originelle Möblierung", stellte er fest. „Hast du das selber gemacht?"

„Bis auf den Kleiderschrank und die Küchenmöbel schon, ja. Gefällt's dir?" Sie führte ihn herum, wobei es bei der Größe der Wohnung ziemlich kurze Wege waren. Nicole hatte Couchtisch, Couch, Bücherregale und das Bett aus geschliffenen Euro-Paletten gebaut und mit gedeckten Farben bemalt. Die Couch und das Bett waren mit Polstern beziehungsweise mit einer Matratze belegt.

„Die Idee stammt aus dem Internet", erklärte sie und setzte sich auf ein Couchelement. „Setz' dich. Was willst du trinken?"

„Wasser wär' nicht schlecht."

Während Nicole aufstand und in die Küche ging, sagte sie, er solle sich die Karte ansehen, die auf dem Tisch liege. Er nahm den Umschlag in die Hand und zog eine Karte heraus.

Ich sehe dich. Druckbuchstaben. Ein Stempel mit was? Einem Hampelmann? Farbe dunkelblau. Er drehte die Karte um, die Rückseite war leer. Nicole kam mit einer Flasche Weißwein, einer Flasche Mineralwasser und zwei Gläsern aus der Küche zurück.

„Die dazugehörigen Blumen hab´ ich in den Mülleimer geschmissen", erwähnte sie. „Dunkelrote Rosen."

„Sonst war nichts dabei?"

„Nein, aber der Telefonanruf. *Und? Angekommen?* hat er gesagt, und zum Schluss: *Viel Spaß, meine Schöne.* Dazu so ein keuchendes Lachen, wie ein Asthmatiker." Nicole schenkte sich vom Weißwein ein halbes Glas voll ein und füllte mit Mineralwasser auf. Kai nahm pures Wasser.

„Steht dein Name im Telefonbuch?"

Sie schüttelte den Kopf. „Nein, ich habe keinen Festnetzanschluss, nur ein Handy mit Prepaid-Karte."

„Okay. Das ist dann wahrscheinlich die Nummer, die du mir auch gegeben hast?"

„Nein, Kai, du hast meine Privatnummer. Der Anrufer hat meinen zweiten Kanal benutzt, also meine Dienstnummer von der Kurklinik, in der ich arbeite. Das kann man ja heute. Ein Handy, verschiedene Nummern."

Schuster betrachtete die Karte nochmal. Ihn störte dieser Hampelmann-Stempel. „Fällt dir zu der Stimme denn was ein? Ich meine, hast du sie schon mal gehört?"

„Jaaaa", dehnte sie den Vokal in die Länge, „gehört hab´ ich schon mal so eine Stimme. Gar nicht so lange her, bei unserer Klassentreffensitzung neulich. Der Lars aus unserer Klasse redet ja auch so merkwürdig. Aber das kann ja wohl nicht …"

„Und wenn es doch sein kann?", unterbrach er ihren Satz. „Er hat dich dort im Vorraum zu den Toiletten regelrecht angemacht. Sein *Ferrari* scheint ihm ja einen enormen Schub an Selbstbewusstsein verliehen zu haben, und sein machomäßiges Auftreten deutet ebenfalls in diese Richtung. An einen Zufall, dass ein anderer dir nachstellt, mag ich ehrlich gesagt nicht glauben, und zeitlich passt es immerhin auch zusammen. Oder hattest du früher schon …"

„Nein, nein, das war das erste Mal", sagte sie. „Du meinst echt Lars? Das würde der sich doch nie getrauen. Der hatte ja schon immer Komplexe Frauen gegenüber."

„Mmmh naja", Kai wollte Nicoles Einschätzung nicht so ohne Weiteres teilen. „Ich bin mir da nicht so sicher", sagte er.

„Also, einer Frau offen gegenüberzutreten hat der doch früher nie gewagt. Lars war schon immer infam und hintertückisch, wenn du weißt, was ich meine. Hintenrum, irgendwie verschlagen, heimlichtuerisch, intrigant, unehrlich, gemein. Er war der Fiesling der Klasse."

„Na, da haben wir´s ja schon. Was sind denn dieser Blumenstrauß und der Anruf, ohne seinen Namen zu nennen, anderes als gemeine Spielchen. Er sucht sich ein Opfer aus, verbreitet Angst und Unsicherheit und hat seine klammheimliche Freude dran. Denk´ zurück an den Abend, als er dir den Weg von der Toilette versperrt hat. Genau solche Provokationen passen zu ihm wie die Faust aufs Auge."

„Und nun?", hob Nicole ratlos die Schultern. „Was soll ich jetzt machen?"

„Gib mir den Umschlag und die Karte mit. Ich lass´ unsere Techniker mal daran schnuppern. Vielleicht finden sich Fingerabdrücke drauf, die nicht von uns beiden sind. Und wenn du wieder derartige Post und Anrufe kriegst, dann wird das zu Stalking, und dagegen kann man von offizieller Seite was tun. Der Zufall will es übrigens, dass ich sowieso mit Lars wegen einer anderen Ermittlung sprechen muss, und bei der Gelegenheit lass ich ihn wissen, dass er die Finger von dir lassen soll, wenn das in deinem Sinne ist."

„Die Finger hat er gottseidank noch nicht an mir gehabt, aber er soll es sich abschminken, nur im Geringsten daran zu denken."

„Gut. Psychoterror kann schlimmer sein als körperliche Gewalt. Besser, man lässt es erst gar nicht so weit kommen."

„Ich danke dir, Kai, dass du so schnell kommen konntest." Sie sah ihm mit einem warmen Blick in die Augen, und Schuster ärgerte sich, dass ihm dabei der Schweiß ausbrach und er rot wurde. Verlegen stammelte er etwas von Selbstverständlichkeit und kein Problem. Sie rettete sein Leben, als sie ihn fragte, ob er noch etwas mit ihr essen würde.

Nach fünf Minuten hatte sie ein Körbchen mit geschnittenem Brot, Butter und Frischkäse auf den Tisch gestellt. Als sie ihm wieder gegenübersaß und eine Scheibe Brot mit Butter schmierte, forderte sie ihn auf: „Nun erzähl′ mal. Was hast du die ganzen Jahre so gemacht?"

Wieder schaute sie ihn direkt an, während sie in das Brot biss. Ihre dicken, braunen Haare hatte sie zu einem Pferdeschwanz gebunden. Sie trug eine weite, ausgewaschene Tunika mit dreiviertellangen Ärmeln, die vor langer Zeit mal rot gewesen sein musste, und eine gebleichte bequeme Jeanshose mit diversen Rissstellen. Sie ging barfuß.

Nicole war schon immer schön, allerdings auch schon immer klug gewesen. Kai hatte sie seit den Abiturfeiern nicht mehr gesehen. Jeder war danach seiner eigenen Wege gegangen. Bis zum Sonntag vor einer Woche, als sie sich wegen der Organisation des Jahrgangstreffens wieder über den Weg gelaufen waren. Nicole. Sofort waren in ihm die alten Gefühle für sie wieder aufgeflammt. Sein Herz hatte schneller geschlagen und er hatte sich unheimlich selig gefühlt. Er hatte es genossen, an ihrem Tisch zu sitzen, in ihrer Nähe zu sein, sie einfach zu sehen. Und dann hatte sie ihm ihre Telefonnummer gegeben. Sollte er sie fragen, warum sie ihm die Nummer zugesteckt hatte? Immerhin hatte sie vor acht Tagen noch nicht wissen können, dass sie eine Woche später gestalkt werden und ihn brauchen würde. Seine Hilfe, seinen Rat. Sein Kopfkino spielte ihm den Film ab *Wie baue ich Möbel aus Euro-Paletten?*, und er stellte sich vor, wie sie auf Knien mit einem Akku-Schleifer die Paletten bearbeitete, wie der Staub sich auf die Haut legte und wie Schweiß auf ihrer Stirn stand, den sie mit einer anmutigen Armbewegung wegwischte, oder wie ihr einzelne Strähnen des Haares ins Gesicht hingen, die sie gelegentlich mit dem Mund wegblies. Er sah sie mit Farbe auf der Nase und an den Händen. Ob sie schon immer Geschick für praktisches Handwerk besaß? Er schob die Frage zur Seite und begann zu erzählen, was er die ganzen Jahre denn so gemacht hatte.

Kehl/Friesenheim/Mattenheim, 16./17. Oktober 2021

Der Beifall und die Pfiffe der Männer ließen Petra Wörlin schon die längste Zeit kalt. Dafür war sie nach so vielen Jahren im Geschäft einfach zu abgebrüht. Auch abgestumpft. Sie erledigte ihren Job, das, wofür sie bezahlt wurde, und sie machte es professionell, auch wenn in ihren Bewegungen bei ihrem Tanz an der Stange kein Feuer mehr brannte. Mit den jungen Hüpfern konnte sie körperlich zwar nicht mehr mithalten, aber sie war noch immer gut genug, um einige Kniffs und Tipps an die aufstrebende Generation weitergeben zu können.

Jakob Fuhrmanns Nachtclub war ihre Endstation. Danach würde Schluss sein. Ihren Geschäftsführerinnenjob im Spielcasino würde sie in dem Moment verlieren, in dem sie sich weigerte, beim *Ü-40-Strip* auf der Bühne zu stehen. Das wusste sie. Es war ein offenes Geheimnis. Sarah Kemper hatte es gewusst, aber nicht verstehen wollen. Also strippte sie jeden Samstagabend, zweimal, an der Stange auf der Bühne. Das erste Mal entkleidete sie sich bis auf ein Tangahöschen. Ihr gewaltiger Busen verursachte noch immer ein Raunen im Publikum. Aber deswegen kamen die versifften Kerle schließlich und bezahlten viel Geld für billigen Sekt und billiges Bier, um bei den nicht mehr so taufrischen Ladies die Gesetze der Schwerkraft vorgeführt zu bekommen. Beim zweiten Mal musste sie auch das Fusselchen von Tangahöschen ausziehen, so verlangten es die Regeln und mindestens so lange blieben die Kerle im Publikum auch bei der Stange, und wer das Glück hatte, auf einem der vorderen Stühle zu sitzen, erhaschte auch mal einen Blick auf ihr Geschlecht. Das letztlich aber bestimmte sie selbst, es hing von ihrer Tagesform ab, die sich jedoch steigern ließ, indem man ihr Geldscheine zwischen die Brüste stecken durfte. Wobei, bloß mit Zehner- oder Zwanzigernoten sich keiner in ihre Nähe zu trauen wagte.

Es war für das Nachtclubgeschäft nicht die allerschlechteste Region. Grenzlagen, wie Kehl zu Frankreich, akquirierten von allein ein vielseitiges Publikum. Mit Striplokalen an der Schweizer Grenze konnte man sich freilich in finanzieller Hinsicht nicht messen. Die Schweizer Kunden bekamen für ihr Geld einfach alles. Aber mit der Stadt Strasbourg auf der anderen Seite des Rheins hatte man in Kehl ebenfalls ein gesundes Pflaster für zahlungskräftige Kunden. Das Europaparlament zählte mit seinen treuen Grenzgängern zur Haupteinnahmequelle.

Sie hatte ihren letzten Auftritt meistens gegen zwei Uhr in der Früh. Danach fuhr sie emotional völlig unbeeindruckt auf direktestem Weg nach Hause. Erst dort genehmigte sie sich einen oder zwei Schluck Alkohol, um besser einschlafen zu können. Im Gegensatz zu Sarah Kemper, die in einem von Fuhrmanns Apartments zur Miete wohnte, pardon, gewohnt hatte, besaß sie eine Eigentumswohnung. Vielleicht, hatte sie einmal voller Sarkasmus zu Sarah Kemper gesagt, liegt der Unterschied darin, dass zwischen meinen Brüsten mehr Geldscheine Platz haben.

Dass sie ihr Handy im Spielcasino in Friesenheim hatte liegenlassen, war ihr erst aufgefallen, als sie sich bereits auf dem Weg zum Strip nach Kehl befand. Ein Ärgernis, das aber rasch verraucht war. Würde sie es eben nach den Strip-Auftritten abholen. Ein Umweg, aber so war es halt nun mal.

Ihr fiel zuerst auf, dass fünf Autos auf dem Parkplatz vor dem Spielcasino in Friesenheim abgestellt waren. Die Leute nehmen sich immer mehr Frechheiten heraus, dachte sie, während sie ausstieg und den Schlüssel aus ihrer Handtasche zog. Sie stieg die drei Stufen zur Eingangstür hinauf, schloss die Tür auf und trat ein. Ihr Handy lag auf dem Tresen. Sie griff danach, wollte wieder gehen, hörte jedoch etwas, das sie normalerweise um diese Stunde unmöglich hören konnte. Stimmen? Raunen? Gelächter? Sie schaute sich um. Im Salon mit den Automaten war alles ruhig. Im Hinterzimmer? Von Natur aus nicht eine Frau der ängstlichen Abteilung, trat sie resolut zu der Tür, die ins Hinterzimmer führte, riss sie auf, und sechs Gesichter starrten ihr verdutzt entgegen. Sechs Gesichter in einer Runde um einen Tisch, der Tisch bedeckt mit Spielkarten, Geldscheinen, Aschenbechern, Gläsern mit bernsteinfarbenen Inhalten, rauchgeschwängert die Luft. Gesichter, die sie nicht kannte, bis auf eines.

„Was ist hier los?", fragte sie überrascht. „Was zum Teufel ist denn hier los?" Sie trat auf wie ein Racheengel, der gleich Feuer und Schwefel schleudern würde.

Das Gesicht, das sie kannte, stand auf, ging hastig auf sie zu: „Petra, nicht jetzt. Ich erkläre dir alles, aber nicht jetzt. Mach´ jetzt keine Szene. Fahr´ nach Hause. Ich komm´

später zu dir und erkläre dir alles. Es soll auch dein Schaden nicht sein." Er legte eine Hand auf ihre Schulter. „Geh´ jetzt, Petra. Bis später." Er drängte sie Richtung Tür.

Petra Wörlin schnaufte erregt durch die Nase. Ein und aus. Ein und aus. Verdammt, das war ihr Spielcasino. Ihr Arbeitsplatz. Ein und aus. Dann kehrte sie um, donnerte die Tür zum Nebenzimmer zu, verließ das Spielcasino und fuhr in höchster Aufregung nach Hause. Sie benötigte vier Whiskys, um ihren inneren Aufruhr zu besänftigen, aber an Schlaf war nicht zu denken. Und wenn sie schon nicht schlafen konnte, dann wollte sie wenigstens sicher gehen. Weshalb ihr Sarah Kemper in den Sinn kam, konnte sie nicht ergründen, aber es war so. Aufhören zu strippen? Deswegen bringt der Fuhrmann doch niemanden um. Der doch nicht. Er ist doch derjenige, der einem die Pistole auf die Brust setzt und tönt *Sie müssen das nicht mehr machen, wenn Sie nicht wollen, es warten hundert andere.* Hundert andere, sagt er. Und schon ist man weg vom Fenster. Raus aus dem Spielcasino. Was dann? Was mach ich dann? Ungelernt und ohne Beruf? Von was soll ich dann bitteschön leben? Und was hatte der Typ von der Polizei gesagt? Was meinte er mit Sternchen? Hatte Sarah vielleicht etwas am Laufen, von dem sie ihr, der besten Freundin, nichts gesagt hatte? Oder hatte sie im Mai womöglich überhaupt nicht wegen der Stripperei zu ihr nach Mattenheim kommen wollen, sondern wegen etwas ganz anderem? Denn die Sache mit der Stripperei war damals zwischen ihnen ja bereits ausdiskutiert. Sarah wollte aufhören, und sie selber würde weitermachen. Also doch wegen etwas anderem, jawohl. Aber was? Etwas, das sogar einen Mord rechtfertigt.

Bei dieser Überlegung wurde Petra Wörlin schwarz vor Au-gen und Schweiß brach ihr aus allen Poren. Konnte es sein, dass auch sie in Gefahr war? Ach was, das ist absurd, dachte sie. Doch der Zweifel nagte an ihr. Dummes Huhn, schalt sie sich. Gesetzt den Fall, es wäre so, was würdest du, Petra Wörlin, zu deiner Sicherheit tun?

*

Der Veranstaltungsort war ein anderer als die vorhergehenden. Wegen Umbauarbeiten im alten Raum hatte **er** *auf eine neue Lokalität ausweichen müssen, die nicht ganz so perfekt war, aber genauso zweckdienlich. Die Organisation indes war die gleiche. Die Versteigerung der fünf Teilnehmerplätze war abgeschlossen, die Hotelzimmer reserviert, Getränke, Tabakwaren und Snacks für den kleinen Hunger standen bereit.*

Fünf Spieler, die alle scharf auf den großen Gewinn waren. Den Super-Pott.

Normalerweise war **ihm** *keiner der Teilnehmer bekannt. Doch diesmal war es anders. Der fünfte und letzte Gast war* jener Stan Laurel, *den* **er** *dieses Jahr schon mal in der Runde begrüßt hatte.* **Er** *konnte* **sich** *genau erinnern. Damals hatte* **er selber** *den Pott eingestrichen. Über dreißigtausend Euro in* **einer** *Nacht. Und jetzt saß er* **ihm** *wieder vis-à-vis mit seinem blöden Grinsen und der lächerlichen Melone auf dem Kopf. Was sollte es heute Nacht werden?* Stan Laurel 2.0, *oder* Stan Laurel reloaded?

Wie immer hatte der Pokerabend um Punkt zehn Uhr begonnen. Vorgesehen waren zwei Spiele pro Stunde. Die ersten zwölf Spiele stets mit den Einsätzen von fünfzig Euro.

Neidlos musste **er** *anerkennen, dass* Stan Laurel *der bessere Spieler, der bessere Taktiker war. Schon wieder hatte der von den neun bis um halb drei Uhr absolvierten Runden sechs gewonnen, wobei er einmal als* Dealer *hatte aussetzen müssen. Darum herrschte bei der aktuell zehnten Runde so etwas wie Erleichterung, weil* Stan Laurel *als* Dealer *der Kartengeber war und aussetzen musste.*

Er war dabei, auf ein Full House zu spekulieren und hatte, bevor **er** *die letzte Karte erhalten sollte, Zwei Paare auf der Hand. zwei Buben, zwei Achten. Die letzte Karte war allerdings eine Herz Sechs. Dennoch brachte* **er seinen** *Einsatz von fünfzig Euro.* **Er** *hatte ja noch die Chance, die Herz Sechs abzulegen und die passende Karte beim Kauf zu finden. Wenn nicht – so übel war* **er** *mit den Zwei Paar auch nicht dran.*

Vertieft in den Anblick ihrer Karten, wurden plötzlich alle sechs Teilnehmer aus der Poker-Atmosphäre gerissen. Die Tür flog auf, und eine Frau platzte mitten in die Runde. Um die vierzig oder fünfzig Jahre, kurzgeschnittenes blondes Haar, enormer Busen.

„Was ist hier los? Was zum Teufel ist denn hier los?" *Sie sah aus, als würde sie gleich Feuer spucken.*

Scheiße, dachte **er**, *stand auf und ging auf sie zu.* „Petra, nicht jetzt. Ich erkläre dir alles, aber nicht jetzt. Mach´ jetzt keine Szene. Fahr´ nach Hause. Ich komm´ später zu dir und erkläre dir alles. Es soll auch dein Schaden nicht sein." **Er** *legte ihr die Hand auf den Rücken und schob sie zur Tür hinaus.* „Geh´ jetzt Petra. Bis später."

So ein Mist, dachte er. *Die anderen Spieler glotzten* **ihn** *befremdlich an, als ob* **er** *es wäre, der nicht alle Tassen im Schrank hätte. Die dumme Kuh hatte* **ihn** *total aus dem Konzept gebracht, und plötzlich hatte* **er** *das Gefühl, die Luft in dem Raum sei so trocken wie ein Kamelfurz in der Wüste Gobi.*

Er *bekam die passende Karte nicht für das Full House, und* **er** *wurde mit* **seinen** *Zwei Paar von einer lupenreinen Straße, die der Spieler zu* **seiner** *Rechten hinblätterte, ausgestochen. Auch die Spiele Nummer elf und Nummer zwölf gingen nicht an* **ihn**, *sondern an* Stan Laurel. *Der Typ begann* **ihm** *gewaltig zu stinken. Doch ruhig Blut, es kam ja*

Spiel Nummer dreizehn. Das Spiel um den Super-Pott. Fünfhundert Euro Mindesteinsatz pro Spieler und Setzrunde.

Er *war der* Dealer, *diesmal spielberechtigt.* **Er** *verteilte die Karten. Bald bemerkte* er, *dass etwas nicht so war wie immer.* **Er** *hatte keinen der Joker, die beim dreizehnten Spiel beigemischt wurden. Nanu? Hatte* **er** *beim Mischen einen Fehler gemacht? Dabei setzten die Mitspieler heute wie irr. Keiner war bisher ausgestiegen.* **Er** *hatte nichts auf der Hand. Lauter Luschen. Ein einziges Ass und sonst nichts dabei.* **Er** *spürte, wie der heiße Zorn über* **ihm** *zusammenschlug. Dass* Stan Laurel *einen Pott von über vierzigtausend Euro einsackte, kriegte* **er** *kaum noch mit. Das, schwor* **er** sich, *sollte* ihm *nie wieder passieren.*

Zutiefst frustriert war **er** *nach Hause gefahren. Nein, eigentlich nicht nach Hause, sondern in* **seine** Firma. **Weinlager SR**. *Drei Räume im obersten Stock einer Spedition in Kehl, von denen zwei Räume als Wohnung hergerichtet waren.* **Er** *musste* **sich** *eingestehen, dass* **er** *irgendwie die Kontrolle verloren hatte.* **Sein** Ferrari *war der erste, der es hatte büßen müssen, obwohl der ja am wenigsten dafür konnte.* **Er** *hatte ihn wütend über die Straßen geprügelt, dass der Motor gejault hatte wie ein geschlagener Hund, so wie man eine Frau vermöbelte, wenn sie nicht gehorchen wollte.* **Er** *würde* **sich** *bei ihm entschuldigen müssen, wenn* **er** *wieder einigermaßen bei Sinnen war. Doch, das musste* **er**, *denn* **er** *war davon überzeugt, dass der Wagen eine Seele besaß und dass er* **ihn** *verstehen würde.* **Er** *und* **sein** Ferrari. *Nie hätte* **er** *einst gedacht, dass man zu einem Fahrzeug so etwas wie eine intime Beziehung unterhalten konnte. Natürlich fickte* **er** *ihn nicht in den Auspuff, aber* **er** *streichelte ihn, liebkoste ihn und sprach mit ihm, wie* **er** *zu keinem Mensch würde sein können. Das hatte durchaus etwas Erotisches. Wenn der Motor dröhnte, wenn die Pferde auf beinahe dreihundert km/h be-*

schleunigten, was noch nicht mal Höchstgeschwindigkeit war, vibrierte der ganze Körper, Quatsch, dann waren **er** und der Ferrari ein überdimensionaler Vibrator. **Er** war schon manchmal mit einer feuchten Hose ausgestiegen. Das erzählte **er** freilich keinem. Jetzt aber musste **er** **sich** ein paar Stunden aufs Ohr legen.

Sonst nach einer Pokernacht nahm **er** **sich** in die Pflicht, das Lokal wieder in den Urzustand zu versetzen: Fenster aufzureißen um zu lüften, den Fußboden zu kehren, den Tisch abzuwischen, die Aschenbecher, Gläser und Flaschen einzupacken. Heute war **er** nachlässig gewesen und hatte nur gerade das nötigste getan. Ob **er** nochmal hinfahren sollte? Vielleicht, wenn **er** mit den Weinbestellungen fertig war. Doch erst mal schlafen.

Es gelang **ihm** nicht. Die Furie Petra Wörlin ging **ihm** nicht aus dem Kopf. E**r** musste unbedingt mit ihr reden. So ein Mist aber auch, dass sie ausgerechnet am ersten Abend in der neuen Lokalität auftauchen musste. Warum war sie überhaupt aufgekreuzt? **Er** würde sie fragen müssen. Langsam gingen **ihm** die Lokalitäten aus. In den Räumen der Spielotheken von Pik Bube und Kreuz Bube fehlte es an Platz, und **seine** Privat- oder Firmenräume standen aus Prinzip nicht zur Verfügung. Sollte nun der ganze Schlamassel von vorne losgehen? Wie bei dieser Zicke Sarah Kemper? Tausend Euro pro Monat waren der nicht genug, was musste sie auch unbedingt das Doppelte aus ihrem Wissen herausschlagen? Wollte zu Fuhrmann und petzen, diese Schlampe. Und nun die Wörlin. Scheiße. Da konnte **er** auch gleich arbeiten, Sonntag hin oder her.

Er stellte anhand der Frachtpapiere von der Spedition und der Abnehmerbestellungen die Liste zusammen, mithilfe derer **sein** Ausfahrer den firmeneigenen Kombi beladen und die Kunden mit den Weinen beliefern konnte, die ab morgen in den Regalen der Supermärkte zum Verkauf stünden. **Er**

handelte in geringem Umfang mit billigen Rotweinen aus Spanien. Einmal im Monat stellte **ihm** *die Spedition im Hause eineinhalb Kubikmeter Frachtraum in ihrem LKW aus Spanien zur Verfügung, der für eine Palette Wein ausreichte. Zudem druckte* **er** *fünfhundert Klebeetiketten aus, die der Fahrer vor der Beladung des Kombis auf jede einzelne Flasche zu kleben hatte, und brachte beides, Lieferliste und Etiketten, in die Lagerhalle der Spedition, wo die Palette mit Wein stand.*

Der Ausfahrer kam zweimal die Woche, doch sie begegneten sich so gut wie nie. Christof Gnadiger hieß der Mann und er arbeitete auf Fünfhundert-Euro-Basis.

Zu den drei gemieteten Räumen im Obergeschoss gehörte eine Doppelgarage, in welcher der Firmenkombi, weinrote Lackierung und das Firmenlogo, sowie ständig einer **seiner** *beiden aktuellen Privatwagen untergebracht waren.*

Wirtschaftlich wäre **er** *normalerweise auf die Weinimportfirma nicht angewiesen, denn Geld besaß* **er** *wahrlich genug. Letztlich war es eine Spielerei, um* **seinen** *schwarz erwirtschafteten Geldern einen legalen Anstrich zu verpassen, denn die Hauptfirma* **seines** *Unternehmens saß in Gibraltar, wohin die Gelder faktisch gelenkt, versteuert und gewaschen wurden.*

Er *schaute auf die Armbanduhr. Neunzehn Uhr dreißig. Die Dämmerung war bereits angebrochen und es wurde Zeit.* **Er** *würde doch zuerst nach Friesenheim ins* Karo Dame *fahren, dort Ordnung machen, und hinterher nach Mattenheim zu Petra Wörlin. Hoffentlich will sie* **mich** *nicht erpressen, dachte* **er**.

Es war ihre Idee gewesen, und sie hatte ihn ziemlich auf dem falschen Fuß erwischt. Aber welcher Idiot würde sagen: *Tut mir leid, heute passt es mir irgendwie überhaupt nicht*, wenn am anderen Ende der Leitung Nicole hing? Ja, genau, Nicole.

Er lag noch im Bett, als das Telefon klingelte. Sonntagmorgen neun Uhr dreißig. Hallo Leute, gönnt einem schwerarbeitenden Kriminalbeamten doch wenigstens den Sonntagsschlaf, war seine erste Reaktion, und er meldete sich betont müde und unausgeschlafen, war jedoch sofort hellwach und saß bolzengerade im Bett, als er ihr vergnügtes Lachen hörte.

„Guten Morgääähn", kicherte sie, „Zeit aufzustehen. Nicole kommt." Sie klang so aufgeweckt, als hätte sie die Frühmesse besucht. Ihr Lachen klickerte wie Eiswürfel unter sein Schlafhemd.

„Ahoi, Nicole", wunderte er sich, und ganz Polizist, der er war, fragte er automatisch: „Ist was passiert?" Dabei stand er bereits aufrecht vor dem Bett.

Wieder gluckerte ihre Fröhlichkeit wie Sektperlen in sein Hirn. „Es wird was passieren", filterte er aus dem prickelnden Gefühl heraus, „nämlich dass du mit mir brunchst."

„An sich eine gute Idee, aber wie soll das gehen?"

„Hab´ ich dir doch schon gesagt. Nicole kommt. Ich komme zu dir und bringe alles mit, was man zum Brunchen braucht. Na?"

Sein Rundumblick durch die Wohnung dauerte drei Sekunden, in denen er zum einen das Ausmaß der Unordnung erfasste, zum anderen die aufzuwendende Zeit für deren Beseitigung schätzte. „Könnte klappen", sagte er mehr zu sich selbst als zu ihr, wofür sie ihm eine weitere Kaskade ihres Lachens schenkte.

„Du bist ulkig, wenn du noch nicht ganz ausgeschlafen bist, weißt du das? In eineinhalb Stunden steh´ ich vor deiner Wohnungstür."

Wenn ich es fertigbringe, dachte er, sie zum Lachen zu bringen, dann ist ein Mensch mehr auf der Welt glücklich. Den Rest werden wir auch noch zum Lachen bringen. Ein Kinderspiel.

Kai Schuster wohnte in einer Zwei-Zimmer-Wohnung, sechste Etage, westlicher Stadtrand von Lahr, mit kleinem Balkon in die gleiche Richtung. Die zwei Zimmer bestanden aus dem Schlafzimmer, in dem er nicht mehr als ein Einzelbett und einen Kleiderschrank stehen hatte, und aus dem kombinierten Küchen-Wohnzimmer-Bereich. Die Möbel des Wohnzimmers, eine Sitzgruppe aus einer Dreier-Couch und einem Sessel mit Textilbezug, ein flacher Couchtisch aus grobem Holz, ein die ganze Wandbreite einnehmendes Regal aus hellem Birkenholz, stammten allesamt von einem bekannten schwedischen Möbelhaus, jedoch nicht aus dem gleichen Programm. Auf beiden Seiten des Regals hingen je eine Funk-Lautsprecherbox, über die er Musik von seinem Handy spielen konnte. In der Ecke neben dem Fenster zum Balkon, auf einem alten Schreibtisch, den er von der AWO, der Arbeiterwohlfahrt, gekauft hatte, hatte er seinen Computer stehen. Blickfang des Wohnzimmers, gegenüber des Regals, bildete eine riesige Weltkarte. Direkt neben der Wohnungstür ging es in das winzige Bad; Duschkabine, WC, Waschbecken mit Spiegel.

Die Unordnung hielt sich in Grenzen. Im Schlafzimmer zupfte er die Bettdecke etwas zurecht, im Wohnzimmer sammelte er die Zeitungen ein, die zu lesen er nicht geschafft hatte, und in der Küche war das schmutzige Geschirr vom Vortag schnell gespült. Er war kein Messi, liebte jedoch eine Ordnung, die nach Leben aussah. Sterile und unpersönliche Wohnungen bekam er genug zu sehen, Orte, die leer aussahen und im Prinzip erweiterten Ausstellungsflächen von Möbelhäusern glichen.

Nach der Dusche betrachtete er sich in dem kleinen Spiegel. Wer bist du, Kai Schuster?, dachte er. Vierunddreißig Jahre alt mit einem Hang zur Bequemlichkeit. Seit dem achtzehnten Geburtstag war er nicht mehr auf einer Waage gestanden, außer bei den seltenen Aufrufen für den Gesundheitscheck durch den Betriebsarzt. Seine Maßeinheit für Gewicht und Bauchumfang vertraute er den Hosen an, die er nach drei Kriterien kaufte: Eine Marke, eine Farbe, zwei Nummern. Levis, schwarz, 501, 32/32. Damit ersparte er sich das lästige Anprobieren in engen Umkleidekabinen, und egal wo er die Hosen kaufte, sie passten unbesehen, blind sozusagen. Das gefiel ihm. Er war eins einundachtzig groß, siebenundsiebzig Kilo schwer, und hielt sich mit Joggen einigermaßen fit, eine Sportart, die er aus der Ausbildungszeit der Polizei in die aktive Phase hinübergerettet hatte, die einzige Sportart, die für ihn in Frage kam, da sie unabhängig war wie kaum eine andere. Die halblangen gewellten Haare waren dunkelbraun mit ersten grauen Fäden über den Ohren, und er pflegte einen Fünftagebart.

Sie musste die Schallmauer durchbrochen haben, denn schon nach kaum einer Stunde sah er von seinem Balkon aus einen alten flaschengrünen VW-Golf vor dem Haus einparken. Sie stieg aus, blickte an der Hausfassade hoch und winkte ihm zu, als sie sein Winken auf dem Balkon bemerkte. Drei Minuten später öffnete er ihr die Wohnungstür. Sie trug eine gut gefüllte Tasche in einer Hand. Sie trat ein, er schloss die Tür, sie stellte die Tasche ab, und sie umarmten sich, als wären sie längst ein Paar, das sich wochenlang nicht gesehen hatte.

Sein Gesicht lief puterrot an, und auch sie war von der emotionalen Begrüßung überrascht. Unversehens stahl sich Verlegenheit in ihre Begegnung, geprägt durch steife Körperhaltungen und hölzerne Gesten. „Schön, dass du gekommen bist", stammelte er daher, nicht wissend, wohin mit seinen Augen, mit seinen Händen.

„Ach", wandte sie sich ihm mutig zu und legte ihre Hände auf seine Brust, „weißt du was? Das ist mir jetzt zu blöd. Komm´ her und mach´s nochmal." Nicole stellte sich auf die Zehenspitzen, schlang ihre Arme um seinen Hals und küsste ihn lang und innig auf den Mund. „So", meinte sie, als sie wieder atmen konnte, „jetzt ist es besiegelt und mir ist wohler."

Er fühlte sich wie im freien Steigflug, so leicht, wie er noch nie gewesen war, getragen von einer warmen Thermik. Er überblickte die ganze Welt, sah den Horizont sich krümmen und schließlich auflösen. Seine Brust dehnte sich aus wie ein Ballon, und doch vergaß er die Technik, wie man atmen musste, um nicht zu ersticken. Ihm blieb die Hoffnung, dass sie die Kontrolle über sie beide haben würde und wusste gleichzeitig, dass er sich nicht in ihr täuschte.

„Nicole, ich …"

„Kai, du …"

Der Knoten platzte, als er ihr verschmitztes Lächeln sah, und er auf dieser breiten Bahn landen konnte.

„Na, war´s schön da oben?", fragte sie, den Schalk in den Augen.

„Wie? Was meinst du?" Er trug die Tasche in den Küchenbereich.

„Oben halt", sagte sie unbekümmert. „Du warst doch garantiert im siebten Himmel."

Er lachte, stellte die Tasche auf den Küchentisch, drehte sich um und schloss sie in die Arme. Befreit von allen Hürden küsste er sie auf die kleine Nase. „Es ist nur wenigen Auserwählten gestattet, sich dort oben zu tummeln. Dass ich einer der Wenigen bin, hättest du dir denken können."

„Stimmt", meinte sie, sich einsichtig gebend, „du bist einer meiner Wenigen."

„Oh, so hab´ ich das aber nicht gemeint." Er räumte die Tasche aus ...

„Aber ich", sagte sie. „Du bist der Letzte von Wenigen."

... und stoppte mitten in der Bewegung. Die Veränderung in ihrer Stimme war deutlich zu spüren. Hörte er da ein leichtes Vibrato heraus? Er stellte die Dose Ananas auf den Tisch, nahm ihre Hände. „Das klingt so endgültig", sagte er unsicher.

„Nicht traurig sein." Über ihr Gesicht huschte ein Lächeln, wie ein Schwarm Vögel vorbei am Fenster.

Er zeigte ihr seine Wohnung. Viel gab es nicht zu sehen, und Nicole erkannte mit sicheren Antennen, dass dies die zweckmäßige Wohnung eines männlichen Singles war. Das jegliche Abhandensein von weiblichen Accessoires zum Beispiel im engen Badezimmer, das schmale spartanische Bett im Schlafzimmer, das Fehlen von irgendwelchem frauentypischem Nippes im Wohnzimmer legten Zeugnis ab für einen ziemlich nüchternen Gebrauch des Logis. Die Wohnung war in erster Linie praktisch, was durchaus zu dem Bild passte, das sie während der vergangenen drei Wochen von Kai gewonnen hatte. Gewonnen, nicht nachspioniert. Und die Wohnung war authentisch. Der Bewohner hatte es nicht nötig, einem eventuellen Besucher durch Kulissen etwas vorzugaukeln. Sage mir, wie du wohnst, und ich sage dir, wer du bist. Kai, dachte sie, war wie seine Wohnung ehrlich und unkompliziert. Das gefiel ihr.

Sie wandten sich bald dem Brunch zu. Nicole hatte eine gute Hand gehabt, sowohl was die Menge als auch die Auswahl betraf. Auf dem Couchtisch standen verschiedene Brötchen, Butter, etwas Wurst, zwei Sorten Käse, Tomaten und Früchte. Kai hatte für den Kaffee gesorgt.

Gemeinsam spülten sie das Geschirr. Eine Spülmaschine suchte man in Kais Wohnung vergebens. „Ich habe Lars am nächsten Tag angerufen", sagte er nebenbei. „Ich habe ihm gesagt, dass er den Blödsinn mit dir lassen soll. Weißt du, was er gesagt hat? *Ach, der smarte Kommissar interessiert sich für die schöne Nicole.* Dann hat er einfach aufgelegt."

„Gut, dass du das erwähnst. Beinahe hätt' ich's vergessen." Sie holte aus einem Seitenfach ihrer Tasche vier Fotografien hervor und legte sie auf den Küchentisch. „Sieh' mal. Die steckten am vergangenen Donnerstag in meinem Briefkasten."

Die vier Fotos zeigten jeweils Nicole. Zwei beim Verlassen und Betreten ihres Wohnblocks, eines beim Betreten der Kurklinik, in der sie arbeitete, eines zeigte sie im Badeanzug im Bertholdbad in Baden-Baden. Auf der Rückseite eines der Bilder stand *Ich sehe dich* geschrieben. Handschrift.

„Okay", sagte Schuster nachdenklich, „du hast ihn aber nicht bemerkt?"

Sie schüttelte den Kopf. „Nein. Aber es ist so unheimlich. Als würde der Typ in meinem Kopf wohnen."

Schuster nickte. „Kannst du die Fotos hier lassen? Ich werd' nochmal persönlich mit ihm Tacheles reden."

„Haben deine Techniker was mit dem Umschlag und der Karte anfangen können, die ich dir mitgegeben habe?"

„Nein, leider nicht. Keine Fingerabdrücke, Nicole."

Am Nachmittag spazierten sie zum Landesgartenschaugelände. Nicole hatte sich bei Kai untergehakt. Unter einer Trauerweide breiteten sie eine Decke aus. An einer Tankstelle unterwegs hatten sie eine Flasche Weißwein, eine Tüte Kartoffelchips und zwei Pappbecher gekauft. Plastikbecher waren schon seit Jahren verboten, ökologisch völlig verständlich. Obwohl es schon Mitte Oktober war, schienen viele Leute auf die gleiche Idee gekommen zu sein wie sie.

Überall auf dem Grün sah man picknickende Familien, Paare, Freunde, spielte man Federball oder Fußball. Ein warmer Sonnentag.

Nicole lag auf dem Rücken, die Hände hinter dem Kopf, die Augen geschlossen. Hier bin ich, dachte sie. Ich, Nicole, vierunddreißig, ledig, kühl und rational und präzise denkende, empathisch handelnde Ärztin. Im Augenblick jedoch bin ich weit entfernt von einer studierten Fachidiotin, so weit wie wahrscheinlich noch nie vorher in meinem Leben. Und nichts anderes möchte ich heute lieber sein als ein Mädchen, siebzehn, achtzehn Jahre jung, frei aller Erfahrungen und Enttäuschungen, nur gespannt darauf wie es sich anfühlt, Schmetterlinge im Bauch, Hummeln im Hintern zu haben. Trau dich, Kai, ich warte, warte so sehr. Du weißt nicht, wie sehr ich mich nach deinem Schatten sehne, wenn du dich über mich beugst um mich zu küssen. Du weißt nicht, wie sehr ich mich nach deiner Berührung sehne, wenn deine Hand zittert und flattert und du genauso nervös bist wie ich. Du weißt nicht, wie ich mich nach dem Beginn sehne, nach dem Anfang der Geschichte, die wir beide schreiben können, unsere Geschichte, verstehst du? Allerdings sollten wir jetzt den Mut aufbringen, den ersten Buchstaben zu schreiben. Du hast es in der Hand, Kai.

Kai lag neben ihr, auf der Seite, den Kopf in die Hand gestützt. Er sah ihre geschlossenen Augen, erkannte, wie sehr sie ihm dadurch vertraute. Sah ihre Brust, ihren Bauch, sich heben und senken bei jedem Atemzug. Plötzlich spürte er ein heftiges Verlangen nach Glück. Er betrachtete die Frau neben sich, wie gut sie zu ihm passen würde. Gemeinsam würden sie den Goldenen Schnitt bilden. Sie war schlank und nur etwa eins sechzig groß. Ihr ovales Gesicht war von einer samtenen Reinheit, so ungeschminkt wie schön. Lange Wimpern, kleine gerade Nase, geschwungene Lippen. Sie hatte ihn geküsst, hatte gesagt *so, jetzt ist es besiegelt*, was hatte sie damit gemeint? Er beugte sich zu ihrem Mund und küsste sie so zärtlich wie es ihm möglich war. Wenn sie mich jetzt zurückstößt, bin ich selber schuld, dachte er, doch sie stieß ihn nicht zurück. Sie umschlang mit ihren Armen seinen Hals, zog ihn enger zu sich, sodass sich nun auch ihre Körper berührten. Er spürte ihre Wärme durch die Kleidung, ihr Beben an Brust und Bauch, ihre Kraft in den Armen, die ihn hielten und hielten und hielten.

„Nicole, ich …"

„Kai, du …"

Jetzt lachte er. „Das kommt mir irgendwie bekannt vor."

Auch sie lachte befreit auf. „Was denkst du?", fragte sie.

„Ich werde nie wieder denken können", sagte er.

„Moment mal, Bürschchen", packte sie ihn an der Nase. „Nachher behauptest du, ich wäre allein an allem schuld."

„Bist du´s nicht?"

„Gauner, Verbrecher", schimpfte sie ihn und küsste ihn sanft auf den Mund.

Kai sah aus wie einer, der angestrengt nachdachte.

„Was ist? Was denkst du?", fragte sie ihn wieder.

„Es war richtig", sagte er ernst.

„Was war richtig?"

„Auf dich zu warten."

Als es kühl wurde, gingen sie zurück in Kais Wohnung. Im Westen versank die Sonne hinter den Vogesen.

„Trinkst du noch ein Glas Wein?"

„Ja gerne", sagte sie, „aber du musst mir ganz ehrlich eine Frage beantworten." Sie stand vor ihm und reichte mit ihrem Scheitel gerade bis zu seinem Kinn.

„Die da wäre?"

„Wie hast du das vorhin gemeint, dass es richtig war, auf mich zu warten?"

Schusters Gedanken rasten zurück, tausend Jahre und mehr, die er sich im Gymnasium sah, sich mehr schlecht als recht durch die Fächer mogelnd, immer am Rande des Scheiterns, des Verzweifelns. Die Jahre, in denen er mit Nicole in einer Klasse saß, sie, die Überfliegerin, der alles wie von selbst in den Schoß zu fallen schien, die schwierigste Mathematikaufgaben löste, die perfektesten Aufsätze verfasste, die er anhimmelte und die wahrscheinlich der Grund erstens seiner mittelmäßigen Leistungen, zweitens seines Bestehens gewesen war, denn er hätte es sich nie verziehen, neben ihr wie ein Versager dazustehen, etwas, was ihn in ihren Augen herabgestuft hätte. Natürlich, und das wusste er, war es nicht ihre Schuld gewesen, dass er nicht hatte glänzen können. Er war einfach in sie verliebt gewesen, hatte deswegen geschludert, und dann trotzdem so viel Ehrgeiz aufgebracht, um immer und immer wieder in ihre Klasse versetzt zu werden, von Jahr zu Jahr. Dafür hatte sie ja nun wirklich nichts können. Sie war sein Traum schlafloser Nächte, ohne je davon Kenntnis zu bekommen.

Als er sie wiedergesehen hatte, vor drei Wochen, waren die alten Wunden wieder aufgebrochen, war sein Herzblut geströmt, in die alten Kanäle, in die trockengelegten Parzellen seiner Sehnsucht. Seine alte Verehrung war wiedererwacht, entflammt, zu einem Schwelbrand, den er noch in Handschellen in seinem Gewahrsam wusste. Ohne zwingende Gründe würde er ihn nie wieder freilassen.

„Ich war in der Schule schon verliebt in dich", gestand er ihr. „Ich bin nie eine feste Beziehung eingegangen, weil ich immer dich im Hinterkopf hatte. Als wir uns in der Pizzeria zur Klassenbesprechung getroffen haben, war das alte Gefühl plötzlich wieder da."

„Es hat die ganzen Jahre in dir geschlummert?"

Verlegen nickte er mit dem Kopf.

„Ich hatte mir so sehr gewünscht, dass du zu der Besprechung kommen würdest", sagte sie. „Damals in der Schule", fuhr sie fort, „hatte ich überhaupt keinen Kopf für Schüler-Beziehungskram. Ich wollte eine gute Note für ein Medizinstudium erreichen, wenn du verstehst was ich meine. Darauf war mein Fokus gerichtet. Nachdem ich das und das Studium geschafft und auch eine Anstellung erlangt hatte, habe ich sehr viel an dich gedacht, Kai. Ich war überaus froh, dich wiederzusehen. Und ich bin noch glücklicher, dich gefunden zu haben."

„Ja, mir geht es genauso, Nicole. Der Tag mit dir war sehr schön. Es fällt mir schwer, dich gehen zu lassen."

Nicole lächelte. „Dann verhindere es doch, Kai."

„Wie kann ich verhindern, was du selber …"

„Sag´ es, Kai. Sag´ es einfach."

Er schaute ihr lange ins Gesicht, in die Augen, auf den versprechenden Mund. „Bitte geh´ nicht fort. Bitte bleib´ heute Nacht hier."

„Willst du es, Kai?"

„Ja."

„Ich will es auch."

Das Telefon schnurrte auf dem Fußboden vor dem schmalen Bett. Wie konnte man nur so blöd sein und sein Telefon neben das Bett legen? Schuster spürte Nicoles Bewegung. Mist, dachte er, jetzt ist sie aufgewacht. Das Telefon kannte keine Gnade. Hat so ein Ding eigentlich keine Erziehung? Er lag an der Wandseite des Bettes und musste weit über Nicole hinweggreifen, um ans Telefon zu kommen. Sie gab einen unwilligen Laut von sich. Er schaute aufs Display. Es zeigte neun Uhr fünfundvierzig. Er hatte verschlafen, und es war die Nummer von Rita Böhringer.

„Noch hat keiner bemerkt, dass du noch nicht im Dienst bist. Wir haben einen Einsatz. Am besten, du fährst direkt zum Tatort in Mattenheim. Ein Postbote hat eine tote Frau gefunden." Sie nannte eine Adresse, die ihm bekannt vorkam.

„Gib´ mir eine halbe Stunde", schnaufte er schwer und unterbrach das Gespräch.

Nicole murmelte im Halbschlaf. „Was ist los?"

Er kuschelte sich an ihren nackten warmen Körper. „Der Job, meine Liebe", sagte er. „Ich muss los. Es tut mir so leid."

Sie drehte sich zu ihm herum, presste sich an ihn. „Das ist so gemein", maulte sie gespielt wie ein kleines Kind, „gerade wenn es am schönsten ist."

Oh ja, dachte er, das war es. Alles war wie von ganz allein geschehen. Sie hatten es so sehr genossen, sich kennenzulernen, und brauchten in stillschweigender Übereinkunft nur einem Drehbuch folgen, das exklusiv für sie beide geschrieben und doch nirgendwo nachzulesen war. Sie waren vereint in Nehmen und Geben, auf gleichem Niveau, ahnten blind, was der andere dachte und wollte, und wussten bei allem Tun, dass es Liebe ist. Und dann waren sie eingeschlafen, nebeneinander, in ihrer Nacktheit schutzlos, doch so sicher wie in Abrahams Schoß, vertraut und vertrauend, einer dem anderen. Nie mehr, dachte er weiter, möchte ich anders schlafen.

Er küsste sie zärtlich, stand auf und ging unter die Dusche. Als er zurückkam, hatte sie in der Küche einen Kaffee gemacht. Sie hatte das T-Shirt an, das er gestern getragen hatte.

„Ich muss ja ebenfalls bald los", sagte sie. „Ich habe heute die Spätschicht in der Klinik."

„So ist es nun mal. Wir haben unsere Berufe. Dabei möchte ich gar nicht von dir weg."

„Ich auch nicht. Nimm´ mich bitte nochmal in die Arme, bevor du gehst. Was soll ich übrigens mit dem Wohnungsschlüssel machen? In den Briefkasten?"

„Behalte ihn, bitte. Dann musst du wieder mal kommen", lächelte er sie an.

„Apropos kommen. Kommst du heute Abend zu mir? Egal wie spät es ist?" Sie drückte sich an ihn. „Bitte."

„Willst du das?"

„Ja", flüsterte sie.

„Ich will es auch."

*

Rita Böhringer war bereits da, Allgöwer war da, Dr. Brenneis war da. Schuster parkte hinter Allgöwers Wagen. Er ging über die Straße zu der Wohnung. Lutz bewachte den Eingang. Es handelte sich um einen Wohnblock mit vier Drei-Zimmer-Wohnungen. Die Wohnungstür unten rechts stand offen.

„Na endlich kommst du", meckerte Allgöwer und schaute demonstrativ auf seine Armbanduhr.

„Ja, sorry", sagte Schuster. „Guten Morgen, Doc, hallo Rita. Was haben wir?"

Rita las von einem Zettel ab. „Petra Wörlin, dreiundvierzig Jahre, wohnhaft in dieser Wohnung. Der Postbote hat heute Morgen gegen neun Uhr die Frau gefunden. Die Wohnungstür stand einen Spalt offen, wie er sagte, deswegen hat er nachgeschaut."

„Hat sie Verwandtschaft, Angehörige, die wir verständigen müssen?"

Rita schüttelte den Kopf. „Bis jetzt ist nichts bekannt. Aber ich kümmere mich drum."

Der Körper der Frau lag im Wohnzimmer zwischen Couchtisch und Sessel. Sie schien äußerlich unverletzt, allerdings stand der Kopf in einem unnatürlichen Winkel vom Körper ab. Schreibtischschubladen standen offen und deren Inhalt war auf dem Boden verstreut. Die Bretter eines

Bücherregals, das zu einer geteilten Wohnwand gehörte, waren leergeräumt, und was sich drauf befunden hatte, auf den Boden geworfen worden. In den anderen Räumen, Schlafzimmer, Küche, Bad, sah es ähnlich aus. Der Mörder oder der Einbrecher hatte entweder nach etwas Bestimmtem gesucht, oder es auf Wertgegenstände abgesehen. Oder er hat einen Einbruch vortäuschen wollen.

„Ich hab′ die Frau erst vor wenigen Tagen in ihrem Geschäft in Friesenheim besucht und befragt", berichtete Schuster. „Sie und Sarah Kemper waren Kolleginnen, sowohl als Geschäftsführerinnen von Spielsalons, als auch als Stripperinnen bei Jakob Fuhrmann in Kehl."

Dr. Brenneis war schon dabei, seine Utensilien zusammenzuräumen. „Todesursache Genickbruch. Andere mögliche Ursachen kann ich erst nach der Obduktion sagen."

„Wann?"

„Ich hab′s Frau Böhringer schon gesagt. Sonntagabend zwischen acht und zehn Uhr. Vielleicht kann ich die Zeit noch eingrenzen. Ich empfehle mich."

Schuster dachte an gestern Abend und an Nicole. Die einen lieben sich, die anderen töten sich. Und beides geschieht zur gleichen Zeit.

Er wandte sich an Allgöwer, der in seinem Overall nach Spuren in dem Chaos suchte. „Du musst auch noch nach Friesenheim fahren und dort das Spielcasino untersuchen. Vielleicht hängt der Mord mit der Kundschaft von dort zusammen. Ach ja, und vergiss′ ihr Auto nicht." Und zu Rita Böhringer sagte er: „Ruf′ den Fuhrmann an und sag′ ihm Bescheid. Und verlange, dass jemand den Schlüssel vom Spielcasino nach Friesenheim bringen soll. Und danach gehen wir bei den Nachbarn Klinken putzen. Vielleicht ist jemandem etwas aufgefallen."

Wieder dachte er an Nicole. Es kann spät werden, meine Liebe. Oder gar nicht.

„Mach´ ich. Kein Computer, kein Telefon", erklärte Rita Böhringer. „Ein ziemlich neuer Fernseher, wie du siehst. Ich würde ihn ja anders aufstellen, wenn du mich fragst, aber mich fragt ja keiner. Auf der Wohnwand steht eine gerahmte Fotografie. Sie zeigt Frau Wörlin mit einer jüngeren Frau. Vielleicht ist das ihre Tochter. Ich kümmere mich darum rauszufinden, wo sie wohnt. Sie wird herkommen müssen. Und dann das hier. Sie lag neben der Leiche." Sie reichte Schuster eine Klarsichtplastiktüte. Darin befand sich eine Spielkarte. Schuster drehte sie hin und her. „Die Machart ist die gleiche wie bei Sarah Kemper. Diesmal ist es die Karo Zwei."

Offenburg, November 2021

Nicole und Kai Schuster pendelten regelmäßig zwischen Baden-Oos und Lahr hin und her, sofern es ihre Dienstpläne zuließen. Sie hatte in ihm die große Liebe ihres Lebens gefunden. Er war das, worin sie außerberuflich ihre Erfüllung, ihre Balance entdeckte. Mit ihm waren die Träume möglich, die im krassen Gegensatz zu ihrem nüchternen Beruf standen und deren Verwirklichung man im Allgemeinen bei gebildeten und intelligenten Frauen dieses Alters, und für ihren Berufsstand im Besonderen für unseriös, ja, für unpassend hielt. Er war das Leben, so unkompliziert und selbstverständlich, manchmal auch umständlich und ungeschickt, dass sie jede Sekunde an seiner Seite in sich hineintrank, wie aus einem vollen Becher. Mit ihm konnte sie über alles reden, über das sie mit anderen Kollegen oder Bekannten niemals reden konnte. Über Politik, über Musik, über Kunst, über Tiere, übers Essen, über Länder, über Blödsinn. Sie mochte seine Art, in die Welt zu schauen. Mal glich er einem Lausbub, dann wieder einem Philosophen. Sie mochte seine Albernheiten und fand, dass der Alltag mit ihm einen ganz eigenen Geschmack hatte. Der Mix aus Ernst und Spaß passte zu ihrer eigenen Lebensart, und er lief nie Gefahr, sich in Plattitüden zu verirren. Auch wenn sie alleine war, ob in der Klinik oder in der Stadt, stellte sie Veränderungen an sich fest, die ihr früher kaum unterlaufen wären. Eine Art von neuer Freiheit, leichterer Weltsicht. Ohne Schirm durch den Regen zu laufen wäre ihr noch vor Wochen nie in den Sinn gekommen. Durch Pfützen zu springen war ein absolutes *geht gar nicht*. Sie spürte Esprit in sich und dachte zuweilen an Dinge, die sie vorher kategorisch ausgeschlossen hatte. War sie beruflich und privat bis dahin so eingestellt, dass sie es als unmöglich betrachtete, an dem, was sie sich erarbeitet hatte, auch nur ein bisschen zu kratzen, leistete sie sich nun Ausblicke aus Fenstern, von deren Vorhandensein in ihrem Hochsicherheitsgebäude sie nicht mal eine Ahnung gehabt hatte. Ihre Burg war ihre Burg war ihre Burg. Mit Kai war die Freude in ihr Leben getreten, wie ein frischer Wind, und damit einhergehend Optimismus und Hoffnung. Er hatte ihre Burg sturmreif geschossen, und nun getraute sie sich, die Zugbrücke über den Burggraben unten zu lassen.

Warum sollte sie auf immer und ewig Ärztin in Baden-Baden bleiben? Gab es nicht auch in Lahr zwei Krankenhäuser mit einem hervorragenden Ruf? Warum nicht mit ihm ein neues Zuhause suchen und gründen? Sie dachte an die Liebe mit ihm und wie sie sich als Frau dabei neu entdeckte, ja, und als solche bestätigt wurde. Alles ging so leicht, so spielerisch, und erreichte doch nie den zweifelhaften Status, nur ein Spiel zu sein. Es gab kein Game over.

Sie wusste, dass er mit seiner Arbeit nicht zufrieden war. Nein, stimmt so nicht. Die Arbeit war gut, sehr gut, sagte er, aber die Erfolge blieben aus. Sie sprachen gemeinsam darüber, jedoch mit dem nötigen Abstand, sodass er loslassen und abschalten konnte.

Seine Ermittlungen in den Fällen Sarah Kemper und Petra Wörlin steckten fest. Schuster hatte sich die Mühe gemacht und in den Abrechnungen der Spielcasinos, die er sich von Jakob Fuhrmann hatte ausdrucken lassen, nach eventuellen Ungereimtheiten gesucht, die Anlass für einen weiteren Ermittlungsansatz hätten bilden können, doch alles war korrekt verbucht und vereinnahmt. Dr. Brenneis´ Antwort auf seine Anfrage wegen toxischer Spuren in Sarah Kempers Körper war negativ ausgefallen.

Die Zeugenbefragungen bei Petra Wörlins Nachbarn hatten keine Erkenntnisse gebracht. Man hatte nicht mal gewusst, welcher Profession Frau Wörlin nachgegangen war. Die junge Frau, die auf dem Foto in Frau Wörlins Wohnung zu sehen war, hatte sich dank Rita Böhringers Recherche tatsächlich als einzige Tochter Frau Wörlins herausgestellt. Regina Feierling, die in Nürnberg als Friseurin arbeitete und als Erbin der Eigentumswohnung galt. Sie war extra mit dem Auto aus Nürnberg angereist um ihre Mutter identifizieren zu können. Der Ex-Ehemann Petra Wörlins und Vater Regina Feierlings war schon im Jahr 2012 an alkoholbedingter Leberzirrhose gestorben.

Allgöwer hatte in Petra Wörlins Wohnung, ähnlich wie bei Sarah Kemper, neben anderen, nicht zuweisbaren Fingerabdrücken, Fingerabdrücke von Lars Weniger entdeckt, was jener allerdings wiederum freimütig zugab, mit der gleichen Begründung wie zuvor bei Sarah Kemper, nämlich dass er als Manager der Casinos bei den Geschäftsführern zu Hause mehr oder weniger ein und aus ging. Dies bestätigten im Übrigen genau so die beiden männlichen Geschäftsführer der Casinos *Pik Bube* und *Kreuz Bube*.

Als merkwürdig entpuppte sich das Ergebnis der Fingerabdrücke im Spielcasino *Karo Dame* in Friesenheim. An den

Spielautomaten waren natürlich viele unterschiedliche Fingerabdrücke entdeckt worden, obwohl die Geschäftsführer angehalten waren, die Geräte regelmäßig zu desinfizieren. Am Tresen bei der Kasse nur diejenigen von Petra Wörlin und Lars Weniger. Im Nebenzimmer jedoch, wo man eigentlich auch nur die Fingerabdrücke von Petra Wörlin und Lars Weniger vermutet hätte, fand Allgöwer zusätzlich unterschiedliche Abdrücke von mindestens fünf Personen, dummerweise kein einziger davon in den Polizeidateien registriert. Lars Weniger und Jakob Fuhrmann konnten sich indes nicht erklären, wer außer den zwei Personen sonst noch in dem Raum ein- und ausging. Vielleicht, hatte Weniger gestichelt, hatte die Wörlin dort einen Privatpuff betrieben. Beweise mir das Gegenteil. Chchch.

Im Nebenzimmer von Sarah Kempers Spielsalon *Herz Dame* hatte man nichts mehr gefunden, weil das gesamte Casino zu einem Geschäft mit neuem Konzept, Titel: *Spiel mit mir*, unter der Leitung der rothaarigen Melissa umgebaut worden war.

Jeder einzelne, der befragt wurde, hatte ein Alibi vorweisen können, ob er nun Jakob Fuhrmann oder Lars Weniger oder anders hieß.

Kai Schuster fehlte es zudem an Motiven. Die Sache mit der Aufgabe der Stripperei bei Sarah Kemper war einfach nicht tragfähig, und bei Petra Wörlin fiel sie sowieso flach, weil sie weitergestrippt hatte.

Die beiden Spielkarten stellten für ihn ein Rätsel dar. Anhand der Spielkartenfarben, Herz und Karo, konnte man annehmen, dass es einen Hintergrund aus dem Spielcasinobetrieb geben konnte. Aber in keinem der Casinos hatte es Überwachungskameras gegeben, um sogenannte Spielsüchtige mit Auffälligkeit herausfiltern zu können, und freiwillig würde sich ohnehin keiner melden. Dennoch waren sie ein eindeutiger Hinweis auf die Casinos. Oder eine absichtlich gelegte falsche Fährte?

Im Fall Carmen Graumann war der Stand noch so wie zu Beginn. Faserspuren an ihrer Kleidung konnten mit anderen Kleidungsstücken aus ihrem Schrank in ihrem Zimmer in Verbindung gebracht werden. Selbst Ulf Graumann, ihr Vater, hatte die Notwendigkeit einer solchen Abgleichung eingesehen, auch wenn er mit Schuster keine Silbe mehr gesprochen hatte. Die junge Frau lag im Koma im *Ortenau Klinikum*. Die Spusi, also Allgöwer, hatte nicht eine einzige Fremdspur entdeckt, wenn man von Frau Baumeisters Fingerabdrücken absah, aber die war ja die Besitzerin der Gartenhütte. Rita Böhringer hatte mit Carmens Freundinnen gesprochen: Roxanne, Malle, Lorca und Litta. Sie hatten übereinstimmend die gleiche Geschichte von dem Typ erzählt, der Carmen im *Noise Voice* ständig angestarrt habe. Von Alexander Mühlhaupt, dessen Mutter, mit der er zusammenwohnte, seine Angaben bezüglich des Nachhausekommens bestätigt hatte. Von anderen Bekanntschaften wussten die Girls nichts, was sie aber auf jeden Fall wissen würden, wenn es der Fall wäre. Denn dass … Ach, vergiss´ es.

Schuster war frustriert. Drei Fälle. Drei. Und keiner kam voran, geschweige denn einer Lösung näher.

Das einzig Positive, neben Nicole natürlich, hatte er ausgerechnet mit Lars Weniger erlebt. Er hatte ihn zu Rede gestellt. Bei Fuhrmann in dessen Büro, als er wegen der Alibis dessen Bar ein weiteres Mal aufgesucht hatte und Lars Weniger zufällig dort antraf. Er hatte ihm unmissverständlich klar gemacht, dass Nicole und er ein Paar seien, und dass er seine kindischen Fotospielereien ein für alle Mal einstellen solle, sonst … Da hatte sich Fuhrmann eingeschaltet und versichert, es würde nicht wieder vorkommen. Er wolle doch seinen Lieblingskommissar nicht vergrätzen, und seinen lieben Schatz schon gar nicht, nicht wahr, Lars, das wollen wir doch nicht? Woraufhin Lars dumm gegrinst hatte. Seither hatte Nicole auch weder Fotos, Blumen noch Telefonanrufe erhalten. Na also.

Aber sonst? Mensch Schuster. So ein Glückspilz mit Nicole. Und beruflich hast du die Pest.

*

Sie war nicht tot. Woher sie diese Gewissheit hatte, konnte sie zwar nicht erklären, aber das machte ihr nichts aus. Sie konnte so viele Dinge, die sie benutzte, nicht erklären, und doch waren sie einfach da. Man musste und konnte nicht alles wissen. Das konnte kein Mensch. Auf manche Sachen musste man sich nun einmal verlassen können. Und jetzt verließ sie sich darauf, dass sie nicht tot war.

Es hatte etwas mit dem Geruch zu tun. Gegenwärtig roch sie irgendetwas Medizinisches, Klinisches, Antiseptisches. Unangenehm war das, auch abstoßend, und es sollte keiner denken, dass sowas Spaß machen würde, aber auf jeden Fall roch es nicht nach Tod. Denn Tod, sagte sie sich, riecht anders. Ihre Vorstellung davon war ziemlich klar. Manchmal, wenn sie mit Roxanne, Malle und Lorca und Litta, hey, forget Litta, in der Fußgängerzone abhing und ein alter Sack kam zu nah an ihnen vorbei, konnte sie ihn riechen, den Tod. Ja doch, die alten Säcke rochen nach Tod, durch die Bank, schwor sie. So säuerlich wie ein Topf abgestandener Milch. Oder eine alte Oma. Die rochen auch schon nach Tod. Muffig wie ein Haufen nasser Socken. Und wenn Oma und Opa gleichzeitig vorbeikamen, dann roch es nach einem Rudel nasser Hunde.

Genau so. Tot eben. Bei Roxannes Großmutter roch es ein wenig anders. Die lag aber schon lange im Bett, konnte nicht mehr aufstehen, brauchte einen Pflegedienst. Bei ihr roch es süß, nein, nicht süß, sondern süßlich. Süßlich. Ein Unterschied. Süß riechen diese Gummibärchengesöffe, eins wie´s andere, egal wie sie heißen. Roxannes Großmutter roch süßlich. Man dachte unwillkürlich an Verwesung, Würmer und so´n Zeug. Und kurz darauf war sie ja auch tot. Gestorben. Die Großmutter. Naja, die Alten sind halt schon nah dran, haben das meiste hinter sich. Alles ganz natürlich. Jeder wird mal alt, wenn er vorher nicht abnippelt.

Wenn es wenigstens etwas gäbe, das nach Zigarettenrauch röche. Oder nach Wodka. Oder nach dem Parfum, das sie am liebsten klaute. Wieso kam niemand auf so einen Einfall? Oh, wäre das nicht die Idee für ein sogenanntes Start-up-Unternehmen? Man fragt die Leute, was sie gerne riechen würden, wenn sie noch nicht ganz tot, aber auch nicht mehr ganz am Leben sind. Im Angebot gäbe es verschiedene Varianten: Fußballstadiongeruch; Bratwurstgeruch; Autogeruch; Geldgeruch; Kneipengeruch; Waldgeruch; Meergeruch; Sexgeruch und noch viele andere mehr. Scheiß-Schnapsidee.

Sie schnallte es nicht, kriegte es nicht auf die Reihe. Das mit dem Nicht-tot-sein. Am Geruch allein konnte es nicht liegen. Sie war mit verbundenen Augen in einem 3-D-Irrgarten unterwegs, der sich in einem 3-D-Irrgarten befand, der in einem 3-D-Irrgarten in einem lichtlosen Tunnellabyrinth mit verschiedenen Ebenen versteckt war. Jeden Augenblick konnte ein unbeleuchteter ICE geräuschlos mit Schallgeschwindigkeit durch den Tunnel rasen und alles atomisieren, was sich nicht rechtzeitig in Sicherheit brachte.

Sie kam nicht vorwärts. Sie kam nicht darauf, was mit ihr nicht stimmte. Jeder Gedanke, der sich anschickte, Gedanke zu werden, wurde, noch ehe er fertig gedacht war, gelöscht. Lediglich die Gedanken an die Gerüche waren davon seltsamerweise nicht betroffen. Könnte es darüber einen Ausweg aus der Misere geben? Doch von Gerüchen kann man nicht leben, genauso wenig wie man von einem Ton satt werden kann. Apropos Ton. Wo bleibt eigentlich die Musik?

Es war alles so unheimlich still. Konnte sie in ihren Gehirnwindungen denn überhaupt nichts finden, das ein Geräusch von sich gab? Musste ja nicht gleich ein Nummer-Eins-Hit sein. Nur ein Geräusch, ob leise oder laut, wobei, wenn sie wählen dürfte, sie mehr auf laut stehen würde, sonnenklar, but what shall´s. Und wenn es nur das Echo des Urknalls wäre. Litta, forget her, hatte behauptet, dass man nach über vierzehn Milliarden Jahren den Urknall noch hören konnte. Aber wer hörte schon auf Litta, diese bitch. Die war doch selber ein Urknall, Betonung mehr auf Knall. Ein Geräusch, ein Geräusch, bitte ein Geräusch. Mit einem klitzekleinen Tinnitus wär´ sie schon zufrieden. Oder mit Morsepiepen. SOS, zum Beispiel, in Endlosschleife. Wär´ das nicht mega?

Und keine Sau da. Jetzt, wo sie jemanden bräuchte. Aus den Augen, aus dem Sinn, was? Na wartet, ihr Hühner, ihr werdet euch noch wundern. Zittern werdet ihr, wenn Carmen wiederkommt. Einsamkeit ist schließlich kein Ponyhof. Das muss man erst mal bringen, Leute. Man ist mit sich völlig allein. Total auf sich allein gestellt. Könntest du das, Roxanne? Und ihr, Malle und Lorca? Seht ihr. Ach Litta, du doch erst recht nicht. Wo seid ihr denn? Wo bleibt ihr denn? Hey, eure Freundin schrammt am Tod vorbei, und vielleicht stirbt sie ja noch. Carmen. Ist sie euch so wenig wert? Fuck you.

Sie war also nicht tot. Das war gut. Doch richtig am Leben war sie auch nicht. Das war schlecht.

St. Paulsberg, 24. Dezember 2021

Der Duft von Bratäpfeln zog durch das Holzhaus am Wald. Es knisterte im Ofen in der Küche. *Hänsel* und *Gretel,* Ruths Katzen, lagen dösend davor und blinzelten nur faul, wenn sie an die Herdplatte trat, um die Äpfel zu wenden. Die Stunden an Heilig Abend, zwischen Tag und Nacht, waren ihr mit die liebsten im Jahr. Ihr Ritual an diesem Tag war seit der Trennung von ihrem Ex vor sieben Jahren immer das gleiche, und es würde für sie nicht Weihnachten werden, hätte sie diese Gewohnheit nicht gepflegt.

Ruth war ein echtes Christkind, denn sie hatte am vierundzwanzigsten zwölften, heute also, Geburtstag. Sie wurde heute vierundfünfzig Jahre alt, und außer ihrem Hausarzt Dr. Rabener wusste darüber in St. Paulsberg kein anderer Mensch Bescheid. Ihr Ex-Mann noch, aber der zählte nicht, denn er wohnte nicht mehr hier.

Morgens erledigte sie letzte Einkäufe im Ort. Sie achtete darauf, dass sie nicht wegen irgendeiner fehlenden oder vergessenen Sache gezwungen wurde, nochmal das Haus verlassen zu müssen. Die letzten Einkäufe hatten deswegen eher eine symbolische Natur, die sie nutzte, um sich im Dorf den Freunden und Bekannten zu zeigen, ihnen eine fröhliche

Weihnacht zu wünschen und schließlich die Flaschen Wein zu kaufen, die sie über die Feiertage sich erlauben würde zu trinken. Immer waren es drei Flaschen. Einen Roten und zwei Weißweine.

Mittags aß sie, wie immer am vierundzwanzigsten Dezember, Saure Linsen mit Wiener Würstchen. Danach begann mehr oder weniger die heiße Phase ihrer Vorbereitungen, denn mit dem Einlassen der Badewanne und der Auswahl der Kräuterzusätze meldete sie sich quasi bis zum siebenundzwanzigsten Dezember für *urbi et orbi* ab.

Sie entkorkte den Rotwein, schenkte ein Glas voll ein und stellte es auf den Rand der Badewanne. Im Wohnzimmer steckte sie eine kurze *Mine* in die Stereo-Anlage. Sie überlegte kurz, ob sie die Anthologie gesprochener Songtexte von Bob Dylan, dem Literatur-Nobelpreisträger von 2016, oder Neil Youngs *Harvest* hören wollte. Sie entschied sich für Neil Young, dessen Musik sie liebte, seit sie denken konnte. Sie entzündete ein Räucherstäbchen auf der Ablage vor dem Badezimmerspiegel. Zuletzt richtete sie einen Teller mit Zimtsternen in der Küche her, schob einen Stuhl neben die Wanne und stellte ihn griffbereit darauf, die fertigen Bratäpfel dazu. Dann entkleidete sie sich, öffnete den nachlässig geflochtenen Haarzopf und stieg in das duftende Badewasser.

Old man nölte Neil Young mit seiner Fistelstimme, während Ruth mit geschlossenen Augen die ersten Tropfen des Weins durch die Kehle rinnen ließ. Sie nahm einen Zimtstern, vermischte einen Bissen mit einem Schluck Wein in ihrem Mund und schluckte den entstandenen Brei in kleinen Mengen. Göttlicher als Götterspeise, dachte sie und rutschte tiefer in die Wanne, bis gerade noch ihre Lippen über das Wasser ragten.

Seit der Scheidung von ihrem Mann hatte sie keinerlei Kontakt mehr zum anderen Geschlecht gehabt, weder gewollt noch gesucht, und sie war nicht der Ansicht, dass ihr Entscheidendes fehlen würde. Zumindest was das Sexuelle betraf. Hin und wieder verabredete sie sich mit Dr. Rabener zu Kaffee und Kuchen, wobei sie sich wechselseitig besuchten, aber Dr. Rabener machte ihr nie irgendwelche Avancen oder ließ durch Gehabe oder Andeutungen sie zu dem Schluss kommen, dass er eigentlich und insgeheim mehr von ihrer lockeren Beziehung erwarte als das, was sie pflegten. Sie genoss die Freiheit, das tun und lassen zu können was ihr gefiel, auf niemandes Befindlichkeiten Rücksicht nehmen zu müssen, sich zu keines anderen Menschen Vorteil verbiegen oder Kompromisse eingehen zu müssen. Deswegen war sie nicht weniger umgänglich, nicht weniger freundlich zu jedem, mit dem sie, geschäftlich oder privat, zu tun hatte. Sie verdankte es ihrer überaus femininen Ausstrahlung, dass ihr speziell Männer mit einer besonderen, unverstellten Hochachtung begegneten. Während sie beim Umgang mit Frauen schon mal einen verkniffenen Neidfaktor zu erkennen glaubte, verhielten sich die Vertreter des anderen Geschlechts ihr gegenüber durch die Bank ausgesprochen nobel. Sie war ja kein geschlechtsloses Wesen, beileibe nicht, und dennoch war sie noch nie Zielscheibe einer schlüpfrigen oder zweideutigen Anzüglichkeit geworden. Offenbar kam es Männern bei ihrem Anblick erst gar nicht in den Sinn, sich auf Ruths Kosten derbe Späße zu erlauben. Das wusste sie sehr zu schätzen.

Irgendwie fühlte sich Ruth heute in der Badewanne nicht ganz wohl. Die tiefe Ruhe, die sanfte Besinnlichkeit, sie wollte sich partout nicht einstellen. War sie zu ungeduldig? Hm. Sie stieg aus der Wanne, schlang ein Badetuch um den nassen Körper und holte in der Küche die Weinflasche. Sie füllte das Glas neben der Wanne nochmal, stieg wieder hinein, trank einen Schluck, nahm einen Zimtstern, ein Stück Bratapfel. Wartete. Neil Young schien für Weihnachten dieses Jahr nicht das richtige Medium zu sein. Sie stieg ein zweites Mal aus dem Badewasser, kramte im Wohnzimmer nach der *Mine* mit klassischer Musik, fand nicht schnell, was ihr zusagen würde, und entschied sich unschlüssig für die *Nussknacker Suite* von Tschaikowsky. Also wenn das nicht weihnachtlich ist. Zurück in die Wanne. Langsam wurde es im Wasser ungemütlich, weil es abkühlte. Sie drehte am Hahn und ließ heißes Wasser nachlaufen. Sie schloss die Augen, verharrte fünf regungslose Minuten. Ihre Konzentration wurde unterbrochen, als eine der Katzen an der Haustür kratzte und miaute. Aaaach, gib´ mir noch eine Minute, dachte sie. Aber bereits nach zehn Sekunden stand sie auf, nahm das Badetuch und ging durch das Wohnzimmer zur Haustür, um *Hänsel* nach draußen zu lassen.

Jetzt war nichts mehr mit Ruhe. Der Zug war abgefahren. Sie trocknete sich ab, während das Wasser aus der Wanne lief, zog eine weiche, mollige Bluse an, bequeme Leggings, dicke wollene Strickstrümpfe, legte sich mit einer Decke aufs Sofa und schlug das Buch auf, das sie letzte Woche gekauft hatte. Sie schlug das Buch bei ihrem Lesezeichen auf und begann zu lesen. Nach drei Seiten kapierte sie, dass sie überhaupt nicht begriff, was sie eben gelesen hatte. Verflixt noch mal, was ist heute nur los mit mir, dachte sie. Sie versuchte es erneut mit lesen, aber es machte keinen Sinn. Sie verstand nicht die Bohne, um was es in diesem Buch ging. Sie legte es zur Seite. *Gretel* kam auf das Sofa gesprungen und legte sich auf ihren Bauch. Gedankenverloren kraulte sie die Katze hinter den Ohren, was sofort mit lautem Schnurren honoriert wurde. Sie nahm die Fernbedienung für den Fernseher, zappte durch die Programme, und blieb bei einer Koch-Sendung hängen. Dann schlief sie ein.

Als sie wieder aufwachte, war sie zunächst verwirrt, wusste nicht, wie spät es war. Wie lange hatte sie geschlafen? Der Fernseher lief, und anstatt dass gekocht wurde, sangen nun irgendwelche Künstler in Trachtenkleidern süße Weihnachtslieder. *Gretel* sprang von ihrem Bauch herunter und schlich in die Küche zu ihrem Wassernapf.

Ruth stand merkwürdig unschlüssig und doch entschlossen auf, schlüpfte in Bluejeans und gefütterte Stiefeletten, zog sich ihren Lammfell-Parka an, ihre Wollmütze auf, schnappte ihre Umhängetasche und die Autoschlüssel, sperrte das Haus zu, stieg in ihren kleinen Suzuki-Jeep und fuhr davon. Wäre sie von jemandem gefragt worden, wohin sie fahren wolle, hätte sie keine Antwort auf die Frage parat gehabt. Nur dass sie raus musste, weg von diesem weihnachtlichen …ja, was? Getue? Gesülze? Dieser Stimmung? Sie liebte es sonst doch so sehr. Warum heute nicht? Wurde sie wunderlich?

Der Himmel war sternenklar. Es würde eine kalte Nacht geben. Für morgen Nachmittag war Schnee angekündigt und sie freute sich darauf.

Sie fuhr ziellos durch die Gegend. Die Heizung im Auto funktionierte wunderbar. Sie kam an Ortsschildern vorbei und durch Orte, von denen sie zwar schon gehört hatte, aber selber noch nie dort gewesen war. Sie hatte indes zu keiner Zeit das Gefühl, sich verirrt zu haben. Irgendwann registrierte sie, dass sie sich in einer größeren Ortschaft, in einer Stadt befand. Die Einfallstraßen waren vierspurig und hell erleuchtet. Kaum bis kein Verkehr unterwegs. Bald durchquerte sie Wohnviertel, Innenstadtbereiche.

Sie drosselte das Tempo, drehte den Kopf zur Orientierung hin und her, bog rechts ab und noch einmal rechts. Ein Parkplatz. Großer Parkplatz. Sie öffnete die Autotür, stieg aus, spähte suchend umher. Dort drüben, über die Straße, ein weiterer Parkplatz. Eher ein Parkdeck. Und fünfzig Meter die Straße rauf schnitt wie die Flamme eines Schweißbrenners die grellleuchtende Neonschrift in die Nacht: MVZ Offenburg. Darunter in kleinerer Schrift: *Ortenau Klinikum.*

*

Dolores Offenbacher saß mit dem Rücken zum Tresen in ihrem *Terrarium*, wie sie die verglaste Informationsinsel in der Mitte der Empfangshalle der Klinik nannte. Ihr Arbeitsplatz war von allen Seiten einsehbar, dafür hatte auch sie den totalen Rundumblick und normalerweise entging ihr nichts von dem, was in einem Klinikfoyer alles geschehen konnte. Besucher, die kamen und gingen; Patienten, die auf Besuch warteten oder sich einfach nur in der Nähe des Ausgangs herum lümmelten, in der vagen Hoffnung, diesen Ausgang alsbald in aufrechtem Gang durchschreiten zu können. Wenigstens war das an normalen Tagen so.

Aber heute war Heilig Abend und die Empfangshalle war wie leergefegt. Dolores hatte die Beleuchtung herunter gedimmt, sodass gerade noch ein bläuliches Restlicht dem Raum einen sphärischen Charakter verlieh. Das TV-Gerät, welches in ihrer Kabine eingeschaltet war und den Film *Der kleine Lord* ausstrahlte, ihren Lieblingsfilm, verstärkte diesen Eindruck noch. Ohne den Film *Der kleine Lord* mit Alec Guinness und Ricky Schroder konnte für Dolores nicht Weihnachten werden. Der gehörte einfach dazu, und dieses Jahr war der Sendetermin auf den vierundzwanzigsten Dezember gefallen, was sie nicht weiter störte. Seit ihr Ehemann vor Jahren gestorben war, und zwar in der gleichen Klinik, wo sie ihren Arbeitsplatz hatte, ließ sie sich freiwillig jedes Jahr an Heilig Abend zum Nachtdienst einteilen. Sie lebte allein und nichts und niemand warteten daheim auf sie. In der Regel verliefen die Nachtschichten an Heilig Abend sehr ruhig. Höchst selten war es mal vorgekommen, dass die Halle um diese Zeit von Menschen frequentiert wurde, und dann hatte es sich stets um Notfälle gehandelt. Damit war heute, klopf auf Holz, nicht mehr zu rechnen. Es war nun einundzwanzig Uhr fünfzig und der Film ging seinem Ende zu.

Auf einem zweiten Stuhl im *Terrarium* hatte es sich der diensthabende Bereitschaftsarzt Kevin Gratwohl bequem gemacht. Er hatte seinen Piepser neben sich auf einem schmalen Bürotisch liegen, auf dem gleichfalls eine voluminöse Tasse stand mit allerdings erkaltetem Kaffee. Gratwohl, der den Film sicher auch schon oft gesehen hatte, reckte bereits müde die Arme, gähnte herzhaft und nahm einen Schluck Kaffee. Angewidert verzog er das Gesicht. Pfui Deiwel, sagte er mehr zu sich als zu Dolores. Er lechzte nach einer Zigarette. Mit steifen Gliedern erhob er sich von seinem Stuhl. Na, dann woll′n wir mal wieder, hatte er auf der Zunge liegen, als die Nachtglocke von der Eingangs-Drehtür ertönte.

Mit der trägen Verzögerung von einigen Sekunden die es brauchte, um ihre Augen vom Bildschirm zu reißen, stand Dolores auf und versuchte, zunächst von ihrem Tresen aus durch die Drehtür nach draußen zu blicken. Weil sie jedoch nur einen dunklen Schatten wahrnahm, wandte sie sich dem Monitor der Überwachungskamera zu, die auf den Eingangsbereich ausgerichtet war. Der zeigte eine Frau mit langem Haar, das unter einer Mütze hervorquoll. Dolores betätigte den Türöffner, wonach sich die Drehtür mit einem stillen Seufzer zu drehen begann. Bald darauf schritt die Frau um sich schauend auf ihren Schalter zu.

„Guten Abend", sagte die Frau, der man eine Unsicherheit anmerkte. „Mein Name ist Ruth Baumeister. Ich weiß nicht, ob ich hier richtig bin. Es scheint sich hier einiges verändert zu haben, seit ich das letzte Mal hier war. Ich …"

„Wann war das denn, seit Sie das letzte Mal hier waren?", unterbrach Dolores die Frau.

„Gute Frage. Etliche Jahre. Acht, neun?" Ruth Baumeister hob und senkte die Schultern.

Dolores lächelte nachsichtig. „Ja, das sind viele Jahre. Früher war der Eingang zur Klinik ein Stück weiter die Straße runter. Aber seit dem Umbau sind wir hier, und das ist dann nicht mehr so lange her. Hier ist alles ziemlich neu. Was kann ich denn für Sie tun?"

Noch eine gute Frage, dachte Ruth. Was will ich eigentlich hier? Sie erinnerte sich, dass sie tatsächlich schon einmal hier gewesen war, aber es hatte sich seit damals einiges verändert, und das nicht nur durch Bauarbeiten an diesem Krankenhaus. Auch privat hatte es bei ihr in den vergangenen Jahren ein paar Umbrüche gegeben. Da, wo früher der Haupteingang gewesen sein musste, stand heute ein relativ neues Gebäude. Wenn es zu der Klinik gehören sollte, und was sollte dagegen sprechen, dann war es vermutlich ein weiteres Bettenhaus. Na klar, die Kliniken waren samt und sonders Wirtschaftsunternehmen, bei denen es erst in zweiter Linie um das Wohl der Patienten ging, in erster Linie allerdings um den Profit, und den machte man nur mit belegten Betten.

Sie hatte damals ihren heutigen Ex-Mann zu einer Apotheker-Fachtagung begleitet, die im Foyer des Krankenhauses abgehalten worden war. Wobei der Titel *Fachtagung* wohl bloß ein Deckmantel für diese Zusammenkunft war, um die Spesen von der Steuer absetzen zu können, denn hauptsächlich wurde den ganzen Tag über gegessen und getrunken. Von einer „fachlichen" *Tagung,* die den Namen verdient gehabt hätte, hatte sie nichts bemerkt. Das war aber, wie gesagt, in einem anderen Teil der Klinik gewesen.

„Ich weiß nicht, wie ich beginnen soll. Vor etwas über zwei Monaten oder so, Ende September, muss hier eine junge Frau eingeliefert worden sein, die sehr schwere Verletzungen hatte. Sie war in meiner Gartenhütte gefunden worden. Nun wollte …"

„Tut mir leid, Frau Baumeister, wir dürfen keine Angaben zu Patienten an Außenstehende machen", sagte Dolores hinter dem Tresen. Ruth konnte kaum etwas von ihr erkennen, sah nur die Silhouette. „Oder sind Sie mit der Patientin verwandt?"

„Nein", gestand Ruth, „ich bin keine Verwandte in dem Sinne. Aber die junge Frau war einmal meine Stieftochter. Jetzt interessiert mich halt, was aus ihr geworden ist. Sie ist doch hier in Ihrem Krankenhaus?"

„Halten Sie mich bitte nicht für unhöflich, Frau Baumeister, aber wir dürfen keinerlei Informationen über Patienten und deren Aufenthalt an Dritte weitergeben. Das verstehen Sie doch." Ruths Augen hatten sich nun etwas an die düstere Atmosphäre gewöhnt und sie konnte das Namensschild der Frau hinter dem Tresen entziffern. Dolores Offenbacher. Sie musste ungefähr in ihrem Alter sein. Sie sah müde aus, was vielleicht an der mangelnden Beleuchtung lag.

„Tja aber …" Ruth sah ein, dass es kein *Aber* geben würde und schickte sich an, sich umzudrehen. Was hatte sie denn auch erwartet? Dass man ihr hier alle Türen aufreißen würde? Sie hatte bis vor fünf Minuten ja selber nicht gewusst, was sie hier zu suchen hatte. Dumme Gans, schimpfte sie sich. „Schöne Weihnachten noch für Sie."

„Gell, tut mir leid, Sie verstehen?", sagte Dolores zum Schluss und setzte sich auf ihren Stuhl.

*

Ruth befand sich bereits auf dem Weg zu ihrem Auto, als sie hinter sich ihren Namen rufen hörte. Sie blieb stehen und drehte sich um. Ein Mann in weißem Kittel kam auf sie zu, eine Zigarette in einer Hand.

„Warten Sie kurz, Frau Baumeister", sagte der Mann im weißen Kittel. „Ich bin der Bereitschaftsarzt heute Nacht in der Klinik. Ich war der Notarzt und war dabei, als man das Mädchen in Ihrer Gartenhütte gefunden hat. Mein Name ist Kevin Gratwohl. Ich habe soeben Ihr Gespräch mit Frau Offenbacher mitgehört. Sie interessieren sich für die Verletzte?"

Ruth schaute den Mann an und kramte in ihrem Personengedächtnis, ob sie diesem Mann schon jemals in dessen Funktion als Arzt begegnet war. Nein, da war nichts. Der Mann, der vor ihr stand, konnte zwischen dreißig und vierzig Jahre alt sein. Schwer einzuschätzen. Er hatte lichtes, dünnes Haar in einer Farbe zwischen braun und blond, und er trug eine Hornbrille. Auf dem Namensschild an seiner linken Brust stand *Oberarzt Kevin Gratwohl*.

„Was heißt interessieren?" Ruth zuckte mit den Schultern. „Das Mädchen hat jahrelang in meiner Wohnung gelebt, ich war mit ihrem Vater verheiratet. Vielleicht habe ich mich heute von einer Stimmung leiten lassen, von einem Gefühl, ach, ich weiß es nicht. Vielleicht weil heute Heilig Abend ist und …"

„Wissen Sie was?", wurde sie unterbrochen. Der Mann berührte ihren Arm. „Gehen Sie jetzt bis zur nächsten Straße, biegen rechts ab, und dann nochmal rechts. Sie kommen dann auf die Rückseite der Klinik. Dort gibt es einen Nebeneingang, wo unsere *DoOf* nicht sitzt. Sagen wir in zehn Minuten? Ich warte dann dort auf Sie?"

„*Doof?*"

„Ja, so nennen wir unsere Dolores an der Rezeption. *Do*lores *Of*fenbacher, Sie verstehen? Ihr Spitzname bei uns. Ein Scherz, und sie weiß es. In zehn Minuten?"

Ruth ging, wie ihr geheißen. *DoOf*. Sie würde das nicht lustig finden. Kein Mensch rief sie *RuBa*. Fünf Minuten waren vergangen, als sie in die Straße auf der Rückseite des Krankenhauses einbog. Von Weitem erkannte sie den Arzt bereits wieder. Er zog gierig an einer Zigarette.

Als sie bei ihm eingetroffen war, roch sie den Rauch in seinem Atem.

„Kommen Sie", raunte er, hielt ihr die Tür auf und vergewisserte sich mit raschen Blicken nach links und rechts, dass sie alleine waren. „Geradeaus und dann nach rechts. Dort ist ein Aufzug."

Als sie zusammen im Aufzug standen und nach oben fuhren, fragte sie ihn:

„Bring ich Sie in Schwierigkeiten?"

Er grinste breit und meinte: „I wo. Keine Sorge. Keiner weiß schließlich, wen Sie besuchen wollen."

Im dritten Stock hielt der Aufzug, die Tür öffnete sich mit einem Schmatzen. Typische Krankenhausluft strömte in die Kabine. *Neurologie* stand auf einer Hinweistafel gegenüber an der Wand. Als sie auf den Flur traten, flackerte über die gesamte Länge des Flurs weißes Neonlicht auf. „Da vorne ist es."

Sie gingen an einer Reihe geschlossener Türen vorbei. An den Wänden des Flurs hingen Gemälde regionaler Künstler, wie es überall im Land üblich war. Kevin Gratwohl öffnete die letzte Tür auf der rechten Seite des Ganges und ging ins Zimmer voran. Es stand gerade ein einzelnes Bett in der Mitte. Der Raum wurde nur von der spärlichen Instrumentenbeleuchtung erhellt. Sonst brannte kein Licht. Der Arzt machte auch keine Anstalten, mehr Licht einzuschalten.

Ruth trat ans Fußende des Bettes. Sie konnte nur den Kopf erkennen und einen Teil der Brust. Würde sie jetzt sofort gefragt werden, wer dieser Mensch im Krankenhausbett sei, sie würde es nicht beschwören können. War das Carmen? Das Gesicht wirkte eingefallen wie das einer sehr alten Frau. Woher kam diese seltsame Farbe? Das Gesicht schien zu fluoreszieren. Die Augen waren geschlossen, die Haare strähnig. Die Arme lagen gerade ausgestreckt links und rechts des Körpers, der zugedeckt war. Sie verstand genug um zu begreifen, dass die Patientin künstlich ernährt wurde. Sie atmete mit Unterstützung von Luftzufuhr durch die Nase selbstständig. Aus dem Mund ragte ein transparenter Kunststoffschlauch mit durchscheinender Flüssigkeit. Es röchelte, wie sie es vom Speichelabsaugen beim Zahnarzt kannte. Der Hals war dick verbunden. Herz- und Blutwerte pulsierten in gleichmäßigen Rhythmen über einen Bildschirm.

Nach geschätzten fünf Minuten sagte Kevin Gratwohl leise: „Kommen Sie."

Ruth brauchte Kraft, um sich vom Anblick der Patientin zu lösen. „Kommen Sie", wiederholte er ruhig. „Gehen wir ins Ärztezimmer."

Er zeigte auf einen Stahlrohrstuhl vor einem Stahlrohrschreibtisch.

„Nehmen Sie Platz", sagte er, während er sich ebenfalls setzte. Das Licht im Raum war furchtbar kalt. Ruth fröstelte. Er legte die Arme auf den Schreibtisch und faltete die Hände, als wolle er beten.

„Ich werde mit Beginn des kommenden Jahres für *Ärzte ohne Grenzen* nach Ost-Asien reisen", begann er. „Für zwei oder drei Jahre. Und irgendwie ist doch jeder bestrebt, seinem Nachfolger eine saubere Werkstatt zu hinterlassen, wenn ich es mal so ausdrücken darf. Carmen Graumann zählt hier im *Ortenau Klinikum* zu meinem Aufgabengebiet. Gerne hätte ich die Weitergabe dieser Last an meinen Nachfolger zu verhindern gewusst, aber leider ist es nicht dazu gekommen. Erschrecken Sie nicht, wenn ich das Wort *Last* benutze, aber genau das stellt Carmen im Grunde dar. Sie liegt im Koma", sagte er. „Sie ist querschnittgelähmt", sagte er „und sie ist ein Problem."

Ruth schwieg. Sie wusste, wann es besser ist zu schweigen. Sie drehte lediglich etwas den Kopf zur Seite, hielt den Augenkontakt jedoch aufrecht.

„Das Koma ist nicht das Problem", fuhr er fort. „Schon auch, aber das meine ich nicht. Ihr und unser Problem ist, dass wir nicht mit Sicherheit wissen, wie lange die Bewusstlosigkeit dauern wird. Medizinisch gesehen könnte die Patientin entlassen werden, aber ihr Vater ist dagegen. Er hat keine Zeit, sagt er, sich vierundzwanzig Stunden um seine Tochter zu kümmern. Zudem würde ihr Anblick ihm das Herz zerreißen, was man irgendwie verstehen kann. Dabei würden wir das Bett im Krankenhaus dringend brauchen. Sie blockiert das Bett, das Zimmer, Personal. Übersetzt: Sie kostet Geld. Geld, das wir nicht einnehmen können, weil sie da ist. Nicht, dass wir für sie keine Einnahmen bekommen, aber es ist ein heilloses Durcheinander, wer für die Kosten aufkommen wird. Der Vater, die Krankenkasse, das Sozialamt, alle streiten sich untereinander und gegeneinander vor Gericht, und das kann dauern, sag′ ich Ihnen. Normalerweise hätten wir sie längst an eine andere Stelle übergeben wie zum Beispiel eine Palliativeinrichtung, aber es fehlt erstens an Plätzen, zweitens am guten Willen, bei der ungewissen Zahlungsprognose ein Risiko einzugehen. Ihre Verletzungen sind aus ärztlicher Sicht nicht mehr lebensgefährdend, sie wird jedoch immer querschnittgelähmt bleiben. Die Chancen, dass sie aus dem Koma aufwacht, sind miserabel. Vielleicht eins zu hunderttausend. Frau Baumeister, ist es das, was Sie interessiert hat?"

Überrascht durch die plötzliche Frage ließ sich Ruth mit einer Antwort Zeit. Sie war sich überhaupt nicht mehr sicher, ob sie genau dieses Szenario gewollt hatte. An Heilig Abend. Dass sie frierend hier saß, in einem kalten Krankenhaus, in einem Eisschrank als Zimmer, vor einem tiefgekühlten Arzt, der ihr mit ungeschminkten Worten die Apokalypse erklärte. Sie wünschte sich nach Hause in ihre warme Stube, zu Kerzenlicht, zu den Zimtsternen und zu den Katzen. Weil sie aber von Grund auf ein positiver Mensch war, hatte sich in ihren Gedanken ein Satz von Gratwohl verhakt. *Vielleicht eins zu hunderttausend.* Ihre Chancen aufzuwachen. *Eins zu hunderttausend.*

Das ist besser als eins zu einer Million, dachte sie. Und weil sie es so dachte, sagte sie es frei heraus. „Ihre Chancen aufzuwachen stehen mit circa eins zu hunderttausend besser als bei eins zu einer Million, Herr Gratwohl. Das ist doch schon was. Und wieso werde ich das Gefühl nicht los, dass Sie mir persönlich die Probleme der Patientin und die Probleme der Klinik mit dieser vorwerfen? Ist es das, was Sie mit Ihrem heimlichen Engagement, nämlich mir den beklagenswerten Menschen zu zeigen, bezwecken? Mir ein schlechtes Gewissen einreden, damit sie den Kostenfaktor loswerden?"

Holla, stutzte Gratwohl, bin ich da jemandem eventuell zu nahe getreten? Er fasste sich aber schnell. Zu schnell.

„Sehen wir es mal so: Es wäre mit Bestimmtheit besser für Carmen und für uns gewesen, wenn sie an jenem denkwürdigen Tag nicht von Ihrem Gartennachbarn gefunden worden wäre."

*

Ruth Baumeister hatte es ob so einer herzlosen und kaltblütigen Einschätzung seitens Dr. Gratwohls die Sprache verschlagen. So einer hatte den Eid des Hippokrates geleistet? Oder sah sie das Ärztewesen in Verbindung mit der Gesundheitsindustrie einfach zu naiv?

Kater *Hänsel* hatte vor der Haustür gewartet, als sie circa fünfzig Minuten nach diesem Gespräch mit Dr. Gratwohl den Suzuki vor ihrem Haus parkte. Ruth ließ den Kater hinein, zog sich rasch bequeme Kleider an und machte es sich auf dem Sofa bequem. Sie hatte noch Wein in der Flasche und schenkte sich ein. Die Gedanken um Carmen in der Klinik ließen sie nicht los. Es war doch ein Verbrechen gewesen. Noch hatte sie keine Zeile in der Zeitung über einen Aufklärungserfolg in diesem Fall gelesen. Konnte es dermaßen schwierig sein, einen Verbrecher zu fassen? Warum tat die Polizei nicht mehr, um die Situation und den Fall aufzuklären? Verfügte die Polizei zum Beispiel nicht über verdeckte Ermittler, Undercover-Agenten, V-Leute, die in Unterweltskreisen nach Informationen suchen? Oder war das alles bereits schon am Laufen? War solch ein Fall für die Polizei einfach zu läppisch? Zu wenig aufsehenerregend? Schlichtweg Pech gehabt?

Im Prinzip hatte Dr. Gratwohl Recht gehabt, obwohl, er hätte seine Sicht auf die Dinge auch ein bisschen anders formulieren können. Weniger drastisch. Und natürlich hatte sie ihn verstanden. Für die Klinik, deren Vertreter er in persona war, stellte Carmen ein nicht von der Hand zu weisendes Problem dar. Hauptsächlich finanziell. Wie sah das denn die Krankenkasse? Wie sah es Ulf, Carmens Vater? Und schließlich hatte Dr. Gratwohl nichts weiter getan als ihre Neugier zu befriedigen, und die war ja, wenn sie ehrlich sein wollte, genau der Anlass, weshalb sie so planlos und doch durch eine innere Fügung geleitet, unterwegs gewesen war. Es war auf ihrem Mist gewachsen, Antworten auf ihre Fragen zu bekommen, und nicht auf Dr. Gratwohls. Ohne Zweifel war es Schicksal gewesen, dass es ausgerechnet ihre Gartenhütte war, die Carmen ausgesucht hatte. Wie Gratwohl es ausgedrückt hatte: Ohne die Gartenhütte gäbe es dieses Problem heute nicht. Ruth fragte sich nun, inwieweit sich diese Tatsache in ihr Fühlen, Denken und Leben erstrecken würde? Wie stark würde sie zulassen, dass es Besitz von ihrem Sein ergriff? Denn dass es längst in ihrer Mitte angekommen war, konnte sie nicht mehr verneinen. Hatte sie denn eine Chance, diesen Fragen auszuweichen und wenn ja, wie sollte das gehen? Sie war nicht der Mensch, der unangenehme Dinge ausblenden konnte. Das hatte sie noch nie gekonnt. Das war mit ein Hauptgrund für ihre journalistische Karriere gewesen. Sie hatte sich immer interessiert, sich immer eingemischt, sich gekümmert. Sie hatte immer Position bezogen und ihre Meinung geäußert. Aber stets mit dem nötigen Respekt vor Sachen und Menschen und niemals unter ihrem Niveau.

Ruth setzte sich mit gespanntem Rücken aufrecht hin und schloss die Augen. Sie versuchte geradezu bildlich, sich die Tiefe der Räume ihrer Seele vorzustellen. Wie viel Potenzial mochte darin noch vorhanden sein? Wie viel Kraft würde sie daraus weiterhin schöpfen können? Was daraus konnte sie noch aufwenden ohne Gefahr zu laufen, überfordert zu werden oder ihre Persönlichkeit zu verlieren? Sie dachte an ihr Geschäft, an ihre Freundschaften und an ihr gewohntes Leben. Alles, was sie tat und beschäftigte, erfüllte sie mit wirklicher Freude und Zufriedenheit. Nichts daran sollte sich ändern, nichts davon wollte sie verlieren. Das war ihr klar. Aber wie kam sie überhaupt auf die Idee, jetzt und hier ein Fazit zu ziehen, eine Bilanz zu erstellen? Wenn doch alles so gut war? Oder was sollte das? Gab es da bereits einen Plan, ein Vorhaben, einen Gedanken in ihrem tiefsten Kern, der sich anschickte ans Tageslicht zu gelangen?

Aufgeschreckt riss Ruth die Augen auf. Ich glaub, ich spinne, dachte sie und trank einen Schluck Wein. Sie sah auf die Uhr. Was? Schon halb eins?

Sie erhob sich, ging durch das Wohnzimmer und strebte durch die Küche zur Abstellkammer, wo sie neben Vorräten, Reinigungsmitteln und Staubsauger in einem Karton auch ihr Altpapier aufbewahrte. Sie griff hinein, holte einen Stapel alter Zeitungen hervor und suchte nach den Ausgaben ver-gangener Tage. Zuerst fieberhaft, doch je länger je konzen-trierter, blätterte sie in der Zeit zurück. Bis sie gefunden, wonach sie gesucht hatte.

Teil II

Kapitel 4

Die Holzbühne in Melanie Köningers Kellergalerie glänzte frisch geölt. Edgar hatte sie, auf den Knien rutschend, mit speziellem Pflegeöl penibelst bearbeitet. Es war in absehbarer Zeit zwar keine Nutzung der Bühne vorgesehen, doch sie zählte zum Gesamtbild der Galerie und gehörte, wer es so sehen wollte, zur ausgestellten Kunst mit dazu.

Es war Montag und die Galerie, die über die Weihnachtsfeiertage bis und mit zweiten Januar geschlossen war, sollte heute, elf Uhr, wieder geöffnet werden. Er hatte den Boden gekehrt, die Beleuchtung kontrolliert, die WCs gereinigt und den Vorrat an Toilettenpapier und Papierhandtüchern ergänzt. Edgar richtete es so her, wie er es gern anderswo angetroffen hätte.

Die Tage Silvester, erster und zweiter Januar waren verregnet gewesen. Starkwind und viel zu warme Temperaturen für diese Jahreszeit waren einfach nur eklig. Im Garten hatte er erste Spitzen von Schneeglöckchen und Krokussen entdeckt. Vereinzelte Bienen schwirrten benommen umher. Edgar sehnte sich nach einem kalten, trockenen Winter, der den Namen verdiente. Er musste ja nicht gleich wie der letztjährige ausfallen, obwohl, soweit er sich rückbesinnen konnte, er im Januar letzten Jahres einen Tag zum Motorradfahren erwischt hatte. Ja stimmt, damals war er am Haus von Bodo Schneider vorbei gekommen, dem Vierfach-Mörder. Doch das ist eine andere Geschichte.

Edgar pfiff geistesabwesend vor sich hin, so wie es seine Art war, mit gespitzten Lippen, aber tonlos. Er liebte es, etwas zu *kruscheln*, wie er es nannte. Einfache Dinge zu tun, nach deren Erledigung sofort ein Ergebnis sichtbar wurde. Keine schwere Arbeiten, sondern kleine Tätigkeiten, bei denen er trödeln, abschalten, verweilen, oder auch gute Einfälle haben konnte. Diese Art kam seinem Hang zur Pedanterie sehr entgegen.

Melanies Laden *Aquarelle und Poesie* in der Stadt blieb bis einschließlich neunter Januar geschlossen. Darum war sie auch zu Hause, als sie mit dem schnurlosen Telefon in der Kellergalerie erschien und Edgar in seiner Geschäftigkeit unterbrach.

„Da ist eine Frau am Telefon, die dich zu sprechen wünscht", streckte sie ihm das Gerät entgegen.

Edgar ging in die Knie, warf einen prüfenden Blick über die Bühnenoberfläche und fragte:

„Mich? Wie heißt die Dame denn?"

„Frau Baumeister aus Sankt Paulsberg. Sie sagt, sie hat deinen Namen aus der Zeitung."

„Nanu, rufen meine Fans jetzt schon persönlich an? Reichen denn die Autogrammkarten nicht?"

„Spinner, der du bist", schüttelte Melanie den Kopf. „Jetzt nimm schon."

Edgar erhob sich ächzend, eine Hand den versteiften Rücken stützend. „Edgar Schaaf, guten Morgen?"

„Grüß Gott, Herr Schaaf", tönte eine sympathische Frauenstimme aus der Muschel. „Entschuldigen Sie die Störung. Ich habe Ihren Namen aus der Zeitung …"

„Ja, das haben Sie meiner Frau schon gesagt." Er hatte unzweifelhaft eine Verlegenheit in ihrer Stimme gehört. „Um was geht es denn?"

Tiefes Einatmen am anderen Ende der Leitung. „Tja, wie soll ich mich ausdrücken? Es geht um viel, und auch wieder um nichts. Ich weiß, das klingt kryptisch und Sie werden damit nicht sonderlich viel anzufangen wissen. Kurz und knapp: Ich brauche Ihren Rat."

Gengenbach 05. Januar 2022

Edgar Schaaf arbeitete am Computer. Er hatte sich endlich dazu entschließen können, seinen uralten Windows-XP-Laptop gegen einen neuen mit Windows-*3c.* auszutauschen, wobei die *3c* für *cyber-comfort-clouding* standen. Ihm war es eigentlich egal, welchen Komfort das Gerät zu bieten hatte. Hauptsache, er konnte damit das erreichen, was er wollte.

Er arbeitete an einer Multivisions-Diashow für Melanie. Seine Idee war, die Bilder aus ihrer Taubergießen-Ausstellung mit Frau Fischers Aquarellen in ihrem Stadtladen, und die Zeichnungen von Bernadette Wolff aus der Eröffnungsvernissage in der Kellergalerie einem breiten Publikum zugänglich zu machen. Eine gezielte Werbung vorausgesetzt, versprach er sich von einem speziell vorbereiteten Kunstabend in der Stadthalle von Gengenbach eine nachhaltige Resonanz. Seiner Vorstellung nach sollte Melanie auf einer Bühne die hinter ihr auf eine große Leinwand projizierten Kunstwerke präsentieren, erläutern und erklären. Ziel war nicht, die Bilder besser vermarkten zu können, was bei den Taubergießen-Aquarellen ohnehin nicht mehr möglich war, weil sie vom Land Baden-Württemberg bereits als Landes-Kulturerbe eingestuft und aufgekauft waren, sondern Melanie und ihrer Kunstphilosophie eine Plattform zu bieten, mit der sie Interesse wecken wollte bei Leuten, die vielleicht selbst kreativ waren. Melanie war davon überzeugt, dass, ähnlich wie bei ihrem Glücksfall mit Frau Fischer, regional ähnliche Talente schlummerten, die geweckt und ermuntert werden wollten.

Edgar indes hatte zwei Probleme.

Das erste Problem war dieser Ton, der ihn nicht mehr verlassen wollte. Jener Ton, den Peter Seibelt bei der Vernissage seiner Freundin Bernadette Wolff als letzten auf seiner

Gitarre gespielt hatte. Mutterseelenallein war er auf der kleinen Bühne gesessen und hatte die Ausstellung von Bernadettes Zeichnungen musikalisch umrahmt. Dezent war er im Hintergrund geblieben, hatte die Saiten gestreichelt und Stück um Stück gespielt: Mal klassische Gitarrenkompositionen, mal Flamencos, mal Eigenarrangements. Edgar hatte ihn still beobachtet, während Melanie und Bernadette die Gäste unterhielten. Endlich war Peter zu seinem letzten Stück gekommen, einer Variation über die Klänge von Wasser. Als er den letzten Ton anschlug, war es das A. Nie vorher hatte Edgar den Ton weicher und wärmer empfunden als von Peters Gitarre. Das A. Kammerton. 440 Hertz. Dieser Ton verfolgte ihn fortan auf Schritt und Tritt. Er schwang in seinem Bauch und seiner Brust. Er konnte ihn jederzeit summen und war sich sicher, dass er den richtigen Ton getroffen hatte. Es war nicht wie ein Tinnitus, nicht wie ein lästiges Klingeln oder Piepen in den Ohren. Im Gegenteil. Der Ton war ihm willkommen. Er steckte in ihm und begleitete ihn, und obwohl er nicht sonderlich musikalisch war, vertraute er der Festigkeit des Tones, als wäre er ein überdimensionierter, aber unsichtbarer Nagel, der seinem Leben bislang gefehlt hatte und an den er einen Großteil seiner Gefühle, Erfahrungen und Weisheiten hängen wollte. Ein einzelner Ton als Eckpfeiler seiner Sicherheit; als Fluchtpunkt seiner Zweifel, als Hängematte seiner verborgenen Ängste. Edgar summte. Er brauchte ein paar Sekunden, bis er sich schlingernd dem Ton angenähert hatte und sich stimmlich dann sicher war, ihn getroffen zu haben. „*Hmmmmmm …*".

Vorsichtig schaute er sich um, als wolle er nicht beim Klauen eines Stückes Würfelzuckers erwischt werden, aber es war niemand hinter ihm, der ihn heimlich belauschte. Er wiederholte nochmal: „*Hmmmmmm …*". Diesmal traf er ihn besser, und fürs Erste war er zufrieden. Kammerton A. 440 Hertz. Sensationell. Das hatte was.

Edgar war es ein wenig peinlich. Er glaubte, dass er sich lächerlich machen würde, würde er Melanie von seiner neuen Errungenschaft berichten. Edgar Schaaf als Gefangener eines Tons. Vielleicht konnte er ihrem Spott entgehen, indem er einfach mit einer Gitarre in den Händen vor ihr auftauchte? Nicht schlecht die Idee, meinte er. Aber was sollte er ihr dann sagen?

Lieber Schatz, ich habe mich dazu entschlossen, einen Gitarrenkurs zu besuchen. Er konnte ihr Gelächter heute schon hören, sah auch bereits ihren mitleidigen Blick. Am meisten fürchtete er das kaum sichtbare Kopfschütteln, das auf eine gewisse Fassungslosigkeit schließen ließ, (und das er im Geiste schon vor sich sah). Und er vernahm bereits die Telefonate, die sie mit ihren besten Freundinnen führen würde, und die allesamt in der Mitteilung gipfelten „ *... ach stell dir vor, Gerti, was ich dir unbedingt noch sagen muss: Edgar will einen Gitarrenkurs besuchen. ... Nein, für Anfänger natürlich. ... Haha, ja, total durchgeknallt, nicht wahr?* " Edgar könnte heute schon im Erdboden versinken.

Als für ihn schier unüberwindliches Hindernis bei der Bearbeitung der Bilder auf dem PC stellte sich die Farbenblindheit heraus, mit der er beschlagen war. Dass ihm für die Kolorierung sämtliche Voraussetzungen fehlten, hatte er selbst eingesehen. Diesen Part, so war es mit Melanie vereinbart, würde sie nachträglich zwangsläufig selbst übernehmen, ging es dabei doch darum, eine möglichst hohe Authentizität mit den Originalen herzustellen, und das fing bereits mit der Auswahl der Weißtöne für die Bildunterlage oder den Bildträger an.

Melanie hatte festgestellt, dass man sich dabei nicht mal auf eine hochauflösende digitale Fotokamera verlassen durfte, ließ sich diese nämlich von unterschiedlichsten Faktoren des Raum- oder Tageslichts beeinflussen. Wo er sich jedoch einbrachte, waren die Zentrierung, die Ausschnittgestaltung

und die Rahmengebung, ebenso die Standausschnittvergrö-
ßerungen als auch die Zoom-Techniken, wobei er besonders
von Letzteren begeistert war, vermittelten sie dem
Betrachter doch einen virtuellen Flug in die Tiefe des Bildes
hinein. So machte ihm die Arbeit trotz seiner Farbun-
tüchtigkeit eine Menge Spaß. „*Hmmmmmm …*"

Sie hatten als Termin für den Kunstabend den dreiundzwanzigsten April, einen Samstag, ins Auge gefasst und die
Stadthalle von Gengenbach für diesen Tag bereits gebucht.
Ab nächster Woche würde Melanie die Einladungen an
ausgesuchte Gäste verschicken und bei den regionalen Ta-
geszeitungen regelmäßig erscheinende Annoncen in Auftrag
geben. Morgen, Dienstag, würde Edgar nach Weinbuch zu
seinem Freund Peter Seibelt fahren. Dieser sollte nämlich,
wenigstens war es von Melanie so gewünscht, die Präsentation der Bilder live mit seiner Gitarre begleiten. Allerdings
wusste Peter Seibelt noch nichts von seinem Glück, was dem
Unterfangen einen unsicheren Anstrich verlieh. Peter ließ
sich nun mal nicht gerne verkaufen oder vermarkten, obwohl
ihm als Gage von vornherein sowieso nicht mehr als eine
Cola und ein Abendessen zugedacht waren. Edgar jedoch
war guten Mutes und pochte insgeheim auf Peters Lust auf
eine gemeinsame Tour mit dem Motorrad, bei der er ihn zu
überreden hoffte. Vom Wetter her sprach alles dafür. Die
Temperaturen waren mild und seit einer Woche die Straßen
trocken.

An Weihnachten 2021 hatten sie ihre Freunde in ihr Türmchenhaus eingeladen. Jens Melzer und Linda Germann, das
Polizistenpärchen aus Neustadt (Schw.) waren gekommen,
dazu Regina von Drach, die Tochter eines der Mordopfer
aus Edgars letztem Fall. Weiter war Frau Holzer anwesend,
die Melanie jeweils dann im Geschäft in der Stadt vertrat,
wenn diese außerplanmäßig nicht selbst im Laden sein

konnte. Polizeipostenleiter Franz Hirt aus Hohenterzen war mit seiner zuckerkranken Frau erschienen und freundete sich gleich mit Herrn Fischer an, dem Mann der verstorbenen Taubergießen-Künstlerin. Edgars Freunde Bernadette Wolff und Peter Seibelt durften natürlich nicht fehlen, wie auch zwei von Melanies *besten* Freundinnen. Zu guter Letzt hatte sich die Milliardärin Tamara Brassova, Besitzerin von Schloss Ortenberg und Ausrichterin von Melanies und Edgars Hochzeit Ende Oktober, es sich nicht nehmen lassen, die Einladung anzunehmen.

Und Frau Brassova war noch ein ganzes Stück weitergegangen. Sie hatte darauf bestanden, selbst für das leibliche Wohl der Gäste zu sorgen. Wer nun angenommen hatte, Frau Brassova würde einfach einen sündhaft teuren Catering-Service verpflichten, sah sich gründlich getäuscht. Bereits zur Mittagszeit hatte sie sich von ihrem Chauffeur nach Gengenbach fahren lassen, den Kofferraum des Rolls Royce mit allerlei Zutaten vollgepackt. Wie selbstverständlich hatte sie sich dann in die Küche begeben und angefangen, Zwiebeln zu schneiden.

„Was machst du da?", hatte Edgar etwas skeptisch gefragt.

„Na, lieber Edgar, nach was sieht es wohl aus?", hatte sie schnippisch aber belustigt gezwitschert. „Sieht es vielleicht nach Zwiebelschneiden aus?"

Für Edgar war das ein Zeichen, sich aus dem Geschehen in seiner Küche herauszuhalten. Kritisch warf er jedoch in regelmäßigen Abständen einen Blick in die Küche, nur um jedes Mal verwundert festzustellen, dass eine kleine, stinkreiche, rotgekleidete Frau eine Mordsfreude dabei zu empfinden schien, singend und trällernd und hin- und herflatternd wie ein Vögelchen im Dampf der größten Bratpfanne zu stehen und mit Gewürzen nur so um sich zu schmeißen. Als er es nicht mehr auszuhalten wusste, fragte er ein zweites Mal:

„Was machst du denn da?"

Tamara lachte herzlich auf. „Ich bereite eine Beilage zu, Edgar. Hackfleisch für meine Blinis, die ich dann am Abend serviere. Original russische Blinis."

„Original russische Blinis?"

„Ja, Edgar, mit einer kleinen Abänderung. Ich werde dem Hackfleisch noch etwas Rote Bete hinzufügen. Damit wird dem Pfeffer die Schärfe genommen, der Geschmack abgerundet und das Hackfleisch wird saftiger, ganz ohne Wasser."

„Aha?" Bei Edgar klang es wirklich nach Überraschung.

„Jaha."

Tamara Brassova hatte, eine rote Schürze umgebunden, die Gäste am Abend dann eigenhändig bedient. Jedem eine frisch gebackene Blini. Dabei zwitscherte sie fröhlich mit ihrem piepsigen Stimmchen und schien so glücklich wie nie. Auf dem Tisch dampfte das köstliche Hackfleisch. Als weitere Beilagen gab es reichlich Quark, geräucherten Lachs, und, als Spezialität, eine Schüssel voll mit rotem Kaviar.

Die Stimmung war gelöst und die Themen und Worte flogen nur so über den Tisch. Es ging hin und her, und das Essen war gewaltig. Tamara unterhielt sich intensiv mit Peter Seibelt und interessierte sich sehr für seine Glas-Arbeiten. Dabei gestand sie ohne jede Prätention, dass sie zwei Originale von Chagall ihr eigen nannte. Sie tat ihre Absicht kund, jede von Seibelts Arbeiten sehen und, bei Gefallen, auch kaufen zu wollen.

Bald würde Edgar neunundsechzig Jahre alt werden. Achtzehnter März. Kurz vor den Siebzigern. Auch kurz vor dem Alter? Kurz vor dem Tod?

Er horchte immer öfter in sich hinein. Wie lange noch konnte er für Melanie ein adäquater Partner sein? Hatte er sich nicht schon ein paar Mal in Situationen erwischt, in denen er glaubte, sich sonderlich zu verhalten? Gerade in alltäglichen Dingen, denen man sonst kaum Aufmerksamkeit schenkte? Bei Kleinigkeiten? Oder doch schon gerade bei den Dingen, wo es am deutlichsten zu Tage trat? Veränderungen, die schleichend daherkamen? Die alle sahen und bemerkten, nur eben er nicht?

Oh, wie ihm davor grauste.

Achtzehnter März. Nun gut. Ein paar Tage waren es noch bis dahin.

Er klappte den Deckel des Laptops zu. Abgemeldet. Tja, genauso würde es ihm vielleicht auch mal ergehen. Klappe zu und abgemeldet. Out of order, out of time. Verdammt. Ob er mit Melanie darüber reden sollte? Wie sie es wohl sehen mochte? Verglichen mit ihm war sie eine junge Frau. Rassig und knackig, wie es sich jede Frau wünschte. Er lächelte. Auch jeder Mann wünschte sich so eine Frau, und er hatte sie. Seine Melanie. Dann seufzte er. Er liebte sie so sehr, dass er sich einfach nicht vorstellen mochte, sie allein zurück lassen zu müssen.

Seine Gedanken wanderten zu seinem Vater, der, alt geworden, von einer Minute auf die nächste nicht mehr Herr seiner Sinne war, bewusstlos gefunden worden und nicht mehr aufgewacht war. Er hatte Mutter fast zwei Jahre überlebt. Ja, überlebt, und doch nicht weiter existiert. Er war zu einer lebenden Erinnerung an seine Frau geworden und fand sich nur noch dort zurecht, wo er einst mit ihr gewesen war. Sein Blick war nur noch nach innen gerichtet gewesen, und wenn man ihn denn ansprach, wirkte er stets, als würde er gerade aufwachen. Aufwachen aus einer Zeit, in die er sich wünschte, und eintreten in eine Welt, die er nicht mehr kannte, nicht kennen wollte. Und doch gezwungen war weiterzumachen, solange sein Herz schlug.

Edgars Verhältnis zu seinem Vater war immer schwer gestört gewesen, und es hatte ihn krank gemacht. Vater einen

Diktator zu nennen, machte die Sache zu einfach, denn es war viel komplizierter. Von Kindesbeinen an ständig kritisiert, reichte im Prinzip und zum Höhepunkt eine einzige Tracht Prügel, die Edgar bezogen und welche für immer die Distanz zwischen ihm und Vater geschaffen und festgelegt hatte. Eine Tracht Prügel, weil Edgar die Schule geschwänzt hatte. Mit einer Bestrafung hatte er damals selbst gerechnet, jedoch nicht mit einer Hinrichtung. Es war die niederträchtige Absicht seines Vaters gewesen, ihn im wahrsten Sinne des Wortes verletzen zu wollen, was er auch geschafft hatte. Danach hatte Edgar seine fast hündische Abhängigkeit von seinem Vater aufgegeben und nur noch wegen seiner Mutter regelmäßig das Elternhaus besucht. Er hatte nie verstanden, wie Mutter es neben dem Despoten aushalten konnte. Dass sie in größerer Abhängigkeit als er selber stand, hatte er lange nicht kapiert. Aber es musste so gewesen sein. Nichts anderes war möglich und nichts anderes wollte er wahrhaben.

Und doch war dieser sein Vater nach dem Tod seiner Frau ein gebrochener Mann. Ein Mann, der die Macht über andere verloren hatte und sich ohne diesen Kompass im Leben nicht mehr zurechtfand. Edgar hatte lange Jahre gebraucht, um zum einen hinter die Taktik seines Vaters kommen zu können, nämlich für alles und überall eine Fassade aufrecht zu erhalten, und zum anderen sich selbst von der Übermacht befreien und lösen zu können. Die Zeiten, in denen Edgar krampfhaft versuchte, Vergleiche zwischen sich und Vater herzustellen, waren vorbei. Er war sich der Schwächen seines Vaters bewusst und war heute generös genug, Nachsicht üben und sogar die Marotten und Schwächen seines Vaters als Charaktereigenschaft tolerieren zu können. Er selbst hatte schließlich überlebt.

Nach dem Essen an Weihnachten hatte Tamara Brassova jedem Anwesenden mit einem unverschämt vergnügten Gesichtsausdruck unmissverständlich ein Geschirrtuch in die Hand gedrückt. „Dawai, dawai", hatte sie in die Hände geklatscht, um dann in einer wahren Wasserschlacht den Haufen Geschirr zu spülen. Noch liebten alle die quirlige Russin. Als sie danach aber beim Tischfußballspiel, das Edgar von Melanie als Weihnachtsgeschenk bekommen hatte und das mitten im Wohnzimmer stand, einen nach dem anderen haushoch bezwingen konnte, erhielt die Liebe einen kleinen Dämpfer. Tamara jagte den Ball wie eine Flipperkugel über die Spielfläche, dass es nur so knallte, und wörtlich im Handumdrehen schepperte es im Sekundenabstand in des Gegners Kasten. Und wie sie quietschte vor Freude.

Eine Stunde später erzählte sie in lockerer Runde beim Wein, dass sie in ihrer Jugendzeit Tischfußball-Stadtmeisterin von Nowgorod, ihrer Heimatstadt, gewesen war.

Als es Zeit für den Heimweg geworden war, hatte sie sich bei allen herzlichst bedankt und jeden mit Tränen in den Augen umarmt. „Danke", hatte sie gesagt, „dass ich bei euch sein durfte. Danke, dass ich Mensch sein durfte."

Aus dem Nebenzimmer hörte Edgar Geräusche. Er ließ die Arbeit am Computer sein, stand auf und ging hinüber. Es war das Zimmer, das Melanie als Atelier für ihre eigene Malerei nutzte. Sie stand mit dem Rücken zur Tür vor einer Staffelei und war dabei, eine Leinwand zu grundieren. Edgar dachte beim Anblick der Farbe an reife Auberginen, aber was wollte das bei ihm mit seiner Farbenblindheit schon heißen.

„Sag nichts", sprach sie mit einem warnenden Unterton und ohne ihn anzusehen. „Ich bin nervös."

Er trat zu ihr hin und umfasste sie von hinten mit beiden Armen. „Oh, ich sag schon nichts", entgegnete er. „Warum bist du nervös?"

Keine Reaktion.

„Hm? Warum bist du …“

„Ich habe sowas noch nie gemacht.“

„Was denn?“

„Einen Vortrag halten. Ich habe noch nie einen Vortrag gehalten.“ Sie wischte jetzt mit einem weichen, breiten Pinsel über die Bildfläche. Von oben nach unten. „Es macht mir Angst.“

„Hm.“

„Was ‚hm‘?“

„Ich versteh dich. Ich hab sowas auch noch nie gemacht.“

Jetzt gingen die Pinselbewegungen von rechts nach links und wieder zurück. „Ich kann schon nicht mehr richtig schlafen. Es verfolgt mich in der Nacht.“

„Kenn ich“, meinte er. „So geht´s mir vor jedem Flug. Ich kann nächtelang vorher nicht schlafen.“

„Wann bist du denn zum letzten Mal geflogen?“ Sie tauchte den Pinsel in die Aubergine.

„Na aber hallo“, entrüstete er sich gespielt. „Da warst du doch dabei. Rovinj, Kroatien, und davor La Palma letztes Jahr, schon vergessen?“

„Ach so, ja, ich denke, das zählt nicht. Da war ich ja dabei. Ich meine, wann du das letzte Mal alleine geflogen bist?“

„Vor fast neunzehn Jahren. Nach Kalifornien, USA. Warum?“

„Und wann gedenkst du, das nächste Mal alleine zu fliegen? Hm?“ Die Aubergine sauste wieder von unten nach oben über die Leinwand.

„Keine Ahnung. Ich denke ohne dich nie mehr.“

„Siehst du.“

„Was sehe ich?“

Der Pinsel landete in dem Auberginentopf. Sie drehte sich in seiner Umarmung zu ihm hin.

„Du fliegst nicht allein. Aber ich soll allein auf einer Bühne stehen?“

„Aber du wirst nicht alleine sein. Ich bin doch auch da und bediene die Steuerung."

„Dich wird man nicht sehen. Aber mich wird man sehen."

„Aber Schatz", säuselte Edgar, „bist du nicht auch der Ansicht, dass dein Anblick schöner ist als der meinige? Zudem werden wir deinen Auftritt zu Hause üben. Es ist ja noch massig Zeit."

„Ich weiß es schon, wie es ausgehen wird." Sie wurde stocksteif in seinen Armen und ihre Stirn begann leicht zu glänzen. „Ich werde da oben stehen und vor lauter Aufregung keinen Ton heraus bringen."

„Quatsch mit Soße", schüttelte er sie sanft. „Du wirst strahlen und der ganze Saal wird gebannt an deinen Lippen hängen. Wir bräuchten die Dias im Grunde überhaupt nicht, weil alles nur auf dich schaut. Der Schein einer Taschenlampe würde genügen. Zudem wirst du eine neue, tolle Garderobe …"

„Überredet", schnitt sie ihm schnellstens den Satz ab. „Was hab ich nur für ein kluges Kerlchen an meiner Seite."

„Melanie?"

„Ja, mein Lieber?" Oh, wie konnte sie plötzlich unschuldig mit den Wimpern klimpern und ihm um den Bart streichen.

„Ich …Ach was, vergiss es."

„Nie im Leben."

Edgars zweites Problem war anderer Natur.

Es betraf den Anruf dieser Frau Baumeister am dritten Januar. „Ich brauche Ihren Rat", hatte sie gesagt.

„Holla", war er überrascht, „was können Sie für Sorgen haben, dass Sie meinen Rat brauchen?"

Noch in der gleichen Sekunde hatte ihm die flapsige Antwort leid getan. Es hatte danach bestimmt eine halbe Minute gedauert, während der Edgar bloß Atemgeräusche aus dem Telefon vernahm. Ob diese einer Verzweiflung oder einer

Empörung entstammten, hatte er nicht deuten können. Jedenfalls musste es der Frau am anderen Ende der Leitung sehr schwer gefallen sein, weiter zu sprechen, und das tat sie dann auch.

„Wie ich Ihrer Frau und Ihnen schon sagte, habe ich Ihren Namen aus der Zeitung. Ich habe Berichte über Sie und Ihre Frau gelesen, wodurch ich den Eindruck gewonnen habe, dass Sie ein ehrenwerter und erfahrener Mann sind. Zudem waren Sie einst bei der Polizei. Meine Bitte betrifft eine sehr sensible Angelegenheit, über die ich nicht am Telefon sprechen möchte und eigentlich auch nicht darf. Kann ich mit Ihrem Rat rechnen?"

Jetzt war es an Edgar, seinerseits einige Sekunden der Fassungsfindung verstreichen lassen zu müssen, indes er näher an Melanie trat und ihr eine Hand auf die Schulter legte.

„Okay, Frau Baumeister, okay. Ich verstehe. Wann und wo meinen Sie, dass wir uns treffen sollen?"

„Ich wohne in Sankt Paulsberg. Das ist von Ihnen aus gesehen praktisch grade über den Berg. Es wäre besser, wenn Sie zu mir kämen anstatt ich zu Ihnen, weil ich Ihnen nämlich noch etwas zeigen will. Wenn Sie also genügend Zeit mitbrächten …?"

Edgar machte in Melanies Richtung eine bedeutungsschwere Grimasse. „Ja, ist gut Frau Baumeister. Ich werde mich mit meiner Frau absprechen. Wir würden dann morgen Vormittag zu Ihnen kommen. Also zu zweit."

„Ich weiß nicht, ob das eine so gute Idee ist, ich meine, dass Sie zu zweit kommen wollen. Im Grunde genommen soll die Angelegenheit so wenig wie möglich Mitwisser haben und …"

„Hören Sie zu, Frau Baumeister", fiel ihr Edgar ins Wort. „Entweder wir kommen zu zweit oder gar nicht."

Und so waren Melanie und Edgar am folgenden Morgen mit *Müller* und *Lydia* im Schlepptau, den beiden Hunden, per Bus über den Berg nach St. Paulsberg gefahren. Frau Baumeister hatte ihnen den Fußweg von der Bushaltestelle zu ihrem Haus gut beschrieben. Für Anfang Januar war es viel zu warm und insgesamt auch zu trocken. Schon streckten Krokusse und Schneeglöckchen ihre grünen Spitzen aus dem Boden.

Kurz vor zehn Uhr standen sie vor ihrer Haustür und waren als erstes angenehm überrascht, als ihnen von einer sehr ansehnlichen Frau die Haustür geöffnet und sie ins Haus hinein gebeten wurden, zum zweiten sie im Haus ein ausgewogenes Ambiente mit Stil und sicherem Geschmack vorfanden. Frau Baumeister scheuchte ihre beiden Katzen in die Küche und sperrte die Küchentür zu, damit *Müller* und *Lydia* sich ohne Stress im Wohnzimmer bewegen konnten. Auf einem Tisch vor einer gemütlichen Eckbank standen eine Kanne Tee und drei Tassen nebst einem Teller mit Plätzchen.

„Nehmen Sie Platz und greifen Sie zu", hieß die sympathische Einladung, doch sie knetete vor innerer Anspannung ihre Hände. „Ist Tee in Ordnung oder hätten Sie lieber Kaffee gehabt?"

„Nein danke, Frau Baumeister", sagte Melanie. „Tee ist schon okay. Vielen Dank."

„Ich hab´ Ihre Telefonnummer schon über eine Woche, genauer gesagt seit Weihnachten, aber über die Feiertage wollte ich Sie nicht stören. Sie müssen es wie einen Überfall empfinden, dass ich Sie hierher zitiert habe. Ich will Sie auch nicht über Gebühr belästigen. Aber die Geschichte lässt mir keine Ruhe."

In der Folge erzählte Frau Baumeister in sachlicher Form die Begebenheiten vom September vergangenen Jahres und ließ ihren Besuch in der Offenburger Klinik an Heilig Abend nicht unerwähnt.

„Und nun, Herr Schaaf", erklärte sie, „steh ich da mit meinem Latein. Dass mich der Vorfall und das ganze Drumherum emotional sehr mitgenommen hat, können Sie sich ja denken. Ich weiß einfach nicht, was Sache ist. Da liegt dieses bedauernswerte Mädchen, immerhin jahrelang meine Stieftochter, in einem Krankenhaus, ist unerwünscht, und keiner tut was. Was läuft da bei der Polizei ab? Immerhin handelt es sich um ein Verbrechen, bei dem ein gewisses öffentliches Interesse vorliegen dürfte. Man hört nichts und sieht nichts, dass sich bei der Polizei irgendetwas in Richtung Aufklärung bewegen würde. Ich meine aus den Zeitungen oder dem Fernsehen. Können Sie mir da ein bisschen auf die Sprünge helfen?"

Edgar konnte die Frau gut verstehen. Er hatte von dem Fall um die junge Frau, den Frau Baumeister schilderte, in der Zeitung gelesen, wie auch von den anderen beiden Morden in Offenburg und Umgebung. Die *Spielkarten-Morde*, wie er sie für sich nannte. Durch Frau Baumeister wusste er nun, dass der Fundort der schwerverletzten Frau ihre Gartenhütte gewesen war. Er konnte sich vorstellen, dass man, da die Ermittlungen aus irgendeinem Grund nicht mehr vorwärts gebracht werden konnten, seitens der Staatsanwaltschaft und der Polizei darauf wartete, dass die Patientin aus dem Koma erwachte, um dann praktisch aus erster Hand Hinweise auf den oder die Täter zu bekommen. Das hielt er für am wahrscheinlichsten und es machte am meisten Sinn, war jedoch für das Opfer am gefährlichsten. Denn was wür-de passieren, wenn der oder die Täter vom Überleben des Opfers erführen oder bereits wussten? Dann läge es doch in dessen oder deren Bestreben, diese Gefahr auszuschalten. Oder wollte man zum Schutz von Leib und Leben der Verletzten den oder die Täter in der Gewissheit lassen, dass ihre

Tat von Erfolg gekrönt war? Sie ergo in Sicherheit wiegen? Um in aller Stille und Heimlichkeit ermitteln zu können? Gab es deswegen eine Nachrichtensperre? Denn tatsächlich hatte er, Edgar Schaaf, nur einen einzigen Bericht über das Verbrechen im Schrebergarten an der jungen Frau in der Zeitung gelesen, während es zu den *Spielkarten-Morden* in den Gazetten vor Nachrichten nur so wimmelte. Warum wurden zum Beispiel über die Medien keine Nachrichten vom Überleben der Verletzten verbreitet, und man bräuchte nur auf die Reaktionen der Verbrecher zu warten? Eine ständige Bewachung vor dem Krankenhauszimmer zu postieren sollte doch möglich sein, oder nicht? Oder barg dieses Verfahren zu viele Unsicherheiten? Edgar konnte es nicht sagen. Er war in die Entscheidungen schließlich nicht involviert. Die Lage der Dinge war nicht einfach, das sah er selber. Da steckte eine Menge Brisanz dahinter.

Er war jetzt seit einigen Jahren nicht mehr im Geschäft, wie er es salopp ausdrückte. Und doch nahm er aus seiner entnabelten Position heraus, quasi als *Godfather of crime*, auf eigene Art an den Ermittlungen teil. Zur pensionsbedingten Untätigkeit gezwungen, kribbelte es ihn nach wie vor in den Fingern, im einen oder anderen Fall aktiv zu werden, aber keiner fragte nach ihm und seiner Erfahrung. So war der Lauf des Lebens, den er akzeptieren musste, wenn manchmal auch schweren Herzens. Er stand, von Frau Baumeister über die Sachlage um ihre Stieftochter nun in Kenntnis gesetzt, vor der Frage, wie er sich als offiziell Ermittelnder in diesem Fall verhalten, welche Taktik, welchen Plan er verfolgen würde.

Frau Baumeisters Körperhaltung verriet höchste Spannung. Edgar schätzte, dass da noch etwas Unausgesprochenes in ihr lauerte und dass sie mit sich selbst einen Kampf ausfocht, der längst nicht entschieden schien.

„Guter Tee, Frau Baumeister." Edgar nahm etwas Druck aus dem Zylinder. „Haben Sie die Plätzchen selber gebacken. Ausgezeichnet. Sehr gut. Gell, Melanie?"

„In der Tat, Edgar, sehr gut", bestätigte Melanie.

„Sie haben gesagt, dass Sie uns noch etwas zeigen wollen. Ich nehme an, dass das diese Sache betrifft. Ist es so?"

Frau Baumeister schien förmlich zu erschrecken. „Ähh, ja, das stimmt."

„Könnten wir das dann zuerst hinter uns bringen?"

„Ähh, ja, natürlich. Wir müssen aber ein Stück mit dem Auto fahren. Das, was ich Ihnen zeigen will, ist nicht hier."

„Es ist die Gartenhütte, stimmts? Dort, wo es geschehen ist."

„Ja, stimmt. Ich dachte, dass Sie die unbedingt sehen wollen."

„Das stimmt auch. Also, worauf warten wir noch?"

Zu dritt quetschten sie sich mit den Hunden in Ruth Baumeisters kleinen Suzuki-Jeep und fuhren auf schnellstem Weg nach Offenburg zu der Schrebergartenanlage. Sie stellte das Auto auf dem Weg vor der Parzelle ab.

„Hier ist es. Das ist mein Garten und das dort ist die Hütte, in der sie gefunden wurde."

Die Gespräche während der Fahrt waren ziemlich schleppend verlaufen. Wenn man es denn eine Unterhaltung nennen wollte, war sie in der Regel von Melanie ausgegangen, die mit unverfänglichen Fragen zu Frau Baumeisters Lebens- und Geschäftssituation einen Bogen zu ihrer eigenen Geschäftsidee schlagen konnte und somit ein bisschen aus dem Nähkästchen zu plaudern verstand. Die greifbare Spannung im Auto indes konnten selbst diese Versuche nicht lockern.

„Ich war seit damals im September nur zweimal wieder hier", gestand Frau Baumeister. „Es geht mir ganz gewaltig an die Nieren. Entschuldigen Sie den Ausdruck, aber mich graut jedes Mal davor. Gehen Sie ruhig rein, Herr Schaaf." Ihre Stimme klang, als hätte sie durch einen Mundschutz gesprochen.

„Dürfen *Müller* und *Lydia* ein wenig durch Ihren Garten stöbern?" Edgar ließ die beiden aus dem Auto .

„Ja natürlich, lassen Sie die Hunde laufen", sagte Frau Baumeister.

Edgar Schaaf öffnete die Gartenpforte und ging über die Wegplatten zur Hütte.

„Der Schlüssel liegt unter dem Ziegel rechts vor der Tür. Wie damals auch, als Carmen …"

Edgar bückte sich, hob den Ziegel an und nahm den Schlüssel in die Hand. Er steckte den Schlüssel ins Schloss, drehte den Schlüssel und öffnete die Tür. Beim Hineingehen stieß er mit dem Kopf gegen den oberen Türrahmen.

„Kruziwald, ist das niedrig hier", fluchte er so leise, dass die beiden Frauen es nicht hörten.

„Die Tür ist etwas niedrig", rief Frau Baumeister von hinten. „Stoßen Sie sich nicht."

„Zu spät", murmelte er. Laut sagte er dann: „Ich kann mir sehr gut vorstellen, dass das für Sie ein schwerer Schock gewesen sein muss, Frau Baumeister. Die Stieftochter sozusagen, auch wenn die Verbindung schon längere Zeit abgerissen war. Dennoch, es war Ihr Kind, für das Sie verantwortlich waren und zu dem es immer eine Verbindung geben wird. Nicht umsonst hat Carmen Ihre Hütte als Schutzraum gewählt. Das stimmt doch soweit? Sie sagten, dass sie sich vermutlich öfter hier aufgehalten hat. Diese Gewohnheit ist ihrem Täter vielleicht aufgefallen und Ihrer Stieftochter dadurch zum Verhängnis geworden. Dass das alles reichlich mysteriös ist, steht außer Frage, das muss ich zugeben. Aber ehrlich gesagt weiß ich nicht, was Sie sich von mir in dieser Sache versprechen. Und irgendwie habe ich so ein Gefühl, dass Sie noch etwas in petto haben. Also raus mit der Sprache. Warum bin ich, sind wir hier, Frau Baumeister."

Auf diese direkte Ansprache hin drehte sich Frau Baumeister um und lehnte sich an den Türrahmen, als würde sie dessen Halt brauchen, und blickte aus der Hütte über die Gärten. Sekunden verstrichen, bevor sie sich wieder umwandte und Edgar Schaaf und Melanie direkt anschaute. „Ich habe in der Zeitung von Ihnen gelesen, und Sie im Fernsehen gesehen. Wie Sie die Morde von Hohenterzen aufgeklärt und den Mörder in Kroatien gefasst haben. Daran hab´ ich mich an Heilig Abend erinnert, nachdem ich Carmen … Vielleicht war ich einfach naiv zu denken, dass Sie, Herr Schaaf, sich um den Fall kümmern könnten. Als Detektiv oder so. Dass Sie sich darüber ein paar Gedanken machen würden. Sie haben feine Sensoren, wie ich selber schon bemerkt habe. Ja, ich hab´ noch was anderes in petto. Nachdem ich das arme Kind im Krankenhaus gesehen hatte und mir klar wurde, dass es niemanden hat, niemanden kennt, niemand für es da ist und niemand mit ihm spricht, nur noch atmende Hülle ist – da hab ich mir überlegt, ober ich es vielleicht zu mir nach Hause nehme …"

Melanie sog hörbar scharf Luft zwischen die Zähne und hielt den Atem an. Was hatte sie gerade gehört? Eine Komapatientin nach Hause nehmen oder wie? Kam da jetzt noch was von ihr? Nein, der Satz blieb unvollendet unter dem Dach der Hütte hängen, und Frau Baumeisters Augen, die verzweifelt zwischen Melanie und Edgar hin und her huschten, schrien laut um Hilfe.

„Sie wollen die Frau zu sich nach Hause holen?" Edgars Augenbrauen berührten beinahe den Haaransatz. Im Raum herrschte Grabesstille.

„Vielleicht. Es ist vorerst nur ein Gedanke." Frau Baumeister sah kreidebleich aus. „Sie tut mir ja so leid. Ich weiß es ja selber nicht. Deswegen wende ich mich doch an Sie.

Was Sie mir raten würden. Kann es gefährlich werden? Für mich? Für sie? Wenn der Täter zum Beispiel wiederkommen würde, um Carmen als Zeugin … ich mag gar nicht daran denken. Oder …" Sie hob die Schultern und ließ den Kopf ergeben auf die Brust sinken. „Ach …"

Melanie sah, dass sich Frau Baumeisters Augen mit Tränen füllten. Sah diese Hilflosigkeit. Und sie erkannte an Edgars Mimik, dass er gerade ansetzte, um der Frau eine Antwort zu geben, welche diese im Augenblick so gar nicht gebrauchen konnte. Kontraproduktiv, gewissermaßen. Und tatsächlich, schon fing er an zu sprechen: „Wissen Sie, Frau Baumeister, es geht mich ja nichts an, aber ich halte Ihre Idee ein bisschen …"

„Lieber Edgar", unterbrach Melanie ihn mitten im Satz, weil sie ahnte, was ihr Mann in etwa zu sagen gedachte, „hast du hier alles gesehen, was du hast sehen müssen?" Sie zwinkerte ihm dabei zu und gab ihm mit den Augen unmissverständliche Zeichen in Richtung Frau Baumeister, als er sie wegen der Unterbrechung verdutzt anstarrte. „Ich meine, musst du nicht noch die nähere Umgebung um die Hütte untersuchen und so?" Melanie räusperte sich ostentativ und packte verstärkend ein auffälliges „Hmmmh"? dahinter. Sie konnte förmlich den Groschen aus seinem Hirn in seinen Hals fallen sehen.

„Ähem – ja, natürlich", kapierte er. „Die Umgebung. Geht ihr beiden doch schon mal zum Auto voraus. Ich komme dann gleich nach", und schickte sie mit ciner Kopfbewegung weg.

Guter Junge, dachte Melanie, und zu Frau Baumeister sagte sie gefühlvoll: „Kommen Sie. Lassen wir den Detektiv seine Arbeit tun und wir zwei machen unsere." Sie legte behutsam den Arm um die Schultern der Frau und drängte sie mit sanfter Gewalt Richtung Gartenpforte.

„Wie stellen Sie sich das denn vor, Frau Baumeister? Ich meine, Sie müssen doch eine Vorstellung davon haben, was das für Sie, Ihre Absicht in Ehren, bedeuten kann." Melanie drehte sich nach Edgar um. Sie sah ihn nicht mehr. Er war wohl in der Hütte zugange und wird hoffentlich so klug sein, dachte sie, uns fünf Minuten allein zu lassen.

„Ich heiße Ruth", erwiderte Frau Baumeister.

„Okay, Ruth. Danke für das Angebot. Ich bin Melanie."

Sie gingen durch die Pforte auf den Gartenweg. Sie gingen um Ruths Suzuki herum und schlenderten entlang der anderen Gärten.

„Ich kann es nicht rational erklären, glaub´ mir. Ich weiß nur, dass es richtig wäre. Nein, *richtig* ist das falsche Wort. Ich meine, dass es Recht wäre. Weißt du, was ich meine? Abgeleitet vom Menschenrecht. Das Recht des Menschen." Ruth blieb stehen. „Ich finde, das steht ihr zu. Meinst du nicht?"

„Und du bist diejenige, die ihr dazu verhilft?" Melanie war ihrerseits stehen geblieben, weil sie instinktiv spürte, dass in diesem Moment sich etwas ganz Entscheidendes, etwas sehr Fundamentales anbahnte und sie alleinige Zeugin einer großartigen menschlichen Geste, einer koronawürdigen Begebenheit werden würde, gegen deren Klarheit und Einfachheit es keinen Hohn, keinen Spott, kein Wenn und kein Aber gab. Dazu bedurfte es keiner Religion und keiner Lehre, weder Gott noch Guru, sondern ausschließlich des simplen Verständnisses von der einmaligen Bedeutung eines Menschen mit dessen Wert in dessen Sein. So wie es Ruth gesagt hatte: Es ist Recht. Aber allein mit *Recht sein* ist noch lange kein Recht gegeben, und wenn Ruth ihre edlen Gedanken nicht in eine praktische Tat umwandelte, wäre nicht einem einzigen Menschen geholfen, sondern sie blieben leere Lippenbekenntnisse, hohle Phrasen, ohne Nutzen.

Die letzte Frage war brutal gewesen. *Und du bist diejenige, die ihr dazu verhilft?* Es tat Melanie in der Seele weh. Trotzdem musste sie all die banalen Fragen loswerden, stellen und fragen, damit sie gefragt waren. Um des Fragens willen. Obwohl sie wusste, dass Ruth sie alle längst für sich bejaht hatte. Doch Ruth musste es aussprechen, dieses „Ja", damit Melanie als Zeuge es hören und verstehen konnte, und damit Ruth es sich selbst sagen hörte. Ruth brauchte Bestätigung, jedoch nicht von Melanie, sondern von sich selbst. Zudem war Melanie wahrscheinlich im Augenblick der einzige Mensch weit und breit, vielleicht sogar auf der ganzen Welt, der zur Stunde und Minute verfügbar war und der Verständnis für Ruth und ihre Situation hatte. Edgar war, was seine empathischen Fähigkeiten gewiss nicht schmälern sollte, für den Moment mit Sicherheit der falsche Ratgeber. Später, wenn er mit seinen Gedanken in Klausur gegangen sein würde, konnte auch er durchaus einen sensiblen Mediator abgeben. Wenn er zum Beispiel auf seiner Harley unterwegs war und über das Mantra des bollernden Motors ins Philosophieren geriet. Doch Ruth würde sich kaum hinter Edgar auf den Sozius setzen, und aktuell stand Ruth neben Melanie, und Melanie war bereit.

„Du bist eine kluge Frau, Ruth. Du kennst die Antwort bereits. Dennoch werde ich dir all die Fragen stellen, die du dir selbst schon gestellt und beantwortet hast. Und wenn hinter allen Fragen die Antworten stehen, die deine Seele erfüllen und beruhigen, dann wirst du ehrlich zu dir selber sein und das tun, was dein Herz dir gebietet. Hab´ ich recht?"

Ruth schwieg. Dann hauchte sie: „Genauso ist es."

Und dann hörte sich Melanie etwas sagen, das ihr wie eine Selbstverständlichkeit über die Lippen kam: „Ich helfe dir dabei."

Sie fuhren mit der S-Bahn von Offenburg nach Gengenbach zurück. Die Hunde lagen beide auf dem Wagenboden zwischen ihnen. *Müller* und *Lydia*, das Traumpaar.

Ruth Baumeister hatte sie in ihrem kleinen Suzuki zum Bahnhof Offenburg gefahren. Nach dem Gespräch mit Melanie wirkte sie entschlossener als zuvor, als noch viele Zweifel und Unsicherheiten ihre Gedanken beeinflussten. Jetzt spielte sogar ein Lächeln um ihre Mundwinkel und die innere Aufregung zauberte eine gesunde Farbe in ihr Gesicht.

„Ich werde sehen", hatte Edgar gesagt, „was ich in diesem Fall zustande bringen kann. Das ist keine Erfolgsgarantie, Frau Baumeister, und versprechen kann ich leider auch nichts. Was ich mir ausbedinge ist, dass ich mit Ihrer Erlaubnis Ihren Garten und die Gartenhütte betreten kann. Wenn ich irgendwo beginne, dann dort. Ich weiß ja, wo der Schlüssel liegt."

Ruth Baumeister wechselte automatisch zum du: „Danke, Edgar, dass du dich dazu bereit erklärst. Du tust es für Carmen, weniger für mich, verstehst du? Und ich bin einfach beruhigt, wenn die Suche nach dem Täter weitergeht, denn so eine abscheuliche Tat darf nicht ungesühnt bleiben."

„Eine Bitte noch, dann bin ich still." Edgar klopfte unbewusst mit einem Fingerknöchel auf das Armaturenbrett. „Falls Ihr Vorhaben, Ihre Stieftochter zu sich nach Hause zu nehmen, klappen sollte, also wenn auch der Vater des Mädchens zustimmt, bitte ich Sie, es vorläufig nicht an die große Glocke zu hängen. Bewahren Sie Stillschweigen. Instruieren Sie auch den Ex-Mann in diesem Sinne. Sollte es notwendig werden, mit der, verzeihen Sie den lapidaren Ausdruck, Geschichte an die Öffentlichkeit zu gehen, und damit auch dem Täter ein Signal zu senden, setzen wir uns vorher zusammen, um unser Vorgehen zu besprechen, denn ab dann könnte es gefährlich werden. Aber auch so bitte ich Sie, auf jeden Fall Augen und Ohren offen zu halten, auf Veränderungen aufzupassen, die Sie nicht schlüssig einordnen können, und rufen Sie in einem solchen Fall die Polizei an. Oder mich."

Frau Baumeister wischte sich einen Schweißtropfen von der Stirn. „Was äääh soll mich dein Engagement eigentlich kosten? Ich nehme an, du machst das nicht umsonst?"

„Schwierige Frage", schnaufte Edgar. „Wenn ich mir was aus Ihrem Laden aussuchen darf, wär´ die Sache dann geregelt?"

„Wie? Kein Geld?" Ruth staunte.

„Geht nicht", lächelte er. „Würde ich Geld annehmen, müsste ich ein Geschäft anmelden. Privat-Detektiv oder so. Viel zu umständlich. Nein, nein, etwas aus Ihrem Laden reicht."

Melanie war müde, und dennoch bewunderte sie ihren Edgar. Muffel, der er sein konnte, lugte zur rechten Zeit doch sein goldenes Herz aus seinem Versteck. Sie hatte zu Ruth Baumeister gesagt, dass sie ihr helfen würde. Und sie hatte ihr sogar versprochen, dass auch Edgar nicht nein sagen würde. Melanie kannte ihren Edgar nur zu gut. So, wie sie es versprochen hatte, war es letztlich auch gekommen. Edgar hatte es auf seine Weise ausgedrückt. Umständlich zwar, alter Beamtenstil eben, aber unmissverständlich. Er würde helfen und ermitteln, das, was er sowieso am liebsten machte.

Sie und er würden noch genug zu bequatschen haben. Zum Beispiel wie sich Melanie die Unterstützung für Ruth Baumeister vorstellte. Wollte sie dort einziehen und dort übernachten, falls das Mädchen tatsächlich zur Pflege in Ruths Haus verlegt wurde? Oder würden die beiden Frauen eine Art Schichtbetrieb aufziehen? Immerhin hatten beide ein eigenes Geschäft zu bedienen. Ruth Baumeister ihren Kräuterladen in St. Paulsberg, Melanie ihr Geschäft *Aquarelle und Poesie* in Gengenbachs Innenstadt. Sie würden Ausgaben haben für medizinisches Material und Zubehör, für ein patentes Bett bis zur speziellen Matratze. Speichelsaugpumpe, künstliche Tränen, gelöste Nahrung, Katheder, Desinfektionsapparat und –mittel, und noch viele Kleinigkeiten mehr.

„Weißt …?", setzten beide im gleichen Augenblick an. Sie lachten. Gut. Lachen ist immer gut.

„Du …", schon wieder. Noch mehr Gekichere.

„Du zuerst", meinte Edgar dann.

„Okay. Weißt du eigentlich, wie wunderbar du bist?"

„Haargenau das Gleiche wollte ich dir auch sagen. Du bist wunderbar, mein Engel. Wenn es lauter Menschen wie dich gäbe, würden wir keine Kriege und keine Not kennen."

Melanie wechselte die Seite, setzte sich neben ihn auf die Bank und lehnte sich an ihn. „Erzähl´ weiter, Edgar. Davon kann ich nie genug hören."

Er schlang seinen Arm um ihre Schultern. „Für alles, was ich tue, brauche ich dich", murmelte er in ihr Haar. „Und ohne dich könnte ich nichts tun."

„Und was der eine nicht alleine kann, das schaffen wir gemeinsam", sagte sie, als die S-Bahn in die Station Gengenbach einfuhr.

Direkt vom Bahnsteig aus nahmen sie wegen der Hunde einen Umweg über die Felder. Erst als die sich ausgetobt hatten, schlugen sie Arm in Arm den Weg zu dem Haus mit dem Türmchen, ihrem Zuhause, ein.

*

Die Zeit war eine Schnecke, und Carmen war ihre Schleimspur. Doch, doch. Sie sah die Zeit immer nur von hinten, die sie, Carmen, egal wie langsam die Zeit auch voranschritt, trotz aller eifriger Bemühungen nicht einholen konnte. Sie blieb die Schleimspur, hechelte stets hinterher. Das war unendlich nervig. Und wie langsam die

Zeit verging. Soooo laaaangsaaaam. Wiiiieeee iiiin Zeeeeiiiitluuuupeeee. Da wurde eine Minute zum Tag, und ein Tag zu einem Jahr. Bestimmt war sie während der Dauer, die sie hier lag, schon hundert geworden. Oder zweihundert. Alte Frau mit Falten, die nichts hörte und nichts sah. Demnächst kommen der Bürgermeister und der Pfarrer und der Heini von der Sparkasse und gratulieren zum Jubiläum. Sie würde unmittelbar nach dem Erwachen aus dem Koma an Altersschwäche sterben. So sah´s aus.

Wenn es ihr doch nur gelänge, die Zeit zu überholen. Sich vor die Zeit zu setzen, um zu sehen, was auf sie zukäme. Denn dahinter, hinter der Zeit, da war immer alles schon vorbei. War Vergangenheit. Sie war Vergangenheit. So musste sie ihren Status realistisch betrachten.

Vorne hätte sie den Überblick. Würde die Chancen kommen sehen. Könnte auswählen, was für sie in Frage käme. Wobei wahrscheinlich alles für sie in Frage käme von dem was da kommen würde, denn noch schlechter als momentan konnte es für sie nun wahrlich nicht mehr kommen. Dummerweise war sie jedoch nicht dort, also nicht vorne, sondern hinter der Schnecke. Schleimspur, you know?

Die Zeit. Mittlerweile kannte sie sie in- und auswendig. Alle Arten von Gegenwart und alle Sorten von Vergangenheit. Bloß die Zukunft. Die blieb ihr verborgen. War ein Buch mit sieben Siegeln. War verhüllt. Durfte sie nicht sehen. Sie durfte sie sich nicht mal ausmalen. Aber Herrschaften, sie war doch kein Kind mehr. Man sollte ihr schon noch was zutrauen, oder nicht? Was gab es denn da zu verheimlichen? Es war ja schließlich ihre Zukunft. Ihre ureigene. Stattdessen lag sie da, und wartete. Wartete. Sie war nie gut im Warten gewesen. Alles hatte immer gleich geschehen müssen. Nach ihrem Kopf, nach ihrem Plan. Sofort, und sie war regelrecht ausgeflippt, wenn etwas nicht so gelaufen war, wie sie es sich vorgestellt hatte. Hatte nie Geduld gehabt. Nie. Wozu auch? Entweder etwas funktionierte gleich oder nie. Wenn´s nicht klappte, war´s dann eben Scheiße, so what? Aber meistens war Litta dran schuld, wenn was in die Hose ging. Litta, forget her. Wann hörte diese Warterei endlich auf? Es war so doof und so langweilig. Es passiert aber auch nichts. Rein gar nichts.

Konnte es sein, dass mit der Zeit etwas nicht in Ordnung war? Sie war doch wohl nicht einfach stehen geblieben, oder? Das würde ja bedeuten, dass sie ewig hier liegen würde. Mein Gott, und das ihr, ausgerechnet ihr, gefangen in sich selbst. Wie lange war sie nun schon nicht mehr pinkeln? Früher musste sie doch andauernd pinkeln. Alle halbe Stunde oder so. Das kam natürlich vom vielen Wodka-Mix und vom Plätscherbrunnen in der Fußgängerzone. Doch, doch, vom Plätschern des Wassers. Bei Roxanne war es genauso. Und gekackt hatte sie ebenfalls schon lange nicht mehr. Pisste und kackte sie sich von innen her voll, bis dass es ihr aus den Ohren lief? Also? Was sagte ihr das? Stillstand?

Das Problem lag möglicherweise nicht außerhalb, sondern offensichtlich bei ihr selbst. Dabei konnte von Offensichtlichkeit in des Wortes Bedeutung keine Rede sein. Vielleicht tat man von außen ja alles, um ihr irgendwie zu helfen, nur bekam sie es innerlich nicht gebacken.

War das so? Und wenn ja, wo konnte sie ansetzen und auch von innen heraus was tun? Aber was? Sie bekam ja keinen Kontakt nach draußen. Da half alle Scheiß-Technik nichts. Es gab keine App dafür. Für alles gab es eine App, aber für die allerwichtigste Frage ever, *wie finde ich einen Weg aus mir heraus?*, nicht. Darüber würde sie einen Song schreiben, wenn, ja wenn sie je wieder zum Schreiben käme. Dafür müsste sie bloß eine Zukunft haben, womit sie wieder dort angekommen war, wo sie sich zu Beginn befunden hatte: Hinter der Schnecke. Hey, warte, du Scheißschnecke.

Sie drehte sich im Kreise. Isolierzelle. Zwangsjacke, Dunkelhaft. Höchststrafe. No way out.

Sah so das ultimative Ende aus? Hatte sie das verdient?

Kapitel 5

Gengenbach, 06. Januar 2022

Vor Edgar Schaaf lag der Ordner mit den Zeitungsausschnitten aller Berichte der *Badischen Zeitung* seit September 2021, die in irgendeiner Weise mit der Polizei zu tun hatten. Den größten Umfang nahmen die Artikel über Verkehrsunfälle ein. Die ausführlichsten und aufwendigsten Artikel betrafen jedoch die Fälle mit einem kriminellen Hintergrund, für die Edgar Schaaf auch das größere Interesse zeigte. Im Speziellen richtete sich sein Augenmerk auf den einen Artikel, den ein gewisser Journalist Lothar Gieringer verfasst und der den Fall um die junge Carmen Graumann aufgenommen hatte, also jenen Fall, weswegen ihn Frau Baumeister vor zwei Tagen um Nachforschungen gebeten hatte.

Lothar Gieringer war für Edgar Schaaf kein Unbekannter, kannte er ihn doch noch aus seiner aktiven Zeit als Kriminalhauptkommissar beim Polizeipräsidium Offenburg. Ein Journalist, dem man gelegentlich auf die Finger klopfen musste, der sich jedoch einer gewissen Berufsethik verbunden fühlte. Natürlich lag es auch in Gieringers Absicht, die Schlagzeile des Tages, der Woche, des Jahres zu liefern, doch schoss er in der Regel bei laufenden Polizeiermittlungen nicht quer. Edgar Schaaf hatte mit Lothar Gieringer einen für beide Seiten günstigen Deal ausgehandelt, der keinem zum Nachteil gereichte, allerdings auch nur zwischen ihnen beiden galt. Gieringer bekam von Edgar Schaaf die für die Presse wichtigen und für Edgar Schaaf verantwortbaren Erkenntnisse aus seinen Ermittlungen. Der Vorteil für Edgar Schaaf war, dass Gieringer nicht auf Spekulationen angewiesen war und ausnahmslos autorisierte Fakten an die Öffentlichkeit weitergab. Gieringer dankte es ihm mit gewissenhafter Arbeit. Ganz so loyal war Gieringer zu anderen Kollegen der Polizei leider nicht, sodass er in Polizeikreisen nicht immer einen guten Ruf zu verzeichnen hatte.

Über die Zentrale der *Badischen Zeitung* erhielt Edgar Schaaf Gieringers aktuelle Handy-Nummer, und er bekam ihn nach drei Klingeltönen auch an den Hörer.

„Gieringer.“

„Hallo, Herr Gieringer. Edgar Schaaf am Apparat.“

„Ach, der Herr Hauptkommissar. Welch eine nette Überraschung und welche Ehre an diesem schönen Tag. Wie geht's denn dem Herrn Hauptkommissar? Haben wir eventuell einen interessanten Fall?“

Edgar Schaaf wechselte zum vertrauten du: „Danke der Nachfrage, Lothar. Und selbst?“

„Naja, seit du nicht mehr im Geschäft bist, will es nicht mehr so richtig Spaß machen“, meinte der Journalist. „Die Jungen haben für uns alte Reporter halt keine Bonbons mehr, die uns das Leben versüßen würden. Aber der Herr Hauptkommissar ruft sicher nicht aus Mitleid an, oder wie darf ich deinen Anruf verstehen?“

Edgar lachte. „Doch, doch, aus purem Mitleid. Man kriegt aus deiner Feder so wenig zu lesen, und da dachte ich, ich frag' mal nach, woran das liegt.“

„Verstehe“, schmunzelte Gieringer, „und ich meine fast zu riechen, was du meinst. Aber das willst du doch nicht am Telefon bequatschen, oder?“

„Woher du immer diese feine Nase hast. Nicht umsonst bist du bei der Presse. Nein, im Ernst, können wir uns in der Stadt treffen? Kaffee und Zimtschnecken?“

„Treffen wir uns um elf im *Starbucks*?“

„Neee, da kriegen mich keine zehn Pferde rein. Gibt es das Café beim Marktplatz noch? Ich möchte nämlich meine

Hunde mitnehmen, und dort durften früher immer Hunde mit rein."

„Ach, du hast jetzt Hunde? Polizeihunde? Und du? Du bist das Alphatier? Haha, kleiner Scherz meinerseits. Ja klar. Dann treff´ ich den Herrn Hauptkommissar dort um elf Uhr."

Er hatte Melanie in deren Geschäft *Aquarelle und Poesie* angerufen und ihr gesagt, dass er im Zusammenhang mit Ruth Baumeisters Stieftochter nach Offenburg führe, sich mit einem Journalisten träfe und die Hunde mitnähme.

„Ist gut, mein Lieber", hatte sie geantwortet, „und pass´ auf dich auf. Du nimmst die S-Bahn?"

Er nahm die S-Bahn. In der Stadt mussten *Müller* und *Lydia* an der Leine gehen. Die Januarluft war warm und trocken. Die Sonne stand nicht größer als ein Stecknadelkopf am Himmel. Hier hatte er mehr als die Hälfte seines Lebens verbracht. Jeder Winkel war ihm vertraut, und doch stellte er auf dem nur kurzen Weg vom Bahnhof zum Marktplatz ein paar Veränderungen fest, die es vor vier Jahren noch nicht gegeben hatte. Wo man früher noch Brot, Fleisch und Wurst, Wolle, Farbe und Tapeten kaufen konnte, gab es heute überwiegend digitale Waren, hauptsächlich Smart-Phones, Tablets und PCs, als könnte man Einsen und Nullen essen. Es hatte den Anschein, dass die Welt allein dadurch zu retten wäre, indem man jedem Menschen nur ein Telefon zu verkaufen brauchte. Ja klar, fallen um dich herum auch Bomben und Granaten, braucht´s dich nicht zu kümmern, wenn du ein smartes digitales Gerät besitzt, mit dem du die Realität bequem hinter dir lassen kannst. Reich und schön wirst du damit auch, und Freunde gibt´s umsonst.

Es war ihm in der S-Bahn aufgefallen. Von zehn Leuten besaßen neun ein Handy, und neun davon hielten es sich ständig vor die Nase, und der zehnte trug garantiert die gelbe

Armbinde mit den drei schwarzen Punkten. Sie sahen nichts mehr, sie hörten nichts mehr, sie nahmen ihre Umwelt nicht mehr war. Wenn direkt daneben ein Mord geschähe, hätte die Polizei neun unbrauchbare Zeugen und einen, der lediglich etwas gehört hätte. Edgar Schaaf ekelte das an.

Er erkannte Lothar Gieringer auf Anhieb. Er hatte sich kaum verändert. Vier Jahre sind halt keine Dekade, in deren Abschnitten man von sichtbaren Veränderungen spricht. Aus alter Gewohnheit und in Kenntnis seiner alten Bevorzugungen, hatte er einen Sitzplatz am Fenster gewählt, von dem aus man auf den Marktplatz blicken konnte.

Sie schüttelten sich kräftig die Hände.

„Schön, dich zu sehen, du alter Stratege", sagte Edgar Schaaf mit einer Spur Rührung in der Kehle.

„Herr Hauptkommissar", erging es dem Journalisten nicht besser. „Deine Hunde?"

„Meiner Frau und mir", strahlte Edgar Schaaf. „Wir haben letzten Oktober geheiratet."

„Ach, das freut mich jetzt für Sie, Herr Hauptkommissar. Da gratulier´ ich aber."

Edgar Schaaf wusste, dass er das ewige *Herr Hauptkommissar* nicht aus Gieringers Sprachschatz würde verbannen können. Dennoch sagte er: „Nun lass´ das doch mit dem ständigen Hauptkommissar. Ich bin es nicht und werde es nicht mehr."

„Aber aber", protestierte Gieringer. „Wie sagt man so schön? Der König ist tot, es lebe der König. Also hier bin ich, Herr Hauptkommissar. Was liegt an?"

„Wollen wir nicht erst mal bestellen?"

„Okay, Kaffee und Zimtschnecke wie immer?"

„Wie in alten Zeiten, mein Freund", lachte Edgar Schaaf.

„Carmen Graumann", sagte Edgar Schaaf, nachdem die Bestellung auf ihrem Tisch stand. „Wie bist du damals eigentlich an die dürftigen Informationen gekommen? Ich meine, es hat ja niemand bei euch in der Redaktion angerufen, oder?"

„Ich hab´ zufällig das Blaulicht in der Gartenanlage gesehen", sagte Gieringer, „das hat mir gereicht. Und dann bin ich genauso zufällig auf den Oberle gestoßen, der die Frau in der Hütte gefunden hatte."

„Wie kam es dazu, dass darüber nur ein einziges Mal in eurer Zeitung stand?"

„Das ist auf höherer Ebene abgelaufen", mampfte Gieringer mit einem Bissen Zimtschnecke im Mund. „Vermutlich aus ermittlungstaktischen Gründen durften wir über den Zustand der Verletzten nicht berichten. Wahrscheinlich, um den Täter nicht zu informieren, oder wie auch immer. Es gab ja auch nie eine Pressekonferenz, wie zum Beispiel bei den *Spielkarten-Morden*."

„Als ich aber den Namen Carmen Graumann genannt habe, war er dir nicht fremd. Woher wusstest du, wie sie heißt?"

„Herr Hauptkommissar, jetzt beleidigen Sie aber meine Intelligenz. Schau mal über den Marktplatz. Siehst du dort die Apotheke? Ich hab´ im *Ortenau Klinikum* meine Ohren. Als der Apotheker von vis-à-vis im Krankenhaus seine Tochter besucht hat, hatten meine Ohren auch einen Mund." Lothar Gieringer wischte sich mit einer Serviette den Zucker aus den Mundwinkeln.

„Hätt´ ich mir ja denken können", lächelte Edgar Schaaf. „Hast du noch mehr erfahren über diesen …"

„Fall, möchtest du sagen? Soviel ich weiß, hatte die Polizei nur eine Spur, die sich aber rasch im Wind zerschlagen hat, wie mir mein Informant mitteilte." Gieringer schaute Schaaf so treu an wie ein Dackel sein Herrchen.

„Informant, natürlich." Auch Edgar Schaaf war mit seiner Zimtschnecke fertig. „Weißt du, wer der ermittelnde Kommissar ist, oder soll ich besser beim Präsidium nachfragen?"

Die Bedienung kam vorbei und fragte, ob die Herren noch einen Wunsch hätten.

„Ja, viele", erwiderte Gieringer, „aber die können Sie nicht erfüllen. Danke, nein." Und an Edgar Schaaf gewandt sagte er: „Dein ehemaliger Stift ist der Unglückliche."

„Kai Schuster? Du meinst Kai Schuster?"

Gieringer nickte. „Der hat auch die *Spielkarten-Morde* auf dem Tisch. Armes Schwein, dieser Schuster. Möchte nicht in seiner Haut stecken."

Armes Schwein, dachte Edgar Schaaf, als er mit *Müller* und *Lydia* wieder in der S-Bahn Richtung Gengenbach saß. Kai Schuster. Er erinnerte sich gut an den jungen Kommissar. Einer mit dem Herz auf dem rechten Fleck, wie man so schön sagte. Umgänglich und doch kritisch, der zur Selbsteinschätzung fähig und dazu mit reichlich Talent ausgestattet war. Er würde seinen Weg bei der Kriminalpolizei gehen, keine Frage, wenn er denn nicht vorher verheizt wurde. Diese Gefahr bestand zunehmend, da halfen auch noch so viele Talente nichts, und Edgar Schaaf kannte das aus eigener Erfahrung. Hätte er vor Jahren nicht bereits zu den Urgesteinen gehört, wäre er eventuell mit fliegenden Fahnen untergegangen. Aber sein Wort hatte Gewicht, und wenn er eine Direktive zu einem Fall herausgab, dann wurde der stattgegeben und die erforderlichen Mittel wurden bereit gestellt. Keine Diskussion mit dem Chef oder anderen Abteilungen. Wer Erfolg hat, hat recht.

Einem Mann wie Kai Schuster drei Fälle gleichzeitig zu übertragen, zeugte nicht gerade von einem verantwortungsbewussten Führungsstil. Wenn die Personaldecke so dünn war, dass man die Truppe nicht mehr mit der ausreichenden

Anzahl an Leuten besetzen konnte, musste man, auch wenn einem das nicht schmeckte, das Landeskriminalamt einschalten. Mochten die Männer und Frauen vom LKA auch ob ihrer zeitweilig zutage tretenden Arroganz gefürchtet sein wie das Weihwasser vom Teufel, so waren diese Leute jedoch hervorragend ausgebildet, und meistens war die Rede von dieser Hochnäsigkeit völlig unbegründet und schlicht der speziellen Chemie und dem hohen Neidfaktor des Reviergeistes zuzuschreiben. Warum also ließ man Kai Schuster am langen Arm verhungern? Denn dass es mit den Ermittlungen nicht vorwärtsging, musste doch auch für die Staatsanwaltschaft ein Stein im Schuh sein.

Die S-Bahn hatte Gengenbach erreicht. Die Hunde warteten unruhig vor der Wagentür, denn gleich, gleich würde es hinausgehen auf die Wiesen und Felder vor dem Ort. Es war heller Nachmittag und die Sonne hatte nicht bedeutend an Größe zugenommen, was *Müller* und *Lydia* indes kaum interessierte. Sie rannten los, die Nasen nur wenige Zentimeter über dem Grund. Herrlich, dachte Edgar Schaaf. In meinem nächsten Leben will ich ein Hund sein.

Er gab ihnen eine halbe Stunde, dann pfiff er sie herbei und strebte der Fußgängerzone zu, wo Melanie das Geschäft *Aquarelle und Poesie* führte.

Sie kam aus dem Hinterzimmer, als sie die melodische Türglocke vernahm. Immer noch und immer wieder stockte ihr der Atem, wenn sie diesen Mann erblickte und sich gewahr wurde, dass es ihrer war. Ihr Ehemann seit nicht mal vollen drei Monaten.

„Hallo Liebster", umarmte sie ihn, „ich glaube, es hat funktioniert. Eben habe ich mir dich herbeigewünscht und voilà, schon bist du da." *Müller* und *Lydia* verschwanden ins Hinterzimmer, wo immer ein Schale Wasser für sie bereit stand.

Edgar küsste sie auf den Mund. „Meine Sehnsucht nach dir hätte in Neuseeland nicht größer sein können", raspelte er Süßholz. Er kramte in einer der Jackentaschen, zog endlich eine ziemlich fettdurchtränkte Papiertüte hervor. „Hast du Lust auf eine Zimtschnecke? Aus Offenburg."

Melanie warf einen Blick auf die Armbanduhr. „Gute Idee. Warte einen Moment", sagte sie, „dann schließ' ich für heute den Laden zu und wir gehen gemeinsam heim. Kaffeezeit."

„Wenn du dir das einfach so erlauben kannst?", fragte er unnützerweise.

„Kann ich", pikte sie ihn schelmisch auf die Brust, „schließlich hab' ich nun auch deine Rente."

Kaffeeduft hing im Wohnzimmer. Melanie und Edgar saßen nebeneinander auf der Couch, die Hunde rollten sich unter dem Couchtisch die Schwänze über die Nasen.

„Hast du was von Ruth Baumeister gehört? Du weißt schon, wegen Carmen Graumann."

„Nein." Melanie biss in die Zimtschnecke. „Willst du nicht doch die Hälfte? Schmeckt gut."

„Danke nein, ich hatte bereits das Vergnügen."

„Nein", wiederholte Melanie, „der letzte Stand ist der, dass sie erst mit ihrem Ex-Mann reden muss. Wenn der nicht auf ihren Vorschlag eingeht, kann sie es sowieso vergessen."

„Ich habe mich heute in Offenburg mit diesem Journalisten getroffen. Lothar Gieringer. Er meint, dass über den Carmen-Graumann-Fall eine Nachrichtensperre verhängt wurde. Über das Warum konnte auch er nur spekulieren, so wie wir auch. Aber ich habe erfahren, dass der gleiche Kommissar, der den Fall Graumann bearbeitet, noch zwei weitere Fälle auf dem Buckel hat. Die *Spielkarten-Morde*, von denen ausgiebig in den Zeitungen stand. Was hältst du davon, wenn ich den Kommissar mal anrufe? Zufällig kenne ich ihn, weil er, bevor ich mich in die Pension verabschiedet hatte, in meinem Team gewesen ist. Kai Schuster heißt der junge Mann. Hm?"

„Carmen Graumann und die *Spielkarten-Morde*? Ist das nicht ein bisschen viel für einen?"

„Das ist es ja. Wie Lothar Gieringer von der Zeitung sagte, hängen die Ermittlungen in allen drei Fällen fest."

Melanies Gesichtsausdruck stellte ein Fragezeichen dar. „Wie heißt gleich nochmal der Vogel, dem eine auffallend geräuschvolle Gangart zu eigen ist?"

„Melanie, ich kann dir im Augenblick nicht folgen", sagte er unschuldig und pfiff, wie es so Edgars Art war, tonlos ein Liedchen.

„Du Schlawiner hast mich schon verstanden", zwickte sie ihn in den Bart. „Nachtigall, ick hör´ dir trapsen. Ich seh´ es dir an der Nase an. Du denkst, dass das die Gelegenheit ist, um wieder einmal als Privatdetektiv ermitteln zu können."

„Was ich denke, ist", beschwerte er sich nun bei ihr, „dass du immer häufiger handgreiflich an mir wirst. Du pikst mich mit dem Finger, du zwickst mich in den Bart, und jetzt frage ich mich, was wohl als nächstes kommen mag. Kratzen? Beißen?"

„Komm´ her", befahl sie. „Küssen."

So küsste sie ihn, und er küsste sie, was eine gewisse Zeit in Anspruch nahm, und als sie wieder in vollständiger und korrekter Kleidung leicht erhitzt nebeneinander saßen, fragte er sie nochmal: „Sag´ ehrlich. Würdest du das als Einmischung betrachten?"

„Weißt du, was ich glaube? Ich glaube, dass der arme Herr Schuster sich nichts sehnlicher wünscht, als von einem älteren großen dunklen Mann einen unerwarteten Anruf aus heiterem Himmel zu bekommen und gefragt zu werden, ob sie sich nicht mal treffen könnten."

„Das glaubst du wirklich? Ich hab´ nämlich seine Nummer noch gespeichert."

„Hahahahahahaha, du kriegst die Motten. Ich liebe dich, Edgar Schaaf."

*

Kai Schuster und Nicole hatten das Abendessen beendet und hatten sich auf der Couch aus Euro-Paletten gemütlich eingerichtet. Während Nicole den Nachmittag frei gehabt hatte, war Schuster erst gegen neunzehn Uhr bei ihr in Baden-Baden eingetroffen, und musste am nächsten Morgen auch wieder früh in Offenburg zum Dienst erscheinen. Seit sie ein Paar waren, trafen sie sich so oft wie möglich, doch heute führte ihn ein zusätzlicher Grund zu ihr, über den er unbedingt mit ihr sprechen wollte. Doch zuerst brachte Nicole ein Thema auf den Tisch, das sie beide seit einigen Tagen umtrieb.

„Ich könnte im Sommer im *Ortenau Klinikum* in Lahr mit der Arbeit beginnen", sagte sie. „Fachbereich Plastische Chirurgie, speziell Hautverpflanzungen und Nachbehandlung von Operationsnarben. Die Geschäftsleitung hat um meine Unterlagen gebeten. Was meinst du dazu?" Sie malte mit einem Finger Herzen auf seine Brust.

„Bist du dir sicher, dass du das willst?"

„Ich bin mir sicher, dass ich dich will."

„Und wenn ich mich nach Baden-Baden versetzen lassen würde?"

Nicole hüstelte in ihre hohle Hand. „Baden-Baden? Äääh – ich – glaube – das – wäre – vielleicht – nicht – unbedingt – die – beste – Wahl – für – einen – Polizisten - deiner Couleur."

Er stützte sich auf den Ellenbogen. „Ach nee. Da bin ich aber gespannt, was die Frau Doktor über Baden-Baden und die Polizisten zu sagen weiß."

„Kannst du dir das nicht denken? Baden-Baden? Massig reiche Leute? Viele prominente Gesichter? Jede Menge hohe Rösser? Enorme Schmierseifengefahr? Ein bisschen Korruption? Käuflichkeit? Speichelleckerei? Katzbuckelei? In Baden-Baden wird der Aufrechteste als Sau durch die Stadt getrieben; der Geradlinigste wird aus der Kurve getragen; der Unbeugsamste wird gebrochen. Wer nicht mit dem Rudel heult, wird niedergemacht. Ich kann mir dich dort ehrlich gesagt nicht vorstellen, es sei denn, du willst Karriere machen und dich an den Fleisch- und Honigtöpfen des Establishments einseifen lassen."

„Oh je, so schlimm ist es dort?"

„Kennst du denn keine Kollegen von dort? Und wenn doch, sind sie nicht alle ein bisschen *bluna*?"

„*Bluna*?"

„Balla."

„Balla?"

„Ich geb´s auf", stöhnte sie. „Nun sag´ schon. Was hältst du von meiner Option?"

„Option?"

„Hey, du Schlitzohr, willst du mich verhohnepiepeln?" Nicole warf sich über ihn und begann ihn zu kitzeln.

„Nein, nein, nein", schrie er, „ich gestehe und unterschreibe alles, nur nicht kitzeln bitte."

Sie küsste ihn auf den Mund und schnaufte: „Sag´ was."

„Wir brauchen eine größere Wohnung."

„Nochmal", drängte sie.

„Wir brauchen eine größere Wohnung."

„Mit?"

„Mit?"

„Wir brauchen ein größere Wohnung mit …? Na?"

„Nein."

„Doch."

„Wann?"

„In zwei Jahren, du Eumel. Ja, ich möchte gleich eine Wohnung, in der ein Kinderzimmer Platz hat."

Diese frohe Botschaft musste sich bei Kai Schuster erst mal setzen. Wurde er von der schönsten Frau, die er je getroffen hat, tatsächlich für gut genug empfunden, dass sie mit ihm eine Familie gründen wollte? Ein Kind haben wollte? Er schluckte. Das ging aber tief rein.

„Hey du", fragte er, „liebst du mich?"

Sie legte sich auf seinen Bauch, schaute ihm in die Augen, lächelte. Tatsächlich. Es stimmte.

Eine halbe Stunde später. „Er hat mich angerufen, stell dir vor", sagte er.

„Wer hat dich angerufen?"

„Mein alter Chef. Edgar Schaaf. Vorhin, kurz vor Feierabend. Er hat mich noch nie angerufen."

„Und? Was wollte er?"

„Er hat mich gefragt, ob wir uns treffen können. Er will sich mit mir treffen."

„Was spricht dagegen? Ich finde das jetzt nicht außergewöhnlich seltsam."

„Er ist pensioniert. Das ist seltsam."

„Hat er einen Grund?", bohrte Nicole nach.

„Das ist es ja. Er will mit mir über Carmen Graumann sprechen. Angeblich hat er einen Auftrag von der Frau angenommen, in deren Hütte die Frau damals gefunden wurde. Carmen Graumann war ihre Stieftochter."

„Einen Auftrag? Was für einen Auftrag denn?"

„Er soll herausfinden, wer ihr das angetan hat."

„Ist das nicht gut? In vielen Fällen ermitteln Privatdetektive parallel zur Polizei, oder nicht?"

„Ja schon, aber ich darf ihm keine Auskünfte erteilen. Eben weil er privat ermittelt. Er ist nicht mehr bei der Polizei. Er ist pensioniert, verstehst du?"

„Dann ist ja alles klar und du triffst dich eben nicht mit ihm."

Kai Schuster wand sich. „Aber er war mal mein Chef. Er ist eine Autorität, eine Koryphäe auf seinem Gebiet. Du weißt selber, dass wir mit diesem Fall nicht weitergekommen sind. Vielleicht wäre es gar nicht so schlecht, sich einfach mal unverbindlich auszutauschen. Er könnte eventuell für ein paar neue Denkansätze sorgen."

„Du bist in Gewissensnot."

„Ja natürlich", gab Schuster zu. „Und unter Umständen laufe ich Gefahr, mich schämen zu müssen, weil ich diese oder jene Spur nicht gesehen oder verfolgt habe oder keine Rückschlüsse aus diesem oder jenem Detail gezogen habe."

Nicole verstand ihn vollkommen. „Darum sollte es aber nicht gehen", wagte sie zu sagen. „Du bist dabei, dir ein Waterloo aufzubauen, für eine Sache, die überhaupt keine persönlichen Animositäten gebrauchen kann. Wenn er so ein Ass in seinem Fach ist, dann ist es nur recht und billig, sich seines Könnens zu bedienen. Du kannst ja nichts dafür, dass er in Pension gegangen ist. Aber du kannst seine Fähigkeiten nutzen, ohne selber geschwächt zu werden. Im Gegenteil. Hol´ ihn dir ins Team. Denk an die Watergate-Affäre in den USA um Präsident Nixon. Die Journalisten Carl Bernstein und Bob Woodward nutzten das Wissen und die Informationen eines gewissen *Deep Throat*. Ohne diese geheimnisvolle Zusammenarbeit wäre die Affäre wohl nie ans Tageslicht gekommen. Du, Kai, kannst dadurch nur gewinnen und müsstest dich schämen, wenn du ihn nicht treffen würdest. Und es ist großartig von dir, mich ins Vertrauen zu ziehen. Was ist das überhaupt für ein Mensch, dieser Edgar Schaaf?"

„Das ist nun weiß Gott eine schwierige Frage." Schuster war sich nicht sicher, wie er beginnen sollte. „Was ist Edgar Schaaf für ein Mensch?" Er sah ihn bildlich vor sich stehen.

„Er ist groß, trägt einen grauen Pferdeschwanz und einen kurzen Vollbart, und meistens geht er in schwarz. Ich habe keinen anderen kennengelernt, der die Ermittlungsarbeit so verinnerlicht hatte wie er. Wenn er gekonnt hätte, dann hätte er vermutlich alle Arbeiten selber gemacht, nur um sicher zu gehen, dass sie zu seiner Zufriedenheit erledigt wurden. Das konnte er natürlich nicht und wohl oder übel musste er mit einem Team arbeiten. Ich war einige Jahre Teil seines Teams."

„Und? War er ein Arsch oder ein Despot oder ein Ekel?"

„Nein, keineswegs. Ich habe ihn nie ungerecht erlebt. Aber er hat erwartet, dass man die Arbeit in seinem Sinne ablieferte. Er hielt die Fäden in der Hand und bestimmte die Richtung, in die ermittelt wurde, wobei er nie ein großer Redner war. Ein Stratege war er, ja, aber seine Anweisungen waren kurz und präzise. Im Prinzip hatte er stets allein den vollen Überblick über den Stand der Dinge. Ich glaube nicht, dass er viele Freunde im Präsidium hatte, wenn überhaupt. So ein Mann kann eigentlich keine Freunde haben. Er war ein Einzelgänger. Man nannte ihn den Schweiger. Aber man durfte sich von seiner äußeren Erscheinung nicht täuschen lassen. Er besaß eine hohe soziale Intelligenz und einen noch größeren Respekt vor des Menschen Wert. Er war gegen jede Form von Ausbeutung, gegen Volkstümelei, gegen religiösen Fundamentalismus, gegen Fremdenhass und Faschismus. Und er verlangte nie zu viel von einem und nahm seine Leute gegen Kritik von den Chefs oder der Presse in Schutz. Er trug die Verantwortung."

„Aha, ein Heiliger also."

„Nein, eher ein einsamer und verkannter Humanist."

Nicole packte ihn am Kragen. „Interessanter Mann. Könnte mir gefallen. Wenn du den vor der Tür stehen lässt, dann …"

„Schmink´ ihn dir ab", sagte Kai leichthin, „er geht auf die Siebzig zu und, so wie ich gehört habe, ist er seit kurzem verheiratet."

„Schade", zog sie eine Schnute, „immer haben andere Frauen die besten Männer. Aber wenn ihr euch trefft, möcht´ ich mit dabei sein."

„Meinst du das im Ernst?"

„Aber hallo" rief sie aus, „aber sowas von!"

Kai Schuster schaute auf die Uhr. Noch nicht zu spät. Er nahm das Telefon zur Hand. „Auf deine Verantwortung", sagte er zu Nicole und wählte Edgar Schaafs Nummer, die er noch gespeichert hatte.

Lahr (Schw.), 08. Januar 2022

Sie war immer wieder gleich, und doch immer wieder anders. Die Wirkung des V-Motors der Harley zwischen seinen Beinen. Etwas, das ihm kein anderes Fortbewegungsmittel bieten konnte, wobei er sich hütete, das Motorrad als Fortbewegungsmittel zu bezeichnen. Vielleicht, wenn er ein Reiter wäre und auf dem Rücken eines Pferdes säße, würde er eine ähnliche Kraft aus dem Leib des Tieres spüren, doch diese Erfahrung hatte er noch nie gemacht. Die Harley war sein Pferd.

Die immer wieder anderen Gefühle, die Unterschiede, wusste er, entsprang seiner eigenen körperlichen und mentalen Verfassung. Was ihm der Motor an Zuverlässigkeit lieferte, mischte sich mit seinem täglich wechselnden Befinden zu einem neuen Erlebnis. Was ihn seit der Unterredung mit Ruth Baumeister gepackt hatte, war das Jagdfieber. Der Kriminalist in ihm war geweckt. Eine diffuse Unruhe rumorte in seinen Eingeweiden. Gesellten sich dann noch die wuchtigen Vibrationen der Maschine auf den Körper dazu, erwuchs daraus eine Kombination, die ein gewisses Suchtpotenzial in sich barg. Die rein physikalischen Erschütterungswellen förderten in Verbindung mit Adrenalin chemisch-neurologische Abläufe, die einen unerfahrenen Jäger gern schon mal in die Irre und Verblendung führen, für einen gefestigten Ermittler aber von unschätzbarem Wert sein konnten. Edgar Schaaf liebte diese Situationen. Mit dem Gasgriff am Lenker der Harley vermochte er das Köcheln dieser speziellen Mixturen zu steuern. Die Kunst bestand darin, eine Balance zwischen rationaler Vernunft und gebremster Euphorie zu finden.

Wenn er je die Gelegenheit erhielte, eine Promotion anzustreben, aus welchem grotesken Grund auch immer, würde sein Thema heißen: *Die Auswirkungen eines Harley-Davidson-V-Motors auf Körper und Geist des Bikers*. Eine bisher unerforschte und vernachlässigte Lebensform, wie er fand. Die Beschreibung einer Bewusstseinsebene, die lange vor dem Drehen des Zündschlüssels bereits im Kopf begann aufzusteigen, und im Nachlauf sehr viel länger anhielt als zum Beispiel die Freude über ein gelungenes Essen, über ein gefundenes Schnäppchen beim Sommerschlussverkauf, oder über ein gelesenes Buch. Es gab wenig, dessen Genuss er höher veranlagte, und viel, auf das er eher würde verzichten können, als die Auseinandersetzung mit und auf der Harley. Natürlich, und das verstand sich von selbst, ging ihm nichts über seine Melanie, die Liebe und das Leben mit ihr, und freilich gehörten auch *Müller* und *Lydia* zu den unverzichtbaren Aspiranten, und er hoffte sehr, dass Melanie ihm die Leidenschaft für das Motorrad nicht vorzuwerfen brauchte. Dafür war sie viel zu klug und wusste, was es ihm bedeutete.

Doch zweifellos war es eine Liebe in einer anderen Kammer seines Herzens, und er wollte nicht wissen, für wie viele Biker das Stahlross die einzig wahre Liebe im Leben war.

Als Edgar Schaaf den Motor abstellte und den Seitenständer seiner Harley ausklappte, war es kurz vor elf Uhr. Beim Absetzen des visierlosen Helms schaute er an der Fassade des Hauses hoch, dessen Adresse ihm Kai Schuster genannt hatte. Sechster Stock, wie er wusste. Es ging noch weitere sechs Stockwerke höher. Hab´ ich´s gut mit unserem Häuschen in Gengenbach, dachte er. Ich und Melanie. Gib mir den Ton. *Hmmmmmm.* Das A ist perfekt.

Er war mit *Müller* und *Lydia* in der Früh am Kinzigdamm entlangspaziert. Für *Müller*, Spätaufsteher an sich, eine Herausforderung, doch wenn *Lydia* dabei war, vergaß er alle Grundsätze und überwand sein Phlegma. Ein Trick, den Edgar gerne benutzte, um selber nicht zu sehr vom eigenen Rhythmus abweichen zu müssen, der eine Dusche und die Zeitungslektüre beinhaltete. Erst danach war Frühstückszeit. Wenn der Kaffeeduft durch das Haus waberte, begann auch für Melanie die Vorbereitung auf den Tag.

Seit einigen Wochen durchbrach Edgar sein eingefahrenes Frühstücksritual, das bis dahin grundsätzlich aus Eiern und Speck oder Schinken, seltener aus Pfannkuchen mit Ahornsirup bestanden hatte. Schon, dass er aus Rücksichtnahme auf Melanie Obstsalat und Orangensaft zur Auflockerung dazustellte, doch die Basis aus Eiern war geblieben. Nun fand er, dass es gerade für den sensiblen Tagesbeginn nicht unbedingt der wahre Jakob sei, ihn mit fetthaltigen und salzigen und schwer im Magen liegenden Stoffen zu starten – und war mehr und mehr auf Müsli umgestiegen, was bei Melanie sehr gut ankam und ihren lobenden Beifall fand. So aß sie jetzt nicht nur aus reiner Solidarität mit ihm gemeinsam das Müsli, sondern mit Überzeugung. Und noch etwas hatte die Umstellung des Frühstücks mit sich gebracht: Ed-

gar war von der meditativen Zubereitung des Müslis geradezu angefressen. Beim Schnippeln von Äpfeln, Mandarinen
und Bananen, je nach Jahreszeit sollte frisches Obst folgen,
gelang es ihm ein ums andere Mal, in Gedanken zu versinken, den Geist schweifen und strömen zu lassen, wie es beim
Eierbraten so trefflich nie gelungen war. Er mischte verschiedene Joghurts dazu, manchmal Marmelade, und für
Melanie richtete er die Ingwerreibe, Zitronenpresse und
Leinöl her, das sie nach eigenem Dünken in ihr Müsli gab.
Ein weiterer Aspekt: Stank die Wohnung früher nach hei-
ßem Fett und Speck, duftete sie heute nach Zitrusfrüchten.

Der Januar war viel zu warm. Folge des Klimawandels,
wie man in allen Medien las und hörte. So warm, dass er die
Harley aus der Remise hinter dem Türmchenhaus schob und
gemütlich von Gengenbach nach Lahr bollerte.

Kaum war er aus dem Fahrstuhl im sechsten Stock getreten,
öffnete sich die Wohnungstür zur rechten Hand auf dem
Flur.

„Guten Morgen, Junge“, strahlte Edgar Schaaf, und streckte zum Gruß die rechte Hand aus. „Wenn du deine Karriere
vorantreibst, kriegst du auch bald eine Wohnung ein paar
Stockwerke höher.“

„Vielleicht, wenn du für mich ein gutes Wort einlegst“,
antwortete Kai Schuster. „Guten Morgen, Edgar, wie war die
Fahrt?“

„Alles bestens.“

„Schön. Komm´ rein. Du kannst die Motorradstiefel
anbehalten.“ Schuster ging voraus ins Wohnzimmer. „Das
ist Nicole, meine … meine …“

„Sein Schatz“, vollendete Nicole lächelnd Kais Wörter-
suchprogramm. „Guten Tag, Herr Schaaf.“

„Oh, wenn ich das gewusst hätte, hätt´ ich Blumen mitgebracht. Hallo, Nicole. Ist es okay für dich, wenn wir uns alle duzen? Es macht die Sache einfacher."

„Gerne. Also: Ich bin Nicole."

„Edgar." Er suchte einen Platz für seinen Helm, und fand ihn auf einer der Lautsprecherboxen.

Sie nahmen am Couchtisch Platz. Kai hatte Kaffee in einer Thermoskanne und Kekse bereitgestellt. „Du hast geheiratet, wie man sich erzählt?"

„Ende Oktober", bestätigte Edgar. „Melanie Köninger heißt *mein* Schatz", wandte er sich lächelnd an Nicole. „Besucht uns mal in Gengenbach. Melanie hat ein hübsches Geschäft. *Aquarelle und Poesie* in der Fußgängerzone. Ein lohnendes Ziel, sag´ ich euch."

„Und du warst als Privatermittler sehr erfolgreich. Zwei Mehrfachmörder gefasst. Alle Wetter."

Edgar wiegelte ab. „Deswegen sind wir aber nicht hier, nicht wahr? Tja, Kai, also die Frau Baumeister hat zu Beginn dieser Woche mit uns Kontakt aufgenommen. Mit *uns* meine ich Melanie und mich. Sie hat, so interpretiere ich es, eine emotionale Bindung zu dem Mädchen, das in ihrer Gartenhütte beinahe ermordet worden wäre. Sie war fünf Jahre lang die Stiefmutter der jungen Frau. Carmen.

An Weihnachten hat sie aus einer Gefühlsregung heraus die Verletzte im *Ortenau Klinikum* besucht. Nein, warte Kai. Sie hat sie besucht, obwohl, und das war vermutlich dein Einwand, obwohl jeglicher Kontakt fremder Personen nicht zugelassen ist. Trotzdem, sie war dort. Sie hat sie gesehen und seither kämpft die Frau mit ihren Gefühlen und damit, dass sie Carmen aus dem Krankenhaus in ihr Haus nach St. Paulsberg verlegen lassen möchte. Bis dahin war ich noch nicht weiter involviert. Dann aber hat sie mich gebeten, …"

„Sie hat dich gebeten, Fahrt in die versumpften Ermittlungen zu bringen", polterte Kai Schuster dazwischen.

„Kai, das hat sie nicht gesagt. Sie hat gesagt, dass eine so abscheuliche Tat nicht ungesühnt bleiben darf."

„Hat sie Carmen Graumann schon in ihr Haus holen können?", fragte Nicole.

„Nein, bis jetzt noch nicht, aber ich weiß, dass sie es vorhat. Meine Frau, Melanie, hat ihr Unterstützung zugesagt."

„Vielleicht kann ich als Ärztin ebenfalls meine Hilfe antragen?"

„Nicole!" Kai Schuster blickte sie erschrocken an.

Nicole legte beruhigend eine Hand auf Kais Arm. „Beratung, Kai, nur Beratung."

Edgar schenkte sich eine Tasse Kaffee ein. „Kai, wie ist eigentlich die offizielle Haltung zu diesem Fall. Gibt es eine Nachrichtensperre? Wie steht der Staatsanwalt dazu? Carmen könnte ja aus dem Koma aufwachen und sich an den Täter erinnern. Ist das eure Hoffnung? Und wenn ja, warum sitzt dann zu ihrem Schutz kein Polizist vor der Tür des Krankenzimmers? Ich meine, ein simples Besuchsverbot stellt für einen Täter, der den einzigen Zeugen aus dem Weg schaffen will, nicht wirklich ein Hindernis dar. Frau Baumeister hat es schließlich auch geschafft, zu ihr vorzudringen. Also wenn Frau Baumeister es fertigbringt, Carmen zu sich nach Hause zu holen, bin ich der erste, der einen Polizeiwagen vor ihrem Haus stehen sehen will, solange der Täter noch auf freiem Fuß ist."

Kai Schuster sah Nicole an. Der Blick sollte sagen: *Verstehst du, was ich gemeint habe? Das ist unser Hauptkommissar wie er leibt und lebt.*

„Der Staatsanwalt hat bis jetzt einen auffälligen Personenschutz durch einen Polizisten abgelehnt. Er meint, die Sicherheitsvorkehrungen im Krankenhaus würden genügen. Also Überwachungskameras auf den Stationen."

„Na, wenn ihm das nicht in die Hose geht. Aber um seine Hose geht es nicht. Es geht um das Leben Carmens."

„Wem sagst du das, Edgar?"

„Was habt ihr denn bis heute in der Hand. Fingerabdrücke in der Hütte? Sonst noch was? Freundinnen, Freunde? Verwandte? Verdächtige?"

Kai Schuster berichtete von dem einarmigen Mann aus dem *Noise Voice*, der Carmen Whiskys spendiert hatte. Mühlhaupt. Wie hieß er noch mit Vornamen? Alexander? Dass seine Mutter ihm ein Alibi zu der Zeit gab, in der Carmen nachweislich noch im Keller-Club getanzt hatte.

„Ist die Mutter glaubwürdig, Kai?"

„Ja, warum nicht?"

„Falsche Frage, Kai, und das weißt du. Stell´ die Frage so: Warum sollte sie glaubwürdig sein?"

„Du meinst …"

„Kai, ich weiß, dass ich mit der Sache nichts zu tun haben darf. Trotzdem, und - Nicole entschuldige, wenn ich so auftrete, als wäre ich ein Klugscheißer, - trotzdem mache ich dir, Kai, einen Vorschlag. Wir rollen die Fälle nochmal auf. Du und ich. Besser gesagt, wir prüfen die Fakten und fragen uns, wo wir Nachholbedarf haben. Ich natürlich inoffiziell. Und mit Frau Mühlhaupt fangen wir an. Dann machen wir mit Alexander Mühlhaupt weiter. Sprechen wir mit Frau Mühlhaupt. Sehen wir uns bei ihr um. Wie sie lebt, von was sie lebt, du verstehst? Seien wir ein bisschen lästig. Werden wir ein klein wenig unangenehm. Klopfen wir ein bisschen auf die Büsche. Schauen, wenn wir dürfen, in Alexander Mühlhaupts Zimmer. Was ist er, was macht er, mit wem hat er Kontakt. Steinchen für Steinchen. Und als zweites möchte ich mit dir Frau Baumeisters Hütte ansehen. Du bestimmst, wann. Deal?"

„Du hast gesagt: Fälle. Welche Fälle meinst du?"

Edgar nahm einen Keks. „Nur wenn du willst", mümmelte er, „verfahren wir mit den *Spielkarten-Morden* genauso. Und wenn ich darf, würde ich gern zu allen drei Fällen die Akten studieren. Kannst du mir vielleicht Kopien davon besorgen?"

„Es gibt nichts zu kopieren", sagte Kai. „Heutzutage ist alles digitalisiert, wenn du weißt, was ich meine."

„Dann gib mir einen USB-Stick oder eine Mine, oder was immer ihr als Speichermedium verwendet. Wie gesagt: Wenn du willst. *Hmmmmmm.* Übrigens: Gute Kekse."

Edgar Schaaf war gegangen. Nicole und Kai saßen zusammen, wobei Kai aussah, als wäre er wegen eines Schülerstreiches vom Lehrer vor die Tür gestellt worden. Etwas kleinlaut fragte er Nicole: „Hast du das mit der Hilfe eigentlich ernst gemeint?"

„N´türlich. Was denkst du, was auf die Frauen zukommt, wenn sie so ein Projekt stemmen wollen? Da kann ich als Ärztin bestimmt mit einigen Tipps zur Seite stehen."

Kai schwieg. „Was hast du?", fragte sie.

„Naja", meinte er, „wenn Edgar recht hat, dann könntest auch du dich in Gefahr begeben. Und er hat recht. Das spüre ich im Urin. Man kann Carmen doch nicht als Köder benutzen. Zudem macht ein Köder nur Sinn, wenn er überwacht wird. Das mit den Überwachungskameras ist zu optimistisch, auch wenn einer ständig auf einen Monitor starrt."

„Aber wenn ein Polizist vor ihrer Tür sitzt, wagt sich der Täter erst recht nicht hin", antwortete Nicole. „Wie würde ein Täter denken? Würde er sagen, *wenn ich Glück habe, wacht sie nie mehr aus dem Koma auf und ich bin aller Sorgen ledig.*? Oder wird er das Risiko eingehen, durch eine finale Aktion das Glück erst gar nicht strapazieren zu müssen, dafür aber Gefahr laufen, erwischt zu werden?"

„Das ist überhaupt die Gretchenfrage, nicht nur für den Täter, sondern auch für uns. Das ist ein Vabanquespiel, bei dem jeder verlieren oder gewinnen kann. Der Täter, die Polizei, und am meisten Carmen. Das will mir einfach nicht gefallen."

„Vielleicht", lehnte sich Nicole an ihn, „löst du mit Edgars Hilfe den Fall, bevor es zu einem Showdown kommt. Danke, dass du mich bei dem Gespräch hast dabei sein lassen. Das war sehr bemerkenswert."

„Das kannst du laut sagen", legte er einen Arm um sie. „Du hast jetzt gesehen, wie er die Fäden in die Hand nimmt. Sie fallen ihm automatisch zu. Er zieht sie an sich wie ein Magnet die Eisenspäne und strahlt dazu eine unerschütterliche Sicherheit aus, als wäre diese Kriminalgeschichte auf seinem eigenen Mist gewachsen. Als Autor, sozusagen,"

„Und? Wie geht es dir dabei?"

Kai lächelte: „Er ist der Meister. Ich bin der Schüler. Das muss ich neidlos anerkennen."

„Das hast du schön gesagt, Kai", sagte sie, „und weißt du, was mir imponiert? Dass du trotz deiner Befürchtung, dich zu schämen, dem Treffen zugestimmt hast. Aber du brauchst dich keineswegs zu schämen, das ist klar. Im Gegenteil. Mit deiner Bereitschaft zur Zusammenarbeit zeigst du nichts Geringeres als Weitblick."

„Das siehst du echt so?"

„Wenn ich´s dir doch sag´."

Kapitel 6

Die junge Frau auf dem Bildschirm legte den Dildo, mit dem sie sich viel zu ausführlich selbst befriedigt hatte, auf die Seite und ging zu den sechs wartenden nackten Männern. Na endlich. Die Kamera zeigte, wie sie nebeneinander standen und darauf warteten, von der Frau bedient zu werden. Man sah nun die Frau von hinten, wie sie sich vor den zweiten in der Reihe hinkniete, dessen Penis in den Mund nahm und den beiden Männern links und rechts davon mit den Händen die Schwänze wichste. So arbeitete sich die Frau die Reihe durch, bis alle sechs Männer einen passablen Ständer vorzeigen konnten. Die Szene lief weiter, indem sich die Frau nun auf eine hüfthohe Bank legte und sich von den Männern in allen erdenklichen Stellungen ficken ließ.

Der Mann, der Alexander Mühlhaupt hieß, saß auf einem Stuhl vor dem PC und onanierte selbst, während er dem Pornofilm auf dem Bildschirm zuschaute.

Seit er vor zwei Jahren aus der Wohnung, die er mit seiner Mutter teilte, in das Kellerzimmer gezogen war, konnte er ungestört vor dem Computer sitzen und sich seine Hardcore-Sachen reinziehen. Vorher war das nicht möglich gewesen, denn sie hatte ständig nach ihm gerufen oder nach ihm geschaut, hatte nicht angeklopft, wenn sie in sein Zimmer kam, auch wenn er ihr das immer und immer wieder eingetrichtert hatte. Mama, klopf wenigstens an, bevor du mein Zimmer betrittst, hatte er wohl an die tausend Mal gesagt. Genutzt hatte es nichts. Beinahe lästig war ihre Sorge um ihn geworden, nachdem er vor acht Jahren den rechten Arm verloren hatte, er, ihr einziges Kind. Sie leidet mehr als ich, dachte er manchmal, wenn er in ihre blassen Augen und in das verhärmte Gesicht schaute. Er liebte seine Mutter, das stand für ihn fest, und erst recht, nachdem sich ihr Mann, sein Vater, aus dem Staub gemacht hatte, aber deswegen brauchte sie noch längst nicht alles zu wissen. Seither litt sie Höllenqualen, dass auch er, ihr Goldjunge, sie im Stich lassen könnte. Sie bekam eine magere Rente aus der Zeit, in der sie noch Arbeit hatte, und mit dem Geld, das er von der Invalidenversicherung erhielt, reichte es ihnen zu einem bescheidenen Auskommen.

Hierher in den Keller kam sie ihn nie besuchen. Oder sollte er *kontrollieren* sagen? Sie konnte keine Treppen mehr steigen, und sein Zimmer lag jetzt nun mal eine Etage tiefer, souterrain, wie der Franzose sagte, neben der Waschküche, zu und aus der er sogar über einen eigenen Eingang zum Haus verfügte. Der pure Luxus, so ein Nebeneingang, wie er schon gelegentlich zu schätzen verstanden hatte.

Er sagte Wohnung zu dem Haus, denn ein Haus war es im weitesten Sinne, wenn auch schäbig und dringend sanierungsbedürftig. Seine Eltern hatten es anfangs der neunziger Jahre des vergangenen Jahrhunderts gekauft, als beide noch in Lohn und Brot standen und sein Vater noch nicht mit einer anderen Tussi das Weite gesucht hatte, und damals war es schon ein gebrauchtes Haus gewesen. Ein Flachdach-Bungalow, wie er in den Sechzigern als Mode aufgetaucht und in Serie produziert worden war, in Reihe gebaut, wahlweise mit oder ohne Keller, erschwinglich, auch wenn man keine Millionen auf dem Konto liegen hatte. Bungalow, das Zauberwort für die Wirtschaftswundergeneration, gleichbedeutend mit Reichtum und Wohlstand. Zur heutigen Zeit hatte das Haus, die Wohnung, ungefähr fünfundfünfzig Jahre auf dem Buckel, und das spürte man. Seine Eltern hatten sich für die Variante mit Keller entschieden.

Er arbeitete in einer Einrichtung für Behinderte. Wenn er Lust hatte. Fahrräder reparieren. Häufig hatte er diese Lust nicht, und dann trieb er sich in der Stadt herum, besuchte das Porno-Kino oder einen einschlägig bekannten Kiosk, wo immer ein paar schmierige Typen herumlungerten, mit denen er Bier soff und wo schmutzige Filmchen getauscht wurden. Er fühlte sich nicht als Behinderter. Ihm fehlte schließlich nur ein Arm. Etwas Besseres hätte ihm gar nicht passieren können, wie er sich oft sagte, denn so waren andere gezwungen, auf ihn Rücksicht zu nehmen, und wenn sie das nicht kapierten, spielte er gekonnt die Mitleidsplatte ab. Auf Arbeit hätte er sowieso keinen Bock gehabt, das wusste er aber vor dem Unfall schon, und eine bessere Ausrede als sein jetziges Handicap konnte er sich gar nicht vorstellen. Nein, so wie es war, war es gut.

Wenn er nicht gerade Pornos anschaute, rief er oft die Internetseite einer rechtsradikalen Gruppierung auf, die sich ausschließlich im Netz bewegte und dort ihre Parolen verbreitete. Sie nannte sich *Schwarzer Flügel*, und ihr Symbol war die stilisierte Darstellung eines Raubvogelflügels auf weißem Grund. Sie nahm nicht an öffentlichen Kundgebungen teil, veranstaltete keine Demonstrationen, zündete weder Flüchtlingsunterkünfte an noch verprügelte sie Asylanten. Noch nicht. Diesen blinden Aktionismus überließ man den Dumpfbacken, die an der nervösen Oberfläche der Gesellschaft kurzfristig zwar heftigen Rauch entwickelten, jedoch langfristig vom Verfassungsschutz die Krallen gezogen bekamen. Der *Schwarze Flügel* legte seine Kampagne dagegen bewusst zurückhaltend und der breiten Öffentlichkeit erschwert zugänglich an. Man vermied direkte hetzerische und diskriminierende Verbalattacken, ließ den faschistischen Geist jedoch zweifelsfrei erkennen. Ungeduldige Sympathisanten, denen die Gruppierung zu weich vorkam, wurden von der Gemeinschaft belehrt, beziehungsweise ausgeschlossen, falls sie sich den weitsichtig gesetzten Zielen nicht unterordnen wollten. Die systematische Unterwanderung der geltenden politischen und gesellschaftlichen Ordnung war der Generalplan, die Verbreitung der Leitlinien durch das Netz die Strategie. Irgendwann würde die Zeit kommen, sich aus dem Untergrund zu erheben und mit der bis dahin entstandenen Masse von Gefolgsleuten die Macht im Staat zu ergreifen.

Die junge Frau auf dem Bildschirm ließ sich gerade das Sperma der sechs Männer ins Gesicht spritzen, als er die Türglocke hörte. Nanu? Seit wann bekam Mama Besuch? Er stand auf, ging zum Fenster des Kellerraumes, durch das er, wenn er schräg nach oben schaute, den Eingangsbereich zum Haus einsehen konnte. Zwei Männer. Ein alter mit grauem Haar, Pferdeschwanz und Vollbart. Den kannte er nicht. Den zweiten allerdings erkannte er sofort. Er hatte ihn vor Tagen im *Noise Voice* gesehen. Es war dieser Polizist, dem er seinen Ausweis hatte zeigen müssen. Alexander blieb unschlüssig stehen. Was wollten die hier? Er packte seinen Schwanz in die Hose, klappte den Laptop zu. Er schaute sich im Zimmer um. Sonst noch etwas Auffälliges? Die Flagge, aber Scheiß drauf. Er stülpte sich die Perücke über die Glatze, steckte sein Handy und die Geldbörse in die Hosentaschen, zog die teuren Sneakers an, schnappte sich die schwarze Steppjacke, verließ das Zimmer in die Waschküche, von dort das Haus ungesehen über den Seiteneingang, Treppe hoch, und weg war er. Ja, dieser eigene Hauseingang war Gold wert. Er konnte kommen und gehen, wann er wollte.

*

Das Haus sah vernachlässigt aus. Der Verputz hatte sich eine eigene Isolierschicht aus Dreck angeeignet. Unmöglich, die ursprüngliche Farbe zu erkennen. Vielleicht war er einst weiß gewesen. Die hölzernen Fensterrahmen und die hölzerne Tür folgten dem Beispiel. Grau war die vorherrschende Farbe. Hier war seit Anbeginn nie ein Pinselstrich aufgetragen worden.

Sie waren über die Königswaldstraße hierher gefahren. In der Nähe lag die Bahnstrecke, über die im Minutentakt die Güter- und Schnellzüge brausten. Bald würde das ein Ende haben, denn der Eisenbahntunnel zur Unterquerung Offenburgs befand sich im Bau.

Edgar kannte sich in der Gegend aus. Er hatte nach seiner Pensionierung und nachdem er sich *Müller* zugelegt hatte, ein ähnliches Reihenhaus, doch mit Garage für sein Motorrad, gekauft, allerdings auf der anderen Seite des Viertels, in Kinzignähe, und erheblich neueren Ursprungs und in besserem Zustand als das Gebäude, vor dem sie standen.

Schuster spähte durch die Glasbausteine neben der Tür, nachdem auf das erste Klingeln keine Reaktion im Haus zu vernehmen war. Rechter Hand des Eingangs senkte sich der struppige Rasen halb trichterförmig als Lichtschacht zu einem Kellerfenster. Er drückte noch einmal auf den Klingelknopf. *Mühlhaupt* stand auf einem kaum entzifferbaren schmutzigen Schild daneben.

Edgar schaute auf die Armbanduhr. Mittagszeit. Dann war in den Glasbausteinen eine Verdunkelung zu erkennen, und kurz darauf wurde die Tür geöffnet. Edgars erster Gedanke war, dass man die Frau mühelos zur Bausubstanz des Hauses zählen konnte, als wäre sie ein Bestandteil dessen. Nicht dass sie vor Dreck starrte, nein, sondern weil sie farb- und schmucklos war, grau vom Scheitel bis zur Sohle. Wobei sie jünger war als er selbst, sechsundfünfzig, wenn er sich richtig an Schusters Worte erinnerte. Wurde er eventuell genauso gesehen? Blass und blutleer, ohne Antrieb, ohne Leben? Auch seine Melanie war älter als die Frau, aber welch ein

Unterschied. Was konnte die Zeit mit einem Menschen anrichten? Oder war es die Vergangenheit?

„Frau Mühlhaupt?", begann Schuster, und hielt seinen Dienstausweis in die Höhe, „ich bin Kai Schuster von der Kriminalpolizei Offenburg. Das ist mein Kollege Edgar Schaaf. Wir haben uns noch nicht kennengelernt, aber ein Kollege war bei Ihnen wegen der Frage, wann Ihr Sohn in der Nacht vom fünfundzwanzigsten auf sechsundzwanzigsten September nach Hause gekommen ist. Erinnern Sie sich? Ich weiß, das ist lange her, aber wir hätten da noch ein paar Fragen. Können wir reinkommen?"

Erst jetzt sahen sie, dass sie einen Stock trug. Unentschlossen schien sie zu wanken. Dann drehte sie sich wortlos um und bewegte sich schwerfällig in den Flur hinein, weiter in das Wohnzimmer. Schuster und Schaaf folgten ihr langsam. Der äußere Eindruck vom Haus wiederholte sich im Innern. Die Tapete, wahrscheinlich Jahrzehnte alt und einst laienhaft verklebt, löste sich teilweise an den Stößen und den Ecken. Ein biederes Muster. An der Decke und an den Wänden waren eindeutig die Ränder von Wasserflecken zu erkennen. Flachdachdilemma, oft geflickt, nie richtig behoben, aufgegeben. Fatalismus hieß der Mitbewohner dieser Räume.

Es roch nach aufgewärmtem Essen und Zigarettenrauch. Schuster meinte, er müsse sich übergeben, riss sich aber am Riemen. Tja, so ist das nun mal bei der Polizei, wenn man im Privatleben anderer Leute herumstochert. Sie gingen über einen Spannteppich zu einer Sitzgruppe; abgetreten der Teppich, schwarz an den Stellen, über die die Hauptverkehrswege der Wohnung liefen, wo er immer strapaziert wurde, Flecken auf den Polstern der Sessel. Aber anders als in vielen neueren und besser ausgestatteten Wohnungen war diese Einrichtung bezahlt. Eigentum. Jahre alt, aber immerhin.

„Ich kann Ihnen nichts anbieten", sagte Frau Mühlhaupt leise. „Was gibt es denn noch für Fragen? Haben Sie den Mörder denn noch nicht?"

„Es geht ja nicht um Mord, Frau Mühlhaupt", sagte Schuster. „Es geht uns nochmal um jene Nacht. Sie haben damals dem Kollegen gesagt, dass Ihr Sohn Alexander gegen zwei Uhr Sonntag in der Früh nach Hause gekommen ist. Stimmt das?"

Frau Mühlhaupt hatte ihre Hände auf den Stock gestützt. Ihr Kopf zitterte unmerklich. „Ja, das stimmt", antwortete sie. „Das hat er gesagt."

Schusters Blick huschte zu Edgar Schaaf. „Wer hat das gesagt, Frau Mühlhaupt?"

„Na, Alexander natürlich."

„Sie haben also gar nicht selber bemerkt, wann er gekommen ist, sondern Ihr Sohn hat Ihnen das so erzählt?"

„Was reden Sie denn da. Woher sollte ich es sonst wissen? Glauben Sie etwa, er lügt mich an? Sie stellen schon komische Fragen, Sie." Frau Mühlhaupt hatte mal im Fernsehen gesehen, dass man überhaupt nicht vor der Polizei zu kuschen brauchte. Manche waren sogar richtig frech gegenüber den Polizisten. Sie hatte immer gemeint, sowas gehört sich nicht. Aber wenn einer so blöde Fragen stellt, ist er selber schuld.

„Und wann hat er Ihnen das erzählt? Am Morgen, beim Frühstück, oder beim Mittagessen?"

„Er schläft sonntags immer ziemlich lange. Das verdient er aber auch, der gute Junge." Hab´ ihnen wieder nur ungenau geantwortet, dachte sie. Soll er damit anfangen was er will.

„Er erzählte es Ihnen demnach nach seinem Sonntagsschlaf?"

Frau Mühlhaupt beantwortete die Frage nicht. „Man muss Rücksicht auf ihn nehmen", sagte sie stattdessen. „So ein guter Junge, und so ein schwerer Schicksalsschlag. Trotz allem kümmert und sorgt er sich um mich. Er wäscht sogar die Wäsche. Welcher Mann macht das schon?"

„Da haben Sie allerdings recht", stimmte Schuster zu. „Ich zum Beispiel kann keine Wäsche waschen."

„Sehen Sie, da haben Sie den Beweis."

Edgar Schaaf räusperte sich. „Wie ist es denn passiert? Ich meine das mit dem Arm?" Ach du Scheiße, dachte er, welches Deutsch rede ich denn da. *Das mit dem Arm.* Vielleicht versteht sie diese Sprache am besten. Dennoch. Red´ mit ihr, als wär´ sie Professorin für Germanistik. Und schließe nicht vom Zustand des Hauses auf den Zustand ihrer Persönlichkeit. Sie ist ein Mensch.

Ihr Zittern wurde stärker. In ihren Augen sammelte sich Feuchtigkeit. „Es war ein Unfall. Die jungen Leute sind in einem Cabrio gefahren. Sie gerieten ins Schleudern, überschlugen sich, und dabei ist es geschehen. Ein anderer Junge war tot. Nur dem Fahrer hat es nicht viel gemacht."

„Wie viele Jahre ist das nun schon her?"

„Alexander war damals gerade achtzehn Jahre alt. Heute ist er zweiunddreißig. Also vor vierzehn Jahren. Er hatte so große Pläne. Er wollte studieren und …" Sie wurde von der Erinnerung übermannt. Tränen flossen über ihre Wangen.

„Ist Alexander zu Hause? Können wir kurz mit ihm sprechen?"

Frau Mühlhaupt wischte sich mit einem gewebten Stofftaschentuch die Tränen aus dem Gesicht. „Ja, er ist hier. Wir wollten gerade zu Mittag essen. Ich kann ihn rasch rufen."

„Bevor Sie ihn rufen", hielt Edgar Schaaf sie auf, „wo arbeitet er denn?"

„Mittwochs arbeitet er erst nachmittags. In der Behindertenwerkstatt am … am … Bahnhof."

Sie stemmte sich auf den Spazierstock und wuchtete sich auf die Beine, quälte sich in den Flur, von wo eine Treppe abwärts führte. Dort blieb sie stehen und rief nach unten.

„Alexander!" Plötzlich klang ihre Stimme scharf und schneidend wie ein Tranchiermesser. Noch einmal: „Alexander!" Sie schlug mit dem Stock gegen das Geländer, dass es vibrierte und dröhnte.

Edgar Schaaf und Schuster schauten sich an und erhoben sich. „Können wir mal sein Zimmer sehen? Dann können wir ja gleich dort mit ihm reden, wenn er da ist."

„Komisch", sagte sie. „Mittwochs essen wir immer pünktlich."

Edgar Schaaf fühlte sich nicht ganz wohl in seiner Haut. Irgendwie gefiel ihm ihre Handlungsweise nicht mehr. Er war es gewesen, der von Schuster verlangte, dass sie mal auf den Busch klopfen sollten. Unangenehm und lästig sein wollten. Aber diese Frau war kein Gauner, den man durch das Spiel *Good Cop/Bad Cop* beeindrucken würde. Diese Frau war selber ein Opfer, das sah Edgar Schaaf sonnenklar. Und was taten sie? Sie nahmen die Frau nicht ganz ernst, Schuster genauso wie er selber. Sie nutzten sie aus. Versuchten ihren Rest von Würde zunichte zu machen.

„Wir schauen mal nach ihm", sagte er beruhigend.

„Ja", sagte sie entkräftet, „bitte tun Sie das. Ich kann leider keine Treppen mehr steigen. Und er soll zum Essen kommen."

Sie betraten Alexander Mühlhaupts Zimmer. Er war nicht da. Ein schmales Bett, unordentlich. Ein zweitüriger Kleiderschrank. Ein Schreibtisch, ein Laptop, ein Papierkorb. Kein Regal, nicht ein einziges Buch. Eine zweite Tür. Eine Flagge an der Wand, ein mal zwei Meter. Schwarz, weiß, rot, quer, von oben nach unten. Edgar Schaaf pfiff durch die Zähne.

„Ei, was haben wir denn da? Eine Reichsflagge aus dem Dritten Reich. Haben wir es hier mit einem Nazi zu tun?" Er legte seine Hand auf den Laptop. „Er ist noch warm."

Schuster ging zum Fenster, schaute hinaus. „Der hat uns kommen sehen", sagte er. „Von hier hat er Sicht auf den Hauseingang. Er ist abgehauen, Edgar."

„Gehen wir", riet Edgar. „Hier können wir erst mit einem Durchsuchungsbeschluss wiederkommen. Wo geht denn die zweite Tür hin?"

Schuster öffnete die zweite Tür. „Geht in die Waschküche. Und von da gibt es eine Tür nach draußen. Du, der kann im Prinzip kommen und gehen, wann er will."

Sie stiegen die Treppe zu Frau Mühlhaupt empor, die oben auf sie gewartet hatte. „Er ist nicht da", sagte Edgar Schaaf. „Kann ich mal kurz bei Ihnen auf die Toilette?"

Frau Mühlhaupt zeigte mit ihrem Stock auf eine Tür. „Neben der Küche ist das Bad."

„Danke", sagte Edgar. Er betrat das Bad. Nein, hier würde er nicht mal im Stehen pinkeln, selbst wenn er müsste. Ihn interessierte mehr, was er um das Waschbecken und im Spiegelschrank entdecken würde. Er sah es auf Anhieb. Man bekam es nur auf Rezept. *Lorazepam*. Ein starkes Schlafmittel aus der großen Familie der Benzodiazepine. Ahnte ich es doch, dachte er. Die Frau konnte nachts nichts hören. Das war ausgeschlossen. Er drückte die Spülung, bevor er wieder in den Flur trat. Schuster überreichte Frau Mühlhaupt gerade seine Visitenkarte. „Alexander soll uns anrufen, wenn er wieder da ist, bitte."

Als sie im Auto zurück zum Präsidium fuhren, schwiegen sie recht lange. Erst als sie auf die Parkplätze vor dem Gebäude einbogen, sagte Edgar Schaaf:

„Du kannst Alexander Mühlhaupt beruhigt wieder auf die Liste der Verdächtigen setzen."

„Stimmt", bestätigte Schuster. „Sein Alibi ist geplatzt."

„Und noch mehr", nickte Edgar.

„Wie meinst du das?"

„Er ist ein Neo-Nazi, und Nazi ist man nie alleine. Es muss noch andere geben. Und krieg´ raus, wann der Unfall war. Vor allem, mit wem. Das sind Spuren, Kai."

„Aber er hat immer noch nur einen Arm. Wie soll er Carmen …? Du weißt schon."

„Ich weiß nichts, Kai. Gehe davon aus, dass auch du nichts weißt. Das Nichtwissen ist eine der stärksten Waffen des Ermittlers, denn es bedeutet, jeder Frage nachzugehen und nichts als gegeben anzunehmen. Jetzt sage ich dir etwas: Du bist auf der richtigen Spur, nur denkst du über Kreuz. Du sagst, dass es unmöglich sei, jemandem mit einem Arm den Hals umzudrehen. Deswegen scheidet für dich Mühlhaupt als Täter aus. Merkst du was? Genau diese Situation haben wir doch jetzt vorliegen. Carmen Graumann lebt. Das heißt, dem Täter war es nicht möglich, sie zu töten. Und warum konnte er sie nicht töten? Weil er eben nur einen Arm hatte. Dadurch, dass sie überlebt hat, ist deine Annahme bestätigt. Er hat es nicht geschafft. Aber er hat es versucht. Alexander Mühlhaupt hat es versucht. Nicht weil er sie umbringen wollte, kann er nicht der Täter sein, sondern weil er sie **nicht** umbringen **konnte**, **ist** er der Täter. Nicht konnte. Mit nur einem Arm. Ich gehe sogar so weit zu behaupten, dass er Unterstützung hatte. Von seinen Nazi-Freunden? Die Würgemale an Carmens Hals, die kriegt man nun wirklich nur mit zwei Händen hin. Der Pathologe soll dir das schwarz auf weiß geben. Jemand muss ihm geholfen haben."

„Aber mein Chef …"

„Vergiss´ deinen Chef. Du bist der Chef. Wirst es immer sein. Keiner nimmt dir die Verantwortung ab. Und zur Not hast du ja noch mich. Gib´ mir jetzt den Stick, bitte."

Schuster, gerade vom Sturmwind gestreift, fragte: „Was?"

Edgar Schaaf hielt ihm die offene Hand unter die Nase.

„Die Ermittlungsakten. Den Stick. USB oder *Mine*, was immer du hast."

Schuster stöhnte. „Lass´ es bloß niemand wissen. Übrigens: Sollen wir eine Fahndung nach Mühlhaupt ankurbeln?"

„Ich würde noch warten", sagte Edgar. „Noch hast du nichts Wasserdichtes in der Hand. *Hmmmmmm.*"

„Was war das zum Schluss? Kannst du´s nochmal wiederholen?"

„Hä? Nix Wichtiges, Kai. Kammerton A"

*

Er *erkannte die Telefonnummer sofort.* **Er** *nahm das Gespräch an, ohne sich zu melden.*

„Sie haben mich am Wickel", presste Alexander Mühlhaupt durch den Äther. Seine Stimme verriet die mühsam kontrollierte Panik.

„Wie meinst du das?"

„Die Bullen waren heute wieder bei uns. Diesmal haben sie mich am Wickel." Jetzt schrie er fast.

„Hast du sie gesehen?"

„Sie waren zu zweit. Ich habe sie gesehen. Ein Junger und ein Alter. Den Jungen kannte ich. Der hat mich im Noise Voice *kontrolliert."*

„Wo bist du?"

Schweigen. Atemgeräusche. Lautes Gelächter und Gejohle im Hintergrund.

„Wo bist du, verdammt?"

„Am Kiosk."

„Klasse, du Idiot. Wo man dich zuerst suchen würde. Bleib´ dort. Ich komme."

„Was hast du vor?"

„Du musst was erledigen und dann verschwinden. Das hab´ ich vor.“

Fünfundzwanzig Minuten später hielt **er** vor dem Kiosk. Alexander kam aus der Tür, die mit „Trinkhalle“ überschrieben war. Hinter dieser Tür lag der Raum, in dem er sich mit seinen Sauf- und Tauschkumpanen traf. Nervös schaute er sich nach allen Seiten um. Dann riss er die Autotür auf und kletterte unbeholfen auf den Beifahrersitz.

„Was meinst du mit du musst was erledigen und dann verschwinden?“

„Wir fahren jetzt zuerst zu dir nach Hause, damit du ein paar Sachen einpacken kannst. Die Bullen werden ja dort nicht gerade auf dich warten. Danach bring´ ich dich an einen sicheren Ort. Dort bereden wir alles. Hast du Geld?“

„Hat der Eskimo eine Heizung im Iglu? **Du** hast doch im Lotto gewonnen. Warum soll ich untertauchen? Und was wird aus meiner Mutter?“

„Wir bereden das später.“

Er hielt eine Querstraße von Alexanders Haus entfernt. Alles schien völlig normal zu sein. Kein Auto, das wie ein Bullenauto aussah, kein Mensch, der irgendwo hinter einer Ecke oder einem Gebüsch das Haus auffällig unauffällig beobachtete.

„Hol´ ein paar Sachen. Wäsche, Zahnbürste und so. Beeil´ dich.“

„Und Mutter?“

„Mein Gott, sag´ ihr halt, dass du für ein paar Tage verreisen musst. Ist das so schwer zu kapieren? Hast du eine Kapuzenjacke?“

„Wieso das denn? Was soll ich denn ... “

„Du bist echt kompliziert, Alex. Ich weiß nicht, ob es eine so gute Idee von mir war, mich auf diese Sache mit dir einzulassen, wenn du dir bei jedem Scheiß in die Hosen machst."

„Pass´ auf, was du sagst. Wer ist schließlich schuld daran, dass alles so gekommen ist, wie es ist. Wer?"

„Hör´ doch auf mit der alten Leier. Du kannst ja noch von Glück reden. So ein schlankes Leben könntest du dir doch sonst überhaupt nicht leisten, oder wär´s dir lieber, du könntest heute in irgendeiner Scheißfabrik am Fließband schuften, oder dass du damals krepiert wärst? Nein? Na also. Dieses Thema haben wir doch hinter uns, oder nicht, und jetzt hau´ ab und hol´ dein Zeug aus deinem Zimmer. Vergiss´ die Kapuzenjacke nicht."

Sie hatten unterwegs in einem Supermarkt Sandwiches, Kartoffelchips und Bier eingekauft. Er stellte die Waren auf den Tisch. Alexander schaute sich in dem Raum um. Ein runder Tisch, sechs Stühle. In einer Ecke ein Kühlschrank, daneben eine Kommode. An der gegenüberliegenden Wand lehnte eine Liege zusammengeklappt an der Wand. Es gab nur ein kleines Fenster, zwei Türen. Die Tür, durch die sie gekommen waren, und eine andere. Alexander probierte an der Klinke. Abgeschlossen.

„Wohin führt diese Tür?"

„Das geht dich nichts an."

Alexander lachte. „So eine Scheiße. Du tust so, als wär ich ein Depp."

„Schalt´ dein Handy aus", verlangte er. „Damit die dich nicht orten können."

Wieder lachte Alexander. „Aber meinen Laptop darf ich einschalten." War das Frage oder Feststellung?

Er zuckte mit den Schultern. „Hör´ zu. Du, und ich will, dass du das ernst nimmst, du wirst es heute Nacht zu Ende bringen."

*Alexander schluckte. Er wusste ganz genau, was **er** von ihm verlangte. Er hatte es schon geahnt, dass es soweit kommen würde. Jetzt war der Zeitpunkt gekommen. Er fing an zu stottern und zu schwitzen. „Wieso ...ich meine ... was ...“*

*„Es war von Anfang so ausgemacht, und es war deine Idee“, sagte **er**. „Dafür, dass du es vermasselt hast, kann ich ja wohl nichts. Ich hatte dir die Kleine lediglich auf dem Tablett serviert. Ich hatte dir gezeigt, wie man es richtig macht. Jetzt brauchst du nur zu tun, was du gleich hättest richtig machen sollen.“*

„In der Zeitung ...“

*„In der Zeitung, in der Zeitung“, unterbrach **er** Alexander, „hat nur etwas von einer schwer verletzten Person gestanden. Sonst nichts. Wenn sie tot gewesen wäre, hätten sie gleich von Mord geschrieben. Zufällig weiß ich, dass sie lebt. Sie liegt im Koma. Aber keiner kann sagen, wie lange noch. Das heißt, sie kann aus dem Koma aufwachen und genau das darf nicht passieren.“*

„Aber warum jetzt?“

*„Weil **du** jetzt in den Fokus der Bullen geraten bist. Und wenn sie **dich** am Wickel haben, dann stehen sie bald auch vor **meiner** Tür. Das würde **ich** absolut nicht lustig finden, verstehst du? Darum wirst **du** es heute Nacht erledigen.“*

„Und wie soll ich das anstellen, bitteschön? Meinst du, ich spaziere da einfach so hinein, gehe in ihr Zimmer, klemme ihr die Luft ab, und gehe wieder hinaus?“

*„Hoppla“, rief **er**, „bravo, du weißt ja wie´s geht. Ich fahr´ dich hin.“*

„Und wo finde ich das Zimmer?“

„Ich hab´ da meine Quelle. Die Zimmernummer sag´ ich dir, wenn wir dort sind.“

„Gib´ mir ein Bier“, verlangte Alexander.

*„Bleib´ lieber nüchtern“, sagte **er**.*

„Gib´ mir ein Bier, oder ich lauf´ auf direktem Weg zur Polizei."

Es war nach zweiundzwanzig Uhr. Nach und nach beschlugen die Autoscheiben von innen. Die Nacht war neblig. Die Neon-Schrift MVZ Offenburg wurde wie von Löschpapier in den Nebel gesaugt. Sonst die Ruhe selbst, war **er** nun selber aufgeregt. Hoffentlich vermasselte Alexander die Chose nicht. Er hatte tatsächlich eine Kapuzenjacke mitgebracht.

Er hatte ihn zweihundert Meter vom Haupteingang entfernt aussteigen lassen. Der Klinikparkplatz wurde bestimmt kameraüberwacht. Als Alexander ausgestiegen war, wendete **er** sofort auf die andere Straßenseite. Jetzt rauchte **er** schon die dritte Zigarette. Wo blieb er denn, der Unglücksrabe? Und alles nur, weil **er** wegen ihm ein schlechtes Gewissen hatte. Wie lange liegt der Unfall denn nun schon zurück? Dreizehn Jahre? Vierzehn Jahre? Und seither hatte **er** diesen Loser an den Hacken.

War es richtig, was **er** hier tat? Bislang hatte **er** auf das Pferd Koma gesetzt. Einer **seiner** „Kunden" war Oberarzt in der Klinik. Über ihn war **er** an die Information gekommen. Dass die Polizei nun ausgerechnet an Alexander geraten musste. Der absolute Schwachpunkt in **seiner** ansonsten so steilen Karriere. **Er** musste unbedingt die weitere Entwicklung im Auge behalten, musste höllisch aufpassen.

Alexander war eines Tages, vor Wochen oder Monaten, ganz genau wusste er es nicht mehr, mit einem Wunsch an **ihn** herangetreten. Ihm seien die Pornos zu langweilig geworden, hatte er gejammert. Das seien ja nur Schauspieler. Es gab nichts mehr, das er noch nicht gesehen hätte. Sogar Sex mit Tieren. Er wolle endlich mal selber eine Frau pimpern. Hatte gebettelt, **er** müsse ihm eine bestimmte Frau besorgen, die er ficken möchte. Sagte, er hätte eine im Noise Voice kennengelernt. Alexander hatte **ihm** ein Foto der

Frau gezeigt, das er heimlich im Noise Voice *mit dem Handy aufgenommen hatte. Was hatte ein heimlich geschossenes Foto mit Kennenlernen zu tun?* **Er** *hatte sich das Bild der Frau angesehen und sofort gewusst, wen Alexander sich da ausgesucht hatte. Sie war für* **ihn** *keine Unbekannte, nein, das war sie absolut nicht, und schon eine Sekunde nach dem Erkennen hatte* **er** *gewusst, wie* **er** *es anstellen musste, um Alexander zu seinem Fick zu verhelfen. Nichts leichter als das. Und genau das hatte* **er** *ihm so fachgerecht angerichtet, ja genau, wie ein Menü in mehreren Gängen, dass sich der Idiot nur noch zu bedienen brauchte. Aber Alexander hatte es vermurkst. Am nächsten Morgen war in der Zeitung gestanden, dass die Frau nur schwer verletzt sei. Das muss man sich mal vorstellen. Lässt er diese Tussi am Leben. So ein Versager.*

Wo blieb er nur. **Er** *schaute wohl schon das zehnte Mal auf die Uhr am Armaturenbrett. Es konnte doch nicht so lange dauern, jemandem das Lebenslicht auszublasen. Ist er das? Der mit der Kapuze? Viele haben eine Kapuze auf heutzutage. Ist regelrecht Mode geworden. Er wird immer schneller. Ja, renn´ auch noch, du Idiot. Jetzt rennt er tatsächlich.*

Alexander riss mit Schwung die Tür auf. „Fahr´ los", schrie er, „fahr´ endlich."

„Was ist los? Warum rennst du so, dass gleich jeder auf dich aufmerksam wird?"

„Nun fahr´ endlich los, dann sag´ ich´s dir."

Er *startete den Motor, schaltete erster Gang, zweiter Gang. „Jetzt, sag´ schon."*

Alexander strahlte. Er strahlte, als wären ihm Berge vom Herzen gefallen. Er war regelrecht aufgekratzt. „Sie ist nicht da", jubelte er.

Er *verstand nicht. „Wie, nicht da? Ist sie vielleicht gestorben?"*

Alexander schüttelte den Kopf. „Sie ist nicht mehr da. Weg, verstehst du? Verschwindibus, wie der Lateiner sagt. Ist abgeholt worden. Mann, so ein Dusel."

„Abgeholt?" Was redet das Arschloch denn von Dusel? Eine Katastrophe ist das.

„Abgeholt. Ich hab´ sogar auf der Station nach ihr gefragt."

„Sag´, dass das nicht wahr ist, oder bist du tatsächlich so blöd?"

„Was hab´ ich denn jetzt schon wieder falsch gemacht?", stöhnte Alexander.

„Lass´ doch nächstes Mal gleich deine ID-Karte dort, du Idiot."

Alexander schnappte ein.

„Wohin? Wer hat sie abgeholt?", drängte **er**.

„Keine Ahnung", murmelte Alexander. „Schweigepflicht."

Gengenbach, 13. Januar 2022

Melanie packte eine Reisetasche mit ihrem Reisenecessaire, Wechselunterwäsche, T-Shirt, Kaschmirpullover, Jeans und Wollsocken. Frau Holzer würde während ihrer Abwesenheit heute und morgen das Geschäft *Aquarelle und Poesie* führen. Edgar hatte ihr angeboten, sie zu begleiten, doch sie fand es wirklich nicht für nötig. Sie fuhr ja bloß mit dem Bus über den Berg nach St. Paulsberg. Er müsste dann ja wieder allein zurückfahren. Umständlich. Nein, sie würde allein fahren.

Plötzlich war es hopplahopp gegangen. Vorgestern hatte Ruth Baumeister den Anruf bekommen, dass der Verlegung von Carmen Graumann von Offenburg nach St. Paulsberg in ihr Haus nichts mehr im Wege stünde und dass der Transport in zwei Stunden starten würde. Daraufhin hatte Melanie umgehend ihr Geschäft geschlossen und war zu Ruth gefahren, um bei Carmens Ankunft dabei sein zu können. Überdies hatte Nicole, die Freundin des Kriminaloberkommissars Schuster, für den Abend ihr Kommen zugesagt. Als Ärztin war sie im Team natürlich hochwillkommen. Letzten Endes hatte Ulf Graumann dem Vorhaben seiner Ex-Frau doch noch zugestimmt.

„Edgar", hatte sie zu ihrem Mann gesagt, als sie Dienstagabends wieder zu Hause war, „das kannst du dir nicht vorstellen. So ein bisschen Leben in so einem Häufchen Körper. Ihre Haut sieht aus wie weißes Kerzenwachs, durch das ein paar blaue Fäden gezogen sind. In der Klinik hatten sie das künstliche Koma nach und nach wieder abgebaut in der Hoffnung, sie würde von selbst wieder erwachen, aber …woher soll das Kind die Kraft nehmen? Es ist ja kaum mehr was von ihr vorhanden? Auf dem Bett erkennt man kaum eine Erhebung. Ulf Graumann, ihr Vater, war dabei. Er konnte sich dieses Bild nicht mehr länger ansehen und hat sich, nachdem er sich bei Ruth stumm bedankt hatte, bald wie ein gebrochener Mann verabschiedet.

Melanie suchte Edgar in seinem Büro im Türmchenhaus auf, um sich von ihm zu verabschieden. Er hockte gebeugt vor dem Computer und las irgendwelche Protokolle.

„Edgar, mein Schatz, es ist Zeit für den Bus."

Er erhob sich von seinem Stuhl und nahm sie in die Arme. „Pass´ auf dich auf, du Samariterin. Ich bin stolz auf dich. Noch bist du nicht weg, und schon frag´ ich dich, wann du wiederkommst?"

„Morgen Nachmittag denk´ ich. Ich liebe dich, und ruf´ mich an, wenn was ist, gell?"

„Was sollte denn sein?"

„Weiß nicht? Vielleicht hast du Termine bei der Polizei?"

„Gut", lächelte er, „ich sage dir Bescheid, falls es so kommt. Du mir aber auch, Liebste."

Sie umarmten sich innig. „Huch, was für ein Gefühl. Waren wir jemals so lange getrennt, seit wir zusammen sind?"

„Wir sind nicht getrennt", sagte er. „Wir sind nur vorübergehend nicht zusammen."

Melanie saß auf einem Einzelsitz hinter dem Busfahrer, die Arme um die Reisetasche geschlungen, als hütete sie ihr Leben darin. Sie dachte an Ruth und an Carmen. Aus einer Idee war eine Tatsache geworden. Mitentscheidend für die zeitnahe Verlegung Carmens war gewesen, dass die Klinik das Patientenbett und die Überwachungsgeräte leihweise zur Verfügung stellte. Noch am Sonntag hatte Ruth im *Ortenau Klinikum* eine Reihe von Einweisungen zum einen zur Bedienung der Apparate sowie zum Wechseln der Nährlösung und der Urinbeutel, als auch zur schonenden Lagerung und empfohlenen Gymnastik der Patientin erhalten. Ruth war sich freilich im Klaren darüber, dass sie nun mit Besuchen Ulf Graumanns rechnen und diese auch gewähren musste, was sie allerdings nicht nachteilig zu beeindrucken schien.

Die innerliche Aufregung, von der Melanie noch vorgestern ergriffen wurde, als sie von der Unabänderlichkeit der Verlegung erfuhr und sie sich an ihr gegebenes Wort der Hilfeleistung gebunden fühlte, legte sich mehr und mehr, je näher sie St. Paulsberg und somit Ruths Haus kam. Wir sind drei starke Frauen, sagte sie sich. Carmen, Ruth und sie selbst. Und wenn man Nicole dazu zählt, sind wir sogar vier.

*

Das Verfahren der Digitalisierung aller Gespräche und Protokolle war für Edgar Schaaf neu. Zudem schien es nicht landesweit in gleichem Tempo vorangetrieben zu werden. Kriminaloberkommissar Rüdiger Bertrams von der Konstanzer Polizei zum Beispiel hatte darüber nicht ein Wort verloren und ihm, Edgar Schaaf, auch nur eine dünne, analoge, auf gut Deutsch gedruckte, Fallakte zukommen lassen. Zwar war es auch in seiner aktiven Zeit bei der Kriminalpolizei ohne die Verwendung von elektronischen Hilfsmitteln nicht mehr gegangen. Handys waren nicht mehr wegzudenken, rasche Datenübermittlung unschätzbar wichtig, DNA-Analysen ohne entsprechende Geräte unmöglich. Aber dass nun der Ermittler alle Unterlagen praktisch auf seinem Smart-Phone mit nach Hause nehmen konnte? Natürlich existierten sämtliche Unterlagen zusätzlich in schriftlicher Form. In den Gerichten waren noch längst nicht alle Medien als verwertbar zugelassen. Er war sich jedoch sicher, dass sich das bald in naher Zukunft ebenfalls ändern würde. Digitalisierung setzte sich nach und nach überall durch. Sämtliche Behörden arbeiteten größtenteils so, von den kleinen Gemeinderäten angefangen bis hoch in die Ministerien. Nachteilig war, dass die Dateien vor keinem unautorisierten Zugriff sicher waren. Enthüllungen von Plattformen wie *Wikileaks* standen dafür Zeuge, und nicht alles, was irgendwie ans Licht der Öffentlichkeit drang, war für diese auch bestimmt, von böswilligen Hackerangriffen ganz zu schweigen. Wenn durch gezielte Attacken von Cyber-Terroristen die gesamte Infrastruktur eines Staates blockiert werden konnte, war an dem System des blinden Vertrauens in die Elektronik und der damit gesteuerten Technik etwas faul. Insgeheim wartete Edgar auf den GAU. Dass die Bahnen nicht mehr fuhren, die Verkehrsampeln nicht funktionierten, die Energieversorgung zusammenbrach, Flugplätze geschlossen werden mussten, Atomkraftwerke überhitzten.

Trotz seiner Grundeinstellung zur überbordenden Verwendung der digitalen Möglichkeiten, er hasste den Begriff

Smart-Home, nutzte er seinen Laptop und die *Mine*, auf der Schusters Akten gespeichert waren. Die Einträge, fand er, waren recht überschaubar, was bei drei Kapitalverbrechen ziemlich dürftig auskam. Nun, vielleicht hat es einfach nicht mehr hergegeben. Manche Fälle waren eben so gestrickt oder gelagert, dass man nirgendwo einen echten Ansatz finden konnte. Warum sollte man dann Märchen erzählen, um lediglich leere Seiten zu füllen? Masse ist nicht gleich Klasse. Dennoch fühlte sich Edgar Schaaf, als hätte er eine Mogelpackung gekauft. Viel drum rum, nichts drin. Ein Ölbild, das sich als Aquarell erwies. Ein Diamant als Bergkristall. Jetzt werd´ mal nicht undankbar, Edgar Schaaf, dachte er. Normalerweise hättest du nämlich gar nichts, verstehst du? Null. Also halt´ den Ball flach. Wenn du mitspielen willst, musst du dich an die Spielregeln halten. Jaja. So eine Scheiße.

Er dachte an Melanie. Die Frauen ziehen ihr Ding tatsächlich durch. Und seine Melanie mittendrin. Er bezweifelte, ob er da mitgemacht hätte. Gut, indirekt ist er mitbeteiligt. Aber die Verantwortung haben die Frauen. Das sind die Pfeiler, auf denen unsere Gesellschaft steht und überlebt. Solange es solche Frauen gibt. Das kriegt kein soziales Netzwerk zustande. Hier müssen noch echte Menschen in Erscheinung treten, und nicht irgendwelche *Youtuber*, *Facebooker* und *Instagramer*. Hier reicht es nicht, zu *bloggen*, hier musst du baggern. Wie wunderbar sie ist, dachte er. Welchen Mut sie besitzt. Seine Augen füllten sich mit Gewässer der Rührung und des Stolzes.

Edgars Telefon hatte nur einmal geläutet, als er sich meldete. „Melanie?"

„Nein, Edgar. Kai Schuster hier."

„Kai, ist was passiert?"

„Nein", sagte Schuster, „nichts ist passiert. Noch nicht. Aber heute Nacht hat ein Typ im *Ortenau Klinikum* versucht, zu Carmen vorzudringen. Und er hat sogar auf der Station nach ihr gefragt."

„Was?"

„Ja, und stell' dir vor. Der Typ auf der Überwachungskamera hatte zwar eine Kapuze auf dem Kopf, aber dafür fehlte ihm ein Arm. Dreimal darfst du raten, wer das sein könnte."

„Mühlhaupt", sagte Edgar. „Jetzt holst du ihn dir."

Schuster lachte. „Klar, die Fahndung läuft, aber …"

„Was aber?"

„Wir finden ihn nicht. Er ist untergetaucht."

Der Schock traf Edgar mit Verspätung. Die Blutleere im Kopf vollzog sich wie in Zeitlupe, und wenn er nicht auf dem Stuhl gesessen hätte, wäre er zu Boden gestürzt. Vorgestern erst war Carmen verlegt worden, und nur einen Tag später tauchte der mutmaßliche Täter dort auf, wo sie noch vor vierundzwanzig Stunden war. Mein Gott, dachte Edgar, war das knapp. Die Brisanz der denkbaren Konstellation raubte ihm den Atem. Und Melanie ist mittendrin. Verdammt, verflucht und verflixt. Jetzt brauchte er was. Schnell. Den Ton A? Ja. *Hmmmmm*. Wie ich ihn liebe, diesen Ton.

„Edgar? Bist du noch dran?"

Edgar war noch dran. „Hör' zu, Kai. Das ist jetzt sehr wichtig. Sofort, und damit meine ich sofort, stellst du einen Beamten zum Schutz von Carmen Graumann ab. Das Haus, in dem sie sich befindet, muss rund um die Uhr bewacht werden. Hast du das verstanden?"

„Aber Edgar …"

„Ob du das kapiert hast? Sofort!" Edgar duldete keinen Widerspruch. „Mach' das deinem Chef und dem Staatsanwalt klar. Es besteht höchste Lebensgefahr für alle Leute, die sich dort aufhalten. Meine Melanie und deine Nicole mit eingeschlossen. Wer weiß von der Verlegung eigentlich Bescheid?"

„Edgar, du machst mich ganz nervös. Das zuständige Personal von der Klinik, mein Chef, der Staatsanwalt und ich und meine Leute."

„Das sind, um eine Schweigepflicht aufrecht zu erhalten, im Prinzip schon viel zu viele", meinte Edgar. „Kümmere dich zuerst um den Personenschutz. Hast du einen Durchsuchungsbeschluss für Mühlhaupts Haus?"

„Also ganz auf der faulen Haut sind wir ja auch nicht gelegen. Wir waren heute Morgen schon dort. Aber außer ein paar USB-Sticks voller Pornos haben wir nichts mehr gefunden. Der Laptop, den wir gestern noch gesehen hatten, war weg. Das heißt, dass er nach unserem Besuch noch einmal zu Hause gewesen sein muss. Seiner Mutter hat er bloß gesagt, er müsse für ein paar Tage weg."

„Können wir uns morgen gegen Abend treffen? Bei Frau Baumeisters Gartenhütte? Es gibt da noch was zu besprechen."

„Warum nicht heute?", fragte Schuster.

„Heute muss ich zu Melanie."

„Edgar", fragte Melanie in Sorge, „was ist passiert? Warum rufst du an?"

Er schilderte ihr, was heute Nacht in der Klinik geschehen war. „Vermutlich ist es der Täter", sagte er, „der die Absicht hatte, Carmen zum Schweigen zu bringen. Für immer, verstehst du? Und er ist flüchtig. Es kann sein, dass er es, wenn er herausfindet, wo sie sich aufhält, wieder versuchen wird. Ich möchte dich warnen. Haltet Augen und Ohren offen und lasst niemanden ins Haus, den ihr nicht kennt. Ich habe vorsichtshalber Personenschutz für euch verlangt. Gib´ mir bitte Bescheid, wenn sich der Polizist oder die Polizistin bei euch meldet. Ich komme heute Abend auf jeden Fall zu euch."

*Was sollte **er** bloß mit diesem einarmigen Kretin anstellen? Saß da und jammerte wegen seiner armen Mutter. Hätte er sich vielleicht eher mal überlegen sollen, bevor er eine Frau pimpern und töten wollte. Und **er** hatte sie ihm auch noch fachgerecht hingelegt, sodass er nur noch seinen Schwanz in sie zu schieben und ihr hinterher den Garaus zu machen brauchte.*

*Er hatte ihn sonntagmorgens in der Früh angerufen. Heute ist dein Tag, hatte er zu ihm gesagt. Es hat zu regnen begonnen. Sie wird garantiert in der Hütte sein. Komm´ her, dann präpariere ich sie für dich und du kannst du sie haben. Und er war gekommen. Von zu Hause. Durch die Waschküche, damit seine Mutter nichts merken soll. Gewürgt hatte **er** die Kleine, bis sie bewusstlos wurde und sich nicht mehr wehren konnte, und dieser Simpel war daneben gestanden und hatte gebettelt „mach´ sie nicht ganz tot, mach´ sie bitte nicht ganz tot.“*

***Er** war dann gegangen. **Er** hatte nicht zusehen wollen, wie Alexander sie fickte und umbrachte. Fehler! Ja, das war **sein** Fehler. Das Luder hatte nämlich überlebt, weil **er** diesen Stümper mit ihr allein gelassen hatte. Und jetzt hatten sie den Salat.*

Was sollte er bloß tun?

*Kevin, sein Informant aus dem Ortenau Klinikum hatte **ihn** ebenfalls hängen lassen. Alles okay, hatte der stets versprochen, die Kleine liegt im Koma und wird nicht aufwachen. Sei beruhigt. Aber dass sie jetzt verlegt wurde, hatte er **ihm** nicht gesagt. Nicht gesagt, dass sie abgeholt wurde. Und was stellt sich jetzt heraus? Kevin hat sich für Ärzte ohne Grenzen nach Asien beworben und war nicht mehr erreichbar. Hat sich abgeseilt, der Herr Doktor.*

*Seit einem dreiviertel Jahr lief **ihm** die Scheiße einfach den Berg hoch. Zuerst Sarah, dann diese blöde Ficknummer für Alex, und kurz darauf auch noch Petra. Vorher war doch* alles so perfekt gelaufen. **Er** hatte doch alles unter Kontrolle. Oder war schon damals, vor vierzehn Jahren, alles vorgezeichnet gewesen?

Begonnen hatte es mit **seinem** Wahnsinnsglück, im Lotto zu gewinnen. Fünf Millionen und ein paar Krümel. Plötzlich konnte **er** sich vor lauter Freunden kaum noch retten. War **er** in der Schule noch der Fiesling, wollte nun jeder mit **ihm** gesehen werden. In **seinem** schicken Cabrio, das **er** sich als erstes zugelegt hatte, ging das Gesehenwerden natürlich wunderbar. Dann war es passiert. Bei einer der ersten Ausfahrten. Alex, das Arschloch, war hinten gesessen. Im Polizeibericht war gestanden, dass **er** viel zu schnell gefahren sei. Was natürlich überhaupt nicht gestimmt hatte. Eindeutig schuld war nämlich der Motorradfahrer gewesen, der sich zwischen das Cabrio und den Vordermann gedrängt hatte, sodass **er** hatte bremsen müssen. Schleudern, Überschlag, Beifahrer tot, Axel Arm ab. Der Motorradfahrer war nie erwischt worden von den Scheißbullen. Aber **er**, **er** sollte die Gesamtschuld tragen. Führerschein weg wegen ein paar Tropfen Alkohol und ein bisschen Gras. Hatte **ihn** viel Geld gekostet, aber **er** hatte ja seine Millionen. Doch ab damals hatte **er** auch Alex am Hals. Tu mir dies, tu mir das. Kauf´ mir einen Computer, kauf´ mir ein Smart-Phone. Ach, **er** war einfach zu gutmütig, und dazu kam noch **sein** Schuldgefühl. Und jetzt? Jetzt saß diese Kreatur neben **ihm** und heulte nach seiner Mama.

Auf den kann **ich mich** doch nicht mehr verlassen. Der bricht ja zusammen, wenn ein Bulle ihm bloß in die Augen schaut.

„Beruhige dich, Alex, trink´ doch ein Bier, damit du auf andere Gedanken kommst. Heute Abend wechseln wir das Quartier, wo du für ein paar Tage bleiben kannst. **Ich** kümmere mich darum, dass deine Mutter alles bekommt, was sie braucht."

Alexander Mühlhaupt starrte **ihn** *an. Eine Träne rann über seine Backe.*

Nein, so ging das nicht weiter. Sah er nicht sowieso wie ein wandelndes Wörterbuch aus, der Alex? **Er** *stand auf und trat hinter Alex' Stuhl, legte ihm beide Hände auf die Schultern, blickte auf die dämliche Perücke.*

„Weißt du was, Alex? Wir machen das anders."

*

In Gengenbach hing Nebel über der Stadt. Es war nicht kalt, aber feucht. Edgar Schaaf war mit dem Nachmittagsbus über den Berg nach St. Paulsberg gefahren. Als er mit *Müller* und *Lydia* an der Haltestelle ausstieg, schien die Sonne über dem Dorf. Melanie wartete auf ihn.

„Gottseidank, Edgar, dass du gekommen bist", schloss sie ihn in die Arme. Sie begrüßte auch die Hunde herzlich, indem sie ihnen das Fell zauselte. „Du kommst gerade rechtzeitig zum Essen."

„Das war jetzt aber nicht der Grund, weshalb ich gekommen bin, meine Schöne."

Arm in Arm steuerten sie auf Ruths Haus zu. *Müller* und *Lydia* tummelten sich bereits am Rothbach bei der Brücke, die man zu Ruths Haus überqueren musste. Verteidigungstechnisch lag das Anwesen gar nicht schlecht, dachte Edgar. Man konnte das gesamte Gelände bis zum Bach überblicken. Nur vom Wald her könnte man sich im Schatten der Bäume eventuell unbemerkt anschleichen.

„Ist Nicole schon da?"

„Nein", sagte Melanie, „sie kommt erst abends. Stell' dir vor, sie hat kurzfristig sogar drei Wochen Urlaub genommen, um uns helfen zu können. Ihre Fachkenntnis ist von unschätzbarem Wert."

„Das glaub' ich gern, und Kai Schuster wird sich vermutlich auch freuen."

„Da wär' ich mir nicht so sicher. Nicole will nämlich bei Ruth schlafen."

„Ach, der Arme."

Sie waren am Haus angekommen. Es stand ein Auto seitlich davor. Wenn Nicole noch nicht da ist, kann es nicht ihr Auto sein, dacht er überflüssigerweise. Ruth öffnete die Tür und umarmte Edgar wie einen alten Bekannten. Edgar war überrascht, welche Hitze sie ausstrahlte. Die Frau schien innerlich zu brennen.

„Wem gehört das Auto?", fragte er unabsichtlich barsch.

„Jetzt komm' erst mal rein, Edgar. Dann wirst du's schon sehen."

Eine junge Frau saß im Wohnzimmer, die er nicht kannte. Etwa fünfundzwanzig, kecker brauner Pagenkopfschnitt. Sie stand auf und ging ihm entgegen. „Hallo", begrüßte sie ihn burschikos, „schönen Gruß von Kai. Ich bin Rita Böhringer, Polizei Offenburg."

Edgar fiel ein Stein vom Herzen. Hatte Kai also doch auf seine Forderung reagiert und für Personenschutz gesorgt. Dennoch fand er ein Haar in der Suppe. „Gut, dass Sie da sind, Frau Böhringer. Oder kann ich du sagen? Ich bin Edgar. Hast du zufällig ein Blaulicht im Auto? Wenn ja, dann stell 's bitte aufs Dach. Wenn nicht, dann bring' morgen eines mit. Noch besser wär' natürlich ein Streifenwagen. Wie lang bleibst du da?"

„Auf jeden Fall heut' Nacht", sagte sie locker. „Morgen fahr' ich dann kurz heim, komme aber später wieder und bring' ein Blaulicht mit."

„Gut. Wir beide machen dann, bevor es dunkel wird, einen Rundgang ums Haus." Zu Ruth gewandt, fragte er, wo er die Hunde unterbringen konnte.

„Die können ruhig im Wohnzimmer bleiben", meinte sie. „Bleibst du auch über Nacht, Edgar?"

„Nein", sagte er. „Jetzt wo Rita bei euch ist, ist es sicher nicht nötig. Ich nehme später wieder den Bus. Hast du überhaupt so viel Platz für alle?"

„Das geht schon, sei unbesorgt. Melanie schläft bei mir im Bett, und die jungen Hühner stecken wir zusammen. Das passt schon."

Etwas verlegen schaute er sich um. „Kann ich das Mädchen mal sehen? Carmen?"

Ruth nickte und ging ihm voraus. In einem Zimmer neben dem Wohnzimmer stand das geliehene Patientenbett. Bläulich leuchtete die Anzeige eines Überwachungsmonitors. Carmens Puls vollzog regelmäßige Ausschläge. Die junge Frau selbst schien förmlich in das Gewebe der Bettbespannung zu versinken. Edgar wagte kaum zu atmen.

„Wir werden ziemlich oft mit ihr reden", erklärte Ruth. „Wir lesen vor, singen, lassen Musik laufen, berühren sie, trainieren ihre Gelenke und Muskeln und betten sie um. In der Klinik war sie die meiste Zeit auf sich allein gestellt. Das wird hier anders sein."

Leise verließ Edgar den Raum. Der Anblick hatte ihn bis ins Mark getroffen. In seinem Kopf entwickelte sich eine Idee. „Ruth", sagte er, „was würdest du davon halten, wenn wir Carmens Freundinnen hierher einladen? Wir sperren die Girls einfach zusammen. Sie sollen sich mit Carmen unterhalten, wie sie es gewohnt waren. Sie sollen ihre Musik spielen, ihr meinetwegen Kopfhörer aufsetzen – im Prinzip eine vertraute Atmosphäre aufbauen. Fändest du das blöd?"

„Aber Edgar, nein", schlug Ruth die Hände zusammen. „Genau das wollen wir ja erreichen. Dass Carmens Sinne stimuliert werden, und wer könnte das besser als ihre Freundinnen. Aber was …"

„Frag´ nicht, Ruth, ich weiß, was du meinst. Können wir noch mehr Leute in Gefahr bringen, während hier ein Täter versucht, Carmen endgültig zum Schweigen zu bringen? Verflixt, daran denke ich auch, das dürfen wir auf keinen Fall riskieren. Doch vielleicht fangen wir mit einer halben Stunde oder einer Stunde an, die wir die Mädchen zusammenbringen. In der Zeit müssen halt noch zwei Polizisten vor dem Haus Wache stehen. Das müsste doch zu arrangieren sein.“

„Edgar, ich glaube es war eine gute Idee, dich engagiert zu haben. Jetzt aber setz´ dich an den Tisch.“

Es war halb zehn Uhr geworden, bis er mit den Hunden wieder zu Hause war. Er hatte noch eine andere Idee gehabt. „Melanie“, hatte er vorgeschlagen, „ich lasse *Lydia* als Wachhund bei euch.“ Aber sie hatte abgelehnt.

„Das können wir *Müller* nicht antun, Edgar. Deine Sorge in Ehren, aber lass´ die beiden ruhig zusammen.“

Ruth hatte Kräutermaultaschen gekocht. Köstlich. Dazu hatte Edgar ein Bier getrunken, das ihn müde werden ließ. Mit Mühe und Not war mit den Hunden eine verkürzte Runde über die Feldwege gegangen, bis er sich schließlich kaum noch auf den Beinen halten konnte. Zuhause hatte er sich mit dem Laptop und Schusters *Mine* ins Bett gelegt, war aber, noch bevor er die Dateien auf dem Speichermedium öffnen konnte, eingeschlafen.

Offenburg, 14. Januar 2022

Die Personenfahndung nach Alexander Mühlhaupt lief bis zum aktuellen Zeitpunkt ohne Erfolg. Kai Schuster hatte Rita Böhringer ohne Wissen seines Chefs und des Diensteinteilers Ben als Personenschutz nach St. Paulsberg abgestellt. Wenn das mal gutgeht, dachte er. Aber eine neue Art von Selbstbewusstsein hatte von ihm Besitz ergriffen. Edgar Schaaf hatte unbedingt recht: **Er**, Kai, war der Chef. Solch eine Entscheidung musste **er** auf seine Kappe nehmen, begründen und vertreten. Mit breiter Brust. **Ich** bin der Chef in dieser Ermittlung, und das wird so gemacht. Wenn **ich** versage, dann kostet es **meinen** Kopf, und nicht den eurigen. Aber bis dahin sage **ich**, wo´s langgeht. Jawohl.

Er dachte an Nicole. Durfte er sagen *seine Nicole*? War das noch zeitgemäß? Dachte sie wirklich daran, mit ihm ein Kind zu bekommen? Sollte er für sie tatsächlich ein so begehrenswerter Mann sein, dass sie sich ein Kind von ihm wünschte? Das war aber noch längst nicht alles. Die nächste Stufe war die Familie. Konnte sie sich vorstellen, mit ihm zusammenzuleben? Hatte sie noch nicht davon gehört, dass die meisten Ehen mit Kriminalbeamten zum Scheitern verurteilt waren, weil der Kriminalist so selten zu Hause war? Den Arbeitgeber wechseln? Zu ihm nach Lahr ziehen? Er schüttelte den Kopf. Seht sie euch doch an. Ist sie nicht die schönste und klügste Frau der Welt? Wäre sie nicht mit dem Klammerbeutel gepudert, wenn sie ihren Luxuskörper an einen biederen Polizisten hergeben würde? Was zählte eigentlich noch in dieser Welt? Was war überhaupt noch erstrebenswert? Geld? Schönheit? Vergnügen? Spaß? Sogar Skispringer erklären im Interview vor laufender Kamera, ihr Sport würde ihnen unheimlich Spaß machen. Spaß? Aber hallo! Sollen die nicht für unsere öffentlichen Gelder die größten Anstrengungen unternehmen, sodass ihnen die gute

Laune vergeht? Wie komm´ ich mir dabei bitteschön vor? Muss mir mein Job auch noch Spaß machen? Frei nach dem Motto, ohne nette Leiche kein gelungener, erfüllter Tag?

Jetzt mach´ aber mal halblang, dachte Kai. Was hat Skispringen mit Nicole zu tun? Wieso kannst du dich nicht einfach darüber freuen, dass Nicole gern mit dir zusammen ist? Dass das so ist, darauf kannst du dich verlassen. Und wieso solltet ihr keine Kinder haben? Die biologische Uhr tickt, und Nicole ist im besten Alter dafür. Du übrigens auch, Kai. Es würde dir gut zu Gesicht stehen, Papa. Kai bekam eine Gänsehaut. Was da auf ihn zukam, war der helle Wahnsinn, aber unheimlich aufregend.

Nicoles Ankündigung, Ruth bei der Betreuung Carmen Graumanns drei Wochen unterstützen zu wollen, hatte ihn zuerst nicht begeistert. Wann würde er sie dann überhaupt noch zu Gesicht bekommen? Wo würde Nicole schlafen? Dann jedoch hatte er die Chance gesehen, zwei Fliegen mit einer Klappe schlagen zu können. Er würde nachts in Ruths Haus den Personenschutz übernehmen, Rita Böhringer die Gelegenheit zum Ausruhen ermöglichen, und mit Nicole zusammen sein können.

Er hatte in Alexander Mühlhaupts Lebenslauf etwas entdeckt, von dessen Tragweite und Auswirkungen er sich momentan noch gar keine Vorstellungen machen wollte, vor dessen Zusammenhängen er für den Augenblick wie paralysiert schien. Soviel Überblick konnte ein einzelner, durchschnittlich begabter Mensch gar nicht haben. Gut, es bestand die Aussicht, dass es gar nichts zu bedeuten hatte, dass es ein Zufall war wie Millionen andere Zufälle auch. Es konnte aber auch sein, dass es eine gewaltige Blase war, die, stach man hinein, einen mit Pest und Cholera überschüttete. Eine stinkende Eiterblase, aus der leider kein Parfumflacon wurde, je länger man um sie herumtanzte. Wie sagt der argwöhnische Kriminalist? Zufälle gibt es in unserem Metier nicht.

Beinahe kam er sich vor, als würde er vehement bestreiten wollen, je von dieser Sache gehört oder gelesen zu haben. Fast mit Sehnsucht wünschte er sich jene Minute zurück, bevor er diesen ominösen Fakt gelesen hatte, um sich für etwas anderes entscheiden zu können. Für etwas Belangloses. Schultern heben und beschwören: Sorry, hab' nichts gesehen, tut mir leid. Allein, so funktionierte es nicht und deswegen wusste er, dass Kapitulation nichts nutzte, sondern er den Berg in Angriff nehmen musste, der sich vor ihm aufgebaut hatte. Vielleicht sogar eine Chance darin sehen. Aber, und das meinte er sich leisten zu dürfen, er wollte es nicht als Einzelkämpfer tun, sondern denjenigen einweihen, der ihm am geeignetsten dafür schien und den er heute noch treffen würde: Edgar Schaaf.

Er hatte gelesen, dass Alexander Mühlhaupt seinen rechten Arm vor vierzehn Jahren durch einen Verkehrsunfall mit einem Cabrio verloren hatte. Er hatte gelesen, dass der Fahrer des Unfallwagens Lars Weniger hieß.

Sieh mal einer an. Lars Weniger. Oberarschloch-Hampelmann-*Ferrari*-Fucking-Lars-Weniger. Heiliger Brimborium, Schutzpatron aller armen Polizisten, mach', dass es Abend werde und ich mich mit meinem Guru Edgar Schaaf beraten kann.

Kai Schuster nahm ein leeres Blatt Papier und notierte, wo und wie der Name Lars Weniger seit …, ja seit wann eigentlich? …seit des Klassentreffens im September letzten Jahres aufgetaucht war. Genau. Nehmen wir seinen Stalkingversuch mit Nicole ruhig dazu. Er war im Mordfall Sarah Kemper aufgetreten; er hat Nicole gestalkt; er war im Mordfall Petra Wörlin namentlich erwähnt; es gab eine Verbindung zu Alexander Mühlhaupt, dem mutmaßlichen Täter im Fall Carmen Graumann.

Was wusste die Polizei über Lars Weniger? Sie hatte seine Fingerabdrücke. Für den Mordfall an Petra Wörlin konnte er ein Alibi vorweisen, das ihm bezeichnenderweise Jakob Fuhrmann geliefert hatte. Und sonst? Lars Weniger war, bis auf den Unfall vor vierzehn Jahren, ein unbeschriebenes Blatt. Wo war er gemeldet? Wo wohnte er überwiegend? Von welchen Einkünften lebt er? Wieso konnte er sich einen *Ferrari* leisten? Auf welcher Bank besaß er ein Konto und wie hoch war der Kontostand? Weiße Flecken auf der Landkarte, und Kai Schuster begann, etwas Licht auf die Existenz von Lars Weniger zu werfen.

Edgar Schaaf hatte Schuster bei Ankunft im Bahnhof Offenburg eine SMS geschrieben, dass er unterwegs zu ihrem Treffpunkt sei, und bereits wenige Minuten nach vier Uhr nachmittags war er in der Schrebergartenanlage eingetroffen. Nebel hing über der Rheinebene und es war den gesamten Tag nie so richtig hell geworden. Bald würde die Abenddämmerung einsetzen. Eine insgesamt ungemütliche Wetterlage. Er ließ *Müller* und *Lydia* im umzäunten Garten Ruth Baumeisters von der Leine. Doch anstatt wie bei ihrem ersten Besuch in den Garten hineinzustöbern, blieben sie direkt hinter dem Gartentor stehen und weigerten sich, weiter in den Garten zu laufen. „Nun lauft, ihr Trantüten", forderte Edgar sie auf, doch sie drückten sich aneinander und schnupperten nervös in die Luft. Komisch.

„Was machen Sie da?", kam eine Stimme von jenseits des Zauns. „Wer sind Sie?"

Edgar, der sich gerade nach dem Ziegel bücken wollte, um darunter den Türschlüssel zur Hütte zu nehmen, drehte sich um. Ein Mann, vielleicht in seinem Alter, stand am Zaun, argwöhnisch nach den Hunden schauend. Homo Erectus, schoss es Edgar blitzartig durch den Kopf, worüber er sich ärgerte, weil es eigentlich nicht seiner Art entsprach, seine

Gegenüber vorschnell zu beurteilen. „Das ist Privatgelände",
bellte der Mann. Edgar ging über einen schmalen Weg zwischen den Beeten zu ihm hinüber. Ja, er war ungefähr in
seinem Alter, was die Anzahl der Jahre betraf, aber sonst
schien er in einer anderen Generation verwurzelt zu sein.
Dieser Mann sah auch alt aus, was vor allem durch die
Physiognomie unterstrichen wurde. Man kann sich auch alt
machen, dachte Edgar. Oder sich gehen lassen. Keine Spannung mehr haben, keine Triebkraft. Was mochte dahin-
terstecken? Ein Leben kann lang sein; für manche Menschen
gefühlt länger als für andere.

Er stellte sich vor: „Entschuldigen Sie", sagte er, „mein
Name ist Edgar Schaaf. Ich bin hier auf spezielle Erlaubnis
von Frau Baumeister. Mit wem habe ich die Ehre?"

„Was für eine Ehre soll das denn sein", hustete der Mann.
„Reinhold Oberle. Mir gehört der Garten, in dem ich stehe."

„Ah, dann sind Sie der Mann, der die junge Frau in der
Hütte gefunden hat, stimmt´s?"

„Allerdings, der bin ich. Wenn Sie von der Presse gewesen
wären, dann hätte ich Ihnen jetzt den Marsch geblasen. Aber
Sie kennen Frau Baumeister wohl persönlich."

„Haben Sie eventuell Probleme mit der Presse? Ich kenne
da einen Journalisten …"

Oberle ließ Edgar nicht ausreden. „Gieringer hieß der Sau-
hund", schimpfte er. „Er hat mich damals ausgehorcht und
mir Geld versprochen, aber von dem Geld hab´ ich bis heute
nichts gekriegt."

Edgar grinste. „Das ist normalerweise nicht Gieringers
Methode. Genau der ist´s, den auch ich kenne. Ich werde
mal ein Wörtchen mit ihm reden, wenn´s Ihnen recht ist,
Herr Oberle."

Oberle schnaufte und winkte mit der Hand ab. „Ich will
mich ja nicht auf Kosten der armen Frau bereichern, aber …

aha, dort kommt ja der Herr Kommissar. Den kenn´ ich. Der hat mich auch befragt."

Schusters Dienstwagen kam über den Gartenweg gefahren, hielt vor dem Gartentor, wo immer noch die Hunde seltsam ängstlich verharrten. Was haben sie bloß, dachte Edgar? Eine halbe Minute später war Schuster bei ihnen. „Guten Tag, Herr Oberle. Hallo Edgar."

Edgar Schaaf blickte zu Oberles blauer Gartenhütte hinüber. „Ihre Hütte ist um einiges größer als die von Frau Baumeister. Hat das einen besonderen Grund? Sonst sind Hütten in Schrebergärten oft genormt und gleich groß."

„Wir sind ja kein Verein. Hier ist man schon etwas großzügiger, solange man dem Bauamt nicht gerade einen Wolkenkratzer vor die Nase setzt. Mein Neffe hat vor einigen Jahren einen Hobbyraum angebaut. Dort, wo Sie das kleine Fenster sehen."

„Danke für die Auskunft, Herr Oberle. Wir wollen dann mal …", sagte Schuster und ging zu Frau Baumeisters Hütte. Er bückte sich nach dem Ziegel, hob ihn hoch – aber es lag kein Schlüssel dort. „Hast du den Schlüssel schon eingesteckt, Edgar?"

„Nee, der Oberle kam mir dazwischen."

Schuster drückte die Klinke zur Hüttentür. Die Tür schwang nach innen auf. Er blieb wie vom Donner gerührt stehen. „Edgar?"

Edgar schaute ihm über die Schulter. Ein umgestürzter Stuhl. Mitten in der Hütte hing ein Mann, die Füße knapp über dem Boden. Ein Seil führte von seinem Hals bis zum Dachsparren. Dem Mann fehlte der rechte Arm. Die Luft stank unerträglich. Jetzt wusste Edgar, was mit den Hunden los war. Sie hatten den Tod gerochen.

Noch während Kai Schuster am großen Rad zu drehen begann, pfiff Edgar Schaaf Herrn Oberle zurück, der auf dem Weg zu seiner Hütte war. Als Oberle wieder am Zaun stand, fragte er ihn, ob er heute jemanden auf dem Gartengelände gesehen habe, der nicht hierher gehörte, und seit wann er sich im Garten aufhalte. „Kommen Sie mit rüber in meine Laube", sagte Oberle, „dann sind wir aus dem Weg."

Edgar Schaaf schwang seine Beine über den Zaun und folgte dem Alten, obwohl er lieber gern dort geblieben wäre, wo um Schuster herum jetzt die Post abging. Aber ihm war klar: Offiziell war er überhaupt nicht hier, und wenn der Herr Staatsanwalt eintreffen würde, müsste er eventuell Fragen beantworten, die er nicht beantworten wollte.

Im Gegensatz zu den äußeren Abmessungen von Oberles Laube, war der Raum, in den er gebeten wurde, relativ klein, nicht größer jedenfalls als der Raum in Baumeisters Hütte. Ein Fenster, das beinahe die ganze Breite des Raumes beanspruchte; ein Tisch, zwei Stühle, eine Spüle aus Edelstahl, ein raumhohes Regal, ein gusseiserner Grill, eine Tür. Mehr befand sich nicht darin. Dann musste der Raum hinter der Tür, angeblicher Hobbyraum, mindestens genauso groß sein, dachte Edgar.

„Darf man da mal reingucken?", fragte Edgar neugierig und frech und drückte die Türklinke hinunter.

„Ist abgeschlossen", antwortete Oberle lapidar. „Nicht mal ich komm´ da rein."

„Und das stört Sie nicht?"

„Pff", machte Oberle gleichgültig. „Ist mir egal, was er da treibt. ´s wird eh nichts Richtiges sein."

Edgar schaute ihm in die Augen. Er behielt seine Einschätzung für sich.

„Ja, Herr Oberle, es ist leider wieder passiert. Ich sage es Ihnen, damit Sie es nicht von anderen erfahren. Und ich sage es Ihnen, damit Sie es für sich behalten. Wenn ich darüber irgendetwas in der Zeitung lesen muss, komme ich persönlich wieder zu Ihnen. Ich hoffe, wir haben uns verstanden."

Oberle lief von einem Ohr zum anderen feuerrot an. „Was erlauben Sie …"

Edgar ließ ihn nicht weiterreden. „Ob Sie mich verstanden haben, will ich wissen", zischte er den Alten schärfer als beabsichtigt an, doch mit erwarteter Wirkung. Oberle schluckte einen dicken Kloß und fühlte sich sichtbar betroffen. Auch recht, dachte Edgar, manchmal möchte ich mich in gewissen Situationen nicht zum Gegner haben müssen. Muss ich demnächst einen Waffenschein für mich und mein Auftreten beantragen, oder war ich früher schon so gefährlich? Edgar erklärte Oberle, was im Garten von Frau Baumeister geschehen war. Zum Schluss versuchte er, seinem Einschüchterungsversuch die scharfe Kante zu nehmen.

„Nehmen Sie es nicht persönlich, Herr Oberle. Bei uns liegen im Moment auch die Nerven etwas blank."

Einen Schwachsinn labere ich an die Leute hin, dachte er. Wie soll er es denn sonst nehmen, wenn nicht persönlich? Edgar trat vor Oberles Hütte und schaute über den Zaun zu Baumeisters Garten. Dort wimmelte es mittlerweile von Leuten. Techniker in Ganzkörperanzügen, Männer in Zivil, dazwischen Schuster. Auf dem breiten Gartenweg blinkten die Blaulichter der Polizei-Einsatzfahrzeuge und des Notarztwagens, an der Einmündung zum Gartenweg parkte der Sanitätswagen. Wo waren *Müller* und *Lydia*? Eine heiße Welle schwemmte über ihn hinweg. Beunruhigt rannte er zu Oberles Gartenpforte und blickte den Gartenweg entlang. Er entdeckte sie am entgegengesetzten Ende des Weges beieinanderliegen. Sie mussten aus Baumeisters Parzelle hinaus sein, als die Techniker und Ärzte gekommen waren. Edgar ging zu ihnen und nahm sie an die Leinen. Braver *Müller*, du grinsender Affe, brave *Lydia*, meine Schöne. Kommt, wir gehen wieder zurück. Keine Angst, ich bin ja bei euch.

Als er in Höhe des Gartentors war, kam Schuster zu ihm hergelaufen. „Edgar", sagte er, „im Augenblick kannst du hier nichts tun. Nimm´ meinen Dienstwagen und fahr´ zu dir nach Hause. Ich lass´ mich nachher, wenn ich Frau Mühlhaupt die traurige Nachricht überbracht habe, von einem Streifenwagen nach Gengenbach fahren. Wir können dort noch miteinander reden. Nicole ist sowieso in St. Paulsberg bei Ruth Baumeister. Okay?"

Edgar streckte die Hand nach dem Autoschlüssel aus.

„Riesensauerei, das", sagte er nur.

Schuster nickte bloß.

Kapitel 7

Gengenbach, 15. Januar 2022

Melanie war in ihr Geschäft *Aquarelle und Poesie* in die Stadt gegangen. Frau Holzer, die Vertretung während Melanies Abwesenheit, feierte heute ein privates Familienfest und hatte deswegen keine Zeit, das Geschäft zu führen. Als Edgar gestern Abend mit Schusters Dienstwagen aus Offenburg zurückkam, war sie selber gerade erst mit dem Bus aus St. Paulsberg nach Hause gekommen. Vom Tod des mutmaßlichen Täters Alexander Mühlhaupt hatte sie durch Rita Böhringer erfahren, die die Nachricht ziemlich abgeklärt kommentierte: „Dann können wir uns den Personenschutz ab sofort schenken."

Wohl wahr, hatte Melanie gedacht. Die ungewisse Spannung war unter den Frauen in Ruths Haus zwar nie offen zur Sprache gekommen, aber doch latent ständig irgendwie präsent gewesen, wie eine ungeliebte Wahrheit, mit der man sich gedanklich beschäftigte. Nun also war die Gefahr vorbei, sofern es denn eine echte Gefahr war, denn konnte ein Mann mit nur einem Arm, wie Rita beschrieben hatte, für vier wehrhafte Frauen eine Bedrohung darstellen? Das war die Krux. Konnte er, oder konnte er nicht? Wozu war ein in die Enge getriebener Mensch fähig? Die fortwährende Unsicherheit war schlimmer als die Sekunde der Gewissheit, der Blick in den Abgrund angsteinflößender als der Sprung in die Tiefe selbst. Männer mochten mit derartigen Situationen bestimmt pragmatischer umgehen. Sie sagten einfach, *dann schau halt nicht runter*. Frauen konnten das nicht. Ihr komplexes System war auf anderen Werten, aus anderen Molekülen aufgebaut. Sie waren die Erfinderinnen des Eies, dessen Zerbrechlichkeit es zu beschützen galt. Männer steuerten doch lediglich ein paar lächerliche Fischchen zum Leben bei und schauten in der Regel schon in eine andere Richtung, während die Frauen mit der Sorge um das Leben vollauf beschäftigt waren. Mit *schau halt nicht hin* konnte man die eigene Art nun mal nicht erhalten.

Rita Böhringer wollte zumindest so lange bleiben, bis ihr Vorgesetzter Kai Schuster sie offiziell von ihrem Auftrag entband, und das würde er sicher tun, sobald er abends in St. Paulsberg eintreffen würde. So jedenfalls hatte es Rita am Telefon verstanden. Melanie war danach gegangen.

Sie waren sich in die Arme gefallen, wollten sich gar nicht mehr loslassen.

„Edgar", hatte sie ergriffen geschnieft.

„Ich habe dich so vermisst", sagte er weich.

In Kürze hatten sie ein leichtes Abendmahl zusammengestellt und mit einem Glas Weißwein zu sich genommen.

„Es ist so ein scheußliches Gefühl, auf etwas zu warten und gleichzeitig zu hoffen, dass es nicht eintreffen möge", sagte Melanie. „Aber nun ist es gottseidank vorbei."

Edgar seufzte fast unhörbar, schwieg jedoch und wich Melanies Blick aus.

„Das ist es doch. Vorbei, meine ich." Sie beobachtete ihn aufmerksam. „Edgar! Sag´ was."

Sie kennt mich, dachte er. Sie kennt mich nur zu gut. Er begann zaghaft den Kopf zu schütteln. „Mein Bauch sagt mir etwas anderes", sagte er ruhig. „Leider ist das nichts, das mir Freude, sondern eher Kopfzerbrechen bereitet."

„Aber hat der Täter nicht Selbstmord begangen? Du warst ja mit Schuster an Ort und Stelle. Du hast ihn doch gesehen, oder?" Melanie musste diese Fragen stellen, damit sie vom Tisch waren, obwohl sie ziemlich sicher war, dass ihr seine Antworten nicht gefallen würden.

„Was ich mit meinen Augen gesehen habe, ist möglicherweise nur das, was ich sehen sollte."

„Deine Antwort ist kryptisch, Edgar Schaaf", sagte sie. „Willst du mir das nicht erklären?"

Er wusste, dass immer, wenn sie ihn bei vollem Namen nannte, sofern es nicht im Spaß geschah, sie von ihm eine seriöse Antwort verlangte.

„Ich kenne diesen Mann nicht", erwiderte er, „bin ihm nie begegnet. Was also sollte mich glauben machen, dass er nicht allein verantwortlich für das Verbrechen an Carmen Graumann sein soll? Und doch ist es so, Melanie. Ich kann es nicht schlüssig begründen, und doch sagt mir mein Gefühl etwas anderes. Vielleicht war ich einfach zu lange Polizist, um so zu denken. Vielleicht bin ich noch nicht lange genug aus dem Geschäft raus, sodass es noch in mir steckt. Meine Sensoren sagen mir, dass wir nach wie vor vorsichtig sein müssen."

„Ich ahnte es", murmelte sie. „Ich ahnte es. Komischerweise spürte ich ebenfalls etwas in meiner Brust, das mir Warnsignale sandte. Ich konnte es jedoch nicht artikulieren, nicht wortreif machen, nicht dingfest, verstehst du? Jetzt, wo du es mir vorsagst, decken sich deine Worte haargenau mit meinen Empfindungen. Es ist nicht vorbei, nicht wahr?"

Er nahm sie in seine Arme. „Du bist wie ich", sagte er. „Ich glaube, ich habe auch deine Wellen gespürt, die mich zu meiner Einschätzung geführt haben."

Sie hatten für Kai Schuster ebenfalls ein Abendbrot bereitet. Er hatte sich mit einem Streifenwagen vor ihr Haus fahren lassen. Von hier aus würde er mit seinem eigenen Dienstwagen nach St. Paulsberg kommen.

„Es war einfach nur schrecklich", war sein erster Satz, nachdem er aus dem Auto gestiegen war. „Angehörigen eine Trauerbotschaft überbringen sollten Profis machen, die das gelernt haben, und keine Polizisten. Ich hasse es. Besonders, wenn man es der Mutter erklären muss."

„Komm´ ins Haus", hatte Edgar ihn empfangen. „Ich verstehe eins zu eins, was du meinst. Es ging mir selber immer so. Schrecklich, in der Tat, das ist es."

„Im Augenblick", berichtete er, „sieht es nach Suizid aus. Aber Dr. Brenneis will sich noch nicht endgültig festlegen. Er meint, bis Montag würde er klarer sehen. Auf jeden Fall hat der Schlüssel zur Gartenhütte von innen gesteckt. Würde einer, der den Selbstmord plant, dann die Tür nicht abschließen, um vor Entdeckung sicher zu sein?"

„Man weiß es nicht, Kai. Spekulation", sagte Edgar.

„Übrigens danke für das Abendbrot. Ich hatte richtigen Kohldampf."

Edgar ließ einige Sekunden verstreichen. „Kai, ich bin bei Durchsicht der digitalen Akten auf etwas gestoßen. Im Falle der Sarah Kemper finden sich überhaupt keine Angaben über die Befragungen ihrer Wohnungsnachbarn?"

Kai erkannte, dass das Frage und Feststellung in einem waren. „Nun", meinte er, „Sarah Kempers Leiche wurde auch weit von ihrem Zuhause entfernt bei Mattenheim gefunden. Wie sollten da Nachbarn was bemerkt haben?"

„Wer sagt dir, dass sie nicht in ihrer Wohnung umgebracht wurde? Laut Obduktionsbericht war die Todesursache Genickbruch. Da fließt normalerweise kein Blut, dessen Spuren man nachträglich noch sichtbar machen könnte, verstehst du?"

„Dann müsste der Täter die Leiche ja von dort fortgeschafft haben."

„Eben", sagte Edgar.

„Und wieso hat er den Leichnam dann ausgerechnet bei Mattenheim in ein Kanalrohr gesteckt? Das macht keinen Sinn, Edgar."

„Wenn es dir der Täter nicht sagt, weißt du´s nicht. Und noch etwas. Wohin flossen Frau Kempers Einkünfte? Sie muss wahrscheinlich ein Bankkonto gehabt haben. Wenn keine Verwandten vorhanden sind, die darüber verfügen konnten, muss das Konto eigentlich noch existieren."

Schusters Gesicht überzog sich mit hektischen Flecken. Er sah ein, dass er in dieser Beziehung nachlässig gearbeitet hatte, und es tat weh, mit der Nase darauf gestoßen zu werden. Er presste die Lippen zusammen.

„Kai", sagte Edgar, der das Dilemma, in dem sich Schuster befand, erkannte. „Hör´ zu. Es ist für nichts zu spät. Ich hatte dir gesagt, dass wir das zusammen lösen. Ich für meinen Teil bleibe dabei. Wie sieht es bei dir aus?"

„Gut sieht es aus", begehrte er auf. „Du siehst ja, wie gut es aussieht. Ich beherrsche nicht mal das Handwerk, mit dem ich mein Brot verdiene." Er schaute zur Decke.

„Nicht hinschmeißen, Kai. Jetzt erst recht. Wir beginnen jetzt. Kein Wort zu anderen über das, was zwischen uns gesprochen wird. Ich war selber mal in der Situation, in der ich mir, als ich ein junger Kommissar gewesen bin, einen erfahrenen Partner gewünscht hätte, und nicht bekam. Du hast jetzt einen."

„Ach Edgar", seufzte Kai, „manchmal weiß ich nicht mehr, wo mir der Kopf steht. Aber ich habe da auch noch was, wofür ich deinen Rat brauche. Es betrifft Alexander Mühlhaupt. Der Unfall, bei dem er vor vierzehn Jahren den rechten Arm verlor …der Fahrer des Unfallautos war Lars Weniger."

Edgar Schaafs Gedanken kreiselten. „Der Lars Weniger, der bei deinen Ermittlungen zu den Mordfällen an Sarah Kemper und Petra Wörlin auftaucht? Der Manager der vier Spielcasinos von Jakob Fuhrmann? Der Lars, dessen Fingerabdrücke in den Wohnungen der beiden Frauen vorhanden waren und der von Jakob Fuhrmann ein Alibi hat?"

Schuster nickte. „Genau der."

Es hatte Edgar zwar nicht die Sprache verschlagen, aber es war einer der seltenen Momente, in denen der erfahrene Kriminalist wusste, dass soeben ein Durchbruch in den Ermittlungen erfolgt war. Diese Fähigkeit, im Bruchteil einer Sekunde an sich völlig unterschiedliche Konstellationen miteinander verbinden zu können, besaß nicht jeder. Und der sie besaß, konnte in Worten die Zusammenhänge nicht fixieren. Dafür war das Ereignis der Erkenntnis zeitmäßig zu kurz. Nur dass es genauso war, wie in diesem einen lichten Augenblick erfasst, war ein unumstößlicher Fakt. Bloß: Kein Staatsanwalt ließ sich davon beeindrucken, kein Richter davon überzeugen, und nicht eine einzige Zeile konnte damit geschrieben und kein beweiskräftiges Blatt Papier damit gefüllt werden. Bislang blieb es weniger als ein Plan, durchsichtiger als eine Absicht, nebulöser als fundiertes Wissen.

Dennoch klatschte Edgar dem jungen Oberkommissar die Hand an die Schulter. „Klasse, Kai", rief er dabei aus. „Das ist ein echter Durchbruch. Merkst du was? Die Verbindung?"

Soviel Lob aus des Meisters Mund? Schuster lächelte verlegen. „Ich hab´ mir heute in Ruths Gartenhütte schon gedacht, dass es durchaus auch etwas anderes als Suizid sein könnte."

„Ja, gut so. Weiter so", freute sich Edgar. „Und wenn du so denkst, dann überlegst du vielleicht auch, ob es eine gute Idee ist, den Personenschutz für St. Paulsberg aufzuheben?"

„Natürlich. Ich werde heute Nacht selber dort sein. Rita Böhringer muss schließlich mal nach Hause können."

Edgar überlegte. „Lass´ uns Steinchen für Steinchen zusammentragen. Da es nicht mehr auf jede Stunde ankommt, können wir Punkt für Punkt abarbeiten. Wenn wir Carmen Graumann und ihre Betreuerinnen ausreichend schützen, haben wir Zeit. Und wenn es so ist, wie wir denken, darf er uns nicht durch die Lappen gehen."

„Und wie denken wir?"

„Drei Morde, ein Täter?"

„Klingt verwegen, Edgar, aber möglich wär´s", lächelte Kai Schuster.

„Hmmmmmm", summte Edgar zufrieden.

*

Müller und *Lydia* liefen weit voraus, Edgar Schaaf in Gedanken hinter ihnen her. Sie werden mich schon führen. Wie gut, dass ich sie habe. Und Melanie natürlich.

Wir sind aus dem gleichen Holz geschnitzt, dachte er. Hatte er, bevor sie sich kennenlernten, überhaupt so etwas wie ein Leben gehabt? Manchmal schien die Erinnerung an früher vor seinen Augen zu verblassen, durchsichtig zu werden und zu verschwinden, als hätte er nie eine Vergangenheit besessen. Konnte er stolz sein auf das, was er vor ihrer gemeinsamen Zeit war? Wenn er heute genötigt werden würde, seine Memoiren zu verfassen, wäre er mit der Aufgabe völlig überfordert. Wie sollte denn sowas gehen? Er hatte nie Tagebuch geführt, war nie ein Schreiberling gewesen. Eine Leseratte war er. Bücher und Aktenberge. Aber kein Märchenerzähler. Er bewunderte Leute, die Geschichten zu erzählen wussten, ob sie nun mündlich überliefert wurden oder in Schriftform. Als Kind hatte er Grimms Märchen gelesen und danach Karl May, doch davon hatte er das meiste vergessen. Hatte er demnach auch seine Kindheit vergessen? Seine Jugendzeit? Was davon war in seinen Gehirnwindungen übriggeblieben? Lohnte es, sich jetzt, da er auf die Siebzig zuging, darum zu kümmern? Er konnte nichts hinterlassen. Niemandem etwas. Er hatte keine Kinder, keine Verwandten. Wer würde sich für seine alten Geschichten, falls er sich noch erinnerte, interessieren? Nur Melanie, und sie war sein Leben jetzt. Jetzt. Nicht früher. Nicht längst gewesen. Sondern morgen, übermorgen und zukünftig. Hatte sie ein Leben vor ihm? Sie hatte ihm nur von ihrem Mann erzählt, mit dem sie über zwanzig Jahre lang zusammengelebt hatte. Dagegen waren die etwas mehr als zwei Jahre mit ihm ein Klacks. Grund neidisch zu sein? Eifersüchtig? Auf einen Mann, der nicht mehr lebte? Papperlapapp. Soweit kommt´s noch. Es konnte ja gar nicht anders sein, als dass Melanie eine eigene Vergangenheit hatte. Ich werde sie nicht fragen, dachte er. Irgendwas muss dem Menschen auch noch alleine gehören, und wenn es nur seine Vergangenheit ist.

Wie lange würde er noch mit der Harley fahren können? Seinen Pferdeschwanz tragen, seinen Bart? Wie lange würden ihm noch die Holzfällerhemden stehen? Wann würde es notwendig werden, eine Rollstuhlrampe an das Türmchenhaus bauen zu lassen? Diese Fragen führen zu nichts, dachte er. Wenn ich die Antwort wüsste, würde ich nur versuchen, mich selbst zu hintergehen und zu betrügen. Das will ich nicht.

Ich werde jeden Tag so nehmen, wie er kommt. Wenn es regnet, kann ich nicht die Sonne scheinen lassen. Ich kann nur etwas an dem ändern, das ich selber in der Hand habe. Und auch das nicht immer, denn manchmal kommt es anders. Aber dann hilft einem ein gesundes Maß an Demut aus der Patsche. Oder war es Wehmut? Nein, nein, Demut ist schon richtig. Und jeden Tag kann ich etwas bewirken. Ich kann durch ein freundliches Wort meine Melanie glücklich machen; machen, dass sie mich anstrahlt. Das ist es, was der Mensch braucht. Jemanden, den er lieben kann, und jemanden, der ihn liebt.

Und was ist an diesem Fall dran? Besser gesagt: an den Fällen? Ich hatte es gesehen. Ich hatte die Intuition. Jetzt brauche ich die Geduld, auch Kai Schuster machen zu lassen. Ich werde im Hintergrund sein. Nicht als sein Damoklesschwert, sondern als seine Versicherung. Der Junge ist gut, wenn er nicht zu viel um die Ohren hat. Wenn er sich auf eine Sache konzentrieren kann. Der Beweis ist, dass er die Möglichkeit einer Verbindung zwischen allen drei Fällen nicht ausgeschlossen hat. Dazu gehören Mut und Vorstellungskraft. Vielleicht hatte ihn ja die berühmte Intuition, Geheimschlüssel aller wahren Kriminalisten, mit einem Rockzipfel gestreift. Und wer einmal mit ihr zu tun gehabt hatte, wird sie immer wieder finden. Oder sie findet ihn.

Edgar war stehengeblieben. Von der Stadt her ertönten die Mittagsglocken. Samstag. Wie auf Kommando hatten die Hunde vor ihm umgedreht und kamen nun in gestrecktem Galopp auf ihn zugesprungen. Ein herrliches Bild, beide nebeneinander. Der Wind spielte mit ihren Haaren. Die pure Lebensfreude. Du bist ein Dummkopf, Edgar Schaaf, schalt er sich. Schau dir diese Tiere an. Wie ehrlich sie sind. Wie sie ihm vertrauen. Genau das ist es. Das ist das Leben, das ich mir wünsche. Und wenn ich älter werde, will ich es auch.

St. Paulsberg, 16. Januar 2022

Sonntagmorgen. Nicole und Kai Schuster lagen zusammen in einem Ein-Meter-Bett im ersten Stock von Ruth Baumeisters schnuckeligem Haus. Er war am Abend vorher direkt vom Polizeipräsidium Offenburg hierher gefahren. Dadurch konnte er Rita Böhringer ein halbwegs freies Wochenende verschaffen und selber bei Nicole sein, dienstlich und offiziell.

In einer schwierigen und beinahe hitzigen Diskussion mit seinem Chef, dem er am Samstagmittag eher zufällig und ungewollt über den Weg gelaufen war, hatte er seine Maßnahme bezüglich des Personenschutzes für Ruth Baumeister und ihre Patientin durchgesetzt. Es war ihm sogar gelungen, für diesen besonderen Einsatz Überstunden aufschreiben zu dürfen. Es geht nicht, hatte er dargelegt, dass seine Ermittlungen und seine Methoden in Frage gestellt würden. So könne er nicht kontinuierlich und konstruktiv arbeiten. Bevor seine Autorität zur willkürlichen Dispositionsware verkommt oder untergraben wird; wenn er in seinem eigenen Haus keinen Rückhalt findet, wird er die Reißleine ziehen und sich anderweitig umsehen. Entscheidungen, die von ihm getroffen werden, kann man nicht einfach wieder umdrehen, weil sonst das ganze Gefüge der Ermittlungen zusammenbricht. Der Personenschutz bleibt bestehen, bis er ihn nicht mehr für erforderlich hält, und diesbezüglich möchte er sich nicht von einem Schreibtischbeamten kritisieren lassen.

„Hast du stark gemacht, Kai", hatte ihn Nicole gelobt.

Gestern Abend waren sie gemeinsam im Patientenzimmer gesessen und hatten sich zwanglos unterhalten. Ruth, Nicole und Kai. Hatten Atmosphäre geschaffen. Ruth spendierte eine Flasche Rotwein und Salzbrezeln zu der Runde. Sie wirkte sehr ausgeglichen. Die Anwesenheit von Nicole verschaffte ihr im Befinden zusätzlich die Beruhigung, derer sie sich emotional uneingeschränkt bedienen durfte. Nicole war nicht nur willkommene und praktische Medizinerin, sondern der Fallschirm, die Sicherheitsleine für ihre inneren Zweifel an sich selbst, die sie noch manchmal überkamen. Aber nach nur wenigen Tagen seit Carmens Ankunft fühlte sich Ruth in ihrer Entscheidung bestätigt. Sie würde das mit Hilfe die-ser wunderbaren Menschen schaffen. Mit Nicole und mit Melanie. Nächste Woche würde sie sogar ihren Kräuterladen in St. Paulsberg wieder halbtags öffnen.

Indes veränderte sich an Carmens Zustand nichts. Es wurde nicht schlechter, aber auch nicht besser. Wenn mit Carmen gearbeitet, also wenn ihre Arme und Beine bewegt wurden oder wenn sie in eine andere Lage gebettet wurde, waren sie immer zu zweit. Sie stellte kein Gewicht dar an sich, doch waren meist drei, vier Handgriffe gleichzeitig notwendig, und das war für eine Person zu umständlich. Carmens Augen waren ständig geschlossen, als würde sie schlafen, was in einem tragischen Sinne ja auch stimmte.

„Du wirst also ab dem Sommer in Lahr arbeiten?", hatte Ruth gefragt.

„Ja, ich glaub', ich mach das", antwortete Nicole, sah dabei jedoch unverwandt Kai an. „Wir …wir suchen eine größere Wohnung."

„Ihr kennt euch aber noch nicht lange, oder?"

„Doch", lächelte Kai, und man sah ihm an, dass seine Augen in die Vergangenheit tauchten. „Doch, schon seit dem Gymnasium. Wir waren in derselben Klasse. Aber du hast recht: Wir sind erst seit kurzem zusammen. Hat sich so ergeben. Und du, Ruth? Du hast keine eigenen Kinder?"

Sie schüttelte den Kopf und trank einen Schluck Wein.

„Nein. Aber auch das ist ganz in Ordnung so. Wenn ich's mit ganzem Herzen gewollt hätte, dann hätt' ich bestimmt auch Kinder, aber mir fehlten einige Prozent, um eine hundertprozentige Mutter sein zu wollen. Und die muss man ja schon in die Waagschale werfen, für das Kindeswohl. Hundert Prozent, meine ich."

„Nächste Woche lotsen wir Carmens Freundinnen hierher. Ich hoffe, du bist damit einverstanden", wechselte Kai das Thema. „Sie sollen ihre Musik und ihr Gelaber mitbringen, und dann lassen wir die fünf unter sich. Vielleicht macht das Eindruck auf Carmen."

„Gute Idee. So Kinder, ich gehe zu Bett. Gute Nacht euch beiden. Wann möchtet ihr frühstücken?"

„Am liebsten von zehn bis zwölf", grinste Nicole. „Morgen ist ja Sonntag, da schlafen wir aus."

„Sowas wie Ruths Häuschen würde mir gefallen", sagte Nicole und kraulte gedankenverloren Kais Brust. Ihm sprossen dort ein paar kümmerliche Haare. Durchs Fenster erklangen die Sonntagsglocken. „Es müsste gar nicht größer sein. Unten eine Küche, ein Wohnzimmer und ein Bad, und oben unterm Dach drei kleine Zimmer und ein Badezimmer. Ein Garten, eine kleine Scheune, irgendwo in der Nähe in einem Dorf."

„Du erfindest dich wohl gerade neu, meine Schöne?" Er liebte diese Momente voller Nähe und voller Vertrauen. Zwei Menschen zeichneten Bilder ihrer Wünsche, schrieben Wunschzettel an den lieben Gott, wie immer der aussehen mochte. Man sprach nicht über solch privaten, intimen Dinge, wenn man sich des Gegenübers nicht absolut sicher sein konnte. Es war, als dürfte man durch ein Fenster in ihn hineinschauen, und manchmal durfte man drinnen sogar spazieren gehen. Das waren die Augenblicke im Leben, nach denen ein jeder auf der Suche war, und nur wenige hatten das Glück, sie zu finden. Paare, Beziehungen, Verbindungen gab es genug auf der Welt, gebildet aus materiellen, praktischen und taktischen Gründen. Liebe war bei Weitem nicht immer der Anlass, sich mit einem anderen zusammenzutun. Nicole schien, und das beobachtete er mit wachsendem Staunen und steigender Spannung, gerade Weichen zu stellen, die eindeutig in eine Richtung führten. Familie. Bewahrung, Sicherung und Ausbau ihres Glückes, das sie mit ihm gewonnen hatte. Er war der, mit dem sie sich traute, über ihre Vorstellungen zu reden, ohne Gefahr zu laufen, milde belächelt zu werden, als wäre sie ein naives Kind. Sie wusste, dass er sie ernst nahm, und darum durfte sie auch unbekümmert von dem rührenden Bild eines kleinen Häuschens mit ihm träumen.

„Nein", meinte sie, „das ist keine neue Erfindung. Ich glaube, die Urform dieses Traumes hat schon immer in mir gesteckt, und jetzt bin ich bereit dafür. Für alles. Mit dir, Kai."

Er nahm sie in die Arme. Ihr Geständnis überwältigte ihn. Er spürte sein Herz bis in die Kehle klopfen. Plötzlich kam ihm alles ganz logisch vor. Es konnte überhaupt nicht anders sein, als mit Nicole zusammen in die Zukunft zu gehen. Die Entscheidung war in dieser Sekunde gefallen, und er war darüber so ergriffen, dass es ihm die Sprache raubte. Nur ihren Namen vermochte er zu flüstern: „Nicole."

„Ja, ich bin hier."

„Ein Häuschen?"

„Ja. So wie das hier."

Er murmelte ihr ins Ohr: „Morgen fangen wir mit der Suche an."

*

Edgar Schaaf und Melanie Köninger waren schon seit zwei Stunden zu Fuß unterwegs, als sie St. Paulsberg unter sich liegen sahen. Sie waren mit *Müller* und *Lydia* um ein Uhr mittags im Kinzigtal gestartet und hatten den Bergrücken überquert, der das Kinzigtal vom Rothbachtal trennte. Das Wetter hatte sie zu der Wanderung eingeladen, und die Bewegung, so die Absicht, würde ihnen und den Hunden nicht schaden. Die Kellergalerie im Türmchenhaus war ab zwölf Uhr geschlossen. Sie hatten sich bei Ruth Baumeister zum Kaffee angekündigt und aus Gengenbach Zimtschnecken mitgebracht.

Edgar transportierte zwei Neuigkeiten im Gepäck, auf die er am Samstag gestoßen war, und über die er mit Kai Schuster unbedingt persönlich sprechen wollte. Auf die erste Neuigkeit war er bei der Durchsicht von Kais gespeicherten

Unterlagen gestoßen, die zweite Neuigkeit war das Ergebnis einer eher zufälligen Recherche, doch beide waren durchaus dafür geeignet, ihre vage These von den drei Morden und einem Täter zu untermauern. Rechnete man Carmens Fall dazu, hatten sie es mit insgesamt vier Verbrechen zu tun.

Sie hatten sich unterwegs über den vorgesehenen Kunstabend in Gengenbachs Stadthalle am dreiundzwanzigsten April unterhalten. Edgars Arbeit am Computer, die Bilder in eine präsentable Mutlivisions-Diashow umzuwandeln, hatte in letzter Zeit wegen seines Engagements um die Kriminalfälle etwas gelitten. Noch hatte er die Bildübergänge nicht ganz zu seiner Zufriedenheit gestalten können. Ihm schwebten sanft gleitende Bewegungen vor, sodass die Szenen fließend ineinander übergingen, der Zuschauer durch das Verlassen der einen Bildsequenz durch die Entwicklung der nächsten gefesselt und überrascht wurde. Noch geschah die Bildfolge zu abrupt, wirkte nervös und hektisch, was den Gesamtablauf unruhig erscheinen ließ und die Qualität eher zerstörte als unterstützte. Melanie indes wartete darauf, endlich die Farbbearbeitung übernehmen zu können.

Was ihr noch immer nicht gelungen war, war die passende Garderobe für ihren Auftritt zu finden, was, wenn man vom Gesamteindruck sprach, ihrer Meinung nach unbedingt dazugehörte. Sollte sie sich im seriösen aber diskreten Business-Stil kleiden, Hosenanzug oder Kostüm, also mehr oder weniger einen langweiligen Kontrast zu den Bildern liefern, oder selbst einen Kontrapunkt setzen durch ein geschmackvolles aber auffallendes Kleid? Was passte denn überhaupt zu ihrem Alter, zu ihrer Figur? Wie hoch höchstens durfte ein Rocksaum liegen, um nicht zu aufgesetzt jugendlich zu wirken, beziehungsweise wie tief, um nicht als altbacken daher zu kommen? Sollten eventuell sogar Jeans und ein entsprechender Blazer reichen? Sie würde Ruth und Nicole um ihre Meinung fragen müssen, denn allein war ihr die Sache zu kompliziert, und Edgar würde empfehlen: Schwarz trägt sich immer gut.

Hänsel und *Gretel*, Ruths Katzen, nahmen Reißaus, als sie Edgar und Melanie mit den Hunden kommen sahen. Ruth empfing sie herzlich an der Haustür. Im Wohnzimmer dufte-te es bereits nach Kaffee und Nicole und Kai saßen bereits am Tisch. Die Tür zum Nebenzimmer, in dem Carmen lag, stand offen. Unverändert lag die junge Frau mit geschlosse-nen Augen auf dem Spezialbett.

„Wir lassen die Tür offen, damit sich die Hausatmosphäre bis zu ihr ausbreiten kann", erklärte Ruth.

Ruths Kaffee war wirklich hervorragend, und alle griffen zu den Zimtschnecken, die Melanie und Edgar auf den Tisch gestellt hatten.

„Wollt ihr wieder zu Fuß nach Gengenbach laufen, oder soll ich euch später mitnehmen? Einmaliges Angebot", sagte Kai.

„Du, danke für das Angebot, aber wir nehmen den Bus. Das klappt wunderbar. Nicht wahr, Edgar?"

Edgar brummelte eine Bestätigung. Oder war es sein *Hmmmmm* vom Kammerton A?

„Ihr habt nicht zufällig ein kleines Häuschen zu verkau-fen?"

Edgar schaute überrascht auf. „Wer sucht hier ein Häus-chen? Du etwa, Nicole?"

Die Angesprochene nahm Kais Arm und hängte sich bei ihm ein. „Wir sind total aufgeregt", plapperte sie drauflos, „wir beide haben uns dafür entschlossen. Ja, so ein schönes Häuschen wie das hier von Ruth. Gell, Kai?"

Kais Augen strahlten vor Stolz. Nicht so sehr wegen des Häuschens, sondern weil er jetzt ganz offiziell ihre Verbin-dung kundtun und ausleben konnte. „Ja stimmt", lächelte er breit, „wir werden heiraten."

Nicole stieß einen spitzen Schrei aus. „Davon weiß ich ja noch gar nichts, du Schuft." Sie schlug ihre Hände vor den Mund. „Seit wann weißt du denn davon?"

„Seit eben", schmunzelte er. „Wenn du mich überhaupt willst."

Nicole fiel ihm um den Hals. Ruth, Melanie und Edgar waren aufgestanden. „Herzlichen Glückwunsch, euch beiden", rief Ruth, und dann waren alle von einer Eruption von Euphorie befallen. „Darauf müssen wir anstoßen", bestimmte Ruth. „Leider hab´ ich keinen Champagner im Haus, sondern nur einen Kräuterschnaps. Selbst angesetzt. Aber der tut´s auch."

Die beiden Männer gingen vors Haus und schlenderten auf dem Weg vom Haus zur Rothbach-Brücke hin und her. Kai fühlte sich federleicht. „Tolle Sache, das mit Nicole", gestand er. „Jungejunge, Edgar. ich kann´s noch gar nicht richtig glauben. Seit der Schule hatten wir uns nicht mehr gesehen, und dann kam dieser Tag im September letzten Jahres. Und es hat eingeschlagen. Kannst du dir das vorstellen?"

Edgar lächelte. „Kann ich, Kai. Ich hab´ Melanie im Dezember 2020 zum ersten Mal gesehen, und bin im Januar 2021 bei ihr eingezogen. Die Liebe ist die stärkste Macht, die Menschen bewegen kann."

„Ihr beide passt auch prima zusammen, du und Melanie."

„Du und Nicole auch. Das spürt man. Es ist ein Mirakel, das man nicht hinterfragen oder anzweifeln muss. Es ist wie es ist. Ich für meinen Teil habe das Glück dankbar angenommen. Und mein größtes Glück ist, wenn ich Melanie glücklich sehe."

„Ja, Edgar, das hat was an sich. Du hast Neuigkeiten, die die Fälle betreffen?"

Edgar nickte. „Das Video von der Anhörung Lars Wenigers Anfang Oktober. Erinnerst du dich an Einzelheiten?"

Kai versuchte, sich an spezielle Momente zu erinnern.

„Worauf willst du hinaus?"

Edgar klopfte sich mit der Faust auf den Kopf. „Er hatte einen Fleck auf der Stirn."

Kai war stehengeblieben. „Ja, stimmt, du hast recht. Es war der Schorf von einer Platzwunde. Wir hatten eine Woche vorher ein Schülertreffen in Lahr. Lars war auch dabei. Dort war es noch eine Beule mit Pflaster. Er hatte sie unter einer Kappe verborgen. Und? Weiter?"

„Du kannst dich an die Tür von Ruths Gartenhütte erinnern?"

„Was meinst du, Edgar?"

Edgar schnaufte. „Die Tür ist ziemlich niedrig. Also ich bin mit meinem Schädel dagegen gerannt. Rumms, verstehst du? Und da …"

Kai griff nach Edgars Arm. „Ich bin auch mit dem Kopf gegen den Türrahmen gerannt. Und Dr. Brenneis, wie er nebenbei erwähnt hat, ebenso. Du meinst …?"

„Ja, das mein´ ich, Kai."

„Du meinst, die Beule auf Lars Wenigers Kopf könnte vom Türrahmen der Hütte stammen?"

„Da schwör´ ich tausend Eide. Ich habe noch etwas anderes herausgefunden. Ruths Gartennachbar …"

„Herr Oberle?"

„… Herr Oberle", Edgar fügte eine Kunstpause ein, „hat eine Schwester. Rate mal, wie sie heißt?"

„Hm, heißt sie vielleicht Oberle?" Kai guckte Edgar an, als wär´ der der Weihnachtsmann.

Edgar schüttelte den Kopf. „Sie hat natürlich geheiratet, und damals war es noch üblich, den Namen des Mannes anzunehmen."

Auf Kais Wangen bildeten sich rote Flecken. „Sie heißt Weniger. Sie heißt Weniger, und Lars ist Herrn Oberles Neffe. Und …"

„Und Oberles Neffe hat einen Hobbyraum in Oberles Gartenhütte, welches die Nachbarshütte zu Ruths Gartenhütte ist. Schick den Allgöwer nochmal hin. Vielleicht gibt es am Türbalken noch irgendwelches verwertbare Material. Haare von dir, von Dr. Brenneis, von mir, und, vor allen Dingen, Haut von Lars Weniger."

„Mann …"

„Wann, meinst du, ist Dr. Brenneis mit der Leiche von Mühlhaupt fertig?"

„Morgen, hat er gesagt."

„Dann hast du morgen einen arbeitsreichen Tag vor dir. Staatsanwalt, Durchsuchungsbeschluss für Wenigers Wohnung und Oberles Gartenhütte, Ruths Gartenhütte, Pathologie, Allgöwer – wie geht's eigentlich dem Allgöwer? Den kenn' ich noch von früher. Feiner Kerl."

„Ohne ihn liefe überhaupt nichts mehr bei uns. Soll ich ihn grüßen?"

„Ja gern, tu' das mal. Okay, Kai, dann telefonieren wir morgen wieder in dieser Sache. Komm', gehen wir zurück zu unseren Liebsten."

Ein Porsche-Geländewagen mit Elektromotor säuselte an ihnen vorbei, als sie sich auf dem Rückweg zu Ruths Haus befanden. Es war nur das Knirschen des feinen Kieses unter den Rädern zu hören. Die Ohren hatten sich auf die lautlosen Motoren der neuen Elektromotorengeneration noch nicht eingestellt. Die Unfallzahlen mit Fußgängern hatten sich deswegen erschreckend erhöht. Offenburger Nummer mit UG Buchstabenkombination. Kai Schuster schnaubte durch die Nase.

„Na? Probleme? Oder hast du eine Allergie?", fragte Edgar belustigt.

„Allergie ist gut", antwortete Schuster. „Ulf Graumann kann man so bezeichnen."

Sie erreichten den Porsche, als Ulf Graumann gerade ausstieg. „Bringen Sie jetzt schon ihre Eltern mit, um Carmen zu begaffen, Schuster?", war dessen erste Äußerung unter Hinweis auf Edgar Schaaf.

Edgar stellte sich selbst vor: „Edgar Schaaf, Kriminalhauptkommissar. Schön, dass Sie sich gleich selber als das vorstellen, was Sie zu sein scheinen. Herr Graumann, wie ich annehme?"

Ulf Graumann war sich nicht sicher, ob er eben beleidigt worden war. „Wie meinen Sie das?"

„Ach wissen Sie, manche Hunde erkennt man sofort an ihrem Gebell, und manches Arschloch an seinem Furz. Kommen Sie herunter von ihrem hohen Ross und benehmen Sie sich anständig, Herr Graumann, oder Sie steigen umgehend wieder in Ihr Spielzeug und fahren nach Hause, damit das klar ist."

Ulf Graumann entgleisten die Gesichtszüge zu einem Schrotthaufen. Er wollte den Mund zu einer Erwiderung aufmachen, aber Edgar und Kai ließen ihn einfach stehen, betraten das Haus und schlossen die Tür hinter sich. Zwei Sekunden später klingelte Graumann.

Edgar öffnete die Tür wieder: „Haben Sie es sich überlegt?" Er bemerkte, dass Graumann vor Zorn kochte, aber mit zusammengebissenen Zähnen den Mund hielt. „Dann kommen Sie rein und seien Sie nett zu den Frauen."

Die angesprochenen Frauen schauten Edgar mit gemischten Gefühlen an. Nicole staunend, Ruth zufrieden, und Melanie schmunzelnd. Ulf Graumann, puterrot im Gesicht, durchquerte, einen unverständlichen Gruß murmelnd, das Wohnzimmer und verschwand im Zimmer seiner Tochter.

„Oh, ob er das verdauen wird, Edgar?", befürchtete Ruth und blies in ihre Finger, als hätte sie sich verbrannt. „Ich glaube, so ist ihm noch keiner gekommen."

„Er wird es überleben", meinte Edgar leichthin und fügte ein „Ist doch wahr, verdammt. Benimmt sich, als hätte er nie eine Erziehung genossen" hinzu. Er setzte sich neben Melanie an den Tisch.

So ist er, ihr Edgar, dachte sie. Diplomat würde er in diesem Leben nicht mehr werden, aber er würde den Preis für Geradlinigkeit mit weitem Vorsprung gewinnen. Es geschah nicht oft, dass sie ihn so erlebte. Doch wenn, dann bewunderte sie den Charakter, der in ihm steckte. Dann handelte er völlig autonom, aus einem Fundus tiefster Überzeugungen heraus, und mit einer Selbstsicherheit, die zum Fürchten sein konnte. Melanie wusste jedoch, dass es nur eine Facette seines brillanten Wesens war. Wahrscheinlich war ihm Herr Graumann auf irgendeine Art blöd dahergekommen. Sonst nicht unsensibel im Umgang mit Menschen, die vom Schicksal schwer getroffen wurden, setzte er jedoch grundsätzlich ein Mindestmaß an Respekt voraus. Im Falle Graumanns jedoch schienen die Voraussetzungen dafür nicht nur aufgrund der aktuellen Notsituation seiner Tochter, sondern laut Ruth Baumeisters Schilderungen auch schon vorher rudimentär gewesen zu sein. Edgar hatte eine untrügliche Nase für sowas, und Borniertheit gehörte unbedingt zu den Feindbildern, die er immer wieder gerne einer genaueren Betrachtung unterzog. Er betrieb diese Anschauungen zwar nicht als Wissenschaft, das käme einem Kampf gegen Windmühlen gleich, aber wenn ihm schon mal ein Exemplar von der Gattung Graumann in die Quere kam, scheute er sich nicht davor, demjenigen mit dem Zeigefinger auf die Brust zu deuten. Sie hatte nun mal keinen Duckmäuser zum Mann, sondern einen aufrechten Verfechter und Kämpfer für Gerechtigkeit und Menschlichkeit.

*

Es wurde langsam dunkel, lange Schatten legten sich über das Tal. **Er** *war seit einigen Stunden hier oben und hatte, so* **seine** *Einschätzung, alles gesehen was* **er** *hatte sehen wollen. Das war* **ihm** *ein Anliegen gewesen, denn* **er** *würde* **seine** *Entscheidungen danach richten. Zumindest würden die Entscheidungen dadurch beeinflusst werden.*

Der Platz war ideal. Ein Bergrücken, der ins Tal hineinragte, um den der Rothbach und die Hauptstraße von St. Paulsberg einen Bogen schlugen, zur Hälfte bewaldet, mit einer gemütlichen Sitzbank am Waldesrand als Aussichtspunkt. Kein Mensch kam zu dieser Jahreszeit hier vorbei, es war keine Saison zum Wandern. Die Obstbäume waren kahl, es lag kein Schnee, also kein Terrain für Skifahrer, Schnee lag nur noch ganz oben in den Bergen, hunderte Meter höher, in dünner Luft.

Dünne Luft hatte **ihn** *zuletzt auch hierher getrieben. Es gab keinen konkreten Hinweis dafür, doch* **er** *spürte es im Urin, dass, nachdem die Ermittlungen der Bullen Ende 2021 so gut wie eingeschlafen waren, plötzlich mit neuem Elan nachgeforscht wurde.* **Seine** *Bank hatte* **ihm** *unter dem Siegel der Verschwiegenheit mitgeteilt, dass die Polizei Auskünfte über* **sein** *Vermögen und die Kontobewegungen eingeholt hatte, was leider nicht verhindert werden konnte, weil der Staatsanwalt ...blablabla ... Für was waren die Idioten von der Bank eigentlich nütze? Doch nur zum Geldzählen und zum Bonikassieren. Gottseidank hatte* **er** *den größten Teil* **seines** *Vermögens auf den Bahamas liegen und ließ nur das laufende Incoming über die Bank in Offenburg verbuchen, wobei die einzigen Einkünfte vorgeblich die waren, die Jakob Fuhrmann* **ihm** *zahlte. Ein Hühnerdreck war mehr. Die Pokerabende befanden sich nämlich augenblicklich im Ruhemodus, das heißt, es flossen keine Moneten über die Teilnahmeversteigerungen. Damit würde bis auf unabsehbare Zeit Schluss sein. Es fehlte zum einen an einer ge-*

eigneten Lokalität, zum anderen schrillten bei **ihm**, gerade wegen der Aktivitäten der Bullen, die Alarmglocken. Was **er** heute zu sehen bekommen hatte, bestätigte **seine** Ahnung schmerzhaft.

Es war einfach gewesen, Carmens Aufenthaltsort ausfindig zu machen. Hatten die gemeint, sie könnten ihn geheim halten? **Er** war Ulf Graumanns Porsche gefolgt. Einfacher ging's nicht. Was hatten die Leute sich eigentlich eingebildet, mit wem sie es zu tun hatten? **Er** war doch kein Penner.

Seinen Hummer H 3, *diesen amerikanische Geländewagen mit Überbreite, hatte* **er**, *einigermaßen vor Blicken geschützt, am Waldrand abgestellt.* Hummer H 3, *nach dem* Ferrari **sein** *absoluter fahrbarer Lieblingsuntersatz. In ihm befand sich quasi alles, was für* **ihn** *irgendwie von besonderem Wert war. Dieses Fahrzeug knackte keiner, es war ein Hochsicherheitsauto, ein Panzer, wenn man so wollte, bloß ohne große Kanone, was nicht heißt, dass keine Kanone vorhanden war. Dagegen war der* Ferrari *das reinste Spielzeug. Aber* **er war** *ja ein Spieler, nicht wahr? Ein Spieler par excellence.*

Durch das Fernglas hatte **er** sie gesehen. Alle, die in dem kleinen Häuschen auf der anderen Seite des Tales ein- und ausgingen. Da war natürlich zu allererst Ruth. Die kannte **er** vom Garten **seines** Onkels Reinhold in Offenburg her. Das Weib sieht ja ganz gut aus, aber sie war mindestens zwanzig Jahre älter als **er**. Dann hatte **er** eine andere Frau kommen sehen, zusammen mit einem Mann, einem Mann mit Pferdeschwanz, wer trug denn heute noch Pferdeschwanz?, eine schöne Frau mit Stil, mit Haltung, mit Niveau, kastanienbraunes Haar, das erkannte **er** auf den ersten Blick, selbst durchs Fernglas. Und der Mann? Den kannte **er** irgendwo her. Schwarze Klamotten, groß, graue lange Haare, Vollbart. Konnte es sein, dass er ein bekannter Schriftsteller war? Oder ein Fernsehstar? Das musste **er** rauskriegen.

Nein, jetzt hatte **er**´*s. Beide waren im Fernsehen gewesen. Die Frau und der Mann. Der Mann war pensionierter Kommissar und hatte in Kroatien in einer halsbrecherischen Aktion einen Mörder gestellt. Die Frau war von einem Fischerboot ins tobende Meer gesprungen, um zu ihrem Mann gelangen zu können. Das alles war letzten Herbst im Fernsehen zu sehen gewesen.* **Der** *Mann war das. Jetzt wunderte* **er** *sich nicht mehr, wer Urheber für die plötzlichen Aktivitäten der Bullen war.* **Dieser Mann** *war daran schuld. Er war gefährlich, spürte* **er.** **Er** *spürte es hautnah, empfand eine körperliche Bedrohung.*

Dagegen war Kai-Schuster-Arschgesicht ein Softdrink. Apfelsaftschorle. **Der Mann** *hingegen, sein Name würde* **ihm** *noch einfallen, war ein Single-Malt-Whisky. Alt, selten, teuer, gut.*

Und **er** *sah Sahneschnitte Nicole. Pardon. Ex-Sahneschnitte. Seit neuestem Kais Matratze. Für wen die sich hergab. Für wen die sich wegwarf. So schade um das schöne Fleisch. Daraus kann man nicht mal mehr unbedenklich Hundefutter herstellen.*

Er *würde handeln müssen. Handeln bedeutete in zeitnaher Hinsicht für* **ihn,** *dass* **er seine** *üblichen Adressen nicht länger anlaufen und benutzen durfte. Wer die Erlaubnis besaß,* **seine** *Konten zu durchwühlen, der hatte mit Sicherheit auch für* **seine** *Wohnung einen Durchsuchungsbeschluss. Wetten? Und den Hobbyraum in Onkel Reinholds Gartenhütte konnte* **er** *ebenfalls abschreiben. Den Ferrari? Besser,* **er** *mottete* **sein** *Lieblingsspielzeug ein. Damit würde* **er** *bloß auffallen wie ein bunter Hund.*

Es hatte sich angedeutet. Das komplette Jahr 2021 war ein Seuchenjahr gewesen. Gut, dass **er** *quasi für solche Fälle vorgesorgt hatte. Auf* **seine** *Firmenadresse würden die Schnüffler nie im Leben kommen.* **Weinlager SR.** **Er** *als Unternehmer. Offiziell eingetragen war die Firma unter dem*

Namen **R. Winesale Gr.** *in Gibraltar, mit Zweigniederlassung in Kehl. Import spanischer Weine. Die drei angemieteten Räume, von denen* er *zwei als Wohnung hergerichtet hatte. Es war also keineswegs so, dass* er *nun auf der Straße stehen würde.* **Seine normale** *Wohnung, welche die Polizei ruhig durchsuchen durfte, hatte* er *ausgeräumt. Computer, Telefone, Trophäen, kurz alles, was* **ihn** *in irgendeiner Weise belasten konnte, befand sich augenblicklich im Kofferraum* **seines** *Hummer H 3, so sicher wie in einem Tresor. Und beweisen konnten* **ihm** *die Bullen gleich gar nichts. Tote reden nun mal nicht mehr. Chchch.*

Kehl, 17. Januar 2022

Dr. Brenneis wies mit einem Finger der rechten Hand auf zwei Linien an Alexander Mühlhaupts Hals hin. In der Linken hielt er eine angebissene Wurstsemmel. Wie könnte es anders sein, dachte Kai Schuster. Es war gerade kurz nach acht Uhr am Montagmorgen im gerichtsmedizinischen Institut. Hatte der Doc daheim keine Zeit für ein anständiges Frühstück?

„Siehst du den Unterschied?"

„Ich seh´s", sagte Kai. „Die obere Linie ist scharf eingeschnitten, als könnte man den Drall des Seiles noch sehen, weist klare Ränder auf, und steigt hinter dem Kiefer steil nach oben in den Nacken."

„Ja", bestätigte Brenneis, „und die andere ist breit mit verschwommenen Hämatomen, mehr oder weniger Druckstellen. Eindeutig Würgemale. Die sind mit großer Kraft entstanden."

Schuster besah sich das Antlitz des Toten. Es wirkte so friedlich. Irgendwie erlöst. Aber wovon?

„Ich weiß es, aber ich muss es von dir hören", sagte Schuster.

Brenneis kaute. „Suizid kannst du ausschließen", meinte er endlich. „Es geht nicht, sich zuerst aufzuhängen und dann erwürgt zu werden, wenn du verstehst was ich meine."

„Ich verstehe. Weiter, bitte."

„Mühlhaupt ist erwürgt worden und war schon tot, als man ihn an ein Seil gehängt hat. Es sollte wie ein Selbstmord aussehen, aber es war dilettantisch ausgeführt. Der Tod durch Erwürgen ist schätzungsweise eine gute Stunde vor der Strangulierung eingetreten. Der Tatort muss mit dem Auffin-deort nicht identisch sein. Zeitpunkt: Die Nacht von Don-nerstag auf Freitag, zwischen Mitternacht und drei Uhr mor-gens. Plusminus."

Das könnte von der Zeit her passen, dachte Schuster. Als Alexander Mühlhaupt im *Ortenau Klinikum* von der Über-wachungskamera erfasst worden war, hatte die digitale Zeit-anzeige auf zweiundzwanzig Uhr zehn gestanden. Ob er zu der Zeit sein nahes Ende schon geahnt hat? Diese Frage hätte nur Mühlhaupt selber beantworten können, doch der war tot. Ermordet. Kein Suizid, wie man der Polizei weis-machen wollte.

Die Tür zum Sezierraum wurde einen Spalt weit geöffnet. Allgöwer streckte den Kopf hindurch. „Wir wären dann so-weit, Kai. Kommst du mit?"

Auf Wohnqualität, auf Wohnkultur schien Lars Weniger keinen Wert gelegt zu haben. Das Apartment, in einem unscheinbaren Außenbezirk von Kehl gelegen, das Schuster und Allgöwer mit dessen Truppe von der SpuSi unter die Lupe nahmen, barg ein Sammelsurium verschiedenster Stil- und Holzarten. Von Errungenschaften aus den fünfziger Jah-

ren bis zu neuesten Trends im IKEA-Look, von Vollholz-
bis Spanplattenmöbel, war die Einrichtung bunt zusammengestellt. Die Küche schien noch nie ihrem Zweck nach in
Gebrauch gewesen zu sein. Bilder oder Poster an den Wänden suchte man vergebens, und dort, wo einst ein riesiger
Flachbildschirm an der Wand gehangen haben musste, zeug-
ten nur noch ein rechteckiger weißer Fleck und zwei Dübel-
löcher von dessen ehemaligem Platz. Lars Weniger kann
auch keine Leseratte gewesen sein, denn Bücher waren absolute Mangelware. Es gab keinerlei elektrotechnischen Geräte
in der ganzen Wohnung. Alles war in dieser Beziehung
radikal geleert worden. Im Kühlschrank befanden sich einige
Konserven Fisch und ein halber Laib Brot in Frisch-
haltefolie. Im Kleiderschrank hingen insgesamt nur zwei
Jacken und eine einzige Krawatte, in einer Wäschekommode
herrschte bis auf einige Socken Ebbe. Im winzigen Badezimmer ließ ein einsames Handtuch vermuten, dass es gelegentlich benutzt wurde. Die Spiegelablage beherbergte eine
Flasche billigen Rasierwassers. Keine Zahnbürste, keine
Seife, kein Kamm, keine Bürste. Die Wohnung vermittelte
im Großen und Ganzen den Eindruck, als sei der Bewohner
ausgeflogen.

Allgöwer sicherte einige Fingerabdrücke, überprüfte das
zur Wohnung gehörende Kellerabteil, und fertig war der
Lack.

Vor diesem Besuch in Lars Wenigers Wohnung waren sie
zuerst in Ruths, und anschließend in Reinhold Oberles Gartenhütte zugange gewesen. Der Einfachheit halber hatte Allgöwer den oberen Querbalken von Ruths Hüttentür komplett
abgebaut und in Folie gewickelt. Sollte sich daran wirklich
gentechnisch verwertbares Material befinden, musste er es
im Labor untersuchen. Von den Leuten, die sich dort be-
kannterweise den Schädel angeschlagen hatten, verfügte er
über Vergleichsmaterial, also von Edgar Schaaf und von Kai

Schuster. Von Dr. Brenneis würde er es sich persönlich holen und er freute sich bereits darauf, dem Mediziner das eine oder andere Haar ausreißen zu dürfen. Die Türe zu Ruths Hütte ließ sich auch ohne diesen Balken verschließen.

Reinhold Oberle hatte auf sie gewartet. Er hatte gesagt, in dem Hobbyraum befänden sich nur Lars Wenigers Fan-Artikel von *Ferrari*.

„Kommen Sie mal bitte her, Herr Oberle", hatte Kai Schuster ihn gerufen, als sie den Nebenraum der Gartenhütte betreten hatten. „Was sehen Sie hier an der Wand hängen?"

Oberle, halb entrüstet, halb interessiert, glotzte auf die Wand neben der Tür. „Na die italienische Flagge mit dem *Ferrari*-Emblem, was sonst? Das sehen Sie doch, das Pferd."

In der Tat hing eine breite Flagge an der Wand, in deren Mitte ein *Ferrari*-Aufkleber glänzte. „Das mit dem Emblem stimmt, Herr Oberle", sagte Schuster mit gebremstem Schaum. „Aber die Flagge ist die Reichsflagge vom Dritten Reich, Sie Hornochse. Die italienische Flagge hat die Farben grün, weiß, rot, senkrecht gestreift. Und die Reichsflagge hat die Farben schwarz, weiß, rot, quergestreift. Ihr Neffe ist ein verdammter Nazi, Herr Oberle. Und jetzt raus hier, aber dalli."

Man fasst es nicht, hatte Kai gedacht, nachdem sich der Alte getrollt hatte. Hoffentlich gibt ihm das zu denken.

Der Raum enthielt ansonsten einen billigen Schreibtisch, auf dem erkennbar bis vor kurzem noch ein Laptop gestanden haben musste. Stromanschlüsse jedenfalls waren vorhanden. Ein Regal unter der Flagge enthielt verschiedene Ordner mit offensichtlich rechtsradikalen Innhalten unter dem Logo des „Schwarzer Flügel", sowie eine Sammlung von CDs mit Musikaufnahmen rechtsextremer Gruppen. Seltsamerweise war über dem kleinen Fenster, das in Richtung Ruth Baumeisters Garten hinausging, in etwa eins achtzig Höhe, lose ein Fahrradlenker angebracht. Im ganzen Raum jedoch kein Fahrrad. Schuster nahm ihn ab und gab ihn Allgöwer in Verwahrung.

Rita Böhringer war inzwischen in der Fußgängerzone unterwegs, um Carmens Freundinnen für den nächsten Tag, Dienstag, zu einem Besuch in St. Paulsberg zu animieren. An ihrem üblichen Treff- und Aufenthaltsort waren sie jedoch nicht aufzufinden, weshalb Rita sich eine Schlendertour durch die angesagten Markenboutiquen und Parfümerien auferlegte. Selber überhaupt kein Fan dieser Art Geschäfte, erhoffte sie sich dadurch einen immerhin in Betracht der Möglichkeit zu ziehenden Fahndungserfolg, wobei, eine Fahndung führte sie eigentlich nicht durch.

Sie ertappte das vierblättrige Kleeblatt praktisch in Ausübung einer speziellen Einkaufsweise, die frei nach dem Sprichwort *Gib mir deins, dann kriegst du keins* funktionierte. Rita räusperte sich vernehmlich im Rücken der Mädchen-Gang, worauf diesen die Diebesware aus der Unterwäsche zu rutschen drohte. Rita meinte, dass man mit einundzwanzig eigentlich den Status eines Mädchens überschritten haben sollte, zumindest körperlich, war sich bei der geistigen Reife aber nicht so sicher, wenn sie diese vier Exemplare von Gagas vor sich betrachtete. „Ich mach´ euch einen Vorschlag, Ladies. Ich drücke bezüglich des von mir beobachteten Besitzerwechsels von Nagellack zwei Augen zu, wenn ich euch morgen, sagen wir um elf Uhr, mit einem echten Streifenwagen zu eurer Freundin Carmen nach St. Paulsberg fahren darf. Was haltet ihr von meinem ebenso einmaligen wie großzügigen Angebot? Ihr dürft alles mitbringen, was ihr wollt, wenn es nur dazu geeignet ist, Carmen eine Freude zu bereiten. Meinetwegen auch eure Alcopops. Na, was sagt ihr. Ich sehe, ihr freut euch wahnsinnig.

Also morgen, Treffpunkt elf Uhr, vor dem Polizeirevier in der Stadt. Danke, danke, merci, merci."

„Ich hasse Klinkenputzen", grummelte Rita Böhringer. „Hätten das nicht die Kollegen in Kehl machen können?"

Kai Schuster saß am Steuer. „Im Prinzip schon. Aber seit Johann Wiesner zum LKA gewechselt ist, sind sie mit Personal in Kehl noch dürftiger besetzt als wir in Offenburg. Reg´ dich nicht auf."

„Johann Wiesner? Muss ich den kennen?"

„Nur, wenn du an sekundärem Wissen interessiert bist. Er hat zusammen mit Kollegen aus Konstanz und Basel, und mit unserem verehrten Edgar Schaaf, vor einem Jahr den Frauenmörder Bodo Schneider zur Strecke gebracht. War damals eine große Sache."

„Unser Edgar Schaaf. Wie sich das anhört. Er muss ja eine richtige Koryphäe sein."

„Das ist er, und wir tun gut daran, ihn uns warmzuhalten. Da sind wir übrigens."

Sie parkten den Dienstwagen vor dem Häuserblock in der Colmarer Straße, in dem Sarah Kempers Wohnung lag. Jetzt stand auf dem Namensschild an der Türklingel ein anderer Name: Melissa Schindler. Vor Schusters innerem Auge tauchte das Bild einer rothaarigen Frau auf. Fuhrmann lässt wirklich nichts verkommen, dachte er.

Gemeinsam klapperten sie die vier Stockwerke ab. Für Montagvormittag trafen sie überraschend viele Bewohner an. Bei älteren Menschen konnte Schuster das verstehen. Waren es jüngere, lag ihm die Vokabel *Blaumacher* auf der Zunge. Aber er hütete sich, in diese Richtung seine Fragen zu stellen. Es stand ihm nicht zu, hier den Moralapostel zu spielen.

Es war so, wie er es immer öfter anzutreffen gewohnt war. Die Menschen wussten, auch wenn sie Tür an Tür wohnten, voneinander so gut wie nichts. Es war die Gleichgültigkeit, die Schuster zunehmend Sorgen bereitete. Man baute Wälle um sich herum auf, dicke Mauern, hinter die keiner blicken durfte. Ebenso wenig kümmerte man sich um den Nächsten, es sei denn, man erwischte auf der Autobahn zufällig einen schweren Unfall, bei dem man gaffen oder Handy-Videos drehen konnte, um sie dann ins Netz zu stellen. Sonst ging einem jeder andere am Arsch vorbei. Die Welt, in der man sich befand, wurde von Fernsehprogrammen und Computerspielen überreizt, mit deren Verarbeitung man schließlich genug zu tun hatte. Und das würde immer schlimmer werden. Für die Industrie, die solche Volksverdummung produzierte, wurden Milliarden Summen ausgegeben. Selbst für die Gemeinden auf dem sogenannten Lande war der Breitbandausbau für schnelleres Internet wichtiger als das Schaffen von Vorschulkindergärten, das Instandhalten von örtlichen Infrastrukturen, oder der Bau von erschwinglichen Wohnungen. Es glich mehr und mehr dem Tanz um das Goldene Kalb.

Gegenüber von Sarah Kempers Wohnung, jetzt die Wohnung von Melissa Schindler, wusste ein älteres Ehepaar zu berichten, dass Sarah Kemper oft mit dem Fahrrad gefahren war. Sommers wie winters. Und ja, sie hätten sich auch schon darüber gewundert, dass sie das Fahrrad schon längere Zeit nicht mehr im Kellervorraum hätten stehen sehen. Gut, dass sie danach gefragt wurden. Es sei so ein Treppenrad gewesen, weiß der Teufel, für was man sowas braucht. Wie? Ach so heißt das? Trekkingbike? Jedenfalls war es blau. Wieso rot? Meine Frau sagt rot. Ich meine, es war blau. Vielleicht war es rotblau. Ja, nix für ungut, wir helfen gern.

Kai Schuster saß im Büro, verdaute Grünen-Bohnen-Eintopf mit Würstchen aus der Kantine, und telefonierte eine Liste mit Namen ab. Aus Lars Wenigers Kontoeingängen hatten sie die Inhaber jener Konten ausfindig gemacht, von denen Überweisungen in Höhe von über dreitausend Euro auf Lars Wenigers Konto getätigt worden waren. Schuster hatte sich, einer Eingebung folgend, die Zahlungseingänge der letzten beiden Jahre geben lassen, und war erstaunt. Pro Monat waren zwischen vierzig- und fünfzigtausend Euro auf Wenigers Konto geflossen, und zwar aufgeteilt im schönen Zwei-Wochen-Rhythmus. Das waren pro Jahr ungefähr eine halbe Million Euro.

Er hatte es sich von einigen der hundertzwanzig Einzahler erklären lassen und festgestellt, dass, wenn er von einem das Procedere erfuhr, er es von allen bestätigt bekam. Die Einzahler, ausschließlich Männer, hatten sich im Internet die Teilnahme an einer exklusiven Pokerrunde ersteigert. Der Mindesteinsatz betrug dreitausend Euro. Der Höchstbietende bekam den Zuschlag und damit die Adresse, wo und wann die Pokerrunde stattfinden würde. Bis auf die An- und Abreise brauchte er sich um nichts weiter zu kümmern. Für Unterkunft und Verpflegung sorgte der Veranstalter. Warum so viel Geld? Ha, sonst würden sich ja Krethi und Plethi bewerben wollen, nicht wahr? Der erste Platz wurde am ersten Montag eines Monats versteigert. Der zweite Platz am Dienstag. Das ging so weiter bis Freitag, dann war die Pokerrunde komplett. Fünf Spieler, von denen jeder mindestens oder über dreitausend Euro für einen Platz bezahlte. Eine Woche später, immer Samstagabend, begannen die Pokerspiele mit dem einmaligen Super-Pott im dreizehnten Spiel. Dann wurde montags darauf wieder mit neuen Versteigerungen begonnen. Es fanden also pro Monat zwei Pokerrunden statt. Bis in den Sommer des vergangenen Jahres war der Spielort jeweils derselbe: Im Nebenzimmer einer Spielothek in Kork bei Kehl. Das *Herz Dame*.

Wie Schuster anhand der Kontoauszüge feststellte, folgte von August bis Anfang Oktober eine Pause bei den Zahlungseingängen. Erst im Oktober waren wieder fünf Zahlungseingänge verzeichnet. Fünf für eine fünfköpfige Pokerrunde. Danach wechselte der Spielort für ein einziges Mal, Mitte Oktober, nach Friesenheim, ebenfalls im Nebenraum eines Spielcasinos. Das müsste, Schuster nahm einen Kalender des Vorjahres zu Hilfe, wenn man die Zahlungseingänge berücksichtigte, am sechzehnten Oktober gewesen sein. Die Nacht vom sechzehnten auf siebzehnten Oktober. Einen Tag vor Petra Wörlins Ermordung. Wer hier keinen Zusammenhang entdeckte, war definitiv für diesen Beruf nicht geeignet, dachte er.

Danach endeten auch die erklecklichen Geldflüsse auf Lars Wenigers Konto.

Kai Schuster nahm Sarah Kempers Notizbücher zur Hand. Samstags fanden die *Ü-40-Striptease*-Shows statt, die sie akribisch aufgelistet hatte. Das heißt, Sarah Kemper stand zu dieser Zeit bei Jakob Fuhrmann auf der Bühne. Die Sternchen, eingetragen im Abstand von jeweils zwei Wochen, konnten bedeuten, dass sie von Lars Wenigers Aktivitäten in ihrem Spielcasino *Herz Dame* auf welche Art auch immer Kenntnis bekommen hatte. Unerlaubtes Glücksspiel ist strafbar, dessen war sie sich bewusst. Also hat sie versucht, Lars Weniger zu erpressen. Gut, auch wenn Sarah Kemper nicht gestrippt hätte, wäre sie samstagnachts kaum zur Kontrolle in das *Herz Dame* nach Kork gefahren. Warum auch? Es gab für sie dort ja nichts zu tun. Aber Lars wollte wohl ganz sicher gehen und hatte sich die Abende ausgesucht, an denen die Geschäftsführerin mit Strippen beschäftigt war.

Die Pause zwischen August und Oktober? Hing es mit den Umbauarbeiten im *Herz Dame* zusammen? Wie hatte Jakob Fuhrmann gesagt? Neues Konzept? Mit Melissa?

Und bei Petra Wörlin in Friesenheim? Hatte sie auch eine Erpressung versucht? Was war schiefgelaufen für Lars Weniger? Und natürlich schiefgelaufen für Petra Wörlin.

Die Spieler, die zur telefonischen Auskunft bereit gewesen waren, hatten auf die Frage nach dem Veranstalter durchweg geschildert, dass der selber als sechster Teilnehmer an den Pokerspielen beteiligt war. Sie beschrieben ihn als massigen Glatzkopf mit Eunuchenstimme. Einen Namen des Veranstalters hingegen konnte keiner von ihnen angeben. Sie alle hatten sich, was in der Szene weit verbreitet zu sein schien, eines Pseudonyms bedient.

Wusste Jakob Fuhrmann überhaupt etwas über diese Pokerspiele? Schuster musste ihn danach fragen. Fuhrmann würde nicht herkommen und es freiwillig erzählen. So langsam bekam Schuster Spaß an der ganzen Sache. Wer hätte das vor zwei Wochen noch gedacht.

Allgöwer streckte den Kopf zu Schusters Büro herein. „Aha, hier steckst du. Hör´ zu. Die Untersuchung des Türbalkens dauert noch. Da müssen wir mit dem Mikroskop ran. Aber von den Fingerabdrücken kann ich dir vielversprechende Ergebnisse berichten."

„Na, dann schieß los", sagte Schuster gespannt:

Sowohl in Oberles Gartenhütte als auch in Wenigers Wohnung fanden wir Alexander Mühlhaupts Abdrücke."

„Okay", ließ Schuster die Bedeutung in sich sacken, „das ist natürlich relevant. Demnach hatten die beiden auch noch lange nach dem Unfall Kontakt miteinander. Aber du machst ein Gesicht, als ob du noch nicht fertig wärst."

Allgöwer nickte grinsend. „Der Fahrradlenker, den du mir gegeben hast."

„Ja, was ist damit? Hast du das passende Fahrrad dazu gefunden?"

„Nein", antwortete Allgöwer geheimnisvoll, „aber wir haben Fingerabdrücke darauf abziehen können. Von Lars Weniger nämlich und ..."

„Ja, von Lars Weniger und? Mensch Allgöwer, rück´ schon raus mit der Sprache."

„Von Sarah Kemper. Gell, da guckst."

St. Paulsberg, 18. Januar 2022

Es fühlte sich an wie auf dem Film-Set für eine Daily Soap. Rita Böhringer war mit dem Streifenwagen vors Haus gefahren und hatte die Mädels aussteigen lassen. Roxanne, Malle, Lorca und Litta. Jede in knappen Jeans und wuchtigen Steppjacken, sodass sie wie aufgeblasene Schlauchboote aussahen. Raubkopierte Handtaschen im Gucci-Stil obligatorisch an den Unterarmen, in den Händen alkoholisiertes Zuckerwasser in schlanken Flaschen.

Sie schauten sich um, als seien sie aus Los Angeles nach Sibirien strafversetzt worden. Das Häuschen, so klein und so unscheinbar, musste auf sie wirken wie das Hexenhaus aus *Hänsel und Gretel*, womit sie nicht einmal so weit daneben lagen. Konnte es wirklich sein, dass man Carmen in so einer Hütte aufbewahrte? Oder hielt man sie hier gefangen?

Die Vier drängten sich vorsichtshalber zusammen wie Fische im Schwarm. Hektisch miteinander flüsternd schoben sie sich zur Haustür. Es kam einem Kulturschock gleich, als die Haustür sich öffnete und Nicole sie empfing. Da stand eine Frau vor ihnen, die so selbstverständlich schön war, ohne extra aufgebrezelt zu sein, dass ihnen die Spucke wegblieb. Wie konnte das denn sein, hallo? Gibt es da eventuell eine versteckte Kamera? Als Ruth neben Nicole in ihrem Blickfeld erschien und zuletzt auch Melanie, blieb ihnen vor Staunen der Mund offen stehen. Das hier war kein Pflegeheim, das war eine Casting-Show für „**DSDSFIL: D**eutschland **s**ucht **d**ie **s**chönste **F**rau **im** Land", und die drei Frauen,

die vor ihnen standen und sie empfingen, hatten allesamt gewonnen.

„Ihr könnt den Mund wieder zumachen", begrüßte Ruth
die Gäste. „Vielen Dank, dass ihr euch die Zeit genommen
habt. Kommt ins Haus. Ihr könnt gleich durchgehen in Carmens Zimmer. Die Tür steht offen."

In kurzen schnellen Trippelschritten durchquerten sie das
Wohnzimmer und schlossen die Tür hinter sich, als sie in
Carmens Zimmer angekommen waren. Nach ersten Minuten
der Befremdung und Unsicherheit schallten bald ihr Gega-
cker, Gelächter und das Klirren von Glas nach draußen.
Ruth, Melanie und Nicole schauten sich wortlos an, und als
keine das Lachen mehr unterdrücken konnte, brach es sich
Bahn. Eins stand jetzt schon fest: Das war eine gute Idee, die
fünf jungen Frauen zusammenzubringen.

*

Sie lag vollkommen ruhig. Voll konzentriert. Für einen
Koma-Patienten nicht außergewöhnlich schwer? Pusteku-
chen. Das war ekelhaft schwer. Wer konnte das besser
wissen als sie? Hm? Nenn´ mir einen, und ich sage dir,
dass er lügt.

   Seit einiger Zeit hatte sich etwas verändert. Nein, ob
es Stunden, Tage oder Wochen waren, konnte sie nicht
erklären. Sie rechnete nicht in solchen banalen Kurzzeit-
stufen. Nicht mehr. Das war vorbei. War passé. Sie rechnete in Ewigkeiten. Langsam war es mit der Atemluft in
sie gesickert. Häppchenweise. Molekülweise. Bis es in ihrem Innersten angekommen war und sie die Erkenntnis
herausgefiltert hatte. Es roch nicht mehr so sehr kli-
nisch. Weniger medizinisch. Manchmal meinte sie, es

röche sogar nach Essen. Auf jeden Fall nach Küche. Das hatte es vorher nie gegeben. Und manchmal roch es nach Katze. Nein, ich spinn´ nicht, ich schwör´s. Nach Katze.

Deswegen, wegen der Veränderung, lag sie ganz ruhig. Sie wollte alles mitbekommen, was dort draußen, außerhalb von ihr, lief. Was dort abging.

Sie hatte zudem das Gefühl, ja, Koma-Patienten haben ein Gefühl, stell´ dir vor, dass die Luft wärmer war, und dass es heller um sie herum war als vor dieser Zeit. Das war viel angenehmer und erinnerte sie an früher, als sie ein eigenes Zimmer gehabt hatte, ein Zimmer mit einem hohen Fenster, durch das die Sonne schien. Hell und warm. Wie lange war das her?

Sie bekam Schwingungen mit. Wie ein Fisch im Wasser, der Strömungen über die Haut aufnehmen kann, nur dass es keine Strömungen waren, wie sie auch kein Fisch war, aber die Schwingungen waren da. In der Luft und in der Atmosphäre. Mal war die Luft dichter, dann wieder leichter. Es waren Luftbewegungen, die entstanden, wenn Menschen hin und her gingen. War das so? Gab es Leben dort draußen?

Und was war mit den Erschütterungen? Die spürte sie. Kleine, rhythmische Mini-Erdbeben. Gerade jetzt, aber hallo, das waren keine Mini-Erdbeben mehr, das waren bestimmt hundert Elefanten, die in ihrer unmittelbaren Nähe vorbeitrampelten, oder nicht? Die Luft schien auf einmal zu brodeln, als wäre sie in einem vollbesetzten Fußballstadion, und sie erhielt einen Stoß, der sie total erschütterte. Was war denn auf einmal los?

Ich höre Leute. Huch, bin **ich** das? **Ich**? Hallo? **Ich** höre Leute, die eine fremde Sprache sprechen. Oder quatschen alle durcheinander? Hallo? Kann **mich** jemand hören? **Ich** glaube, das bin **ich.**

Ich spüre Hände, die einen fremden Körper berühren. Oder ist das **mein** Körper? So viele Hände. Sie sind überall. **Ich** kann sie spüren. **Ich kann sie spüren.**

Und die Stimmen? Sind **sie** es? **Meine** Mädels? Roxanne? Malle? Lorca? Litta? Hey, Kinder, **ich** bin hier. Hört ihr **mich**? Hört ihr **mich**? Ich bin´s, eure **Carmen, Carmen.**

Ich rieche etwas, das **mir** bekannt vorkommt. Limonade? Wodka? Wodka-Limonade? Jetzt besteht kein Zweifel mehr. Sie sind zu **mir** gekommen. Sie wollen **mich** abholen, mitnehmen. Ganz klar. Endlich. Oh, bitte, gib´ **mir**, gib´ **mir**, nur einen Schluck, bitte, bitte, **ich** sehne mich so sehr danach.

Jetzt konnte **sie** nicht mehr ruhig liegen bleiben. Unmöglich. Nicht, wenn **ihre** Clique da war. **Ihre** Girls-Group. **Ihre** Zukunft. **Sie** brauchte ja bloß aufzustehen und mit ihnen zu gehen. So einfach. Nichts einfacher als das. Also aufstehen. Aufstehen. Hallo? Aufstehen, hab´ **ich** gesagt. Hörst **du** nicht, **du Versagerin**? **Aufstehen, verdammt!!!**

Sie strampelte mit den Beinen, **sie** schlug mit den Armen um sich, **sie** brüllte sich die Seele aus dem Leib. Doch, doch, das alles konnte **sie**. Oder zumindest **wollte sie es können**. War das nicht genauso viel wert, wenn man etwas aus ganzem Herzen **will**?

Dann war es vorbei. Die Schwingungen, das Brodeln der Luft, die Stimmen, die Berührungen, die Gerüche – nach und nach waren es weniger geworden, und dann war es

vorbei. Sind sie gegangen? Gegangen, ohne **sie** mitzuneh-
men? **Roxanne! Malle! Lorca! Litta!** Litta? Forget her.
   Carmen war sehr traurig.

*

Die vier jungen Frauen waren wieder gegangen. Eine halbe
Stunde hatten sie bei Carmen ausgehalten. Ein geschlagene
halbe Stunde. Dann hatten sie sich von Carmen verabschiedet und waren von Rita Böhringer im Streifenwagen wieder
zurück nach Offenburg gefahren worden. Sonderlich beeindruckt hatten sie nicht ausgesehen.
   Ruth war anschließend in Carmens Zimmer gegangen, um
zu lüften. Sie schnupperte in die Raumluft und konnte es
kaum fassen. Es war tatsächlich geraucht worden. Doch sie
fand keine Asche oder Zigarettenkippe und nahm an, dass
die Besucher eine ihrer Flaschen als Aschenbecher benutzt
hatten. Wie rücksichtsvoll, dachte sie zynisch.
   Während das Fenster offen stand, kontrollierte sie den
Füllstand der Urin- und Fäkalienbeutel, sowie den Schlauch
und die Flasche der Nährlösung. Ob es schon wieder Zeit dafür war, Carmen umzubetten? Schon beinahe aus Gewohnheit streichelte sie dem Mädchen die Wange – und erschrak.
„Nicole? Melanie?" Keine Antwort. Sie eilte durchs Wohn-
zimmer vors Haus, wo die beiden Frauen zusammenstanden.
   „Nicole, Melanie, kommt rasch. Ich muss euch was zei-
gen."
   Elektrisiert folgten sie Ruth in Carmens Zimmer nach.
   „Seht. Seht doch nur", zeigte sie auf Carmens Gesicht.
Nicole sah es. Melanie sah es. Kein Zweifel. Aus Carmens
Augenwinkeln rannen Tränen über die Schläfen in ihr Haar.

Kehl, Mattenheim, Offenburg, 19. Januar 2022

Dauerhochnebel über dem Land. Gelegentlich sickerte Sonnenlicht durch den Vorhang, als würde die Sonne auf Gaze pissen. Die Temperaturen waren für Skeptiker und Optimisten gleichermaßen geeignet, und genauso uneinheitlich staffierten sich die Leute bekleidungsmäßig aus.

Rita Böhringer schwitzte, Kai Schuster fröstelte, als sie das Bankgebäude der *Crédit Mutuel* in Kehl betraten, einer französischen Genossenschafts-Bank, die aus Rücksicht auf die vielen französischen Grenzgänger eine Filiale in der Grenzstadt unterhielt. Sie würden ein Bankschließfach einsehen, das von einer gewissen Sarah Kemper angemietet war, ein kleines Fach mit geringem Platzangebot, für die Jahresmiete von fünfunddreißig Euro. Wie sich herausgestellt hatte, wurde für Sarah Kemper noch immer ein Girokonto verwaltet. Die Bank war über das Ableben der Frau nicht informiert worden, was ihr Arbeitgeber einerseits versäumt, andererseits jedoch die Gehaltszahlungen eingestellt hatte. Es blieb die Frage, was mit dem Restguthaben auf Frau Kempers Konto und dem Inhalt des Bankschließfaches geschehen sollte? Angehörige waren keine vorhanden. Erbte also der Staat?

Für Kai Schuster war dieses Problem zweitrangig wenn nicht sogar irrelevant. Sein Augenmerk war auf das Schließfach gerichtet, auf das er, wenn er ehrlich sein wollte, nur durch Edgar Schaafs Hinweis aufmerksam geworden war.

Es war eine kleine Alu-Box, nicht größer als eine Schuhschachtel, die sie aus der Schließfachwand zogen. Auf einem für diesen Zweck beigestellten Tisch öffneten sie den Deckel. Als erstes kam ein Taschenkalender zum Vorschein, ähnlich denen, die sie in Sarah Kempers Wohnung in der Besteckschublade gefunden hatten. Ein Kugelschreiber war aufgesteckt. Darunter lagen Geldscheine. Zweiundzwanzig

Fünfhundert-Euro-Noten, von einer Büroklammer zusammengehalten. Elftausend Euro.

Des Weiteren fanden sich vier kleine Goldmünzen, sogenannte *Goldvreneli* aus der Schweiz, und eine Reihe goldener Fingerringe und Armbänder.

„Das ist ja recht überschaubar", meinte Rita Böhringer leicht enttäuscht. „Ob sich dafür die Gebühr für die Schließfachmiete lohnte?"

Schuster äußerte sich nicht dazu. Er klappte den Taschenkalender auf. Die erste Seite zierte ein Stern. Darunter stand handschriftlich: *Zahlungen L.* Stand das *L* für Lars? Die nächsten beiden Seiten waren gefüllt mit Datumsangaben und dahinterstehenden Summen, beginnend mit Monat Juni 2020, endend mit April 2021. Zwei Daten per Monat, zweimal fünfhundert Euro per Monat. Elf Monate insgesamt, monatlich tausend Euro. Wie musste er das verstehen? Die Sterne im Kalender aus Sarah Kempers Wohnung begannen mit Januar 2020. Warum fingen die Zahlungen erst im Juni 2020 an? Hatte sich Sarah Kemper erst dann dazu entschlossen, aus ihrem Wissen Kapital zu schlagen, obwohl sie bereits Monate vorher wusste, dass Lars Weniger ihr Spielcasino für unerlaubtes Glücksspiel missbrauchte? Möglich. Aber das wahrheitsgetreu zu erfahren würde schwierig werden, wenn Lars Wenigers Herz nicht zufällig von einer Mördergrube in eine Plaudertasche mutierte, was nach Sicht der Dinge eher unwahrscheinlich war. Auf alle Fälle deckten sich die Einträge mit Sternchen und Geldsummen in den Kalendern bis April 2020 absolut. Spätere Einträge konnte es ja nicht geben. Sarah Kemper hatte keine Gelegenheit mehr gehabt. Warum aber hatte *L* elf Monate lang anstandslos bezahlt? Hatte Sarah Kemper den Tarif erhöht? War das für *L* letztlich zu viel geworden? Musste Sarah Kemper deswegen sterben? War Habgier ihr zum Verhängnis geworden?

„Den Kalender und das Geld nehmen wir mit", bestimmte Kai Schuster. „Den Rest lassen wir da. Soll sich darum streiten wer will." Er schloss die Box und schob sie in das Fach zurück.

„Was du noch machen kannst, Rita, ist, bei den Gemeinden der Umgebung, inklusive Kehl und Offenburg, und bei der Deutschen Bahn nach einem blauen, roten, oder rotblauen Fahrrad ohne Lenkstange zu suchen. Vielleicht erinnert sich jemand daran, dass so ein Vehikel versteigert oder vernichtet worden ist."

Rita stöhnte. „Oh nein. Wieso bekommen die Assis immer die doofsten und langweiligsten Aufgaben? Hast du nichts anderes?"

Schuster überlegte. „Überredet. Du kannst Jakob Fuhrmann in seiner Nachtbar besuchen. Frag´ ihn, ob er weiß, wo Lars Weniger sich aufhält. Und lass´ ihm deine Visitenkarte dort, für den Fall, dass es ihm später einfallen sollte. Ach ja, und du musst zu Fuß gehen und mit der Bahn zurückfahren, weil ich den Dienstwagen mitnehme. Ich treffe mich mit Edgar Schaaf in Mattenheim."

„Du bist ein Schuft, Kai."

„Ich weiß. Und hinterher kümmerst du dich um das Fahrrad."

„Lars Weniger ist seit gestern zur Fahndung ausgeschrieben", sagte Kai Schuster. „Noch ohne Erfolg." Sie standen vor Petra Wörlins Wohnung in Mattenheim.

Edgar Schaaf nickte. „Gut. Wie kommen wir in die Wohnung rein?", fragte er.

„Frau Feierling, die Tochter, hat uns einen Schlüssel hiergelassen, solange die Wohnung nicht verkauft ist."

Edgar war mit *Müller* und *Lydia* per Bahn nach Offenburg gefahren, wo ihn Kai Schuster am Bahnhof aufgegabelt hatte. Schuster rümpfte die Nase, als er die Hunde an Edgars

Seite entdeckte. Der Dienstwagen wird tagelang nach Hund riechen, dachte er.

Er berichtete Edgar vom Schließfach in Kehl und dem Taschenkalender mit Sarah Kempers Einträgen. „Eine Erpressung ist sehr gut denkbar", sagte er, „wenn nicht sogar wahrscheinlich."

„Steinchen für Steinchen, wie ich dir gesagt habe", antwortete Edgar. „Wir sammeln momentan aber nichts weiter als Indizien. Indizien wiegen vor Gericht leider immer weniger als handfeste Beweise. Wenn ein Netz jedoch engmaschig genug geknüpft ist, verfängt sich auch der dünnste Fisch darin. Es ist also von Vorteil, wenn man zweigleisig ermitteln kann."

Kai Schuster schloss die Tür auf und sie betraten Petra Wörlins Wohnung. Die Luft war stickig und roch nach Einsamkeit. Regina Feierling hatte die Heizung nicht abgedreht. Schuster erkannte auf den ersten Blick, dass sich in den Räumen im Grunde nichts verändert hatte. Lediglich das Bett im Schlafzimmer war abgezogen, und wo im Wohnzimmer das Fernsehgerät gestanden hatte, klaffte nun eine Lücke.

Edgar bewegte sich behutsam durch die Zimmer, als ginge er auf Eis. Er glaubte nicht an Geister und stand dem Okkultismus skeptisch gegenüber, aber er erwies dem Leben, das hier stattgefunden hatte, seinen Respekt. Reste davon steckten in den Wänden, hinter den Türen der Schränke, in den Fächern der Regale, zwischen den Büchern. Er ging einige der Buchtitel durch: Esoterische Themen und Profan-Literatur, nichts, was ihn erstaunt hätte. Es gelang ihm im Zuge seines Rundgangs nicht, die Person Petra Wörlin per Instinkt aufzunehmen, beziehungsweise einen Bezug zu ihr herzustellen, was ihn jedoch nicht störte. Er wusste, dass auch das *Nichts* ein Merkmal war, und manchmal erwies es sich stärker als manch anderer, vermeintlich kräftigerer oder nachhaltigerer Eindruck.

Vor der Wohnwand blieb er stehen. „Hier hat mal ein Bilderrahmen gestanden", sagte er zu Kai, beinahe im Ton einer Reklamation, als würde er *wo ist er?* hinzufügen wollen. „Wo ist er?", fügte er hinzu.

„Es war eine gerahmte Fotografie von Frau Wörlin und ihrer Tochter", erwiderte Kai. „Wahrscheinlich hat Frau Feierling das Bild an sich genommen."

Edgar stand ganz ruhig und mit geschlossenen Augen da. „Ich will es sehen", sagte er dann und wiederholte sich: „Ich will es sehen. Es ist wichtig."

Kai Schuster dachte, er höre nicht recht und hob zu einem Kommentar an, verkniff sich diesen jedoch, als er Edgar so stehen sah. Er hatte ihn früher schon so erlebt, als er noch sein Assistent war. Dann, wusste er aus Erfahrung, durfte man Edgar nicht stören oder ablenken. Deswegen sagte er:

„Okay, wir lassen das Bild kommen."

„Und den Fernseher auch", sagte Edgar. „Am besten, du schickst einen Streifenwagen nach Nürnberg und lässt die Sachen abholen. Ich will die Wohnung in dem Zustand sehen wie sie war, als ihr sie zum ersten Mal betreten habt."

Schusters Telefon meldete sich. „Allgöwer. Was gibt´s?"

Er lauschte einige Sekunden gespannt in den Äther und beendete das Gespräch. „Der Türbalken", sagte er. „Unter dem Mikroskop wurden in der Tat winzige Hautpartikel gefunden. Ob es für einen DNA-Abgleich reicht, steht noch nicht fest. Wir haben allerdings kein Vergleichsmaterial von Lars Weniger. So gesehen ist es für den Moment nutzlos."

„Nichts ist nutzlos", sagte Edgar. „Allein das Wissen, dass es da ist, ist von Nutzen."

Edgar befand sich in der S-Bahn von Offenburg nach St. Paulsberg. Es nieselte leicht aus dem Hochnebel. *Müller* und

Lydia kuschelten zu seinen Füßen. Welch großartige Tiere, dachte er. Sie machen alles klaglos mit. Wahrscheinlich sind sie sich selbst genug und sie haben einander.

Die drei Frauen in St. Paulsberg, Ruth, Nicole und Melanie, waren von frischem Mut und neuer Zuversicht erfasst. Sie werteten die Tränen, die Carmen vergossen hatte, als Zeichen einer Verbesserung, als Schritt aus der Nacht in die Dämmerung. Edgar wollte es mit eigenen Augen sehen. Melanie war gestern Abend in euphorischer Stimmung gewesen.

„Es war einer der bewegendsten Momente meines ganzen Lebens", hatte sie gestrahlt. „Wie eine Wiedergeburt."

Auf dem Weg vom S-Bahn-Bahnhof zu Ruths Haus lag ein Supermarkt. Ihm schwebte fürs Abendessen ein Menü aus Schweinelende, Pilzen, Nudeln und Salat vor. Er band die Hunde vor dem Eingang an und kaufte die Zutaten für zwei Personen, dazu einen billigen Rotwein für die Soße. Melanie und er hatten wegen ihrer Engagements während der letzten Woche mehr oder weniger von der Hand in den Mund gelebt. Heute war der Tag, an dem er sich wieder einmal an den Herd stellen und kochen würde.

Im Ruth Baumeisters Haus war die Situation unverändert. Carmens Lage hatte sich nicht weiter verbessert, aber Ruth war davon überzeugt, einen Durchbruch erlebt zu haben. Sie würde auf jeden Fall Carmens vier Freundinnen noch einmal einladen in der Hoffnung, damit einen zweiten Schub anstoßen zu können. Edgar bewunderte den Optimismus der Frau. Was ihm allerdings überhaupt nicht gefiel, war, dass von einem Polizeischutz weit und breit nichts zu sehen war.

„Ich komm' heut' Abend selber, Edgar, sei beruhigt", lamentierte Schuster, als er von Edgar diesbezüglich angerufen wurde. „Ich hab' Frau Böhringer heute im Präsidium gebraucht."

„So geht das nicht, Kai", grollte Edgar. „Stell´ zumindest einen Streifenwagen vors Haus. Ich bleibe heute ausnahmsweise hier, bis du heut´ Abend da bist."

Also machte Edgar aus der Not eine Tugend, besetzte Ruth Baumeisters Küche und zauberte aus den Zutaten für ein Zwei-Personen-Menü ein Menü für vier Personen. Hauptsache, er war mit Melanie zusammen.

Kai Schuster traf gegen halb acht Uhr abends ein. Er schaute Edgar Schaaf mit Dackelaugen an, doch Edgar machte ihm keine weiteren Vorwürfe wegen des Personenschutzes. Kai wusste selber kaum noch, wie er alles auf die Beine stellen sollte. Zudem wollte Edgar ihn nicht auch noch vor Nicole kritisieren. Das gehörte sich nicht.

Melanie und Edgar waren mit dem Bus nach Gengenbach gefahren. Nach einer gemeinsamen Runde mit *Müller* und *Lydia* über die Feldwege schlug die Uhr halb elf, als sie vor dem Haus mit dem Türmchen ankamen. Melanie schaute am Gartentor in den Briefkasten. Im Schein einer Straßenlaterne zog sie eine einfache Karte heraus. Darauf standen drei Worte in Handschrift und ein Stempel. *Ich sehe dich*, las sie. „Ich sehe dich", sagte Melanie, und gab ihm die Karte in die Hand. „Und ein Stempel dabei. Was soll das darstellen, Edgar?"

Edgar nahm die Karte, hielt sie ins Licht. „Ich sehe dich", murmelte er. „Der Stempel stellt einen Joker dar. Einen Joker wie in einem Kartenspiel."

„Was soll das, Edgar?", fragte Melanie mit schwankender Stimme.

„Ich weiß nicht so recht", sagte Edgar. „Vielleicht ist es eine Drohung. Komm´ mit, mein Engel, wir schauen in der Stadt nach deinem Geschäft."

Sie eilten mit fliegendem Atem in die Fußgängerzone zu Melanies *Aquarelle und Poesie*. Edgar stieg die Steinstufen hinauf und öffnete mit Melanies Schlüssel die Ladentür. Er entdeckte die Karte sofort. Sie war unter der Tür hindurch-geschoben worden. Er nahm sie auf, schloss wieder ab und trat zu Melanie. „Sieh´, die gleiche Karte. *Ich sehe dich,* und der gleiche Stempel."

„Edgar? Das ist kein Scherz, oder?"

„Gehen wir nach Hause", sagte er ruhig.

Noch bevor er sich umgezogen hatte, wählte er Kai Schusters Nummer.

„Wir haben Karten bekommen", legte er los, sobald er hörte, wie das Gespräch angenommen wurde. „Melanie und ich, zwei gleiche Karten. *Ich sehe dich* steht auf beiden, und auf beiden prangt der Stempel eines Jokers."

„Eines Jokers? Bist du sicher, dass es ein Joker ist?"

„Was sollte es denn deiner Meinung nach sein?"

„Vielleicht ein Hampelmann?"

„Wie kommst du auf Hampelmann, Kai?"

Kai begann zu schwitzen. „Weil ...weil ...Nicole Anfang Oktober auch eine solche Karte in einem Blumenstrauß gefunden hatte. Es stand ebenfalls *ich sehe dich* drauf. Und ein Stempel war dabei. Wir dachten, es wäre ein Hampelmann. Zudem hatte sie einen Anruf gekriegt, ob der Blumenstrauß angekommen sei. Nicole hatte gemeint, es hätte die Stimme von Lars Weniger sein können."

„Lars Weniger?"

„Ja. Er war doch in derselben Klasse wie wir. Und nach dem letzten Klassentreffen im September hat er Nicole gestalkt. Die Blumen, die Karte, die Fotos, die er heimlich von ihr gemacht hat."

„Also beobachtet er uns, Kai."

„Er dürfte mit seinem gelben *Ferrari* nicht weit kommen", erwiderte Kai.

„Vielleicht benutzt er ein anderes Auto. Bis vor unser Haus und vor Melanies Geschäft hat er es immerhin geschafft. Habt ihr die Karte noch? Nicoles Karte? Zum Vergleich?"

„Ja, die ist noch da. Aber es waren keine Fingerabdrücke drauf."

„Wenn man die Joker-Karte als Bezug nimmt, scheint Lars Weniger zu glauben, es wäre ein Spiel."

*

Müller und *Lydia* lagen zu ihren Füßen unter dem Couchtisch. Edgar hatte eine Flasche Rotwein geöffnet. „Mal sehen, ob dieser Tropfen besser schmeckt als das billige Gesöff, mit dem ich bei Ruth die Soße angerührt habe."

„Wo war der denn überhaupt her?" Melanie hatte den Pferdeschwanzgummi von seinem Haar gezogen und seine langen Strähnen aufgefächert.

„Vom Supermarkt in ..."

„Nein, ich meine das Herkunftsland. Frankreich, oder Südafrika, oder so?"

„Ach so. Weiß ich gar nicht. War jedenfalls schlecht."

Sie standen noch unter dem Eindruck, den die beiden Karten mit dem Joker-Stempel bei ihnen hinterlassen hatten. Schon einmal hatten sie erlebt, dass ein Mörder bis vor ihr Haus gekommen war. Bodo Schneider war es gewesen, der vor ungefähr einem Jahr einen Beutel mit rußgeschwärzten Papiertaschentüchern an ihre Türklinke hängte, Papiertaschentücher, die Edgar ihm in den Auspuff seines Autos geschoben hatte. Und nun waren sie wieder in den Fokus eines Verbrechers geraten.

Gut, noch war er nicht zweifelsfrei überführt. Das änderte aber nichts an der unmittelbaren Bedrohung, an der gefühlten Nähe von Unheil. Seit Ruth Baumeisters erstem Anruf waren jetzt gerade mal gut zwei Wochen vergangen. Zwei Wochen, in denen Melanie zwar ihr Geschäft *Aquarelle und*

Poesie nicht geschlossen, aber auch kaum selber betreut hatte. Eine Vertretung zu haben ist die eine Sache, aber Kunden, seien es potentielle Käufer oder Künstler, nicht persönlich betreuen und beraten zu können, die andere. Die Keller-Galerie in ihrem Haus blieb während dieser Zeit sogar nur vormittags geöffnet. Die würden sie, solange Lars Weniger nicht gefasst war, leider ganztägig schließen müssen.

Melanie bereute es nicht, dass sie Ruth Baumeister ihre Hilfe versprochen hatte, nein, in dieser Beziehung wusste sie instinktiv, wo im Leben die großen Gewichte benötigt wurden. Und sie tat es aus keinem Kalkül heraus, aus ihrem Einsatz wie auch immer irgendwie Kapital schlagen zu wollen. Solch ein Mensch war Melanie nicht. Doch nun senkten sich Schatten auf die Freimütigkeit. Sie war nicht länger alleinige Verwalterin ihrer Absichten, vor allen Dingen war sie sich ihrer Wegbeschreitung nicht mehr sicher. Das Ziel ihres Handelns war von der Böswilligkeit eines anderen beeinflusst, wenn nicht sogar abhängig. Und das bereitete ihr Angst.

„Was sollen wir tun, Edgar? Ich fühle mich nicht mehr sicher. Weder in meinem Geschäft, noch hier zu Hause, noch bei Ruth. Stell' dir vor, wenn einer kaltblütig drei Menschen umbringt, dann hat er bestimmt vor weiteren Morden keine Skrupel. Ich meine, wenn er wirklich der Täter war. Eins aber ist sicher. Die beiden Frauen und dieser Mühlhaupt sind tot. Das kann man nicht schönreden. Derjenige, der sie getötet hat, läuft frei herum. Es ist egal, ob er einen oder mehrere Menschen umgebracht hat. Auch mit einem Mord ist man ein Mörder. Was sollen wir tun?"

Edgar nippte an seinem Glas. „Probier' mal. Der schmeckt gut", sagte er. Er wollte sie nicht ablenken. Er ahnte, was in ihr vorging und dass sie sich fürchtete.

„Ich werde dich nicht allein lassen", sagte er. „Wir machen alles gemeinsam. Wir gehen gemeinsam zu Ruth, wir gehen gemeinsam in dein Geschäft, und wir sind gemeinsam zu Hause. Und du begleitest mich, wenn ich einen Termin wahrnehmen muss. Für einen brauchbaren Polizeischutz hat die Polizei einfach zu wenig Personal. Fühlst du dich sicherer, wenn ich bei dir bin?"

„So sicher wie in Abrahams Schoß, Edgar. Und wie geht es dir damit? Mit der Bedrohung?" Melanie schlang ihre Arme um seinen Bauch und schmiegte sich an ihn.

Gute Frage, dachte er. Als er noch aktiv im Dienst war, hatte ihm mancher Gangster, den er ins Kittchen gebracht hatte, Rache geschworen. Er hatte es zur Kenntnis genommen, - und es unterdrückt. So wie es alle seine Kollegen taten. Natürlich hatten ihn diese Racheschwüre verfolgt, bis nach Hause, bis überall hin, bis in den Schlaf und in seine Träume. Und er saß alleine daheim und in seinem Kopf bildeten sich Szenen voll Blut und Hass, denen er sich ausgesetzt sah. Er kannte keinen seiner Kollegen, der wegen dieser posttraumatischen Belastungen zu einem Seelenklempner gegangen wäre. Auch er war nie bei einem Psychologen gewesen. Die Zeit, um die Notwendigkeit der professionellen Hilfe einzusehen und anzunehmen, war noch nicht fortgeschritten genug. So verwaltete man jahrelang Armeen von psychischen Wracks, verquerer Existenzen, lädierter Persönlichkeiten und traumatisierter Köpfe, die man, mangels ernsthafter Diagnosen, flapsig und unüberlegt als Originale, Eigenbrötler und Starrköpfe bezeichnete. Und nur wer so genannt wurde, hatte es in den Augen der Polizisten selbst als auch der Allgemeinheit zu Ansehen gebracht, hatte es in den Olymp der Kriminaler geschafft. Nur ihnen brachte man Respekt entgegen, ganz gleich, ob von Vertretern der guten Seite des Gesetzes oder von denen auf der bösen Seite.

Welch ein Irrsinn. Edgar hatte zu ihnen gezählt. Sein Kriegsname war *der Schweiger* gewesen.

„Ja", sagte er, weil er es sagen durfte. Weil nicht von ihm erwartet wurde, er müsse den unerschrockenen Helden spielen. „Ja, es macht mir Angst. Deswegen möchte ich, dass du ständig in meiner Nähe bist, und umgekehrt. Wir werden die Augen offenhalten."

„Die Gefahr, dass du Hals über Kopf ins Meer springst, um einen flüchtigen Mörder zu fangen, ist hier ja gottseidank nicht gegeben. Edgar, die Aktion von *Rovinj* in Kroatien ist kaum ein viertel Jahr her. Ich darf gar nicht daran denken."

Er lächelte. „Es wird nichts Vergleichbares geschehen", beruhigte er sie, oder versuchte es wenigstens. „Ich habe so ein Gefühl, dass es bald überstanden sein wird."

Kapitel 8

Die weltweite Kampagne gegen die Lichtverschmutzung schien sich am ehesten in den Landgemeinden durchzusetzen. Die Straßenbeleuchtung des Dorfes war ausgeschaltet und in den Häusern brannten nur vereinzelt Lichter. Es war finster wie im Kuharsch, und doch sah **er** *bestens.* **Er** *hatte das Nachtsichtgerät im Internet bestellt und in* **seinem** *Firmenbüro auch ausprobiert, doch nun lief der Praxistest, Blödsinn, das war kein Test, das war der Ernstfall. Wenn es nur nicht so verdammt kalt wäre. Über Nacht hatte es einen Temperatursturz gegeben. Januar. Winter.*

Er *war mit dem* Hummer H 3 *von Kehl über Offenburg und Gengenbach nach St. Paulsberg gefahren. Von Gengenbach aus die gleiche Strecke, die auch der Linienbus nutzte. Um genau zu sein, war* **er** *nicht ganz bis in den Ort gefahren, sondern hatte den* Hummer *auf einem Wanderparkplatz am Ortsrand von St. Paulsberg abgestellt und war dann zu Fuß auf einen Waldweg abgebogen, der* **ihn** *ziemlich nah an die Stelle führte, die* **sein** *Ziel war. Dass* **er sich** *vom Waldweg aus einige Meter durch dichten Wald schlagen musste, war dank des Nachtsichtgerätes nicht weiter schlimm gewesen. Auch im dicksten Gebüsch arbeitete der Restlichtverstärker hervorragend. Aber für die Stange Geld, die* **ihn** *das Teil gekostet hatte, durfte* **er** *das wohl erwarten.*

Er *hockte auf den Absätzen am Waldrand, das Nachtsichtgerät vor den Augen. Was für ein schönes Grün, dachte* **er.** *Alles ist grün. Bis zu den ersten Häusern des Dorfes mochten es ungefähr zweihundertfünfzig Meter sein, doch so weit brauchte* **er** *gar nicht zu schauen.* **Sein** *Objekt lag nur etwa dreißig bis vierzig Meter vor* **ihm**: *Ruth Baumeisters Haus, dessen Rückseite* **er** *beobachtete.*

Die dumme Nuss, wie hieß sie gleich wieder? Wie eine Margarinenmarke oder so. Lätta. Nein, Litta. Ja, Litta. Sie hatte **er** *in der Fußgängerzone in Offenburg erwischt. Sie war allein unterwegs, ohne ihre Clique, auf dem Weg zum Stadtbrunnen, wo sich die Gören wahrscheinlich trafen.* **Er** *hatte gleich mit einer Hundert-Euro-Note vor ihrer Nase rumgewedelt, und ihr einen zweiten Hunderter versprochen, wenn sie* **seine** *Fragen beantwortete. Für Geld machen diese Weiber ja schließlich alles, wahrscheinlich auch die Beine breit, aber an solch eine Pflaume würde* **er** *keine Energie verschwenden. Man hat ja schließlich einen Anspruch. Egal, auf jeden Fall hat diese Tussi* **ihm** *brühwarm gesteckt, was* **er** *wissen wollte. Es würden sich, neben Carmen, noch drei weitere Erwachsene im Haus aufhalten. Ruth Baumeister, Ex-Sahneschnitte Nicole und Oberarschloch Kai.*

Er *kontrollierte, ob die Walther P99 mit Schalldämpfer noch in der Jackentasche steckte.* **Er** *würde das Problem Carmen heute Nacht lösen. Alle würden schlafen.*

In gebückter, angespannter Haltung trat **er** *aus dem Wald hinter dem Haus.* **Er** *musste einen niedrigen Zaun übersteigen, der das Anwesen umgab. Dann schlich* **er sich** *an die von* **ihm** *aus gesehen rechte Hausseite. Gleich das erste Fenster musste es sein, wenn Littas Bericht stimmte. Das nächste Fenster sollte bereits zum Wohnzimmer gehören. Schneller als erwartet erreichte* **er** *das Ziel und richtete* **sich** *daneben auf.* **Er** *hielt den Atem an. Keine Geräusche zu hören. Rasch beugte* **er sich** *nach vorne, um einen Blick ins Innere zu wagen. Peng, machte es. Verdammt,* **er** *war mit dem klobigen Nachtsichtgerät gegen die Fensterscheibe gestoßen und hatte nicht die Bohne gesehen. Also abwarten und lauschen. War irgendwo etwas zu hören? Nein. Mit etwas mehr Abstand wagte* **er** *wieder einen Blick. Ja, jetzt war es gut. Es gab keine Vorhänge am Fenster. Das Zimmer war durch ein Steckdosen-Nachtlicht erhellt. Extrem günstig für* *ihn. So erkannte **er** auf Anhieb das Patientenbett, die gewölbte Bettdecke und das bleiche Profil eines Gesichtes im Kopfkissen. Im Voraus hatte **er** überlegt, ob **er** die Schüsse durch die Fensterscheibe setzen, oder ob **er** zuerst die Fensterscheibe einschlagen sollte. **Er** hatte **sich** für die erste Variante entschieden, bemerkte nun aber, dass **er** das Ziel für einen ersten Schuss durch das Glas nicht sicher erkennen konnte. Zudem würde das Glas durch den Schuss sowieso zerspringen. Also: Einschlagen und dann ballern. Zum Schießen würde **er** das Nachtsichtgerät absetzten müssen. **Er** legte es neben **sich** auf den Kies. Dann stieß **er** mit dem Schalldämpfer die Scheibe ein, oh Scheiße, was für ein Lärm, steckte die Pistole hindurch, legte die Hände aufs Fensterbrett und schoss schnell nacheinander drei Kugeln ab. Pk! Pk! Pk! Adieu, Carmen.*

St. Paulsberg, 20./21. Januar 2022

Kai Schuster fürchtete, dass er nie wieder anders würde schlafen können als in einem schmalen Bett, Haut an Haut mit Nicole. Konnte es größeres Vertrauen geben, als sich im Schlaf wehrlos und angreifbar der Nähe eines Menschen hinzugeben? Dabei hatte er es noch relativ bequem, denn er lag vorne, konnte ungehindert aufstehen oder sich hinlegen, während sich Nicole eingequetscht mit der Wandseite begnügen musste. Er hatte eine besondere Technik für die Rückenlage entwickelt: Er klemmte sich den Daumen der Hand unter die Arschbacke, damit der Arm nicht aus dem Bett fallen konnte.

Er schlief in dieser Nacht unruhig, wenn überhaupt, und er schwitzte und fröstelte gleichzeitig. Auch Nicole war lange

Zeit nicht eingeschlafen, wie er festgestellt hatte, doch sie hatten nicht mehr miteinander gesprochen. Es lag eine brisante Anspannung in der Luft, doch jetzt, nach Stunden, hörte er ihren Atem in gleichmäßigen Zügen. Zum ersten Mal hatte er seine Dienstpistole neben das Bett gelegt.

Auf dem Präsidium war einiges an digitaler Post für ihn eingetroffen. E-Mails verschiedener, über ganz Deutschland verteilter Polizeidienststellen, die ihm protokollierte Aussagen von Teilnehmern an Lars Wenigers Poker-Veranstaltungen als Anhänge zusandten. Damit hatten wenigstens die Kollegen vom Bereich Wirtschaftskriminalität eine Handhabe gegen Lars Weniger wegen unerlaubten Glücksspiels nach § 284 StGB. Es lag an Schuster, die Protokolle im Eingang zu kennzeichnen und nach Datum zu sortieren, und natürlich damit den Hintergrund zu erleuchten, vor dem es durch Habgier zu Erpressung und Mord gekommen war. Für äußerst interessant und vielversprechend hielt er die Aussagen von zwei Männern, die in der Nacht vom sechzehnten auf siebzehnten Oktober Poker-Teilnehmer im *Karo Dame* in Friesenheim gewesen waren und das plötzliche Erscheinen einer Frau am frühen Sonntagmorgen schilderten. Der Veranstalter, dessen Namen sie nicht wussten, ihn jedoch übereinstimmend beschreiben konnten, habe zu der Frau gesagt, *er würde später zu ihr kommen und ihr alles erklären.*

Kurz nach vierzehn Uhr klingelte sein Handy. Auf Anhieb konnte er die Nummer nicht gleich zuordnen, war jedoch erstaunt, als sich Jakob Fuhrmann als Gesprächspartner herausstellte.

„Schuster. Kripo Offenburg."

„Hallo, Herr Kommissar", klang es aus dem Hörer, „Jakob Fuhrmann am Apparat. Ich vermisse Sie als Kunden bei unserem *Ü-40-Strip.*"

„Oh, tut mir Leid, Herr Fuhrmann, im Augenblick haben wir alle Hände voll zu tun. Lars Weniger ist, wie Sie vielleicht wissen, zur Fahndung ausgeschrieben."

„Ja, deswegen rufe ich eigentlich auch an", druckste Fuhrmann herum. „Es ist wegen des Alibis, das ich seinerzeit für Lars Weniger bestätigt hatte. Ich ...Er ...Ich ...also um es kurz zu machen. Nachdem ich mir nochmal Gedanken über den entsprechenden Zeitraum gemacht habe, bin ich mir nicht mehr so sicher, dass ich Lars Weniger damals zur fraglichen Zeit bei uns in der Bar gesehen habe. Ein Tag ist wie der andere, verstehen Sie, und manchmal meint man, es müsse etwas gewesen sein, das sich dann doch ...tja, ich bin mir fast sicher, nein, äääh ganz sicher, dass er damals nicht bei mir in der Bar war. Ich muss mich total im Datum geirrt haben. Wahrscheinlich war ich überarbeitet. Das wollte ich Ihnen als verantwortungsvoller Bürger sagen. Ich hoffe, es erwachsen mir dadurch keine Unannehmlichkeiten? Wenn Sie also mal Lust haben den *Ü-40-Strip* ...übrigens lasse ich das *Karo Dame* jetzt ebenfalls nach neuem Konzept zu einem *Spiel mit mir* umbauen. Die blonde Beverly wird die neue Geschäftsführerin sein. Kennen Sie sie schon?"

„Es ehrt Sie Herr Fuhrmann, dass Sie auf den Pfad der Wahrheit gefunden haben, bevor ein Richter Ihre Angaben hätte in Zweifel ziehen können. Ich werde einen Beamten bei Ihnen vorbeischicken, der Ihre Aussage aufnimmt und bestätigen lässt. Leider habe ich jetzt keine Zeit, mich mit Ihnen zu unterhalten. Auf Wiederhören, Herr Fuhrmann."

Ja, ja, ja, dachte Schuster, und ließ seine Faust auf den Schreibtisch krachen. Ja, ja, ja. Das ist der Nagel, an den ich den Henkersstrick für Lars hänge.

Um vierzehn Uhr dreißig rief ihn die Kollegin von der Pforte an, sie hätte eine Frau in der Leitung, die wegen Carmen Graumann eine Mitteilung loswerden wollte. Ob er sich das anhören wolle. Kai wollte, und die Frau wurde zu ihm durchgestellt.

„Ich bin Litta", hatte sie begonnen, „bin ich jetzt endlich an der richtigen Stelle?"

„Kai Schuster ist mein Name. Wenn es sich um Carmen handelt, sind Sie bei mir richtig."

Im Hintergrund vernahm er Geflüster. Mehrere Personen schienen auf diese Litta einzureden. „Jetzt seid doch mal ruhig, hey, ich versteh´ ja nix. Hören Sie. Mich hat heute so ein Typ angemacht. Nazi oder sowas in der Richtung, na, Sie wissen schon. Glatze, Bomberjacke und so. Hat mich gefragt, wo Carmens Zimmer ist. Hat Geld dafür bezahlt. Ich dachte, das ist vielleicht wichtig für Sie. Oder? Ist doch so. Jetzt haltet doch mal die Klappe."

Wieder Getuschel in der Leitung.

„Oh ja, das ist für uns sehr wichtig", sagte Schuster. „Wie ist denn Ihr Name?"

„Den Namen will er wissen, der Bulle", hörte Schuster. „Litta. Ich bin eine Freundin von Carmen." Getuschel, Geflüster, Kichern. „Ääh, krieg´ ich dafür jetzt ´ne Belohnung oder was?" Kreischen.

„Wenn Sie auf dem Präsidium vorbei kommen, ihre Aussage unterschreiben und uns bei einem Phantombild helfen, gibt es eventuell später eine Anerkennung."

„Scheiße, Mann." Lautes, schrilles Kreischen. „Ich überleg´s mir."

Schuster saß für eine komplette Minute wie eine Statue auf dem Drehstuhl. Dann wurde er lebendig, ließ alles stehen und liegen, meldete sich für heute bei Ben, dem Diensteinteiler, ab, und strebte aus dem Präsidium Richtung Stadt. Eine halbe Stunde später sah man ihn mit einem langen Paket unterm Arm aus der Stadt zurück eilen und in seinen Dienstwagen steigen.

War er doch eingenickt? Wenn ja, woran war er aufgewacht?

Nicole atmete ruhig. Eine heiße Welle der Liebe spülte
über ihn hinweg. Doch hörte er etwas. Was war denn das für
ein seltsames Geräusch? Es kam aus einem der unteren
Räume. Er hatte gestern Abend verlangt, dass alle Türen
offenstehen bleiben mussten. Doch. Da war es. Ein tiefes
Grollen, wie aus den Tiefen eines Vulkans. Doch das war
nicht nur ein Vulkan, das waren derer gleich zwei.

Schuster stellt die Füße auf den Boden. Das Grollen blieb.
Da, ein Klack. Schmeißt da jemand Kieselsteine an die Fenster? Er bückt sich nach der Pistole. Verflixt, wo ist sie? Hier.
Ich hab´ sie. Glas zerspringt, klirrt, laut. Und dann *Pk! Pk!
Pk!* Dreimal *Pk!* Er kennt diese Geräusche. Er kennt sie nur
zu gut. Die Haut gefriert ihm am Körper fest. Mit einem Satz
ist er an der Zimmertür. Mit einem weiteren Satz an der
Treppe, die nach unten führt. Mit zwei Sätzen im Wohnzimmer, und dann in Carmens Zimmer. Irgendwo im Haus
flammt Licht auf. „Licht aus!", brüllt er. „Licht aus, alle auf
den Boden."

In Carmens Zimmer geht er in die Hocke, deckt, die Arme
weit ausgestreckt, mit der Pistole den Raum ab. Er sieht das
Fenster, die Glassplitter, riecht den Pulverqualm. Schnell
zum Fenster, autsch, ein Schmerz am Fuß, er reißt beide Flügel auf, beugt sich nach draußen, rechts, links, dort, dort
türmt einer, dort rennt einer, über den Zaun, Richtung Wald,
in den Wald, ...verdammt, ist das dunkel, er sieht ihn nicht
mehr, weg ist er. In den Wald.

Verdammt.

Mit der Nachtruhe war es vorbei. Schuster schaltete das
Licht ein. Nicole kam in ihrem T-Shirt von oben die Treppe
herunter, Ruth aus ihrem Schlafzimmer im Erdgeschoss. Da
war immer noch dieses Grollen. Es kam unter Ruths Sofa
hervor. *Hänsel* und *Gretel* lagen dort, die Ohren flach nach

hinten gelegt. Das Grollen kam tief aus ihren Bäuchen. Ruth redete besänftigend auf sie ein.

Schuster telefonierte: „Allgöwer, es tut mir leid. Ich weiß, es ist Nacht und es ist halb drei Uhr, und ...ja, in St. Paulsberg. Ruth Baumeisters Haus. Bring einen Spürhund mit. Nein, lass´ den Hund, es ist ja stockdunkel. Das mit dem Hund machen wir, wenn´s hell ist. Ja, wir warten. Und Allgöwer, komm´ mit dem ganzen Orchester und Feuerwerk. Blaulicht, Martinshorn, du weißt schon. Wir wollen jemandem ein Signal schicken, das ihn glauben machen soll, er hätte Erfolg gehabt.“

Sie gingen zu dritt in Ruths Schlafzimmer. Carmen lag auf der einen Seite von Ruths Doppelbett. Das Pulsmessgerät arbeitete gleichmäßig. Sie lebte, sofern man das Leben nennen mochte.

„Kannst du vielleicht mal die Pistole wieder aus der Hand legen, Kai?“ Nicole berührte ihn am Arm.

„Ja, entschuldige. Ich bin noch ganz neben der Kappe.“

„Wie sieht es in Carmens Zimmer aus?“, fragte Ruth.

„Dein Fenster ist kaputt“, antwortete Schuster, „und die Bettdecke und die Schaufensterpuppe haben es wohl auch nicht überlebt.“

Nicole wurde bleich im Gesicht und musste sich setzen. „Ich glaub´, der Schock trifft mich jetzt. Mein Gott, Kai. Hier wäre Carmen gelegen, wenn du nicht ...mein Gott, Kai, das war um Haaresbreite ...was ist denn mit deinem Fuß? Du blutest ja. Bist du eventuell getroffen worden?“

„Ist gut, mein Schatz. Ich bin vorhin in eine Glasscherbe getreten. Ist nicht weiter schlimm, ein Heftpflaster reicht. Ohne eure Hilfe hätt´ ich Carmen nicht in Ruths Bett schaffen können.“

Dann rief er ungeachtet der Uhrzeit Edgar Schaaf an. Der hatte ihn ausreden lassen. „Gut gemacht, Junge“, hatte er zum Schluss gesagt. „Echt gut.“

Offenburg, 21. Januar 2022

Die Fahndung nach Lars Weniger und seinem gelben *Ferrari* lief. Zwar nicht auf Hochtouren, was wegen fehlender Kapazitäten nicht möglich war, aber sie lief. Bundesweit.

Es war ein Jammer. Rein zahlenmäßig waren in der Bundesrepublik Deutschland noch nie so viele Polizeibeamte in Lohn und Brot wie im Jahr 2021. Und gleichzeitig waren von der zivilen Abteilung noch nie so viele unabkömmlich wie jetzt. Unabkömmlich, weil sie an andere Aufgaben zur Verbrechensprävention gebunden waren. Tausende von Beamten waren abgestellt, um rund um die Uhr Straftäter auf Schritt und Tritt zu überwachen, die zwar von einer gerichtlich verfügten Sicherungsverwahrung verschont blieben, jedoch eine elektronische Fußfessel tragen mussten. Wiederum tausende von Beamten wurden durch die permanente Überwachung von sogenannten *Islamistischen Gefährdern* gebunden, von denen es eine ständig steigende Anzahl gab und die mittlerweile zweitausendfünfhundert betrug. Die nächste Kategorie von Beamten, die Spezialaufgaben nachgingen, waren die Kollegen, die im *Darknet* auf Verbrechersuche waren. Leute von der Fußtruppe, wie sie Schuster und Allgöwer und all die uniformierten Streifenbeamten darstellten, kauten auf dem Zahnfleisch. An technischer Ausrüstung fehlte es nicht. Doch um der breiten Gesellschaft einen Mindestsicherheitsbedarf gewährleisten zu können, fehlte es sprichwörtlich am Schutzmann an der Ecke. Und die Sicherheitsansprüche blieben ja nicht von Jahr zu Jahr gleich, sondern sie entwickelten sich parallel zur steigenden Qualität der Kriminalität.

In den Streifenwagen rangierte die Fahndung nach Lars Weniger darum als eine unter vielen. Vielleicht hielt man, der Bequemlichkeit geschuldet, einfach nur Ausschau nach einem gelben *Ferrari*. Hatte man den, dann hatte man ihn. Aber der *Ferrari* wurde nicht gesehen.

Bis Rita Böhringer in Ruth Baumeisters Haus eingetroffen war, hatte Schuster Allgöwer bei dessen Arbeit unterstützt. In der Wand neben dem Patientenbett steckten drei Projektile neun Millimeter. Sie hatten die Schaufensterpuppe, die Schuster in einem Modefachgeschäft in Offenburg besorgt hatte, mit Leichtigkeit durchschlagen. Carmen hätte keine Überlebenschance gehabt. Vor dem Fenster zu Carmens Zimmer lagen drei passende Patronenhülsen dazu im Kies. Streifenpolizist Lutz war gegen acht Uhr mit einem Spürhund angekommen. Mit ihm konnten sie den Weg des Attentäters durch den Garten, über den Zaun, ein Stück durch den Wald, bis zu dem Wanderparkplatz verfolgen. Dort endete die Spur. Da der Parkplatz asphaltiert war, verlief die Suche nach Reifenspuren ergebnislos. Allgöwer und Schuster waren anschließend ins Präsidium gefahren.

Kai Schuster konnte nun auf die Information bauen, dass es Allgöwer gelungen war, vom Querbalken aus Ruth Baumeisters Hütte in der Tat mikroskopisch wenig menschliches Zellgewebe zu separieren, um damit einen DNA-Abgleich durchführen zu können. Es passte weder zu Edgar Schaaf, noch zu Dr. Brenneis, noch zu ihm selbst, was an sich eine gute Nachricht bedeutete. Die schlechte Nachricht: Sie passte zu niemandem. Noch.

Er wartete auf das Eintreffen der Ware aus Nürnberg. Auf den Fernseher und auf das Foto im Bilderrahmen. Dieser Edgar Schaaf, dachte er, ist echt ein Phänomen. Der hat doch glatt wegen eines bisschen fehlenden Staubs auf der Wohnwand darauf geschlossen, dass dort ein Rahmen gestanden haben muss. Aber was wollte er mit dem Fernsehgerät? Konnte er sich nicht einfach den fehlenden Fernseher in Petra Wörlins Wohnung vorstellen? Oder, falls ihm das nicht gelang, einen x-beliebigen Fernseher dorthin stellen? Na gut, er musste es wissen. Also bekam er seinen Willen.

Schusters Chef hatte wieder gemosert, dass Rita Böhringer zum Personenschutz nach St. Paulsberg abgestellt war. Sie hätte, so sein Argument, im Archiv mit der Digitalisierung wahrlich sinnvollere Arbeiten zu erledigen. Schuster wusste indes, dass der Chef deswegen selber mächtig unter Druck stand. Die von den Landesinnenministern aller sechzehn Bundesländer geforderte Modernisierung des Polizeiwesens setzte diese Digitalisierung quasi als Leuchtturmprojekt für alle folgenden Bereiche des Polizeisystems an erste Stelle. Baden-Württemberg sollte bei der Umsetzung nicht den *Schwarzen Peter* ziehen. Schuster setzte dem Chef seinerseits die Pistole auf die Brust, indem er sagte, dass er den Personenschutz für St. Paulsberg augenblicklich beenden würde, wenn er, der Chef, die Verantwortung für weitere Personenopfer übernehmen würde. Was jener natürlich strikt ablehnte. Zufrieden jedoch war der Chef nicht. „Schuster", hatte er geschnauft, „Sie bringen mich ins Grab."

Dann summte Schusters Handy. Allgöwer: „Das Zeug aus Nürnberg ist eingetrudelt. Was machen wir damit?"

„Lade es in deinen Wagen. Wir fahren damit nach Mattenheim. Edgar Schaaf will es dort sehen."

„Edgar Schaaf? Der alte Knochen kommt persönlich? Wie das denn?"

„Yep", schnappte Schuster. „Er hilft mir bei den Ermittlungen."

„Oho, Kai, spielst du plötzlich in der Champions-League? Hast du von den Fällen gelesen, die *der Schweiger* nach seiner Pensionierung gelöst hat?"

„Hab´ ich, Allgöwer, und jetzt mach´ hinne. Wir müssen wahrscheinlich zuerst zum Bahnhof und Edgar Schaaf einladen. Er hat kein Auto."

Sie warteten vor dem Bahnhof, bis Edgar Schaaf eingetroffen war. Allerdings war er nicht allein. Melanie begleitete ihn, und Edgar erklärte, warum. Da gab es nichts zu diskutieren.

Edgar begrüßte Allgöwer mit ausgesuchter Höflichkeit. Er kannte den Techniker seit etlichen Jahren und schätzte ihn sehr. „Wenn ich dich sehe, Allgöwer, fallen mir alle meine alten Sünden wieder ein", scherzte er.

„Ja, und mir die vielen Stunden, die ich wegen dir nachts in kalten, feuchten Kellern zubringen musste."

Edgar grinste. „Aha", foppte Edgar weiter, „dann sind das auf deinem Kopf keine grauen Haare, sondern ist Schimmel?"

„Frau Köninger", seufzte Allgöwer, „wie halten Sie es neben dem Ekel bloß aus?"

Melanie lachte. „Indem ich mir euch genau so vorstelle wie ihr jetzt seid. Ich bin Melanie, Allgöwer. Ich darf dich doch so nennen?"

„Alle tun das, Melanie. Willkommen bei der Truppe."

Edgar ließ den Flachbildfernseher in Petra Wörlins Wohnung so aufstellen, wie er ehemals gestanden haben muss, als Allgöwer und Schuster den Tatort besuchten. Den Bilderrahmen mit dem Foto von Petra und Tochter stellte er selber an den Platz auf der Wohnwand. Dann betrachtete er das Wohnzimmer aus verschiedenen Richtungen.

„Und? Edgar, was siehst du?"

Edgar überhörte die Frage, wechselte wieder seinen Standort. „Wo genau hat Frau Wörlin gelegen?"

Allgöwer stellte sich zwischen Couchtisch und Sessel.

„Genau hier hat sie gelegen."

„Okay, Allgöwer, dann leg´ dich bitte genau so hin, wie sie gelegen hat."

Melanie, die mit den Männern die Wohnung betreten hatte, beobachtete die Szenerie und insbesondere ihren Edgar höchst gespannt. Sie hatte ihn noch nie in dieser Verfassung erlebt. So konzentriert und so fixiert auf etwas, das nur er zu sehen schien.

„Das", sagte Edgar, und deutete auf das Fernsehgerät, „ist das nicht einer dieser *Smart-TVs?*"

„Stimmt, Edgar, das ist eines der neuesten Geräte", bestätigte Allgöwer.

„Gut!", konstatierte Edgar. „Wenn das so ist, dann hat Frau Wörlin ihren eigenen Mord aufgenommen. Gefilmt. Mit dem *Smart-TV*. Seht ihr das Objektiv?"

Das war nun eine geradezu abenteuerliche Behauptung, wenn nicht sogar eine unerhörte.

„Wie, in drei Teufels Namen, kommst du denn auf sowas?" Allgöwer blieb fast die Luft weg.

„Seht euch die Wohnung an. Wo würdet ihr sitzen, wenn ihr nach eurem Feierabend Fernsehen schauen wolltet? Seht die Couch und die Sessel an. Wo sind die Polster am meisten strapaziert worden?"

Es war eindeutig. Das äußere Polster der Couch wies die stärksten Abnutzungsspuren auf, und es war gleichzeitig der kürzeste Weg von dort zum Bildschirm. Doch so, wie das Fernsehgerät momentan aufgestellt war, machte das Fernsehen von dem Platz auf der Couch keinen Sinn, denn der *Smart-Tv* war mit dem Bildschirm viel mehr in die Mitte des Wohnzimmers ausgerichtet, und zwar dorthin, wo Allgöwer jetzt lag.

„Richtig", murmelte Allgöwer, der sich aus der liegenden Stellung wieder aufgerichtet hatte. „Gutes Auge, Edgar. So wie der Bildschirm ausgerichtet ist, würde man von dort drüben", er zeigte mit dem Finger nach dem Couchende, „schlecht was sehen."

Schuster schaltete sich ein. „Aber braucht es dazu nicht eine externe Steuerung? Und wenn ja, welche?"

Edgar schaute zu Allgöwer, forderte ihn praktisch auf, das zu erklären. „Ja, ein WLAN-fähiger PC genügt. Oder ein Laptop."

„Haben wir aber nicht", rief Schuster.

„Besaß Frau Wörlin überhaupt einen Computer?" Edgars Blicke wanderten zwischen den beiden hin und her.

„Ein WLAN-Router hängt jedenfalls im Flur an der Wand", sagte Allgöwer.

„Bringt man den Fernseher auch ohne PC zum Laufen?"

„Die normalen Programme schon. Aber was über *Smart* gesteuert wurde?"

„Ja was nun! Ja oder nein?", fragte Edgar.

„Ehrlich gesagt, hab´ ich so damit noch nie zu tun gehabt", gestand Allgöwer.

Edgars Blick richtete sich auf den Bilderrahmen mit dem Foto von Mutter und Tochter. Was für die anderen wie eine lässige Gangart aussah, war für Edgar ein Weg wie in Trance. Er nahm den Rahmen in die Hand, registrierte das Foto, drehte den Rahmen um. Die übliche Halterungsvorrichtung, einfach mit den Fingernägeln vom Rahmen zu drehen. Die Papprückseite mit dem ausklappbaren Stützteil ließ sich entfernen. Ein kleines Stück Papier zwischen Foto und Papprücken. Darauf handschriftlich *Passwort* geschrieben, inklusive einer Buchstaben-Sonderzeichenkombination. *p!uMpAqUaT$(h.* Edgar hob es hoch, übergab es Schuster.

„Wenn du den passenden PC findest", sagte er, „dann hast du jetzt den Schlüssel zu dem Film."

Schuster und Allgöwer standen da wie vom Bus gestreift. Wie konnte es sein, dass Edgar das wusste? Gar nicht. Er konnte das nicht gewusst haben. Nicht die Sache mit dem *Smart-TV* und nicht die Sache mit dem Bilderrahmen. Und trotzdem genügte ihm ein Spaziergang durch die Wohnung, ein Blick von hier und ein Blick von da und ein Handgriff nach einem billigen Bilderrahmen, und schon hatte er es. Das ist ...das war ...es war unbegreiflich. Schuster fand als erster die Worte:

„Und? Wie gehen wir weiter vor? Was passiert jetzt?"

„Frag´ Allgöwer. Der weiß sowas. Gell, Allgöwer?"

*

Melanie glaubte zu bemerken, dass die Tage allmählich wieder länger wurden. Es war halb sechs Uhr abends, es war kalt, aber am Horizont leuchtete bereits das Versprechen eines Frühlings. Sie lehnte mit dem Kopf an Edgars Schulter. Die S-Bahn war proppenvoll. Pendler, die aus der Stadt in die Dörfer fuhren, und Schüler, die Nachmittagsunterricht gehabt hatten.

„Ob *Lydia* und *Müller* uns vermisst haben?"

Edgar lächelte. „Bestimmt. Das erste Mal, dass wir sie allein gelassen haben. Gehen wir mit ihnen noch eine Runde?"

„Sicher. Mit dir gehe ich überall hin", flüsterte sie. Sie hatten nur einen Stehplatz bekommen und standen eng beisammen. „Du bist wunderbar, Edgar. Ich habe dich beobachtet. Du strahlst eine natürliche Autorität aus. Wie konntest du das wissen, das mit dem Passwort im Bilderrahmen? Als würdest du über übernatürliche Kräfte verfügen."

Er schüttelte leise den Kopf. „Das ist nichts, das man weiß", raunte er. „Manchmal ist es so, als würde man wünschen, dass es so wäre, und dann wird der Wunsch wider allen Erwartungen erfüllt."

„Aber das kann nicht jeder, oder? Kai Schuster zum Beispiel kann es nicht. Und Allgöwer auch nicht."

„Nein, das kann nicht jeder", sagte er. „Man kann es auch nicht erzwingen. Aber man braucht viel Übung, um sich gewisse Dinge wünschen zu können. Du kannst es, mein Schatz."

Bei den letzten Worten glotzte ihn ein müder Mitreisender an. „Ja", sagte Edgar zu dem Mann, „hör´ nur zu. Sie ist mein Schatz."

„Ich kann es? Interessant. Komm´, erzähl´, sofort", kicherte sie.

„Du kannst es, denn sonst hättest du mich nicht bekommen."

„Hahaha, ja genau. Wo du recht hast, hast du recht." Sie stellte sich auf die Zehenspitzen des rechten Fußes und küsste ihn.

Offenburg,Kehl, Gengenbach, St. Paulsberg, 28.Januar 2022

Eine Woche verging. Die Fahndung nach Lars Weniger lief weiterhin ohne Erfolg. Allgöwer und seine Kollegen mühten sich vergeblich, die Festplatte in dem *Smart-TV* zum Sprechen zu bringen. Kai Schuster hatte sich nicht länger dagegen verwahren können, auch andere Delikte zu bearbeiten. Er weigerte sich jedoch beharrlich, Rita Böhringer als Personenschutz aus St. Paulsberg abzuziehen und verbrachte aus diesem Grund ohne zu klagen die Nächte mit Nicole in dem schmalen Bett in Ruth Baumeisters Haus.

Melanie und Edgar kümmerten sich vormittags um das Geschäft *Aquarelle und Poesie* in Gengenbachs Altstadt, um nachmittags mit dem Bus über den Berg nach St. Paulsberg zu düsen, damit auch Ruth Baumeister halbtags ihre Kunden im Kräuterladen bedienen konnte. Nachwievor blieb Melanies Keller-Galerie geschlossen.

Etwas zerknirscht hatte Allgöwer am Wochenende bei Edgar angerufen. „Edgar, wir kommen mit dem Scheiß-Fernseher nicht weiter. Ääh, hattest du nicht vor einem Jahr einen Fall, bei dem es unter anderem ebenfalls um einen defekten Computer ging?"

Edgar war gerade im Nebenzimmer von Melanies Ladengeschäft zugange gewesen, als ihn Allgöwers Anruf erreichte.

„Du, da musst du mal den Johann Wiesner in Kehl anhauen. Der hatte einem Laptop, der im Wasser gelegen hatte, wieder Leben eingehaucht, beziehungsweise der Sohn eines Streifenpolizisten, soviel ich weiß. Jens oder Sven. Frag´ den Wiesner."

„Wiesner ist jetzt beim LKA", stöhnte Allgöwer.

„Na und? Deswegen ist er noch lange kein Alien. Frag´ ihn", sagte Edgar und beendete das Gespräch.

*

Gestern hatte es Rita Böhringer wieder geschafft, das vierblättrige Kleeblatt nach St. Paulsberg zu karren. Roxanne, die Zwillinge Malle und Lorca, sowie Litta. Ruth wollte den Girls den Marsch blasen, von wegen Rauchen in Carmens Zimmer, doch Nicole gab ihr heimlich Zeichen, was heißen sollte, dass sie die Vier ruhig machen lassen solle. Möglich, dass gerade das Rundumpaket aus Geplapper, Alkohol und Rauch für Carmen die beste Stimulation darstellte. Also sperrten sie die fünf Mädels eine halbe Stunde zusammen, und wie nach dem ersten Mal zeigten sich bei Carmen Anzeichen von Teilnahme in Form von Tränen.

Melanie und Edgar saßen mit *Müller* und *Lydia* im Bus. Edgar würde heute wieder für alle kochen. Die Zutaten bekäme er in St. Paulsberg Supermarkt. Kurz vor der Haltestelle, an der sie aussteigen mussten, fuhr dem Busfahrer ein weinroter Lieferwagen, aus einer Nebenstraße abbiegend, vor die Nase, was eine Vollbremsung zur Folge hatte. Der Busfahrer fluchte wie ein Rosskutscher. Melanie und Edgar, die zum Aussteigen schon an der Schwenktür standen, konnten mit Mühe und Not noch einen Sturz vermeiden. Niemand war zu Schaden gekommen, aber die Hunde waren aufgesprungen und standen mit bebenden Flanken und zwischen die Hinterbeine eingeklemmten Schwänzen da. So ein Idiot, dachte Edgar. Roter Kombi, *Weinlager SR* oder so.

Er dachte an Rahmgeschnetzeltes, Nudeln und Salat. Die Soße würde heute keinen Wein sehen, dafür mit Sicherheit einen Schuss Sahne. Sogleich nach Ankunft in Ruths Haus begann er mit den Vorbereitungen. Es machte ihm riesigen Spaß, die drei Damen zu bekochen, und sie genossen seine Künste offensichtlich. *Hmmmmm ...*

Das Fleisch brutzelte mit Zwiebeln in der Pfanne, und er suchte nach Essig und Öl für die Salatsoße in Ruths Küche. Er entdeckte die Flaschen in einem Unterschrank. Dort fand er zufällig auch den Rest des Rotweins, den er vor einer Woche verwendet und für schlecht empfunden hatte. Er nahm die Weinflasche und Essig und Öl heraus, um den restlichen Wein in den Abguss zu schütten, als er mitten in der Bewegung stutzte. Ein kleines Etikett auf der Flasche war ihm ins Auge gesprungen. Das hatte er doch heute schon gelesen. *Weinlager SR, Import Spanischer Weine, Kehl (Rhein). Weinlager SR.?*

Jetzt kapierte er. Es fiel ihm wie Schuppen von den Augen. Er griff nach seinem Handy, wählte Schusters Nummer. Nimm´ ab. Mensch, nimm´ ab.

Kai Schuster war in der Fußgängerzone unterwegs. In der Nacht hatten ein paar ganz Verwegene versucht, den Geldautomaten der Sparkasse in die Luft zu sprengen. Außer einem total zerstörten Automat war kein weiterer Schaden entstanden, aber er musste die Aussage des Geschäftsführers aufnehmen. Er schwankte, ob er vorher noch Edgars Anruf annehmen sollte oder nicht.

„Edgar, was ist so dringend, dass es nicht warten kann?"

„Ich weiß, wo du Lars Weniger findest."

„Was?"

„Ich sagte, wo ..."

„Ja, ja, hab´ verstanden. Wieso weißt du das?"

„Such´ die Firma *Weinlager SR* in Kehl. Vermutlich ist er dort."

„*Weinlager*? Wieso *Weinlager*?"

„*SR*, Kai, *SR*. *Weinlager SR*. Das ist ein Anagramm von Lars Weniger. Weißt du, was ein Anagramm ist? Mist! Jetzt ist mir das Geschnetzelte angebrannt. **Melaniiieee? Hiiilfeee!**"

Lars Weniger wurde am gleichen Abend in den Räumen seiner Firma **Weinlager SR** in Kehl vorläufig festgenommen. Er leistete keinen Widerstand. In einer Doppelgarage in unmittelbarer Nähe zu der Spedition, in deren Gebäude sich Wenigers Wohnung befand, wurden etwa zeitgleich ein weinroter Kombi mit Firmenaufdruck als auch ein gelber *Ferrari* beschlagnahmt.

Offenburg, 28./29. Januar 2022

Lars Weniger lümmelte im Vernehmungsraum der Mordkommission des Polizeipräsidiums auf einem Stuhl und wartete auf seinen Anwalt. Er hatte es rundum abgelehnt, auch nur einen Ton ohne seinen Anwalt von sich zu geben. Er ließ

Kai Schuster, der ihm gegenübersaß und in irgendwelchen Unterlagen wühlte, reden.

„So sieht man sich wieder, Lars. Mann, wie konnte es mit dir nur so weit kommen. Weißt du noch, was du zu mir gesagt hast, als ich dich letzten September beim Klassentreffen gefragt hatte, was du so treibst? Finanzbranche, hast du geantwortet. Dabei hattest du zu jenem Zeitpunkt schon einen Mord auf dem Kerbholz und eine schwere Körperverletzung quasi am gleichen Tag begangen. Mann, Mann, Mann. Und da erscheinst du am Abend zum Klassentreffen und faselst von Finanzbranche. Da muss man schon Nerven dazu haben, alle Wetter."

Lars lächelte. Plappere du nur, dachte er. Aber im Grunde fuchste es ihn saumäßig und machte ihn fuchsteufelswild, dass er hier vor diesem Oberarschloch Kai Schuster hocken und sich dessen Sermon anhören musste. Ausgerechnet Kai, der ihm die schöne Nicole vor der Nase weggeschnappt hatte. Was fand diese Schlampe eigentlich an diesem Kerl? Der hat doch nichts. Was verdient so ein Oberkommissar eigentlich? Den könnte er ja aus seiner Portokasse bezahlen. Ja, Nerven musste er jetzt schon haben, um sich diesen Wichtigtuer anzuhören. Dabei hatten die Bullen nichts auf der Hand. Gar nichts. Und unter Garantie war nicht Oberarschloch Kai Schuster auf den Namen seiner Firma gekommen, sondern dieser Ex-Kommissar Edgar Schaaf. Da hielt er jede Wette.

Er hatte alles vernichtet und zerstört, was ihn irgendwie hätte belasten können. Die Computer und Telefone von Sarah und Petra hatte er geschreddert, zerstört und entsorgt. Ha, die Wörlin hatte gemeint, sie könnte mit ihrem Laptop aufnehmen, wie ich ihr den Hals breche. Schöner Versuch, chchch, aber er hatte es leider bemerkt. Sie hatte gemeint, er würde den aufgeklappten Deckel mit der Kamera nicht sehen. Hat er doch. Leider war es ihm später nicht mehr gelungen, ihr Passwort zu knacken, um sich den Film in seinem Büro gemütlich nochmals reinziehen zu können. Nicht wichtig. Also weg mit dem Ding. In tausend Einzelteilen. Es war groß in der Zeitung gestanden: Vergewaltigungsopfer Carmen Graumann auf brutale Weise ermordet. War es der Täter? Verräter in den Reihen der Polizei? *Von Carmen konnte endgültig keine Gefahr mehr für ihn ausgehen. Die Walther P99 mit Schalldämpfer lag nämlich auf dem Grund des Rheins. Was also wollte Oberarschloch Kai Schuster jetzt von ihm? Wenn der wüsste, dass ich noch ein paar hundert Fotos von Ex-Sahneschnitte Nicole auf der Speicherkarte habe – kann man schön ins Netz stellen. Oberarschloch Kai Schuster und Nicole beim Knutschen auf dem Gartenschaugelände. Ob das seiner Karriere gut tut? Meine Güte, wo blieb nur der Anwalt? Er wollte heute noch hier raus, verdammt.*

„Du scheinst dir deiner Sache ziemlich sicher zu sein, Lars. Aber wir kriegen dich, hörst du? Wir werden dich kriegen", sagte Kai Schuster.

Jetzt fängt der schon wieder an zu labern. Kann man den denn nicht abstellen? Zeig´ mir deinen Hals, Oberarschloch, und ich stell´ dich für alle Zeit ab. Das macht nur leise „Knack", *und ene mene muh, und raus bist du, oder wie das heißt. Chchch. Ach, jetzt wird es ihm wohl zu blöd, steht auf und geht raus. Soll mir recht sein. Ciao bello.*

Kai Schuster stand hinter der Einweg-Glasscheibe und schaute in den Vernehmungsraum. Es ging auf zweiundzwanzig Uhr zu. Lars Weniger wartete auf seinen Anwalt, und er auf den Staatsanwalt. Er wollte Lars in dessen Gegenwart eine Speichelprobe für den DNA-Abgleich nehmen, denn bisher hatten sie von ihm lediglich die Fingerabdrücke. Er hatte das überhebliche und zynische Grinsen von Lars nicht mehr mit ansehen mögen. Ah, da war der Staatsanwalt.

„Guten Abend, Herr Maurer. Wir warten noch auf den Anwalt von Lars Weniger. Aber wir können schon rein und eine Speichelprobe nehmen. Haben Sie den Beschluss?"

Der Anwalt klopfte auf seine Aktentasche. Sie betraten gemeinsam den Vernehmungsraum.

„So, Lars, darf ich vorstellen? Staatsanwalt Maurer. Wenn ich dich dann mal bitten dürfte, in Gegenwart des Staatsanwalts den Mund aufzumachen?" Schuster wedelte ihm mit dem Wattestäbchen vor dem Gesicht herum.

Lars Weniger zuckte mit den Schultern. „Wenn's der Wahrheitsfindung dient? Aber ich warte bis mein Anwalt da ist." Sprach's, und verfiel wieder in Schweigen.

Dann traf er ein. Sein Anwalt. Er hieß, wie er aussah. Er hieß Sturmvogl, trug wirr zerzauste Haare und sah aus wie ein Habicht, den der Sturm von hinten getroffen hatte.

„Was werfen Sie meinem Mandanten vor?", waren seine ersten Worte nach der Nennung seines Namens.

„Zunächst entnehmen wir ihrem Mandanten eine Speichelprobe", sagte der Staatsanwalt.

Herr Sturmvogl schaute Herr Maurer an: „In welcher Beziehung halten Sie diesen Eingriff für gerechtfertigt?"

„Um die Verbindung zu einem Gewaltverbrechen herzustellen oder auszuschließen", war die knappe Antwort.

Sturmvogel wies Lars Weniger an, dem Begehren des Staatsanwalts nachzukommen.

In der Folge listete Kai Schuster alle Punkte auf, die Lars Weniger vorgeworfen wurden, von Sarah Kemper angefangen über Carmen Graumann, Petra Wörlin und Alexander Mühlhaupt bis zu der Schießerei vergangene Woche in Ruth Baumeisters Haus, wohl wissend, dass die Indizien zum momentanen Zeitpunkt auf wackligen Füßen beruhten.

Anwalt Sturmvogl erbat sich nach Schusters Monolog, mit seinem Mandanten unter vier Augen sprechen zu können.

Staatsanwalt Maurer seinerseits wusste ebenfalls, dass Sturmvogl ihm die angeblichen Beweise um die Ohren schlagen würde, was dieser nach zwanzig Minuten Redezeit mit Lars Weniger auch tat.

„Beginnen wir mit Sarah Kemper", lächelte er, und vermittelte durchaus den Eindruck eines Raubvogels, der eine Maus zwischen seinen Klauen zu verspeisen gedachte. „Wie sie wissen, hat mein Mandant zugegeben, bei allen Geschäftsführern der Spielcasinos auch in deren Privatwohnungen gewesen zu sein, weshalb es völlig normal ist, dass seine Fingerabdrücke dort gefunden wurden. Was die Einträge in Sarah Kempers Taschenkalender angeht, so hat er in der Tat Zahlungen zu den gekennzeichneten Daten an sie entrichtet. Sie befand sich in einer finanziellen Notlage, und hat Lars Weniger um Unterstützung gebeten. Sie wollte das Geld natürlich zurückzahlen, weshalb sie die genauen Summen auch aufgeschrieben hat. Warum sie das Geld aber nicht, wegen einer Notlage, wie sie sagte, benutzt hat? Das müsste man sie persönlich fragen, doch leider ist das durch ihren tragischen Tod nicht mehr möglich. Es handelt sich also genau um das Gegenteil einer Erpressung, meine Herren. Mein Mandant lässt übrigens fragen, ob er das gefundene Geld in Sarah Kempers Bankschließfach nicht wieder zurückfordern kann, schließlich ist es streng genommen seins.

Den Fahrradlenker aus Reinhold Oberles Gartenlaube hat Sarah Kemper ihm geschenkt, da sie ihr Fahrrad nicht mehr brauchte, weil sie im Besitz eines Kleinwagens war.

Alexander Mühlhaupt war wie Lars Weniger politisch interessiert und wie er politisch passiv aktiv. Welche politische Ansicht jemand trägt, ist in diesem Land noch nicht verboten und es wurden von dieser politischen Gruppierung „Schwarzer Flügel" keine Straftaten begangen. Lars kümmerte sich um Alexander Mühlhaupt, da er sich wegen des Unfalls vor vierzehn Jahren in seiner Schuld stehen fühlte. Außer den politischen Internet-Aktivitäten hatten die beiden jedoch keine gemeinsamen Interessen, und jemandes Cousin zu sein ist meines Wissens nicht verwerflich. Dass Lars Wenigers Hobbyraum zufällig in der Nähe zweier Tatorte liegt, kann man nicht als Beweis werten. Letztlich ist man immer irgendwo in der Nähe eines Ortes, an dem etwas geschieht. Er hat zugegeben, dass er einmal aus reiner Neugierde mit Hilfe des Schlüssels in Frau Ruth Baumeisters Gartenhütte eingedrungen ist und sich dabei den Kopf gestoßen hat. Er hätte sich nichts dabei gedacht, und es wüssten sowieso alle Gartenbesitzer über die jeweils anderen Bescheid.

Dass Lars Weniger bei der Luftlandetruppe der Bundeswehr eine Einzelkämpferausbildung abgeschlossen hat, bedeutet nicht, dass er deswegen bezüglich der Genickbrüche als Täter in Frage kommt. Das heißt nicht, dass er diese Tötungsart nicht beherrscht, aber man kann sie ihm nicht zur Last legen."

„Aber es ist doch sehr bezeichnend", unterbrach der Staatsanwalt den Habicht, „dass ausgerechnet im engsten Dunstkreis jemandes, der eine außergewöhnliche Methode des Tötens beherrscht, drei Morde auf ein und dieselbe Weise geschehen, finden Sie nicht?"

Sturmvogl ging nicht auf Maurers Zwischenruf ein, sondern fuhr fort: „Mit Frau Wörlins Tod hat er absolut nichts zu tun. Das Zusammentreffen unglücklicher Umstände mag dazu verleiten, diverse Schlüsse daraus abzuleiten, kann jedoch nur als ungewöhnlicher Zufall erklärt werden. Es stimmt, dass er wegen einer Sache, die ihm außerordentlich leid tut, Frau Wörlin ausgerechnet an ihrem Todestag besucht hat. Aber sie hat noch gelebt, als er sie wieder verlassen hat. Er hat mit Frau Wörlin über die Nacht gesprochen, als er ein letztes Mal einen Raum der Spielcasinos für unerlaubtes Glücksspiel benutzt hat, und er konnte Frau Wörlin überzeugen und beruhigen."

Schuster fuhr ihm zornig dazwischen. „Das glaub´ ich, dass er sie überzeugt und beruhigt hat. Und zwar so ruhig, wie man nur sein kann, wenn man tot ist."

Sturmvogl hob die Hand. „Aber, aber, Herr Schuster, Sie werden hier doch nicht die Fassung und den Respekt vor dem Recht verlieren?

Was ihm leid tut, das sind die unerlaubten Glücksspiele in den Räumen der Spielcasinos *Herz Dame* und *Karo Dame*. Dafür, sieht er ein, will er sich vor Gericht auch verantworten. Noch allerdings ist seine Identität von ehemaligen Teilnehmern solcher unerlaubter Glücksspiele durch eine Gegenüberstellung nicht zweifelsfrei nachgewiesen. Die schriftlichen Protokolle mit mündlichen Personenbeschreibungen reichen für eine weitere Einbehaltung im Polizeiarrest nicht aus.

Von einer Schießerei im Haus von Frau Ruth Baumeister weiß mein Mandant nur aus der Zeitung. Da auf den vor Ort gefundenen Patronenhülsen keine Fingerabdrücke meines Klienten gefunden wurden, wie im Übrigen auch keine entsprechende Schusswaffe, kann ihm eine derartige Tat nicht zur Last gelegt werden. Auch die angebliche Zeugin, eine unglaubwürdige, ja asoziale Streunerin, hat bis zum jetzigen Zeitpunkt meinen Mandanten, der ihr den genauen Aufenthaltsort Carmen Graumanns gegen Zahlung von zweihundert Euro entlockt haben soll, nur beschrieben. Eine Gegenüberstellung hat bis heute nicht stattgefunden.

Langer Rede kurzer Sinn: Man kann meinem Mandanten in keinem einzigen Fall Ihrer Anschuldigungen konkrete Beweise vorlegen. Sie konstruieren sich aus durchsichtigen und windigen Behauptungen ein Gesamtbild, das, und das wissen Sie, in keinster Weise belastbar ist. Deshalb haben Sie auch keine Handhabe, ihn länger unberechtigterweise hier festzuhalten. Es besteht weder Verdunkelungs- noch Fluchtgefahr. Kommen Sie, Herr Weniger. Verlassen wir diese ungastliche Stätte."

Anwalt Sturmvogl und ein hämisch grinsender Lars Weniger erhoben sich von ihren Plätzen.

„Moment, meine Herren", blieb Staatsanwalt Maurer gelassen sitzen. „Herr Weniger wird keineswegs unsere Gastfreundschaft aufgeben. Es besteht sehr wohl Verdunkelungs- und Fluchtgefahr. Wie wir wissen, ist Lars Weniger Inhaber der Firma **Weinlager SR.** Nun, es ist nicht verboten, aus seinem eigenen Namen ein Anagramm zu bilden. **Weinlager SR.** ist indes nur eine Zweigstelle der Hauptfirma **R. Winesale Gr.**. Wenn Sie nicht komplett auf den Kopf gefallen sind, werden Sie feststellen, dass auch **R. Winesale Gr.** ein Anagramm zu Lars Weniger darstellt. Das heißt, Lars Weniger ist auch Inhaber dieser Firma. Leider befindet sich diese zweite Firma in Gibraltar. Damit ist für mich zumindest der Inhaftierungsgrund Fluchtgefahr gegeben. Zudem wissen wir, dass Lars Weniger nach einem Lottogewinn seinen Eltern vor einigen Jahren eine Villa in der Nähe von Malaga in Spanien gekauft hat, wo die beiden heute noch leben. Malaga liegt nicht gerade besonders weit von Gibraltar entfernt. Auch das ist eine Tatsache, nach der wir auf Fluchtgefahr schließen müssen. Und wenn er nicht daran interessiert wäre, seine Taten zu verdunkeln, dann wäre er der erste in diesem Raum Beschuldigte, der das nicht versuchen würde. Wir werden umgehend Gegenüberstellungen mit Teilnehmern der Pokerrunden und mit der Zeugin, die Ihr Mandant nach dem Aufenthaltsort Carmen Graumanns ausfragte, in die Wege leiten und arrangieren. Herr Weniger, Sie bleiben also unser Gast, bis die Ermittlungen gegen Sie abgeschlossen sind. Ich glaube, wir haben da noch den einen oder anderen Trumpf in der Hand. Guten Abend, meine Herren."

Lars Weniger kochte vor Wut. Seine Hände ballten sich zu Fäusten. Sturmvogl stürmte hochroten Kopfes aus dem Vernehmungsraum. Schuster sagte mit traurigem Blick zu Weniger: „Ach, das tut mir jetzt aber leid. Schlaf gut, Lars." Und zu Lutz, dem Streifenpolizisten, der als Sicherheitsbeamter und Aufpasser auf einem Stuhl in der Ecke gesessen hatte, umgedreht, sagte er: „Schaff' ihn mir aus den Augen, Lutz."

Offenburg, 31. Januar 2022

Die Heizung in der Zelle klopfe und gurgelte. Obwohl der Temperaturregler voll aufgedreht war, verströmte der Heizkörper gerade so viel Wärme wie ein Eisbärfurz auf Spitzbergen im Winter. Lars Weniger konnte nicht schlafen. Die steife Decke, unter der er lag, stank nach einer Mischung aus Motorenöl und üblem Mundgeruch.

In seinem Kopf drehte sich das Gedankenkarussell, doch über allem schwebte der grelle Zorn, der ihn blendete und eine sachliche Analyse seiner Lage verhinderte. Wenn er jetzt Kai in dieser Zelle hätte, würde er ihm ganz langsam den Kopf auf den Schultern drehen, bis zu jenem Punkt, den er nur allzu gut kannte, der die Sperre darstellte, das Hindernis, das es zu überwinden galt, um jemanden zu töten, und dann würde er Millimeter für Millimeter weiterdrehen, genüsslich, um es ganz leise knirschen zu hören. Ein wohliges Schaudern wallte bei dieser Vorstellung durch seinen Körper, und ein stilles Chchch entwich der Kehle.

Kai. Besaß der doch glattweg die Chuzpe, ihn hier einzusperren. Ihn, den Lottogewinner, den Ferrarifahrer, den Firmeninhaber und Pokerspieler. „Schaff' ihn mir aus den Augen, Lutz." *So ein arrogantes Oberarschloch.*

Der Sturmvogl, sein Anwalt, hatte seine Sache noch recht gut gemacht. Doch, er hatte sich Mühe gegeben. So, wie er alle Vorwürfe entkräften konnte, waren sie nur ein paar lächerliche Sekunden von der Freiheit entfernt gewesen. Dann kam dieser Staatsanwalt, wie hieß er gleich wieder? Maurer. Ja, so hieß er, und knallte ihm die Firma in Gibraltar auf den Tisch. Fluchtgefahr. Als hätte er es gerochen. Natürlich wär' er abgehauen. Untergetaucht. Auch wenn er sich von seinem Freund, dem Ferrari, *hätte trennen müssen. Oh. Was hatte er da eben gedacht? Sich von seinem* Ferrari *trennen? Nein, nein, niemals im Leben. Ich entschuldige mich bei dir, mein Lieber, ich lass' dich niemals allein. Niemals, Hörst du? Das war nur der Not geschuldet, darfst es nicht für ernst nehmen. Du bist doch mein Freund. Ich würd' mir eher eine Hand abhacken.*

Was hatte der Staatsanwalt von einem Trumpf gefaselt, den er angeblich in der Hand hätte. Was meinte er damit? Konnte er Carmen meinen? Wusste er denn nicht, dass sie tot war? Oder was war Sache? Dass sie ihn meinetwegen wegen unerlaubten Glücksspiels belangen konnten, war ihm reichlich egal. Vielleicht auch noch wegen Steuerhinterziehung. Das würde eine Geldstrafe nach sich ziehen, und fertig war der Lack. Aber sonst, wie der Sturmvogl gesagt hatte, konnten sie definitiv nichts beweisen. Mutmaßungen galten nichts vor Gericht.

Er dachte an den Mai des letzten Jahres. Er hatte Sarah Kemper im Glauben gelassen, dass er auf ihre Forderung nach der doppelten Summe eingehen würde. Okay, hatte er gesagt, aber dann muss Schluss sein. Sie war dann auf ihr Fahrrad gestiegen um zu ihrer Kollegin nach Mattenheim zu fahren. Abends war's gewesen. Sarah wollte Petra Wörlin endgültig dazu überreden, mit ihr den Ü-40-Strip zu beenden. Er war ihr im Hummer *gefolgt, hatte sie einfach in den Straßengraben gedrängt, sie vom Rad gerissen, „Knack", den Hals umgedreht und den Körper in das Abflussrohr gesteckt. Ach ja, die Spielkarte.* Herz Zwei. *Die niedrigste Karte der Herz-Farbe im Pokerspiel. Mehr war sie nicht wert, die Sarah, als eine Zwei. Die Wörlin übrigens auch nicht.* Karo Zwei. Kleine Spielerei. *Sollten sich die Bullen die Köpfe zerbrechen. Zum Schluss hatte er das Fahrrad in das Auto gepackt und es später in einem Baggersee versenkt. Das Fahrrad. Nicht den* Hummer. *Naja, die Lenkstange wollte er als Trophäe und stetige Erinnerung behalten.*

Verdammt, was baldowerten die noch aus? Wie lange musste er hier noch ausharren? Ich krieg´ langsam Hunger, und Durst hab´ ich sowieso, und wie steht´s eigentlich mit einer Zigarette? Dürfen die das überhaupt?

Was war das? Geräusche von draußen? Doch, da machte sich einer an der Tür zu schaffen. Die Tür öffnete sich. Wieder dieser Lutz. Was ist?

„Steh´ auf", sagte Lutz. „Mitkommen."

Na endlich.

*

Fünf Männer warteten auf dem Flur der Mordkommission, um an einer Gegenüberstellung teilzunehmen. Wegen einer Affäre von nur wenigen Sekunden hatten sie weite Anfahrtswege in Kauf genommen. Dass ihnen die Reisekosten erstattet würden, konnte sie nur begrenzt bei Laune halten, mussten sie diese doch erst umständlich schriftlich beantragen. Zwei komplette Tage waren versaut, quasi für die Katz, denn aus Köln reiste man nicht erst am Montag an, wenn die Gegenüberstellung auf zehn Uhr morgens festgelegt war. Ja, eben.

Zwei der Männer waren sich schon einmal begegnet. Bei einem Pokerspiel im Oktober. Der eine sah mit seiner Melone auf dem Kopf aus wie eine Kopie von *Stan Laurel*. Die beiden standen zusammen und unterhielten sich leise.

Angeblich wartete man noch auf eine junge Frau. Na, das kann dauern.

Eine Tür wurde geöffnet. „Guten Morgen, meine Herrn. Mein Name ist Kai Schuster. Ich bedanke mich für Ihr Kommen. Die junge Dame, auf die wir warten, kommt etwas später, deswegen denke ich, dass wir anfangen. Sie wollen ja schließlich auch wieder nach Hause. Wenn Sie hier fertig sind, erhalten Sie nachher an der Pforte die Bestätigung für Ihr Hiersein und die Unterlagen für die Reisekostenerstattung. Also können wir? Einer nach dem anderen. Ich rufe Sie auf."

Im Vernehmungsraum standen fünf Männer in einer Reihe, jeder mit einer sichtbaren Nummer in der Hand. Alle fünf Männer trugen Glatze und lagen altersmäßig zwischen dreißig und vierzig.

Schuster führte von den Herren auf dem Flur einen nach dem anderen in den Raum mit der Einweg-Glasscheibe. Jeder der Herren betrachtete, ohne dass er selbst gesehen werden konnte, die fünf Männer auf der anderen Seite der Scheibe und nannte dann, falls er sich sicher war, einen dieser Männer erkannt zu haben, dessen Nummer.

Mittlerweile war auch die junge Frau Litta gebracht worden, und auch sie nannte ohne lange nachzudenken eine Nummer.

Alle hatten übereinstimmend die gleiche Nummer angegeben. Die Nummer vier. Nummer vier war Lars Weniger.

Kai Schuster schaltete per Knopfdruck das Mikrofon einer Gegensprechanlage ein und sagte: „Danke meine Herren, Sie können gehen. Nummer vier bleibt bitte da."

Nummer vier bleibt da. *Scheiße, was sollte denn das jetzt wieder bedeuten? Wo war eigentlich der Anwalt? Sturm-*

vogl? Sollte der nicht dabei sein, wenn sie ihn in die Mangel nehmen wollten? Versuchten die Bullen eventuell einen Trick? Er würde auf jeden Fall nichts sagen. Schon wieder saß dieser Lutz in der Ecke. Hatte der nichts anderes zu tun? Meine Fresse, was da Steuergelder verprasst wurden. Da sollte mal der Bundesrechnungshof ein Auge drauf werfen, was die Bullerei im Allgemeinen und im Besonderen für Scheiße baute. Ist doch wahr, verdammt.

Kai Schuster beobachtete Lars durch die Scheibe. Er konnte regelrecht dabei zusehen, wie die Fassade seines Klassenkameraden zu bröckeln schien. Von Aufgeblasenheit keine Spur mehr. Und gleich würde er ihm den Schock seines Lebens versetzen. Er wartete nur noch auf Anwalt Sturmvogl, auf Staatsanwalt Maurer, und auf Sven. Ja auf Sven, den Sohn des Kehler Streifenpolizisten Heinz. Auf den Computerfreak. Sie befanden sich augenblicklich in Kais Büro und schauten sich gemeinsam den Film an.

Nach zwanzig Minuten war es soweit. Sturmvogl würdigte Kai keines Blickes. Staatsanwalt Maurers Augen hingegen schienen zu blitzen. Sven, dieser sagenhafte Junge, wurde gebeten, zunächst hinter der Glasscheibe zu warten. Sven war ein blasser Junge, spillerig, schmalbrüstig und bleich, mit reichlich vernarbter Akne im Gesicht.

Zu dritt betraten sie den Verhörraum. Lars schluckte, als er Sturmvogls Gesicht sah. Sie nahmen Platz. Staatsanwalt Maurer sprach Lars direkt an. „Guten Morgen. Es ist Montag der einunddreißigste Januar 2022, zehn Uhr fünfundvierzig. Herr Weniger, wir werden dieses Gespräch in Wort und Bild aufzeichnen. Sie haben jetzt, und nur jetzt, die einmalige Chance, ein Geständnis abzulegen. Wie Sie vielleicht wissen, wird ein Geständnis vor Gericht immer im zu erwartenden Strafmaß berücksichtigt. Wenn Sie also jetzt sprechen wollen, kann es nur zu Ihren Gunsten sein."

Lars schaute etwas irritiert zu Sturmvogl, der neben ihm Platz genommen hatte, doch Sturmvogl vermied den Augenkontakt. „Tun Sie´s", sagte er nur.

Was hat der Rechtsverdreher gerade eben gesagt? Tun Sie´s? *Ja hat der sie nicht mehr alle? Was soll ich tun? Ein Geständnis ablegen? Für was bezahl´ ich diese Flasche überhaupt?*

„Hey, Sie, für was bezahl´ ich Sie überhaupt?"

Maurers Stimme war anzuhören, dass er diese Situation genoss. „Wie ich in der vergangenen Sitzung schon gesagt habe. Wir haben noch den einen oder anderen Trumpf in der Hand. Wie entscheiden Sie sich nun?"

„Sie können mir gar nichts, und Sie können mich kreuzweise", schnaufte Lars abfällig.

Kai gab dem wartenden Sven hinter der Glasscheibe ein Zeichen. Der Junge kam herein, einen Laptop unter dem Arm. Ein uniformierter Polizist folgte ihm mit einem Flachbildschirmgerät. Es dauerte drei Minuten, bis Sven die Geräte mit der Stromversorgung auf dem Tisch und miteinander verbunden hatte. Dann schaltete er beide Systeme ein. Der Flachbildschirm wurde grau, dann erschien ein Bild. Ein Standbild eines Zimmers, durch das plötzlich eine Frau ging und direkt auf den Bildschirm zukam. Sie beugte sich offensichtlich, ihr Gesicht füllte nun fast den ganzen Rahmen aus, weil sie eine Einstellung an dem Gerät änderte. Dann verkleinerte sich das Gesicht wieder, und die Frau entschwand aus dem Bild.

Maurer gab Sven ein Zeichen, die Vorführung anzuhalten. „Herr Weniger, Sie erkennen die Frau auf dem Bildschirm wieder? Sie erkennen die Wohnung wieder?"

Lars stierte mit Augen, die aus den Höhlen zu fallen drohten, auf das Gerät. Sein Glatzkopf färbte sich rot, die Adern an Hals und Schläfe quollen zu dicken Schnüren. Der Schädel schien an Masse zuzunehmen. Er gab keine Antwort. Staatsanwalt Maurer nickte Sven zu. „Fortfahren."

Lars Weniger brauchte nicht länger hinzusehen. Er wusste, was gleich passieren würde. Er würde plötzlich auf dem Bildschirm erscheinen, mit eingeblendetem Datum und laufender Uhrzeit. Sie würde erscheinen. Petra Wörlin. Sie würde ständig den Kopf schütteln, mit dem Zeigefinger drohen, er würde je länger desto mehr mit den Armen gestikulieren. Und dann würde sie sich endlich umdrehen. Ja, was hätte er denn machen sollen? Diese dusselige Kuh hatte doch zu Fuhrmann rennen wollen. So eine Petze. Das konnte er einfach nicht hinnehmen. Nicht von einer solchen Schlampe, die sich für Geld die Kleider vom Leib riss. Die hätte ihm doch alles, was er aufgebaut hatte, kaputtgemacht. Kaputt.

Auf dem Bildschirm konnte man sehen, wie der Körper Petra Wörlins zwischen Couchtisch und Sessel lag, wie Lars Weniger sich über sie beugte, und wie er anschließend den Deckel eines Laptops zuklappte, diesen sowie ein Handy an sich nahm, einen letzten Blick auf die tote Frau warf und aus dem Bild verschwand. Danach wurde der Bildschirm schwarz.

Staatsanwalt Maurer sagte: „Danke, Sven. Tolle Arbeit." Und zu Lars gewandt: „Herr Weniger, ich verhafte Sie hiermit wegen des erwiesenen Mordes an Frau Petra Wörlin. Sie haben das Recht zu schweigen. Alles, was Sie von jetzt an sagen, kann vor Gericht gegen ..."

Lars Weniger explodierte wie ein Vulkan. Er sprang von seinem Stuhl auf, gab dem Anwalt an seiner Seite einen Stoß, dass dieser auf den Boden flog. Dann stürzte er sich auf den Polizisten Lutz in der Ecke, streckte ihn mit einem Faustschlag an den Kopf nieder, entriss ihm die Pistole aus dem Halfter, wirbelte herum und feuerte einen Schuss auf Kai

Schuster, der diesen in die Brust traf. Er riss die Tür des Vernehmungszimmers auf - und stürmte hinaus.

Kapitel 9

Er hetzt den Flur entlang bis zur Treppe, nimmt nicht den Fahrstuhl. Fahrstühle sind gefährliche Fallen für Leute, die es eilig haben. In waghalsigen Riesensätzen fliegt er förmlich die Treppe hinunter, räumt alles aus dem Weg, was ihm in die Quere kommt. Der Schuss hat natürlich alle aufgeschreckt. „Weg, weg, weg, verdammt, aus dem Weg." Mit der Pistole zielt er auf jedes Gesicht, das er sieht. Er schlittert in das Empfangsfoyer. Da sitzt einer in der Sitzgruppe, den er kennt, nur zu gut kennt. Das ist doch dieser Stan Laurel? *Was sucht der denn hier? Hat der ihn etwa auch verraten, das Schwein? Bei der Gegenüberstellung? War der auch dabei? Hat ihm nicht gereicht, dass ich ihn reich gemacht habe? Mit einem Sprung ist er bei ihm.*

„Hey, du, was machst du da?" Trotz aller Panik liest er die Überschrift auf dem Bogen Papier, den Stan Laurel *vor sich auf dem Tisch liegen hat. Reisekostenerstattung. „Los, lass' den Scheiß. Bist du mit dem Auto da? Ja? Du kommst mit!"*

Dermaßen angeherrscht, ist der Mann mit der Melone bereits im Aufstehen begriffen, bevor er zu einer Antwort fähig ist. Lars packt ihn am Revers, hält ihm die Pistole an den Hals und zerrt ihn aus dem Gebäude.

„Wo steht dein Auto? Wo? Ist es das? Los, steig' ein! Du fährst. Los, mach schon!"

Stan Laurels *Wagen ist ein alter Mercedes Diesel, nicht gerade die Rakete, die er jetzt bräuchte. Aber was soll's, er wird jetzt sowieso seinen* Ferrari *holen gehen. Also fahr' zu, du lahme Ente.*

„Drück´ aufs Gaspedal, du Nasenbär, oder ich nagle dir den doofen Hut an den Schädel. Ist dir jetzt das Grinsen vergangen?“

Er bekommt keine Antwort. *Stan Laurel schwitzt, verwechselt Gas mit Bremse, verschaltet sich ein ums andere Mal. Lars stellt den Rückspiegel so, dass er den folgenden Verkehr beobachten kann. Keine Verfolger. Keine Blaulichter. Bis die eine Straßensperre errichtet haben, bin ich längst über alle Berge. Aber nicht mit diesem Schrotthaufen. Hat der Typ denn keinen Ehrgeiz? Was macht der bloß mit dem Haufen Geld, das er gewonnen hat?*

Lars dirigiert ihn nach Kehl. Außerhalb der Stadt geht es jetzt schneller. Es muss nicht so viel geschaltet werden. Noch zwei Straßen, dann rechts, dann links –

„Links hab´ ich gesagt, du Idiot! Ja fahr´ halt zurück. Rückwärtsgang!!! Kapierst du das nicht? Kannst du nicht fahren? Okay, jetzt links dann wieder rechts. Dort, die Spedition. Auf den Parkplatz. Stell den Drecksbock ab. Steig´ aus. Aussteigen, hab´ ich gesagt. Komm´ mit.“

Schnell zu seiner Doppelgarage. Dort steht sein Ferrari. *Hoch mit der Tür. Lars wird bleich. Der* Ferrari *ist weg. Er steht nicht da. Es ist doch seine Garage, oder? Auch der Firmenkombi fehlt. Haben ihn die Bullen geholt? Besudeln die meinen* Ferrari? *Das kommt einem Sakrileg gleich. Was tun? Für einen kurzen Augenblick der Schwäche denkt er, dass er nicht mehr mag. Nicht mehr mag und nicht mehr kann. Was soll er ohne seinen* Ferrari? *Wer ist er denn noch ohne seinen Liebling?*

Der Hummer H3. *Das ist die Lösung. Natürlich. Er steht zwischen den Speditions-Lkws. Schlüssel steckt, wie immer. Der Fernseher aus seiner ersten Wohnung steht noch im Kofferraum, aber das macht nichts. Computer und Telefone hat er alle zerstört und weggeschmissen. Somit keine Gefahr.*

„*Steig' ein. Du fährst*", befiehlt er der Melone.

„*Aber ich bin noch nie mit so einem Monstrum gefahren*", *jammert* Stan Laurel.

„*Halt' die Schnauze. Wie heißt du eigentlich richtig?*"

„*Friedrich.*"

„*Hör' zu, Friedrich, wenn du eine Schramme reinfährst, knall' ich dich übern Haufen, dass das klar ist. Los jetzt.*"

Friedrich gibt zu viel Gas. Der Motor jault gequält. Der Gang klemmt. Das Getriebe knirscht. Er fährt an, biegt auf die Straße ein. Viel zu sehr in der Mitte. Das Auto ist viel zu breit für einen, der es nicht gewohnt ist. Ein entgegenkommendes Auto muss auf den Gehweg ausweichen.

„*Mehr rechts, du Penner, mehr rechts!*", *schreit Lars ihn an.*

Friedrich lenkt mehr nach rechts, kratzt den Bordstein.

„*Nicht so viel, Mann. Das Auto hat übrigens noch mehr Gänge. Jetzt schalt' halt mal in den Zweiten. Sag' mal, hast du außer Pokerspielen nichts gelernt?*"

Sie fahren den gleichen Weg zurück Richtung Offenburg. Den Hummer *kennen die Bullen nicht. Ist vielleicht sogar besser als der* Ferrari, *denkt Lars.*

Dann sieht er Blaulicht vor sich. „*Mach' mal langsamer*", *sagt er zu Friedrich. Aber die Bullen kontrollieren die Spur, die stadtauswärts führt. Stadteinwärts ist frei. Doofmänner ihr. Aber er will ins Kinzigtal. Da werden sie garantiert auch kontrollieren. Muss er halt Schleichwege nehmen.*

Er lotst den Hummer *durch Wohngebiete, über Seitenstraßen, bis er außerorts die Bundesstraße 33 ohne Blaulichter vor sich hat.*

„*Wir fahren nach Gengenbach*", *bestimmt er.* „*Ich habe dort noch eine Rechnung offen.*"

*

Melanie Köninger ist allein in ihrem Laden *Aquarelle und Poesie* in Gengenbachs Fußgängerzone. Sie schaut auf die Uhr. Gleich wird es halb ein Uhr sein. Noch eine halbe Stunde, bis Frau Holzer, ihre Aushilfe, eintrifft und Melanie nach Hause gehen kann. Wie immer seit fast drei Wochen wird sie nachmittags mit dem Bus nach St. Paulsberg fahren, um Ruth Baumeister zu unterstützen. Heute würde sie Wäsche waschen und die Räume feucht aufwischen. Ruth, Nicole und sie waren mittlerweile ein eingespieltes Team.

Seit dieser Lars Weniger von der Polizei gefasst wurde, hatten Melanie und Edgar die Notwendigkeit, sich gegenseitig zu beschützen, aufgegeben. Darum ist Melanie heute allein im Geschäft, während Edgar die wiedereröffnete Keller-Galerie betreut und in der Remise hinter ihrem Türmchenhaus seine Harley pflegt.

Sie befindet sich gerade im Hinterzimmer, als sie von der Türglocke in den Verkaufsraum gelockt wird. Ihr Lächeln gefriert im Gesicht, als sie erkennt, dass mit den Leuten, die ihr Geschäft betreten haben, etwas absolut nicht stimmen kann. Der vordere Mann trägt eine ulkige Melone auf dem Kopf und hat starke Ähnlichkeit mit einem Schauspieler. Der Name will ihr nicht einfallen, zumal sie feststellt, dass der hintere Mann dem vorderen eine Pistole an den Hals drückt. Der mit der Pistole hat eine Glatze, und als er spricht, klingt seine Stimme irgendwie zu hoch. Sie erkennt sofort und messerscharf, dass jetzt genau das eintrifft, vor dem sie und Edgar sich am meisten gefürchtet hatten.

„Schließ' die Tür ab", kläfft der Glatzkopf sie an.

Melanie benötigt eine Sekunde, bis der Befehl bei ihr angekommen ist. Lieber Gott, denkt sie, mach', dass das nicht wahr ist.

„Wird's bald? Du sollst die Tür abschließen!"

Melanie schließt die Tür. Auf dem Platz vor ihrem Geschäft steht ein riesiges Auto, registriert sie. Ist der Mann damit gekommen?

Der Glatzkopf stößt den Melonenmann von sich und zielt mit der Pistole auf Melanie.

„Nimm´ dein Telefon und ruf´ deinen Mann an. Er soll hierher kommen. Ja was ist? Red´ ich Chinesisch oder was? Das ist doch der mit dem Pferdeschwanz, oder? Ruf´ ihn an. Jetzt. Und keine Bullen. Sonst gibt´s hier Tote.“

Melanie wird plötzlich ganz ruhig. Sie nimmt das Telefon. Edgar ist gut. Edgar ist gut. Sie wählt seine Nummer. Nach vier Freizeichen nimmt er das Gespräch an. „Hallo, mein Schatz?“

Melanie atmet tief. Dann sagte sie mit eintöniger Stimme: „Edgar. Er ist hier. Ich hab´ Angst.“

*

Nachdem Edgar den letzten Besucher verabschiedet und die Keller-Galerie abgeschlossen hat, geht er mit *Müller* und *Lydia* zur Remise, in der sein Motorrad steht. Ein einziges Mal war er im Januar damit gefahren und jetzt meint er, dass die Harley ein bisschen Pflege gebrauchen kann. Die Hunde scheinen es zu mögen, wenn sie bei ihm liegen und ihm bei der Arbeit zuschauen können. Wie lange besitzt er sie jetzt schon, die Maschine? Es will ihm nicht einfallen, denn er ist noch von dem Telefonanruf besetzt, der ihn heute Morgen erreicht hatte.

Schuster hatte angerufen, dass sie nun den endgültigen Beweis gegen Lars Weniger in der Hand hätten. Dieser Junge, Sven, hatte es geschafft, die Festplatte aus Petra Wörlins modernem TV-Gerät auslesen zu können. Petra Wörlin hatte tatsächlich ihren eigenen Tod gefilmt. Auch wenn sie ihm die anderen Morde an Sarah Kemper und Alexander Mühlhaupt nicht definitiv beweisen konnten, so winkte ihm nun doch ein Prozess wegen Mordes, und das sei sein, Edgars, alleiniger Verdienst. In wenigen Minuten würden sie in Offenburg Lars Weniger damit konfrontieren.

Ja, dachte Edgar, gerade nochmal gut gegangen, und Ruth Baumeister und Carmen und Nicole können nun auch beruhigt sein.

Was Edgar nicht liebt, ist das Reinigen der Felgen und Speichen. Deshalb ist er beinahe erleichtert, unterbrochen zu werden. Das Telefon. Es ist Melanie. *„Hallo, mein Schatz?"*

Er ist von einer Sekunde auf die andere elektrisiert. Es liegt an Melanies Tonfall. *„Edgar. Er ist hier. Ich hab´ Angst."*

Innerhalb von Sekundenbruchteilen weiß er glasklar, was Sache ist. Und obwohl die Luft ziemlich kalt ist, wird ihm noch sehr viel kälter. Er erkennt einen seiner alten albtraumartigen Begleiter aus früheren Polizeitagen an der Geschwindigkeit, die sein Blut zu Eis gefrieren lässt. Er weiß, er darf jetzt nicht erstarren. Wenn er erstarren sollte, würde das den Tod bedeuten. Er muss sich gegen die Eiseskälte stemmen, muss ihr entgegengehen, und trotzdem muss er die Kälte annehmen, um handeln zu können, der Kaltblütigkeit wegen.

Sofort lässt er den Putzlappen fallen, nimmt die Hunde und sperrt sie ins Haus. Er macht sich zu Fuß, es ist nicht weit, auf den Weg in die Fußgängerzone, telefoniert, während er läuft. Notruf 110.

„Edgar Schaaf ist mein Name. Geiselnahme in der Fußgängerzone. Geschäft *Aquarelle und Poesie*. Mindestens eine Geisel. Eventuell mit Schusswaffe. Verständigen Sie umgehend Mordkommission Offenburg. Kommissar Schuster. Ich bin in drei Minuten vor Ort."

So schnell ist er noch nie gerannt. Er kann sich jedenfalls nicht daran erinnern. Er denkt nur Melanie, Melanie, Melanie. Er rennt. Melanie, Melanie, Melanie. Er biegt in die

Straße ein. Gleich ist er da. Ich komme, Melanie. Ich komme. Das Herz schlägt hart in seiner Brust. Gleich wird es zerspringen, zerbersten. Gleich bin ich da.

*

Lars bedroht Friedrich und Melanie weiterhin mit der Pistole. Der kleine Mann mit Melone zittert am ganzen Körper. Hat er Scheißangst, der Pokerprofi? Macht er sich gleich in die Hose? Chchch. Das gönn´ ich ihm.

Er schaut zu Melanie. Schöne Frau. Herrgott ja, das muss er zugeben. Obwohl, für ihn wär´ sie zu alt. MHD überschritten. Mindest-Haltbarkeits-Datum. MHD. Muss ich mir merken. Chchch. Sie ist viel ruhiger als Friedrich.

„Wie heißt du?", fragt er, geht zu ihr hin und streicht ihr mit dem Pistolenlauf über die Wange. Sie schweigt. Wieso schweigt diese Schlampe, wenn ich mit ihr rede? „Wie heißt du?" Er schlägt ihr mit der Rückseite der Hand ins Gesicht. Blut schießt ihr aus der Nase. „Ich hab´ dich nach deinem Namen gefragt, du Miststück." Er holt wieder mit der Hand aus.

In diesem Moment vergisst Friedrich seine Angst. Er stürzt sich von der Seite auf Lars, umschlingt mit beiden Armen dessen Oberkörper, klammert und presst Lars´ Arme, hält sie fest, sodass er sie nicht bewegen kann.

„Laufen Sie", schreit er und meint Melanie. „Laufen Sie. Hauen Sie ab. Durch die Tür."

Lars ist für einen Moment außer Gefecht gesetzt. Der Trottel mit Melone hängt sich tatsächlich wie eine Klette an ihn.

Melanie reagiert. Sie handelt schnell. Sie stürzt zur Ladentür, dreht im Nu den Schlüssel um, reißt die Tür auf und springt nach draußen, jeden Sekundenbruchteil darauf gefasst, von einer Kugel getroffen zu werden. Sie springt die Stufen hinunter auf die Straße, das hat sie noch nie gewagt, vergisst, dass ihr linker Fuß versehrt ist, dass der vordere Teil amputiert ist, und deswegen bricht sie zusammen und fällt vornüber.

Da sieht sie verschwommen Edgar heranstürmen. „Edgar", schreit sie, „Edgar! Edgar!"

Friedrich ringt mit Lars. Er hat eigentlich keine Chance, denn er ist schmächtig, und Lars ist ein Bulle. Aber er klemmt dessen Arme ein. Die Verzweiflung und die Angst scheinen ihm Riesenkräfte zu verleihen. Jetzt, jetzt bekommt er sogar beide Beine richtig gut auf den Boden. Jetzt kann er ihm vielleicht einen Stoß geben. Einen richtigen Stoß, weg von sich, weit genug weg. Ja, jetzt, jetzt.

Lars wird vom Jähzorn gepackt. Was will dieser kleine Wichser von ihm. Lass´ mich endlich los, du Wurm. Sieh´ nur, was du anrichtest. Jetzt haut dieses Luder ab. Lass´ mich los, verdammt, sie reißt die Tür auf, springt hinaus, ist weg, ist weg. Das ist deine Schuld, du Missgeburt einer Hure. **Lass´ mich endlich los!**

Friedrich gelingt es, Lars vielleicht eineinhalb Meter von sich zu stoßen. Das ist viel für einen Schwächling, doch es ist auch nicht mehr. Er dreht sich rasend schnell um. Die Tür. Die Tür ist offen. Ich brauche bloß schnell durch die Tür rennen, und ich bin draußen. Fort von diesem Monster. Ich renne, schneller, gleich bin ich durch, jetzt bin ich tatsächlich durch, ich springe, wie vorhin diese Melanie gesprungen ist, jetzt springe ich ...

Lars taumelt eineinhalb Meter zurück, bekommt die Arme wieder frei. So eine dreckige Wanze. So eine klitzekleine Kakerlake. Will abhauen, sich dünne machen. Will Sieger sein, will gewinnen, aber du hast nur einmal gegen mich gewonnen und das wird nie wieder geschehen. Jetzt rennst du zur Tür, bist schon halb draußen, willst springen, dann spring doch. Stirb doch. Lars schießt.

*

Edgar kann die Treppe zu Melanies Laden schon erkennen. Nur noch wenige Meter, dann ist er bei ihr. Da fliegt die Tür auf. Das ist Melanie, und Melanie springt, fliegt durch die Luft. Mein Gott, Melanie, das halten doch deine Beine nicht aus. Sie landet auf ihrem linken Fuß, fällt, fällt vornüber, das Gesicht in seine Richtung. Oh Gott, sie blutet. Sie ist verletzt. Jetzt hört er sie schreien: *„Edgar, Edgar, Edgar!"* Jetzt ist er bei ihr. Er beugt sich über sie. „Melanie, ich bin da. Komm´, ich helfe dir auf. Ich stütze dich, verlass´ dich auf mich. Ich bin da, meine Liebe. Komm´ weg von hier, komm´ hier hinter die Hausecke. Hier bist du in Sicherheit. Alles wird gut, meine große Liebe."

Er bringt Melanie hinter der nächsten Hausecke in Sicherheit. Hier bist du sicher, meine Liebe. Er blickt zurück zum Geschäft. Dort geschieht Furchtbares. Ein kleiner Mann mit einem komischen Hut auf dem Kopf unter der Ladentür. Es sieht so aus, als wolle er fliehen. Ist er auch eine Geisel? Er will fliehen, er setzt zum Sprung an, in seinem Gesicht schon die Erleichterung, bereits die Hoffnung, entronnen zu sein, jetzt springt er – da fällt ein Schuss. Der kleine Mann mit Hut, seine Hoffnung erlischt noch im Fall, und so stürzt er an den Fuß der Treppe – und bleibt liegen. Der komische Hut rollt über den Vorplatz unter den überbreiten Geländewagen. Edgar, der wie gebannt dasteht, muss tatenlos zusehen, wie ein Mann die Treppe heruntersteigt, sich über den kleinen Mann am Boden beugt, ihn am Kragen packt wie eine Katze ihr Junges, und ihn die Treppe hinauf in den Laden zieht. Ist dieser Mann Lars Weniger? Er muss es sein. Edgar stelzt auf steifen Beinen wie ferngesteuert zu der Treppe hin, bleibt vor ihr stehen. Dabei sieht er den kleinen Mann am Boden liegen, halb im Geschäft, halb draußen, und er sieht **ihn** in der Ladentür stehen. Lars steht dort, die Pistole am langen Arm auf Edgar gerichtet. Auge in Auge.

*

Er hat ihn getroffen, den kleinen Friedrich. Das weiß er. Hat ihn getroffen im Sprung. Im Flug. Fast wie beim Tontauben-schießen. Chchch. Ich werd' mal sehen, wie es ihn erwischt hat, muss nur zur Tür hinausschauen. Ja, da liegt er, der Stan Laurel, *mausetot. Schwer wird er nicht sein, dieser Floh, wenn ich ihn jetzt hole. Am Kragen gepackt und rein in die gute Stube. Hoppla? Wer kommt denn da anstolziert? Ach, das ist ja mein Lieblingsgegner. Kommt freiwillig zum Exekutionskommando. Hat man auch nicht alle Tage. Apro-pos Tage. Zwei Bullen an einem Tag erledigt. Oberarsch-loch Kai Schuster und jetzt auch noch dieser alte Hauptkom-missar Edgar Schaaf, der Gangsterschreck von anno dazu-mal. Echt rührend, dass er sich selber bei mir meldet. Muss ich ihn nicht suchen. Soll ich ihn zwischen die Augen schie-ßen? Schau, wie blöd er mich anglotzt. Doch kein Superheld, Edgar Schaaf, was? Jetzt schieße ich.*

*

Edgar steht da, und weiß nicht, wie er hierhergekommen ist. Er denkt an Melanie. Sie ist in Sicherheit. Ihn friert erbärmlich. Die Kälte droht ihn zu übermannen. Nicht zittern. Nur jetzt nicht vor Kälte zittern. Der Mann würde es als Angst interpretieren. Das darf er nicht. Diese Genugtuung soll er nicht haben.

Edgar sieht, wie Lars den Finger krümmt. Er hört den Schuss, denkt, jetzt ist es aus. Aber er hat nicht gezittert. Gleichzeitig hört er das Quietschen von Reifen. Erst ein Streifenwagen, dann ein zweiter Streifenwagen. Polizisten springen heraus, Autotüren knallen zu. Menschen gehen in Deckung. Langsam merkt Edgar, dass nichts aus ist. Er sieht, wie Lars Wenigers Gesicht sich vor Wut verzerrt, wie es zu einer Fratze wird und wie er sich in Melanies Geschäft zurückzieht und die Tür schließt.

Melanie kommt angerannt. „Edgar", schreit sie, „jetzt komm´ endlich von hier weg." Sie ergreift seine Hand und zieht ihn weg, hinter einen der Streifenwagen.

Langsam kommt Edgar zu sich. Er spricht einen der Polizisten an. „Edgar Schaaf ist mein Name. Ich habe den Notruf ausgelöst. Ist ein Krankenwagen verständigt?"

„Wir wissen alle, wer Sie sind, Herr Schaaf", antwortet der Uniformierte. „Ein Krankenwagen muss gleich da sein. Die Kollegen in Offenburg sind ebenfalls informiert. Sie werden ebenfalls so schnell wie möglich kommen. Kai Schuster ist übrigens von dem Kerl angeschossen worden, als er flüchtete. Aber er hat nur einen Streifschuss abgekriegt. Er wird es sich nicht nehmen lassen, herzukommen. Sind außer dem Geiselnehmer und der hoffentlich nur verletzten Person noch mehr Personen in dem Geschäft?"

„Nein", sagt Melanie. „Ich war allein, als der Glatzkopf mit dem anderen Mann hereinkam. Es gibt keinen Hintereingang, wenn es das ist, was Sie noch wissen müssen. Auch kein Fenster."

„Tja, dann warten wir also auf die Kollegen aus Offenburg. Wem gehört eigentlich dieser Panzer da. Das ist ein *Hummer*, nicht wahr? Gehört er dem Täter? Wenn ja, dann muss er hier weg."

„Möglich", antwortet Edgar knapp. Dann zieht er sich zurück, weil er das dringende Bedürfnis verspürt, eine Zigarette zu rauchen.

*

Was machen die da draußen jetzt eigentlich? Schieben die meinen Hummer *weg? So sieht es aus. Die schieben meinen* Hummer *weg. Schau mal hin,* Stan Laurel, *die schieben meinen* Hummer *weg. Ach so, du bist momentan nicht so gut in Form. Na, kann ich verstehen, wenn man gerade mausetot ist. Chchch. Er stößt Friedrich mit dem Fuß in die Rippen.* „Hey, lebst du noch oder was ist?"

Er hatte Edgar Schaaf nicht getroffen. Verfehlt. Mist. Gerade als er den Abzug durchgezogen hatte, waren die Bullen mit ihren Streifenwagen angerauscht, hatten ihn abgelenkt. War nicht die Rede davon gewesen, dass ich keine Polizei will? Und jetzt? Jetzt steht da draußen ein halbe Armee. Komm' ich hier irgendwie und irgendwo wieder raus, ohne Friedrich, diese Vogelscheuche, benutzen zu müssen? Durch den Keller? Über einen Dachspeicher? Hinterausgang? Muss ich nachsehen. Hab' ja Zeit. Macht mir nur keinen Kratzer in den Lack, ihr Arschgeigen da draußen.

Was ist das überhaupt für ein Laden? Alles schöngeistiger Scheiß? Seichte Gemälde, blasse Bildchen, Verse und Reime, wer kauft auch so'n Mist?

Telefon? Aha, es geht los. „Was gibt's?"

*

Kai Schuster ist eingetroffen und mit ihm Staatsanwalt Maurer, Allgöwer mit seinen Mannen und drei weiteren Streifenwagenbesatzungen. Der Marktplatz wird weiträumig abgesperrt. Hinter den Absperrungsbändern der Polizei sammeln sich die Gaffer. Mindestens jeder zweite hält sich ein Handy vor die Nase, um nur nichts von dem Spektakel in der Kleinstadt zu versäumen. Auch Lothar Gieringer von der *Badischen Zeitung* hält sich mit einem Fotografen in der Menge auf.

Schuster wirkt angeschlagen. Angestrengt. Er hält den Oberkörper zwanghaft gerade. Das Hemd unter seiner Jacke ist unter der linken Achsel rotbraun verfärbt. Er spricht mit gepresstem Atem, als er Edgar und Melanie begrüßt.

„Hallo ihr zwei. Es tut mir leid, dass ihr in diesen Scheiß mit hineingezogen wurdet. Melanie, Edgar, erzählt mir bitte, was hier passiert ist."

Sie stehen hinter einem der Streifenwagen in Deckung, während zuerst Melanie, dann Edgar den Ablauf des Wahnsinns schildern.

„Gottseidank, dass euch beiden nichts passiert ist. Melanie, bist du soweit in Ordnung? Du hast doch bestimmt ein Telefon in deinem Geschäft. Gib mir bitte mal die Nummer."

Während Melanie ihm die Nummer diktiert, fällt Schuster der *Hummer* ins Auge. „Was ist denn das für ein Panzer dort?"

Edgar erklärt: „Aller Wahrscheinlichkeit nach gehört er Lars Weniger. Wir haben ihn weggeschoben, damit man besser auf das Geschäft blicken kann."

„Jetzt fällt mir was ein. Als ich Lars bei unserem Klassentreffen im September nach seinem *Ferrari* gefragt hatte, sagte er, der *Ferrari* wäre sein Zweitwagen. Mensch, dann hat er damals nicht mal gelogen, und ich dachte, es sei die pure Angeberei. Jetzt wird mir das erst klar. In seinem Zulassungsregister taucht der *Hummer* nämlich nicht auf, genauso wenig wie sein Geschäftskombi. Danke für die Nummer, Melanie."

Er wählt. Nach drei Sekunden meldet sich Lars Weniger: *„Was gibt's?"*

„Hallo Lars, Kai Schuster hier. Was machst du hier für einen Scheiß?"

„Ach, der Herr Oberkommissar Schuster. Und ich freute mich schon, du wärst krepiert. Na, hast du die ganze berittene Abteilung aufgeboten? Was willst du, Arschloch."

„Wie geht es Herrn Mittelstedt? Ich hätte gern ein Lebenszeichen von ihm."

„Wer ist Herr Mittelstedt? Hier ist nur ein Friedrich, falls du den meinst."

„Wie geht es ihm? Gib ihm das Telefon. Er soll sich am Fenster zeigen."

„Er sitzt gerade gemütlich und hält ein Nickerchen. Ich halt´ mal den Hörer vor sein Maul. Vielleicht hörst du ihn schnarchen."

Ein paar Sekunden blieb es ruhig in der Leitung. Schuster hörte absolut nichts. „Hast du´s gehört? Was willst du?"

„Ich will den Mann, der bei dir ist, Lars. Ich komm´ mit noch einem Polizisten ohne Waffen zu dir rein und hol´ ihn ab. Okay?"

„Vergiss´ es, Kai. Der Mann ist meine Versicherung. Hör´ genau zu, ich sag´ es nur einmal. Ich will einen Hubschrauber. Er soll hier auf dem Platz landen. Eine Million Euro in gebrauchten ungekennzeichneten Scheinen. In einer halben Stunde. Ende der Durchsage."

„Wir brauchen das SEK", spricht Kai mehr zu sich selbst als zu jemand anderem, und wählt eine polizeiinterne Nummer. „Chef, Schuster hier. Ja, in Gengenbach. Geiselnahme. Der Täter hat sich in einem Geschäft mit einer verletzten Geisel eingeschlossen. Wir brauchen eine Einheit SEK. Schnell."

Schuster wartet. Es dauert. Schuster verdreht die Augen. Dann: „Was? In Karlsruhe? Und in Baden-Baden? G-20-Gipfel der Außenminister? Drei Stunden? Scheiße ist das, Chef, ja, Scheiße. Doch, das sag´ ich und ich nehm es nicht zurück!" Obwohl er nur auf eine Taste zu drücken braucht, um das Gespräch zu beenden, hört man, wie er laut vernehmlich einen imaginären Hörer auf die Gabel knallt.

„Eine SEK-Gruppe kann frühestens in drei Stunden hier sein." Schuster wirft die Hände in die Luft. „Was machen wir jetzt? Hinhaltetaktik? Und die Geisel? Ist sie schwer verletzt, Edgar? Du hast den Mann noch gesehen."

Edgar nickt mit dem Kopf. „Rückenschuss in die Mitte. Er blutete stark und sah für mich leblos aus. Was ist, wenn er tot ist, und Lars Weniger will uns nur weismachen, er wäre noch am Leben? Was ist, wenn er noch lebt und stirbt langsam vor sich hin? Ich finde, wir müssen handeln."

„Gute Idee, Edgar. Das unterschreib´ ich sofort. Und wie stellst du dir das vor?"

„Bestell´ einen Hubschrauber, Kai. Und wenn kein Polizeihubschrauber wegen des G-20-Gipfels frei ist, dann nimm´ einen Privaten, meinetwegen auch durch Beschlagnahme. Beim Großflughafen Lahr müssen doch massenweise Hubschrauber rumstehen. Also. Und dann möchte ich, dass du Lars Wenigers *Ferrari* hierher bringen lässt. Er steht doch bei Allgöwer in der Garage, oder? So schnell wie möglich."

„Was hast du vor, Edgar?"

„Lass´ mich nur machen, Kai", sagte Edgar entschlossen. „Bring den Hubschrauber und den *Ferrari* . Wirf´ den Riemen auf die Kurbel."

*

Lars Weniger setzt sich, den Rücken an eine Glasvitrine gelehnt, Stan Laurel*, der jetzt keine Melone mehr trägt und auch nicht mehr grinst, gegenüber auf den Boden.*

„Friedrich Mittelstedt heißt du also. Warum musstest du auch hierherkommen? Warum bist du nicht gleich mit deinem alten Mercedes nach Hause gefahren? Nein, du muss-

test ja noch die Reisekostenerstattung ausfüllen. Nicht mal auf die paar Kröten konntest du verzichten. Konntest den Hals nicht voll kriegen. Für dreißig Silberlinge hast du mich verraten. Du bist nur ein billiger Judas. Ja, das bist du. Und jetzt bist du tot, oder nicht weit davon entfernt."

Wenn der Hubschrauber gelandet sein wird, werde ich mir das Bündel Mensch dort unter den Arm klemmen, ihm die Pistole an den Kopf halten und ihn bis zum Hubschrauber tragen. Vielleicht nehme ich ihn sogar mit und werfe ihn unterwegs ab. Der ist so leicht, dass er wie ein Blatt im Wind auf den Boden segelt, wetten? Chchch. Wohin könnte ich mich fliegen lassen? Nach Südfrankreich? Oder vielleicht sogar bis nach Spanien? Wie weit kann so ein Hubschrauber fliegen?

Schon wieder das Telefon? "*Was willst du, Arschloch?"*

„Lars, der Hubschrauber könnte schon hier sein, aber wir haben erst sechshunderttausend Euro beisammen. Es kann noch eine halbe Stunde länger dauern."

Diese Knalltüten bringen echt nicht mal eine Million Euro zusammen. „*Das ist ein verdammter Trick, Kai. Ich will eine Million. Und beeilt euch. Nicht meinetwegen, sondern Friedrich Mittelstedts wegen."*

„Ist gut. Lars. Wir beeilen uns."

*

In einer Seitengasse fährt ein Autotransporter vor, den *Ferrari* aufgebockt. Edgar eilt zum Fahrer hin. „Ladet den *Ferrari* ab und schiebt ihn bis zu der Ecke da vorne. Man darf ihn von dem Geschäft dort drüben, *Aquarelle und Poesie*, noch nicht sehen. Erst wenn ich euch ein Zeichen gebe, schiebt ihr den Wagen in die Mitte des Platzes. Alles klar?"

„Alles klar, Meister", antwortet der Fahrer. „Sonst noch Anweisungen?"

„Ja. Habt ihr einen Vorschlaghammer auf eurem Transporter?"

„Gehört zur Standardausrüstung. Was willst du damit?"

„Das wirst du dann sehen", sagt Edgar. „Gib´ ihn mir, und dann wie verabredet, okay?"

Edgar geht mit dem Vorschlaghammer zu Kai Schuster und Melanie zurück, die weiterhin in Deckung stehen.

„Was willst du mit dem Ding in der Hand, Edgar Schaaf?" Melanie schaut ihn wachsam an.

Oha, denkt er, sie redet mich mit vollem Namen an. Das bedeutet nichts Gutes. „Psychologie, Melanie Köninger. Harmlose Psychologie", sagt er, doch sie sieht an seinem Tunnelblick, dass er längst irgendwo anders ist.

Melanie spitzt die Ohren. Zuerst vernimmt sie es leise, doch dann wird es immer lauter und lauter: Das typische Knattern eines sich nähernden Hubschraubers.

Kai ruft völlig überflüssig: „Der Helikopter kommt."

*

Wie lange, denkt dieser Oberkommissar Schuster eigentlich, ist eine halbe Stunde? Ist die nicht schon längst vorbei? Aber so ist das mit den Bullen. Wenn man sie nicht hart anpackt, tanzen sie einem auf der Nase herum. Welch ein Theater, das sie da draußen veranstalten. Doch jetzt hör´ ich was. Der Hubschrauber ist im Anflug. „Hörst du, Friedrich? Gleich darfst du eine Flugreise unternehmen. Das hättest du heute Morgen auch nicht gedacht. Du kannst deinem Freund Lars dankbar sein."

*

Der Hubschrauber senkt sich mit infernalischem Getöse auf den Platz. Kai Schuster weist ihm die exakte Landestelle zu. Dreck und Staub fliegen durch die Luft.

Als der Helikopter mit laufendem Rotor steht, gibt Edgar das verabredete Zeichen. Der Fahrer und Beifahrer des Autotransporters schieben den *Ferrari* auf den Platz. Edgar lässt ihn so stellen, dass er zwischen den zwei Streifenwagen von Melanies Laden aus gut zu sehen sein muss. Dann stellt er sich mit erhobenem Vorschlaghammer neben den *Ferrari*.

*

Lars sagt zu Friedrich: „Der Hubschrauber ist gelandet. Jetzt machen wir einen kleinen Ausflug, mein Bester."

Das Telefon läutet: „Das Geld befindet sich im Hubschrauber, Lars. Wie abgesprochen eine Million Euro. Wann lässt du die Geisel frei?"

„Ich nehm´ sie mit. Er freut sich aufs Fliegen."

Lars bückt sich, um sich den leblosen Körper Friedrich Mittelstedts auf die Hüfte zu wuchten, und sieht in diesem Moment aus den Augenwinkeln etwas Gelbes durch das Fenster. Nanu? Er richtet sich auf. Was zum Teufel soll das denn? Da steht sein Ferrari*.* **Da steht mein** Ferrari*. Und was hat der Kerl neben meinem* Ferrari *vor? Ist das ein Hammer oder was?*

*

Edgar ist eiskalt. Er schaut zu Melanies Laden, glaubt, hinter dem Schaufenster ein Gesicht zu erkennen. Dann also los. Mit Wucht lässt er den Hammer auf die Karosserie krachen.

Wumm!

*

Lars′ Herz krampft sich zusammen. Der Schlag hat ihn voll zwischen die Ohren getroffen. Da ist etwas, das er nicht versteht. Da passiert etwas, das es so nicht geben kann. Man kann doch nicht mit einem Hammer auf einen Ferrari *schlagen. Das ist ... das ist ... man kann doch nicht ...das darf man nicht ...das gehört sich nicht ...Er steht fassungslos hinter dem Schaufenster, starrt durch das Glas nach draußen. Der Kerl hebt den Hammer ein zweites Mal. Lars verfolgt den Schwung des schweren eisernen Werkzeugkopfes. Nein! Nein! Nein! **Neeeiiin!!!***

Wumm!

*Der Schlag trifft ihn bis ins Mark. Lars wird es schlecht. Er muss kotzen. Er schüttelt den Kopf. Er versteht nicht, was das dort draußen soll. Er stürzt in Panik zum Telefon, wählt mit fliegenden Fingern die letzte Nummer. Das Freizeichen ertönt. Nimm′ ab, Kai! **Nimm′ ab, Kai! Um Himmels Willen nimm′ den Höre ab! Da draußen ist ein Verrückter, der ...***

Wumm!

***Nimm′ das Telefon ab!!** Kai geht nicht ans Telefon. Jetzt packt ihn ein heißer, blendender Zorn. Er schleudert das Telefon auf den Boden. Sein Herz rast, Puls hundertneunzig, zweihundert, zweihundertzehn, das Blickfeld färbt sich rot ein. Er krallt nach der Pistole, reißt die Tür auf ...*

Wumm!

*

Edgar schwingt den Hammer. Dabei behält er die Tür zu Melanies Laden im Auge. Er weiß, dass Melanie ihn jetzt im Augenblick fürchtet. So hat sie ihn bestimmt noch nie erlebt. So hat sie nie erwartet, dass er sein kann. Aber er kann so sein. Er muss so sein. Tut mir leid, mein Liebling, dass du dir das mit ansehen musst. Er ist traurig und eiskalt zugleich. Edgars Miene ist versteinert. Jetzt auf die Fahrertür. Komm´ raus, du Schwein! Komm´ raus! Du schlägst meine Frau nie wieder! Nie wieder!

Wumm!

Da! Die Tür fliegt auf. Lars Weniger erscheint auf der Treppe. Die Pistole in der Hand, am ausgestreckten Arm. Er schießt. Peng. Er brüllt wie ein wundes Tier. Er ist hochgradig erregt. Genau das war meine Absicht. Er wird blind vor Wut sein. Er wird nicht treffen können. Nur nicht weglaufen, Edgar. Bleib´ steh´n, Edgar. Denk´ an Melanie. Denk´ an eure Liebe. Schwing den Hammer.

Wumm!

Das war der Kotflügel. Lars stolpert die Treppe herunter. Er schreit irgendetwas. Ich kann ihn nicht verstehen, muss ihn nicht verstehen, muss nur kühl bleiben. Die Hand mit der Pistole ausgestreckt. Schießt. Peng. Vorbei. Vorbei. Ruhig bleiben, Edgar. Eiskalt bleiben.

*

Er ist es, denkt er. Dieser Schaaf. Alt. Gut. Wie ein Whisky. Nein, er denkt es nicht. Er eruptiert es wie eine Explosion aus seinem Schädel. Die Wut wird weiß und weißer, der Zorn wird heiß und heißer. Verbrennt die Stirn, versengt das Gehirn. Die Augen, die Augen, sie sehen nichts. Aber er schießt, stakst vorwärts, schießt ...

Wumm!

vorwärts, schießend. Es ist doch sein Ferrari, *sein geliebter* Ferrari, *sein* Baby *und dieses Monstrum von einem Mann macht ihn kaputt. Macht ihn einfach kaputt. Kaputt. Er schreit, brüllt wie ein Tier, verliert die Kontrolle über alles. Der Schrei hallt über den Platz, ist lauter als der Helikopter. Dann fühlt er Hände, Fäuste, die ihn packen, drücken, zer-*

reißen, niederreißen, zwingen, quälen, pressen, und er tobt, brüllt nach seinem Ferrari, *und plötzlich ist alles still. Hört nichts mehr, sieht nichts mehr, weint, wimmert, winselt.* „*Mein* Ferrari. *Mein* Ferrari."

*

Als es vorbei ist, lässt Edgar den Hammer sinken. Nach und nach schmilzt das Eis in seinen Adern. Die Polizisten stehen um ihn herum. Melanie stürzt in seine Arme, klammert sich an ihn, spürt, dass er lebt. Er lässt den Hammer fallen.

„Edgar", flüstert sie, „Edgar." Und der harte Edgar wankt, der eiserne Edgar zittert, der starke Edgar vergießt eine Träne. Jetzt darf er, und es ist ihm egal, obwohl so viele Menschen es sehen.

Haben sich ganz schön Zeit gelassen, die Kollegen, den Wahnsinnigen zu überwältigen, denkt er. Wie oft hat er auf mich geschossen? Wahrscheinlich waren alle zu Salzsäulen erstarrt, wie ich auch, wie ich auch. Und du bist da, meine Melanie. Keiner wird dich je wieder schlagen. Keiner. Ich versprech´ es dir. Ich liebe dich. Ich liebe dich.

Sie waren in Melanies Laden. Melanie, Edgar, Schuster, Allgöwer und der Staatsanwalt. Friedrich Mittelstedt wurde notversorgt und abtransportiert. Sein Puls war schwach, doch er lebte. Man musste die nächsten Stunden abwarten, ehe man über seinen Zustand mehr Auskünfte erwarten durfte. Der kleine tapfere Mann. Er hatte Melanie zur Flucht verholfen.

Außer dem Telefon war nichts zerstört. Dort, wo Friedrich Mittelstedt gelegen hatte, blieb eine relativ große Blutlache zurück. Allgöwer erklärte, dass er sich darum kümmern und sie aufwischen ließe, wenn er mit seiner Arbeit fertig war. Auf den ersten Blick aber gab es nicht viel für ihn zu tun.

„Ich will nur noch nach Hause", sagte Melanie müde. „Solch ein Vorfall raubt einem die Kraft eines ganzen Jahres." Ihr Jochbein unter dem rechten Auge war geschwollen und hatte eine dunkle Farbe angenommen. Edgar fand es unerträglich, dass ihr so große Schmerzen und so viel Gewalt zugefügt worden waren.

Dann waren sie zu Hause im Türmchenhaus. *Müller* und *Lydia* spürten, dass Außergewöhnliches passiert sein musste. Sie drückten sich um Melanie herum, dass diese zu Tränen gerührt wurde.

„Gehst du mit ihnen noch über die Felder, bevor Kai und Nicole zu Besuch kommen?"

„Kann ich dich allein lassen?", fragte er besorgt.

„Nun komm´ mir **du** nicht auch noch wie *Lydia* und *Müller*", schalt sie ihn liebevoll. „Und zudem ist auf **mich** nicht geschossen worden. Ich sollte besser **dich** fragen, ob ich dich allein in die Wildnis lassen kann."

„Oh, ist ja schon gut", lächelte er.

„Edgar?"

Er wusste im Voraus, wie die Frage lauten würde. „Hm?"

„Was hast du dir eigentlich bei deiner Aktion gedacht? Stellst dich als Kugelfang hin und lässt auf dich schießen? Hast du nicht eine Spur Angst gehabt?"

„Ich hab´ keine andere Möglichkeit gesehen, ihn schnell aus dem Haus zu locken, als ihn bis zur Weißglut zu reizen. Wenn Friedrich Mittelstedt noch länger ohne ärztliche Hilfe geblieben wäre, hätte er es nicht überlebt. Und mein zweiter Gedanke war, dass ich verhindern wollte, dass dein wunderschöner Laden gestürmt und dabei alles zu Klump geschossen wird."

„Du wusstest doch aber nicht, ob er noch lebte, Edgar."

„Nein, mein Schatz. Aber ich musste davon ausgehen. Es war riskant, ich weiß es. Um den Hubschrauber erreichen zu können, musste Lars Weniger den Mann sowieso als Schutzschild missbrauchen, musste ihn behandeln, als sei er am Leben. Tot hätte er ihm nicht genutzt. Ich hab´ damit gerechnet, dass er die Nerven verliert."

„Und du auf dich schießen lässt. Ich habe dich noch nie so ...so ...so herausfordernd gesehen. Du hast ausgesehen wie Thor mit seinem Hammer, der germanische Gott des Donners. Teils furchterregend und teils fantastisch."

„Äääh, ich geh´ dann mal lieber mit den Hunden, wenn´s recht ist."

Melanie kicherte.

Na also, dachte Edgar, dann ist alles gut.

Als es Abend geworden und das Essen mit Nicole und Kai beendet war, erhielt Schuster einen späten Anruf von Allgöwer. Im Handschuhfach des *Hummer H3* war ein Päckchen Spielkarten der Marke *DIAMOND BLACK CLUB SPECIAL* aus *CINCINNATI OHIO* gefunden worden. Das Interessante daran: Erstens hatte Lars Weniger seine Fingerabdrücke darauf hinterlassen, und zweitens war das Päckchen angebrochen: Es fehlten bezeichnenderweise nur die beiden Karten *Herz Zwei* und *Karo Zwei*. Und noch etwas: Die ominösen Stempel auf den *Ich-sehe-dich*-Karten, Hampelmann oder Joker, stammen von Lars Wenigers Siegelring. Eindeutig Joker.

„Der Kreis hat sich geschlossen", sagte Kai.

„Ja", antwortete Edgar. „*Hmmmmm ...*"

Gengenbach, 23. April 2022

Melanie spickte übernervös durch den Vorhang in den Saal hinab. Als sie die vollbesetzte Halle sah, entfuhr ihr ein von Panik gesteuertes „Oh mein Gott". Unwillkürlich suchten ihre Augen nach dem Notausgang. Nichts wie weg hier, solange noch Gelegenheit dazu ist, dachte sie. Offensichtlich verfügte ihr Name und ihr Geschäft *Aquarelle und Poesie* über mehr Zugkraft, als ihr für den Augenblick lieb war. Sie versuchte zu schlucken, doch der Mund war trocken. Wo war eigentlich Edgar, auf dessen Mist diese Show hier gewachsen war? Wenn sie mal seine starke Schulter brauchte, war er nicht da.

Edgar Schaaf stand vor der Bühne neben seinem Computer und dem Beamer, über die er die Multivisions-Show steuern würde, und schaute auf die Armbanduhr. Er ließ sich von den Geräuschen in seinem Rücken nicht beeindrucken. In der ersten Reihe, hatte er bei gelegentlichen Seitenblicken festgestellt, saßen die Honoratioren und Honoratiorinnen aus Gemeinde-, Kreis- und Landespolitik, nebst den wichtigsten Geschäftsleuten aus der Region und den kirchlichen Vertretern beider großen Konfessionen. In der Mitte, unter all den hohen Tieren, klein und schüchtern die Hauptperson des heutigen Abends, Herr Georg Fischer, Ehemann der verstorbenen Künstlerin der Taubergießen-Aquarelle. Neben ihm saß Bernadette Wolff, deren Kinderbuch-Illustrationen den zweiten Teil des Abends gestalten sollten. Noch fünf Minuten bis der Vorhang sich öffnete.

Edgar Schaafs feines Gehör registrierte feines Gitarrenspiel hinter dem Vorhang. Sein Freund Peter Seibelt, Lebensgefährte Bernadette Wolffs, hatte sich breit schlagen lassen. Er würde, ganz in schwarz gekleidet, auf einem einfachen Hocker neben der Leinwand sitzend, den Abend musikalisch umrahmen, in sein sensibles Spiel einbinden und ihm für alle Sinne Qualität bieten.

Melanie indes hatte selbstständig eine weitere Idee aufgegriffen und in ihren Vortrag geschickt integriert. Sie hatte einen echten Taubergießenfischer gebeten, zu einzelnen Bildern etwas aus seiner Sicht zu erzählen, wie zum Beispiel einige Anekdoten, vielleicht auch Schmonzetten aus seinem Berufsleben. Auf der Bühne würde sich ebenfalls ein Biologe aufhalten, der zu vergrößerten oder markanten Bildausschnitten Wissenswertes in kurzweiliger Form beisteuern sollte. Der Löwenanteil der Präsentation freilich lag bei Melanie.

Noch zwei Minuten. Melanie suchte verzweifelt nach Spucke im Mund. Sie probierte zu sprechen. Katastrophe. Sie eilte zu Peter Seibelt, der ein Glas Wasser neben sich stehen hatte, und trank ihm das ganze Glas leer. „Sorry, Peter, musste sein." Dann stellte sie sich mit weichen Knien hinter den Vorhang.

Es war soweit. Der Bühnentechniker betätigte den Schalter für den Vorhang, der majestätisch auseinanderglitt. Im Publikum entstand ein Raunen. Edgar vergaß vor lauter Ergriffenheit, seine Geräte einzuschalten. Melanie stand einfach da, klein in Gestalt, doch überragend in der Wirkung. Sie trug eine gerade graue Hose, einen schlichten lavendelfarbenen Strickpullover aus edlem Material, dazu einen hauchdünnen dunkelblauen Schal mit Irismotiven, hinter dem das Mikrophon verborgen lag. Einmal holte sie tief Luft, verbeugte sich, lächelte und sagte: „Guten Abend meine Damen und Herren, liebe Kunstfreunde." Sie begrüßte namentlich lediglich den Landeskultusminister, der für den Kauf der Taubergießengemälde für das Land verantwortlich zeichnete, und Herrn Georg Fischer, über den sie, Melanie, und letztlich das Land Baden-Württemberg, in Besitz der wertvollen Aquarelle gekommen war. Dann sagte sie mit selbstsicherer Stimme: „So, mein lieber Edgar, du kannst deine Geräte nun einschalten, damit wir wirklich etwas von der Kunst zu sehen bekommen."

Peter Seibelt spielte der ersten Ton auf seiner Gitarre. Ob Zufall oder Absicht: Es war Kammerton „A".

St. Paulsberg, Tage später im April 2022

Es ließ sich nicht daran rütteln, sie fühlte sich irgendwie wohl. Wohl in ihrer Haut, wohl in ihrem Bauch. Wohl. Wann hatte sie sich zuletzt so gut gefühlt? Mit den Zeiten hatte sie zwar immer noch Probleme, also einzuschätzen, wann was war, ob etwas zum Beispiel gestern oder vorgestern oder noch länger zurück geschehen war. Auch war sie sich nicht sicher, ob das Wissen darüber für sie essenziell wichtig sein würde. Bedeutung, und daran ließ sie keinen Zweifel bestehen, konnte nur haben, sich wohl zu fühlen. Was sonst war auf dieser Welt erstrebenswert?

Es musste mit dieser neuen Umgebung zu tun haben. Hier schien alles so ruhig und so harmonisch abzulaufen. Die Atmosphäre war weich und rund. Sie steckte so voller ...voller guter Schwingungen. Sie lagen in der Luft, die Luft streifte über ihr Gesicht, gefüllt mit sanften Tönen und Düften, die in ihr Sinne weckten und Verlangen auslösten. Und manchmal, wenn ihre Freundinnen sich für sie Zeit nahmen, dann wurde es sogar aufregend, und sie fühlte sich wie beim Karneval, lustig und mittendrin. Es kam zwar sehr selten vor, doch Zeit in den normalen Maßstäben war sowieso nicht relevant. In dieser Beziehung hatte sich sehr viel verschoben.

Seit sie zuverlässig erfahren hatte, dass sie am Leben war, klammerte sie sich noch fester daran als vorher, als sie lediglich eine schwache Ahnung davon hatte. Wie das kam? Sie hatte mitgekriegt, über welche Kanäle konnte sie nicht beschreiben, dass angeblich Litta ihr das Leben gerettet hatte. Ausgerechnet Litta-forget-her-Litta! Das Leben! Welches Leben eigentlich?, hatte sie lange gegrübelt. Meinten sie **ihr** Leben? Betrachtete man sie, Carmen, also als lebenswerte, beschützenswerte Masse? Ist bloß ein bisschen Leben zu retten genauso schwierig wie ein ganzes Leben zu retten?

Denn irgendwas war geschehen. War es gestern, vorgestern, oder länger her? Egal, unwichtig, Hauptsache, es war geschehen. Plötzlich hatte sie sich nämlich gefühlt wie auf einer dieser rasanten Schleuderzentrifugen auf dem Jahrmarkt, mit denen sie früher am liebsten gefahren war. Genau so. Es ging auf und ab, kreuz und quer, wie auf einem kleinen Ruderboot mitten in einem Sturm. Stimmen waren zu hören, Schweiß zu riechen, bis sich das Meer beruhigte, die Schleuderbahn zum Stillstand kam. Danach war ihre Lage eine andere. Es roch anders. Wärmer, freundlicher, kuscheliger? Auf jeden Fall angenehmer. Ja, das war´s. Und sie wünschte sich, dass es sich nie wieder ändern würde.

Hinterher war öfters Littas Name gefallen. So viel hatte sie mitgekriegt, und dass Litta es gewesen sei, die den Anstoß dazu gegeben hätte. Litta, ich werde es nie wieder sagen. Ich will dich nie wieder vergessen wollen. Ich schwör´s.

Mit der Zeit hatte sie Unterschiede herausgefunden. Drei Frauen mussten es sein, die sich um sie kümmerten. Wie komisch sich das anhört: Um mich kümmern. Die eine, meinte sie, redete eher wenig. Dafür berührte sie sie am meisten. Was die Frau da alles machte, wusste sie natürlich nicht, aber es schien, aus welchem Grund auch immer, notwendig zu sein. Vielleicht hatte es was mit ihrem bisschen Leben zu tun. Damit es nicht noch weniger wurde.

Die Zweite, mit der sie am wenigsten Kontakt hatte, war möglicherweise eher dafür zuständig, den anderen beiden Frauen mehr Arbeiten abzunehmen, die nicht direkt mit ihr zu tun hatten. Vielleicht putzte sie, wusch die Wäsche und solche Dinge. Manchmal, das war dann aber ganz deutlich, war sogar eine vierte Person da. Keine Frau. Ein Mann musste es sein. Der war von Beruf bestimmt Koch, denn kaum vibrierte sein dunkler Bass in ihrem Magen, fing es bald danach an nach Essen zu duften. Einfach göttlich.

Die dritte Frau war die beste. Bei ihr empfing sie die meisten Signale. Ihre Stimme klang wie ein mythischer Gesang, ihre Berührungen waren voller Hingabe und Zärtlichkeit, ihre Anwesenheit verströmte Zuversicht, Hoffnung und Liebe. Liebe? Ja, echte, tiefe, von Herzen kommende Liebe. Dabei kannte sie die Frau doch gar nicht. Warum konnte sie dann so sein? Gerade jetzt war sie wieder da. Die Frau brauchte überhaupt nichts zu sagen. Sie spürte es einfach, dass sie da war. Die Luft war gereinigt, die Stimmung war freundlich, die Töne klangen perfekt. Welch wunderschönes Lied sie sang. Wer bist du?

Ruth summte, als sie Carmens Zimmer betrat. Ihr erster Blick galt natürlich dem Mädchen, das auf dem Patientenbett lag. Der Schock des Überfalls vor zwei Wochen hatte sich gelegt. Der Mann war gefasst und wartete auf seine Verurteilung. Wenn er nicht selber noch gestand, was nicht anzunehmen war, würde man ihm den Überfall auf ihr Haus zwar nicht nachweisen können, doch er hatte genug Punkte gesammelt, um für lange Zeit keine Gefahr mehr darstellen zu können.

Noch am gleichen Tag des Überfalls hatte sie Vorhänge am Fenster angebracht. Jetzt zog sie diese zur Seite und ließ den hellen Tag herein. Nicole, die ihren Urlaub verlängert hatte, bereitete in der Küche das Frühstück vor. Kaffeeduft durchzog das Haus. Ruth hatte wunderbar geschlafen und war blendend aufgelegt. Je länger desto mehr empfand sie die Entscheidung, Carmen zu sich ins Haus zu holen, als die einzig richtige. Ulf Graumann, ihr Ex-Mann, zeigte sich nach der Begegnung mit Edgar Schaaf auffallend demütig, sodass sie dem künftigen Umgang mit ihm gelassen entgegenblickte. Und sie war Melanie Köninger und Nicole, diesen wunderbaren Frauen und Freundinnen, so unendlich dankbar, dass sie deren Hilfe annehmen durfte, ohne sich in ihrer Schuld fühlen zu müssen. Und Edgar natürlich auch. Das waren die Menschen, denen man Orden verleihen sollte.

Sie summte noch, als sie vom Fenster wieder zu Carmens Bett ging. Doch es brach abrupt ab, weil sie den Atem anhielt. Aus Carmens Gesicht schauten sie zwei Augen an. Aufgeregt aber stimmlos rief sie nach Nicole, die herbeigeeilt kam und unter der Tür stehen blieb. Ruth bewegte sich langsam von der Seite des Bettes um das Fußende herum auf die andere Seite. Carmens Augen folgten ihr. „Carmen?", sagte sie mit zitternder Stimme.

„Mama", hauchte Carmen.

Anmerkungen des Autors:
Die Handlung und die darin vorkommenden Personen sowie die Beschreibungen örtlicher Gegebenheiten sind frei erfunden. Real existierende Personen gleichen Namens haben mit der Handlung des Buches nichts gemein.

Weitere Titel aus der Edgar Schaaf-Krimireihe:

Schaafswinter: ISBN 9783740727550

Schaafssturm: ISBN 9783740713454

Alle Titel sind auch als E-Book erhältlich.